Jean-Charles Beaujean

Les fleurs de Sigiriya

Roman

Éditions Persée

Du même auteur :

LE VACARME DU SILENCE – Roman
(aux Éditions Memory 2012 – Nominé au Prix Première RTBF 2013)

RÊVES DE PIPEAU – Recueil de nouvelles
(aux Éditions Persée – 2013)

LES CAHIERS POUCHKINE – Recueil de poésies
(aux Éditions Persée – 2014)

À paraître prochainement aux Éditions Persée,
un premier roman théâtral.

Consultez notre site internet

Pour tout contact :
Éditions Persée – 38 Parc du Golf – 13856 Aix-en-Provence
www.editions-persee.fr

à mon tendre Chocky,
à ma petite Sarah.

PROLOGUE

Le bonheur a toujours quelque chose à se reprocher…

« *Un album-photos est conçu pour se glisser au fond d'un tiroir qu'on ne rouvre jamais. Hier, mes vingt ans ont défilé en revoyant ton doux visage me sourire tendrement. Parfois, je me demande si j'ai encore une place dans ton cœur ou si tu as décidé de m'oublier pour ne plus souffrir. Ce soir, je pleure sous les couvertures en imaginant que notre aventure eût été une belle histoire si je n'avais pas été aussi bête.* »

Baron

*

* *

— Comment fais-tu pour ne jamais y penser ?

— Je n'y pense pas, c'est tout.

— Tu crois qu'il recommencera un jour à tirer sur tout ce qui bouge ?

— C'est certain, mais j'ignore où et quand, alors à quoi bon se torturer à l'avance inutilement ?

— Et si tu étais un jour dans sa ligne de mire ?

— Il faut bien mourir de quelque chose.

— On ne sait jamais parler sérieusement. Moi, j'ai peur, tu sais.

— Il ne faut pas, ma chérie. Je sais que c'est difficile mais tu ne dois pas te focaliser sur ce type. La vie continue et ce serait lui faire trop d'honneur que de l'inviter sans cesse à notre table, tu ne trouves pas ?

— Et si c'était moi dans sa ligne de mire, tu t'en moquerais aussi ?

— Bien sûr que non mais ça n'arrivera pas.

— Qu'en sais-tu ?

— Fais-moi confiance, mon amour. Ce débile ne nous atteindra jamais. Jamais, tu entends ?

— Prends-moi dans tes bras et serre-moi très fort, je t'en supplie.

— Ma chérie…

— Tu dois vraiment partir ?

— Oui.

— C'est impossible de se fâcher avec toi, tu souris tout le temps !

— Je m'en vais, Fleur.

— Tu reviendras ?

— Tu le sais très bien.

— Réponds-moi. Tu reviendras ?

— Je te le promets.

— Quand ?

— Je ne sais pas.

— Derrière ce sourire ravageur, je sais qu'il y a beaucoup de tristesse en toi, Baron !

La nuit n'est pas toujours aussi longue qu'elle y paraît. Je plie et déplie inlassablement ce petit bout de papier en relisant le texte dans la pénombre. Quatre phrases idiotes gribouillées en vitesse un soir avant de m'endormir. Depuis, je ne m'en sépare plus mais je me fais mal en gardant religieusement ces quelques mots comme une relique au fond de ma poche. Il suffit d'éteindre la lumière. L'ombre brûlante de l'amour rôde sans relâche mais on ne peut s'y blottir quand on a froid. Alors, je rentre seul à la maison…

Un immeuble insignifiant à deux étages avec une cour près des Coteaux, un lieu-dit sur les hauteurs de Liège. Quatre locataires en tout. Un couple de retraités sans histoire ; une jeune dame vivant seule avec sa gamine de cinq ans dont j'ignore le nom simplement parce qu'il n'a jamais été mentionné sur la boîte aux lettres et que cela ne m'empêche pas de dormir ; un représentant qui a élu domicile au bistrot d'en face; et moi, Gérard Touffin, ancien légionnaire dans la trentaine bien engagée, que tout le monde appelle Baron pour des raisons qui ne seront expliquées ni maintenant ni plus tard.

Le propriétaire, un «père Grandet» plus vrai que nature, avare et acariâtre. On ne le voit jamais. Sauf en fin d'année, un peu avant Noël, pour la régularisation des charges, souvent trop peu perçues à son goût.

Dans la réalité quotidienne, nous sommes seuls à gérer cet immeuble gangrené par un mérule naissant, mais je pense que tout le monde s'y sent bien, peut-être à cause de cette ruelle escarpée aux gros pavés d'antan, un peu retirée du centre touristique, qu'il nous faut gravir chaque jour avec peine pour rejoindre notre habitation et qui nous donne parfois l'illusion d'être coupés du reste du monde.

*

* *

Certes, Fleur a su lire mes pensées. Derrière ce sourire que j'affiche de façon permanente, un chouia de tristesse sommeille en moi, c'est possible. Mais j'ai renoncé depuis longtemps à me lamenter et préfère vivre au jour le jour car ceux qui croient à l'amour ne le trouvent jamais et ceux qui n'y croient pas vont forcément en enfer. Qui sait? C'est peut-être ça le bonheur! Quant au sniper, dire que je n'y pense jamais serait exagéré de ma part. Il est évident que n'importe lequel d'entre nous peut être la cible de ce demeuré à tout moment. L'impuissance des autorités à localiser le tueur depuis un an déjà ne rassure pas les foules. Qu'il ne se manifeste plus depuis plusieurs mois n'arrange rien. C'est connu, il n'y a rien de pire qu'une minuscule araignée qui vient brutalement d'échapper à votre champ de vision. Au fond, c'est une question de temps. Ce grand malade s'amuse avec les nerfs des gens et se procure probablement un malin plaisir à nous confiner dans une torpeur de tous les instants. Face à l'invisibilité de ce monstre, rester vivant relève non seulement de l'exploit mais peut se résumer aujourd'hui en une simple loterie, il faut bien l'admettre. Mais je refuse que cet ignoble individu pourrisse ma vie à coups d'angoisse et c'est pour cette raison que je l'ignore parfaitement. Je fais donc comme s'il n'avait jamais existé.

L'important, ce n'est pas tellement le mensonge dans lequel on s'enlise au point de s'en convaincre soi-même. Non. L'important, c'est que certaines personnes vous incitent au mensonge plus que d'autres. Fleur, par exemple. Elle a toujours été amoureuse de moi. Pire. Elle n'a jamais validé notre amitié comme quelque chose de définitif. Alors, à sa manière, elle s'acharne à me poser de ces questions, à me demander toutes les dix secondes si je vais bien, si je fais attention à ma santé, à me scruter dans tous les sens comme si je risquais de lui échapper. Contrairement aux apparences, nous ne sommes plus ensemble depuis un sacré moment. Et notre idylle n'a duré que quelques semaines. L'amitié, elle, s'est imposée naturellement. On n'en a même pas discuté. Chacun fera sa vie de son côté. À chacun sa liberté, avait-elle ajouté en raclant une larme du revers de sa manche. Fleur, c'est plutôt une amitié-refuge, je sais difficilement être plus précis. Ce qui m'exaspère au plus haut point, c'est sa manière idiote de me retenir contre mon gré lorsque je lui annonce que je dois partir. Je serais tenté de dire que je ne le supporte plus. Et ses yeux de cocker quand je franchis la porte en dégrafant tendrement ses doigts de ma veste en essayant de ne pas lui faire mal. Le mensonge est alors une arme redoutable contre ce genre de personnage. Je dirai même plus. C'est la seule solution si on ne désire pas prendre trop sur soi. Il suffirait de ne plus revenir chez elle. Plus jamais. Fleur ignore mon adresse. Elle ne sait pas qui je suis, elle ignore tout de moi. Et puis, elle ne quitte jamais son domicile. Normal, elle est agoraphobe depuis dix ans, paraît-il. Enfin, j'exagère un peu. Elle sort faire ses courses tous les jeudis matin, le seul jour de la semaine où il n'y a jamais une âme dans la rue avant midi. À vrai dire, je serais bien incapable de l'abandonner. Elle est si fragile.

Un jour pourtant, il le faudra bien. Plus on rallonge, plus ce sera difficile, j'en suis conscient. Je pense qu'elle en mourrait de chagrin si je lui faisais une chose pareille. Puis, comment passer devant chez elle sans s'arrêter un instant ? Juste cinq minutes, pas plus. On se laisse prendre par les sentiments. On accepte un premier café, un second et tant qu'à faire, comme la soupe est chaude, on prendrait bien un petit bol pour se réchauffer. Quand on regarde sa montre, il est parfois un peu tard pour rentrer. Alors comment résister à Fleur lorsqu'elle vous dit dans les yeux qu'on ne peut se quitter comme ça, sans faire l'amour une toute dernière fois. Imparable. Je ne l'aime plus depuis longtemps, elle le sait mais c'est le genre de pot de colle qui vous englue à vie. Je sais aussi qu'elle n'a pas besoin de savoir pour tout deviner. Elle a déduit mon statut de papillon de nuit depuis longtemps. Et tout le reste. Décidément, j'aurais dû la quitter depuis longtemps. J'ai beau me raisonner, rien n'y fait…

*

* *

J'ai la nette impression d'avoir oublié quelqu'un tout à l'heure en énumérant les habitants de mon immeuble. Ah, oui. Sinatra, le chat de gouttière ! Attaché à l'immeuble depuis des années, il se satisfait de la charité éparse de ses hôtes sans marquer sa préférence pour l'un ou l'autre locataire. Il n'appartient à personne, sauf à lui-même. Il sait pourtant se faire désirer et n'a aucunement besoin de ruser pour sa pitance. Tout le monde craque pour Sinatra. Dans la rue, c'est pareil. Le facteur, le cafetier d'en face, le flic de quartier, le clochard du coin qui lui a donné l'autre jour la moitié de son sandwich au thon. Malin, le Sinatra. Un vrai don Juan doublé d'un stratège hors pair.

Moi aussi, j'avoue avoir craqué comme les autres lorsque je vis pour la première fois ce jeune chaton étendu félinement sur mon appui de fenêtre, un après-midi où je revenais de promenade. Peut-être avais-je su conserver au fond de mon cœur une once d'humanité pour le moins surprenante, moi qui n'aime personne, ni homme ni bête. Sinatra se montra sans doute, ce jour-là, à la hauteur de son hôte atrabilaire et hautain car depuis lors, l'horrible misanthrope que je suis lui prodigue chaque jour que Dieu fait, son lot d'affection et de caresses et lui achète de la charcuterie premier choix tous les samedis, enfin, lorsque j'y pense évidemment. Peut-être n'avais-je rien trouvé d'autre, chez ce félin d'exception, que mon alter ego, tout simplement.

À part cela, je ne fais rien de mes journées. Rien ! Mais j'ai une excuse, je suis riche, fichtrement riche ! Plein aux as depuis le décès de mon oncle Georges, un homme fortuné dont je fus le seul héritier. Je devais avoir une quinzaine d'années. Lorsque vint l'âge adulte, le notaire grec Nikos Anankè me conseilla paternellement de revendre tous les biens et de solder les affaires de mon oncle sans plus tarder. Il me proposa bien entendu de me dégager de cette corvée en s'occupant personnellement des négociations, n'ignorant rien de mon oisiveté légendaire et surtout de mon intention de m'engager à la Légion étrangère.

« … Placez le tout à la banque, mon petit Gérard, ne gardez rien ! Répartissez-le en trois placements différents, grand maximum », m'avait-il sincèrement conseillé comme un père à son fils en souvenir de son seul et véritable ami, ce brave oncle Georges. « Vous vous constituerez ainsi, sans le moindre effort, un matelas financier dont la moitié des intérêts vous garantiront à eux seuls une rente suffisante et confortable jusqu'à la fin de vos jours », avait-il ajouté avant de me laisser seul, perdu dans mes pensées orphelines. Une vie de prince, en somme.

Depuis le début de ce mois d'août, le plus beau mois de l'année, je consigne désormais les instants clés de l'existence sur mon ordinateur portable dans l'espoir ténu de conjurer cette fêlure qui handicape ma vie à coups de grisou. Et qui sait, arriver un jour, comme l'a écrit Stendhal, à ne collectionner que les moments de bonheur…

PREMIER RÉCIT

Août 2040… Il y a ceux qui sont bien nés, qui empochent sans se poser de question. J'en fais partie. D'autres qui s'en sortent vaille que vaille en faisant mine de garder la tête haute. Puis il y a ceux qui crèvent.

— Combien la petite bouteille d'eau ?
— 30 dollars.
— Merci.

La journée, je ne bois que de l'eau. La nuit, c'est différent. Tout dépend de l'atmosphère, la subtilité ou l'imprévisibilité d'une rencontre. Je reste parfois des mois sans boire une goutte d'alcool. À vrai dire, ce n'est guère une passion car j'aime conserver l'esprit lucide et froid. Si parfois je déroge à ce principe, c'est juste une question de circonstance. Il n'y a pas de règle.

Quand j'y pense… Deux ans déjà que j'ai quitté l'armée.

À la base, j'obtiens un premier prix de conservatoire à vingt-trois ans. Sur un coup de tête, je m'engage pour cinq ans à la Légion. Au terme du contrat, je rempile pour trois ans. En tout, huit ans à la Légion étrangère !

Une sacrée expérience mais depuis ma réinsertion à la vie civile, je ne veux plus en parler. Seules quelques évocations intéressantes sur le plan individuel. Pour le reste, comment dire, « les missions humanitaires » laissent franchement peu de place aux bons souvenirs. Il ne fallait jamais prononcer le mot « guerre ». Tout au plus pouvait-on en évoquer le concept comme une chose définitivement révolue. Je ne m'étendrai donc pas sur le sujet si ce n'est certaines images fortes qui me reviennent parfois sans prévenir au milieu de la nuit. Je les gère comme je peux. Un certain moment, il faut éteindre la lumière, sinon on devient cinglé !

Je disais donc que je ne faisais rien de mes journées. C'est exact. Je flâne, je marche, je me balade en « mode impressionniste ». Une expression dont je ne suis aucunement responsable. Elle vient d'Angelo, mon voisin de palier. Un représentant de commerce hors norme. Toutes ses affaires, il les traite au petit bistro en bas de la rue. Traduction, il est chômeur professionnel depuis un moment, disons un sacré moment ! Mais l'astuce pour être en bons termes avec lui, c'est de ne jamais lui montrer qu'on a pigé ! On obtient alors de lui ce que l'on veut et il vous donnerait, sans compter, sa dernière chemise si vous lui demandiez.

Un jour où il avait un peu trop bu, il me regarda droit dans les yeux avant de me dire : Toi, Baron, tu voyages en mode impressionniste ! Comme un spectre qui ne fait que passer, tu enjambes la vie sur la pointe des pieds et personne ne te remarque. Mais moi je sais… Et tu sais quoi ? lui ai-je demandé sans conviction. Je sais, c'est tout, a-t-il répondu d'un ton péremptoire. L'alcool avait fait son effet. Il était préférable de ne pas insister mais au fond de moi-même, j'avais compris ce qu'il voulait dire. À sa façon, il m'avait parfaitement cerné comme un peintre qui croque votre portrait sur une feuille blanche en une poignée de secondes. Pour revenir à mes propos, la journée, je décompresse. Soit j'utilise les transports en commun, soit je marche. Et quand je marche, je suis capable de faire des kilomètres sans m'arrêter. La voiture, je déteste.

La nuit, je joue un jour sur deux dans un piano-bar. Le « Humphrey Bogart ». Ce qui me laisse le temps d'alterner mes journées à mon gré. En théorie, je commence vers vingt-et-une heures jusqu'à deux heures du matin. En pratique, parfois jusqu'aux petites lueurs de l'aube pour le plaisir des clients et le mien également. C'est très mal payé mais si j'additionne les pourboires, je me fais quand même pas mal de fric au bout du compte. Et surtout, j'adore ce boulot car dans mon style, je ne me défends pas trop mal.

Certains mélomanes disent parfois que je suis le meilleur et que je devrais quitter un jour ce bar minable pour faire une vraie carrière musicale. Je n'ai pas envie d'en débattre à l'instant. D'autant que ce genre de propos a l'art de mettre mon patron en rogne pour des raisons évidentes. Pour l'heure, je n'ai que faire d'une carrière musicale et ne voudrais pas me brouiller avec Tony pour si peu. Je ne suis qu'une bête sauvage. Du moment qu'on me fout la paix, moi, je suis heureux.

Ce boulot de pianiste de bar est même assez salutaire puisqu'il me permet surtout de penser à autre chose. De plus, il faut le savoir, je tiens énormément à mon image de marque. Pour tout le monde, je ne suis qu'un paumé, un artiste qui arrondit ses fins de mois en jouant quelques accords. Ça m'arrange parfaitement car de nos jours, si on ne veut pas d'histoires, il est nettement préférable de ne pas dévoiler sa fortune au grand jour.

D'ailleurs, Angelo lui-même est persuadé que je suis, comme lui, un chômeur professionnel et, avec la belle petite gueule que j'ai, l'idée que je sois gigolo à mes heures creuses doit germer « grave » dans son esprit de demeuré. Ce n'est pas moi qui vais le contredire !

Il n'en est rien, je sais, mais l'important comme on dit est de laisser couler. Du bluff, ça s'appelle et surtout, un mot d'ordre : ne jamais poser de question ! C'est la règle du jeu dans cette société où la délation est légion. Moins on en dit, moins on en demande et mieux on se porte. De nos jours, c'est la loi de la débrouille. Tout le monde tente de conserver sa tête hors de l'eau. Un petit boulot par-ci par-là et si on est malin, une allocation supplémentaire qui permettra d'acheter de la bouffe pour une semaine et votre papier chiotte, pas beaucoup plus. Alors, les « métiers parallèles » pullulent de toutes parts, dans tous les sens possibles et imaginables parce qu'on n'a pas le choix, tout bonnement. L'important est de ne jamais perdre la face. Quand on perd sa dignité, on a tout perdu. Il faut alors jouer du coude pour s'en sortir.

Pourquoi raconter tout cela ? Le pognon, j'en ai à foison jusqu'à mes vieux jours, je ne suis donc pas concerné. Mais justement. L'idée est de se rallier à la norme pour passer inaperçu et jouir en toute impunité des bienfaits salutaires de l'anonymat. Je vis donc modestement aux yeux des autres et ça m'arrange ! J'ai peu de besoins de toute manière. Huit ans à la Légion, ça décoiffe pas mal lorsqu'il est question de se priver. Quand on a vécu près de dix ans dans la mouise avec la jungle sri-lankaise pour unique décor et comme seul objet privatif le sac à dos et deux paires de chaussettes, je peux garantir que le retour à la vie civile, même dans une société pourrie comme la nôtre semble douce et paradisiaque. Je peux donc facilement étaler mes besoins et plaisirs à dose homéopathique et, lorsqu'il est indispensable de me procurer certaines choses, je puise au fur et à mesure dans mon capital pour les produits de première nécessité ainsi que pour certains « extras » que je m'octroie avec parcimonie.

Autre chose. Dans les transports en commun, je m'amuse quelquefois à changer de correspondance sans objectif précis. Au hasard, je m'arrête volontiers au quatrième arrêt, marche dans la ville pendant une heure et reprends le premier bus que je vois dans l'autre sens. Hier, j'ai frôlé l'altercation avec le chauffeur en payant ma course.

— Combien ? lui dis-je avec insistance.
— 35 dollars !
— Vous rigolez, hier encore vous affichiez 26 dollars sur le réseau.
— Hier, c'était hier !

Ce genre de réponse, on y a droit tous les jours. L'important, c'est de nouveau faire comme tout le monde. Râler, s'étonner, rouspéter, s'indigner ! Chercher au fond de sa poche les quelques centimes manquants. Pour cela, il faut préparer à l'avance quelques menues monnaies qu'il suffit de glisser un peu partout dans les vêtements et se munir le plus possible de petites coupures de cinq dollars. Payer uniquement en billets de vingt ou cinquante dollars serait ma foi un tant soit peu « téléphoné » pour ne pas dire légèrement suspicieux. Au début, j'avais du mal avec tout ça. Quelle absurdité que devoir feindre à tout bout de champ puisque je ne suis aucunement touché par cette période pour le moins inflationniste. Aujourd'hui, je n'y pense plus. Le mimétisme s'opère naturellement, comme un instinct de survie. C'est le prix à payer si l'on veut garder une certaine tranquillité. Comme tout bon militaire, je me suis adapté rapidement à cette nouvelle jungle urbaine dont je commence à maîtriser les moindres rouages.

Ce soir, c'est mon anniversaire. J'ai 33 ans, l'âge du Christ. Et alors ? Je me dirige d'un pas vif vers mon lieu de travail avec la ferme intention d'y payer un verre à tout ce qui bouge. Aujourd'hui, c'est le pianiste qui rince !

J'ai toujours trouvé stupide d'offrir une tournée générale sous prétexte de fêter un an de plus. Radin le pianiste ? C'est possible mais la crise y est aussi pour quelque chose. Il y a bien longtemps que les gens n'offrent plus de tournée générale, il ne faut pas rêver. Et puis, de quelle crise s'agit-il ? Cela fait plus de vingt ans maintenant. Elle a bon dos la crise. D'un autre côté, boire seul est affligeant de tristesse mais la question n'est pas là. Qui dans cet établissement connaît réellement ma date anniversaire ? Personne. Le problème est donc réglé. Comme à chaque fois, mes pensées sont pures et franches mais uniquement le temps du trajet. Ce n'est déjà pas mal si je me réfère à l'adage consacré affichant sans conteste que seule l'intention compte lorsqu'on est sincère.

D'habitude, j'arrive un peu avant vingt-et-une heures. J'ai juste le temps de m'installer et je commence tout de suite à jouer. Ce soir, il est à peine moins le quart et Tony n'est pas encore arrivé. Je le sais car il parque toujours sa voiture sur le trottoir devant le club privé et je ne l'ai pas vue en entrant. Deux habitués prennent une consommation au bar et un couple d'une trentaine d'années déguste un cocktail « amoureux » sur une banquette à l'étage sans se quitter des yeux. Solange est apparemment seule pour servir en s'échinant derrière le comptoir à remplacer comme elle peut les filtres géants des bières à pression. Tout une histoire quand on n'a pas l'habitude et je sais de quoi je parle !

L'an dernier, j'ai voulu donner un coup de main à Tony et ce fut l'inondation jusqu'à une heure du matin. On a dû fermer une partie de la nuit pour remettre tout en ordre, sans parler de la perte de marchandises et du manque à gagner. Depuis, ni Tony ni les autres ne me demandent jamais plus de mettre la main à la pâte pour quoi que ce soit ! Enfin, j'exagère un peu.

Je leur avais déjà prouvé auparavant mes « dons innés » pour le bricolage en tout genre. Le coup des filtres à bière fut la goutte qui fit déborder le vase, sans jeu de mots. Depuis, on me fout une paix royale pourvu que j'accepte de jouer jusqu'aux petites heures lorsque l'ambiance s'y prête. Je pourrais très bien m'arrêter à deux heures du matin comme le « business » le prévoit mais il s'est établi entre Tony et moi une solide relation qui efface toutes les conventions du monde.

Parler d'amitié serait peut-être un grand mot mais je pense qu'on se respecte suffisamment pour avoir confiance aveuglément l'un dans l'autre. Il arrondit toujours vers le haut en fin de mois et pour les pourboires que je dois normalement partager avec le club selon les clauses du contrat, il me les laisse dans leur totale intégrité. En échange, je ne regarde jamais ma montre, ne m'arrête de jouer que lorsque les clients sont partis et, bien que ne travaillant qu'un jour sur deux, je reste disponible n'importe quand, vingt-quatre heures sur vingt-quatre si Tony me le demande pour un imprévu ou l'autre. Quand je dois partir, cela arrive de temps à autre, je le préviens la veille par téléphone et on s'arrange au mieux.

— Salut Baron, tu es tôt ce soir !

— Oui, c'est mon anniversaire. J'offre un verre à tout ce qui bouge jusqu'à minuit !

— Tu vas y laisser ton salaire, tu es fou ?

— Je plaisante, Solange. Je parle d'un comité restreint. Entre nous, quoi, tu t'en doutes.

— Et moi, je peux faire partie du comité restreint ? lance le client à moitié éméché accoudé au comptoir juste en face de la serveuse.

— Bien sûr que non, mais comme vous avez une bonne tête, je ferai une exception.

— Et moi alors, je pue ? rétorque le deuxième lascar affalé de l'autre côté du bar, vraisemblablement dans le même état que son comparse.

Je ne sais pas pourquoi j'ai sorti une pareille tout haut sans m'en rendre compte. D'autant qu'une minute auparavant, j'étais bien déterminé à n'offrir aucune tournée générale puisque je confirme mentalement qu'il est aberrant de rincer la gueule à tous ces gens qui seront dans mon champ de vision jusqu'à minuit sous prétexte d'avoir un an de plus ! J'ai envie de me frapper très fort mais je réussis à contenir ma rage afin de garder la face le plus dignement possible.

— Alors, on le boit ce verre ? persiste le second client.

— Certainement. Qu'est-ce qui vous ferait plaisir ?

Matt vient d'entrer par-derrière. Une habitude classique des serveurs d'arriver par la cour arrière de l'établissement pour ne pas se mélanger à la clientèle. Sans compter l'aspect pratique de se changer discrètement et de caser ses effets personnels sans être dérangés.

Il n'est pas comme d'habitude. Je le vois tout de suite à son regard froncé. Lui qui rigole tout le temps pour un oui ou un non, ne déride pas d'une semelle tout en gardant les lèvres pincées comme lorsqu'on tente de se souvenir de quelque chose et qu'on n'y arrive pas. Pas son genre.

Matt s'avance vers nous, passe derrière le comptoir pour embrasser Solange et me fait signe d'un simple clin d'œil tout en commençant à changer le gros percolateur à café comme si de rien n'était.

— Ça n'a pas l'air d'aller, toi ? dit Solange qui est visiblement arrivée à la même conclusion que moi.

— Je dois vous parler à tous les deux, mais pas tout de suite, je vous expliquerai plus tard, fait-il en toisant Solange avec gravité.

— C'est comme tu veux, répond-elle en embrayant sur mon anniversaire avec une aisance déconcertante. Tu sais la meilleure ?

— Quoi ?

— Baron offre une tournée générale pour ses 33 ans à tout ce qui bouge jusqu'à minuit, tu imagines ?

— Arrête de déconner, je ne te crois pas, dit Matt avec un sourire jusqu'aux deux oreilles.

— C'est la pure vérité, je n'invente pas.

— Arrête, je vais pisser dans mon froc. Baron, payer un verre, tu rigoles ?

— Même qu'il m'a offert un whisky ! confirme le premier soûlard.

— À moi aussi ! renchérit le second paumé avant de s'assoupir sur sa chaise.

Solange a réussi à détendre Matt mais je vois bien qu'il n'est pas dans son état normal. Je vais m'installer au piano dans un instant mais quelque chose me dit qu'il va tout déballer d'un coup. Il fait anormalement calme ce soir. Deux paumés au bar à moitié endormis, un couple qui se bécote sagement à l'étage et un nouveau client qui vient de s'installer à la table du fond.

Je fais mine de me préparer. J'attends que Solange aille servir une bière au nouveau venu avant de commencer à jouer. Je sens la nervosité intérieure de Matt comme si j'étais en lui. Malgré ses efforts surhumains pour ne pas nous indisposer, il vient de plomber l'ambiance pour toute la soirée et l'atmosphère devient royalement irrespirable. Solange arrête de faire la fausse indifférente, profite d'un moment de calme pour le cuisiner discrètement en le mettant au pied du mur.

— Bon, ces deux-là n'entendent plus grand-chose, ils étaient déjà saouls avant d'arriver. Alors, tu te décides à nous dire ce qui ne va pas ou je pique une crise ?

— D'accord, suivez-moi ! répond Matt en nous entraînant quelques minutes dans l'arrière-salle.

— Je n'en peux plus, parle ! ajoute Solange qui trépigne sur place.

— Tony est mort !

— Quoi ? lance-t-elle en s'effondrant sur mon épaule.

— Que s'est-il passé exactement, Matt ?

— Un stupide accident. Tony a dû remplacer un spot dans son garage à la dernière minute. Il s'est servi d'un escabeau, a raté une marche, est retombé la tête la première sur le sol.

— Quand est-ce arrivé ?

— Il y a une heure d'ici. Nous avons encore discuté au téléphone en début de soirée. Je ne parviens pas à réaliser, Baron !

— C'est à peine croyable. Il était seul ?

— Non, Manu était justement passé lui rendre visite. Il a assisté à toute la scène sans comprendre. Tout s'est produit en une fraction de seconde. À l'arrivée des secours, Tony était déjà dans le coma. Il est mort quelques minutes plus tard dans l'ambulance, dans les bras de son fils.

— On peut l'appeler ?

— Je ne te le conseille pas. Manu ne veut voir personne avant lundi.

— Je comprends.

Matt a fermé comme d'habitude, aux alentours des quatre heures trente du matin. J'ai joué sans m'arrêter. On m'a demandé énormément de rock'n'roll des années sixties ce soir. J'ai immédiatement rangé mes morceaux de blues au placard. C'est là tout le secret d'un pianiste de bar. S'adapter à la seconde même où l'on sollicite votre talent pour créer, comment dire, une certaine atmosphère. S'approprier la magie de l'instant en rentrant simplement dans le mental d'une clientèle devenue au cours des ans de plus en plus exigeante. Il va sans dire qu'aucun d'entre nous n'a fait allusion à la disparition de Tony. « Interdiction formelle d'attirer l'attention sur quoi que ce soit, encore moins un avis de décès affiché sur la porte », avait bien recommandé le fils de Tony au téléphone. C'eût été la volonté de Tony de toute façon. Combien de fois n'avait-il pas employé cette expression anglophone « show must go on »? Il en parlait à tout bout de champ en évoquant les actualités, la crise, les guerres un peu partout dans le monde. Sans compter, embrayait-il de façon automatique sans vraiment s'en rendre compte, les imprévus de toutes sortes, les accidents, les maladies ou autres coups bas qui nous obligent à nous redresser constamment. On n'en finirait jamais de se lamenter, nous disait-il souvent en haussant les épaules.

Ce n'était pas le genre de type à se laisser abattre facilement. Il en avait reçu des poings dans l'estomac avant de monter son affaire de club privé. Sa fortune, il l'avait économisée dollar par dollar, à la sueur de son front, en multipliant ses talents de comptable pendant de nombreuses années pour de très grosses firmes implantées dans la région. Puis un jour, il y a plus ou moins une quinzaine d'années, il a sauvé le « Humphrey Bogart » de la faillite en prodiguant de précieux conseils à l'ancien propriétaire. Un beau matin, celui-ci partit à la retraite et proposa naturellement à Tony de reprendre son business pour un prix plus que convenable, en souvenir des services rendus. De là, il bâtit une véritable fortune avec ce club privé dont le chiffre d'affaires n'arrête pas d'augmenter chaque année, malgré la crise existante. Il y a des choses qui ne s'expliquent pas. La plupart des dancings et autres boîtes de nuit du quartier marchent au ralenti depuis plusieurs années, d'autres continuent à fonctionner comme avant avec la régularité d'une montre suisse. En tant qu'ancien comptable, Tony avait sûrement flairé le bon filon.

Je rentre à la maison. J'ai besoin de prendre l'air. Je suis exténué non pas par les heures prestées mais par un chagrin indescriptible. Nous n'étions pas des amis au sens affectif du terme mais il me manque déjà. J'ai beau me persuader de n'aimer personne, tout ça n'est que mensonge et dérision. Je ne m'attache jamais, c'est différent. Ce qui me bouleverse au plus haut point, c'est la mort des autres. La mienne n'a aucune importance.

Je prends toujours le même raccourci par la rue Velbruck avant d'aborder la pente des Coteaux qui me ramènent à mon appartement. Cela me permet d'éviter « la cour des miracles de la rue Saint-Léonard », le quartier le plus mal famé de la principauté. Je viens pourtant de penser que ma propre mort n'a aucune importance, non ?

L'immeuble de Fleur est juste sur ma droite, au beau milieu de la rue. Son duplex se situe au deuxième. Il est allumé, c'est la preuve qu'elle ne dort toujours pas. Je n'éprouve aucune envie de la voir cette nuit, surtout avec ce qui vient de se passer. J'ai envie d'être seul et je ne sonnerai donc pas. Je ne compte plus le nombre de fois où elle m'a proposé de me donner une clé mais j'ai toujours refusé. « Comme ça, tu l'auras tout le temps sur toi. Peut-être penseras-tu alors à moi plus souvent ? » m'avait-elle chuchoté dans l'oreille un jour que je la serrais très fort dans mes bras.

J'arrive en sueur dans mon studio. À cette heure indue, tout le monde dort à poings fermés sauf Sinatra, qui fait mine de m'attendre comme s'il avait besoin de mon consentement pour aller flirter en cette période de chasse dans la broussaille du petit bosquet situé derrière notre immeuble. Je l'invite à rentrer, il se faufile deux ou trois fois entre mes jambes pour se faire caresser puis prend la poudre d'escampette avant de se fondre dans l'obscurité féline de la nuit. Je n'ai qu'une envie. M'enfoncer dans mon lit moelleux, ne plus penser à rien et dormir jusqu'à midi !

Treize heures trente. Gare Liège-Central. J'ai pris quelques jours pour déconnecter. Dans un instant, j'embarque sur le quai 19 pour Paris. Trois heures de trajet. Simple. Rapide. Agréable. À cette heure-ci, je me paie une première classe pour le prix de la deuxième. Radin le Baron ? Pas nécessairement mais à force de faire semblant. Bref, je serai de retour dimanche soir. Ma présence à l'enterrement de Tony lundi matin s'impose.

Quand Matt a lâché le morceau, j'avoue avoir pensé très fort au sniper l'espace d'un instant. Non, pas lui, pas Tony ! me suis-je dit en l'écoutant débiter péniblement la tragique nouvelle. Puis, quand il a parlé d'un stupide accident, j'ai eu comme un soulagement juste le temps de réaliser la débilité de ma réflexion. Quelle différence ? Qu'il ait été tué par le sniper ou en tombant d'un escabeau la tête la première, qu'est-ce que ça change ? Rien, si ce n'est qu'on est tous dans le même bateau à se raconter des histoires, à croire qu'on fera un bon centenaire, que la vie est éternelle, qu'il n'arrivera rien de spécial puisqu'il est impossible d'imaginer l'inimaginable.

Paris. Je descends souvent près de l'Hôtel du Nord, endroit mythique avec cette succession d'écluses qui n'en finissent pas de dimensionner l'imaginaire impressionniste d'un Monet supposé être venu à cet endroit précis poser son chevalet et peindre d'un regard flou le canal Saint-Martin jusqu'à l'horizon.

Enfin, c'est moi qui le pense. Monet n'est jamais venu peindre ici quoi que ce soit. Qu'est ce que j'en sais, après tout. Rien. Et pourquoi pas ? Mon cerveau bafouille. Une grosse fatigue qui débarque ! Tu dis vraiment n'importe quoi quand tu es crevé, mon petit Gérard. Que diable Monet serait-il venu glander dans ce quartier infâme ? Je l'ignore et n'arrive pas à comprendre pourquoi je m'obstine à prolonger cette pensée confuse n'ayant ni queue ni tête. Méfie-toi donc du manque de sommeil, bonhomme. Trois nuits blanches coup sur coup, il n'y a rien d'étonnant à se raconter des conneries comme un vieux ! Cela peut te jouer des tours à la longue, tu sais ?

Je rigole tout seul à présent. Moi qui pensais sortir ce soir, me fondre incognito dans les rues sombres qui mènent au boulevard Clichy et m'encanailler – c'est beaucoup dire – jusqu'au bout de la nuit, c'est ma foi raté ! Je vais au contraire me renfermer à double tour dans ma chambre d'hôtel, me mettre exceptionnellement au lit de bonne heure, lire quelques passages d'un vieux Simenon qui doit traîner au fond de mon sac à dos, puis tomber le plus rapidement possible dans les bras de Morphée afin de réaliser à coup sûr un tour d'horloge réparateur. J'aurai ainsi les idées claires demain matin pour régler deux ou trois bricoles à ma banque située non loin d'ici. Concernant la petite virée nocturne, elle sera seulement reportée de vingt-quatre heures !

Décidément, j'adore cet endroit. Quand on remonte le canal dans un sens ou dans l'autre, on n'est jamais très éloigné de la gare du Nord, tout au plus vingt minutes à pied en marchant d'un bon pas si on rate le 32 qui ramène systématiquement à la case départ. Je peux dès lors grouper tous mes points de chute importants sans jamais me soucier ni des distances ni des horaires de départ ou d'arrivée. Fais de beaux rêves, Baron !

Le lendemain matin vers dix heures. Un vieux taximan me précise que le 32 ne roule plus le samedi depuis bientôt trois semaines. « Une décision unilatérale de la préfecture. Comme d'habitude, les gens n'ont pas été concertés ! Vous trouvez ça normal, vous ? » me lance-t-il froidement en me toisant du rétroviseur sans desserrer les dents.

J'aurais pu m'y rendre à pied mais une pluie diluvienne s'est mise à tomber dès l'aube sans discontinuer. Deux heures à regarder le plafond sans plus savoir dormir ni me rappeler mon nom. Résultat, j'ai l'impression d'être encore plus crevé aujourd'hui qu'hier soir. De plus, ce foutu 32 qui ne s'amène pas ! Je poireaute comme un imbécile à croire que je suis le seul à attendre un bus fantôme. Dans la rage, j'interpelle le premier taxi qui passe justement par là et me voici confortablement adossé à cette banquette en cuir chauffante, la tête vissée au carreau humide sans penser à rien de précis, les yeux groggy de fatigue, à écouter les sornettes d'un vieux ronchon.

Le gars est particulièrement motivé. Non seulement il ne décolère pas sur cette décision municipale de ne plus faire rouler le 32 le samedi mais il tente aussi de m'expliquer le pourquoi du comment de toutes choses, les réformes fiscales récentes sur la valeur ajoutée, les interminables travaux de voirie au début du boulevard Haussmann, sans oublier la démission du nouveau maire juste avant les élections. Et ce mal de tête qui s'impose de plus belle. Les rues nébuleuses qui défilent me donnent le vertige. Je ne l'écoute plus…

Quelques virements urgents, un transfert utile sur mon compte en Belgique, un retrait ou deux qui me permettront de voir venir pendant un moment et le tour sera joué. Je ne pense pas m'éterniser à l'agence plus de dix minutes, si ce n'est ce petit désagrément de faire la file au département des spéculations. Le petit renseignement qu'il me faut à tout prix obtenir auprès de Jean-Yves Bodson, sous-directeur des valeurs boursières, ne devrait pas prendre plus d'une minute à l'écran. Je dois vérifier avec lui les répartitions précises de mes placements à risque et lui demander de me tirer un listing « update » reprenant l'historique complet de ma situation-client.

Qu'il sente l'oignon, je m'en fous royalement. Il n'avait qu'à me prévenir dans des délais acceptables au lieu de me débiter erronément de cinq cent mille dollars sans mon accord préalable. Il y a de ça un an, c'est du passé, je sais. Ils ont rectifié le tir depuis, c'est vrai aussi. Avec un bonus de cinquante mille dollars comme dédommagement, je m'en souviens parfaitement. C'est la moindre des choses, non ? Bodson m'avait même téléphoné un jour la queue entre les jambes pour s'excuser personnellement de cette négligence impardonnable. « Je ne sais comment m'excuser, cher Monsieur Touffin. Vous pouvez considérer qu'un tel événement ne se produira plus à l'avenir, faites-moi confiance, et patati et patata… » avait-il ajouté de sa voix nasillarde sans se rendre compte qu'il devenait ridicule à force de faire des nœuds dans cette conjugaison hypocrite de l'excuse et du mensonge.

Évidemment que la confiance n'y est plus ! Mais est-ce une raison valable pour changer de banque comme ça sur un coup de tête ? Oui et non. D'abord, il n'est pas question de précipiter les choses avant les échéances du dernier trimestre, ce qui nous porte déjà en fin d'année. De plus, je n'ai pas encore trouvé un seul établissement financier aussi solide. Prudence donc et patience ! m'aurait certainement sermonné ce bon vieux notaire Anankè, toujours prêt à concilier avec tout le monde en affirmant haut et fort qu'il n'y avait jamais de problème, mais au contraire une solution à tout.

À l'inverse, j'entends d'ici la voix caverneuse de mon oncle Georges railler d'un trait ironique les propos un peu trop dilettantes ou diplomates du vieux notaire en approuvant sans hésitation aucune ma hardiesse à me montrer méfiant ainsi que ma détermination sans appel de changer tôt ou tard de partenaire financier. « La meilleure façon de se faire respecter est de ne jamais montrer à ces bandits de grand chemin le moindre signe de faiblesse. Il te faudra pour cela avoir les nerfs solides, mon garçon. Et surtout, en cas de conflit ou de discussion serrée, n'accepte jamais de compromis ! Ne jamais négocier. Tu dois être impitoyable ! » m'avait-il confié une semaine avant de mourir. J'ignore aujourd'hui encore si ses propos étaient prémonitoires ou s'ils étaient dus au simple fait du hasard. Je me souviens également qu'il revenait souvent avec cette idée fixe de ne jamais placer les œufs dans le même panier et de ne manifester aucune forme de sentiment à changer de banque sur-le-champ si la situation l'exigeait. « L'idée est très simple mon garçon. Ils ne doivent jamais se sentir indispensables. Jamais ! » me disait-il souvent en admirant sa collection d'orchidées étalées en quinconce sur l'énorme cheminée en travertin de la salle à manger. Je n'entends pas tout de suite la voix du vieux taximan me répéter pour la troisième fois au moins : « Vous êtes arrivés, Monsieur, terminus ! Ça fera 450 dollars ! ».

À Paris, je peux me permettre ce genre de petit caprice. C'est l'anonymat le plus absolu. Personne ne connaît personne, c'est l'avantage des grandes métropoles. Pour être franc, tout le monde se fout royalement de savoir qui vous êtes, si vous brûlez la vie par les deux bouts ou au contraire si vous tirez le diable par la queue, si vous êtes riche ou pauvre, si vous êtes au sommet de la gloire ou dans la boue, c'est le même prix. Vous n'êtes qu'un badaud informe qui traverse le temps sans relief ni couleur.

Quelques heures plus tard dans la chambre d'hôtel.

Une douche chaude et relaxante. Une température bloquée sur 37 degrés. Trente minutes dans un bain parfumé aux effluves de lavande sans bouger. Absences de pensées cinq minutes « montre en main ».

Cette histoire de banque m'a épuisé. Il est effectivement temps de changer de crémerie mais pour l'instant, c'est compliqué… Le sous-directeur Bodson est en congé. Son remplaçant, un stagiaire incompétent apparemment sous-informé du litige de l'an passé à l'origine de ma froideur de circonstance, n'a pas arrêté de vanter ses nouveaux produits en spéculations dites « agressives » ainsi que les prouesses de sa société de s'être hissée dernièrement au deuxième classement mondial devant la célèbre Wichita-Japan-bank. Ben voyons ! Le fait de lui demander de sortir en urgence un listing sur mon historique-client n'a provoqué en lui, j'en suis certain, aucun stimulus de suspicion. Le con ! « Certainement, cher Monsieur, certainement… » s'est-il contenté de rabâcher avec une candeur terrifiante tout en me débitant par cœur son argumentaire commercial à la noix comme du véritable papier à musique.

Place Clichy, un peu avant minuit. La migraine a disparu. Frais, alerte, j'aborde les rues adjacentes comme un chat qui lit dans l'obscurité. C'est mon heure. J'aime m'engoncer dans la pénombre de ces ruelles à moitié éclairées par de pittoresques réverbères du siècle passé. Je m'y sens bien et pourtant, je n'y ai jamais mis les pieds.

À chaque périple nocturne lorsque je descends à Paris, je prends une direction différente. Je choisis toujours un quartier que je ne connais pas ou si peu. Je n'entre jamais deux fois dans le même établissement. Cela romprait le charme, la poésie de la découverte. À propos de cette indescriptible sensation d'anonymat dont j'évoquais l'intérêt hier en arrivant, ce serait plutôt raté aussi.

Rien de plus désagréable en effet de quitter son domicile habituel de plusieurs centaines de kilomètres pour atterrir dans un endroit lambda où tout le monde vous reconnaît d'un clin d'œil en vous adressant des pathétiques « Salut, toi, comment ça va ? » ou alors « Rien de neuf depuis la dernière fois, l'ami ? » ou pis encore, si vous venez par exemple de vous offrir une cure de bien-être dans un Spa-thalasso pendant une semaine et que vous vous entendez dire dès la porte du bistrot franchie : « Tiens, qui voilà. T'as une fameuse sale mine, dis donc ! Encore joué avec ton corps cette nuit ? ». Et j'en passe des meilleures...

Je choisis au hasard une petite taverne située à deux pas de la place Clichy au fond d'une venelle sombre dont l'ambiance estudiantine invite paradoxalement à la confiance et à la décontraction. De jeunes gens inoffensifs, légèrement éméchés par la quantité de bière ingurgitée mais super-sympas, sont accroupis en nombre restreint le dos collé aux façades des maisons, une canette de bière en main en train de fumer à pleins poumons des cigarettes roulées un peu trop grosses pour que ce soit du vrai tabac, refaisant sans doute le monde à leur façon.

Pas toujours simple de les distinguer des authentiques sans-abris qui meublent désormais toutes les rues des grandes villes tel un décor établi qu'on a fini par banaliser au fil des années, comme tout le reste. Ils pourraient très bien avoir le même âge ou être à peine plus âgés. Même physique, même profil, même décontraction. Le plus surprenant parfois, c'est cette inversion de la part de ces étudiants continuellement fauchés consistant à leur demander du feu, une clope, parfois même de l'argent et pas un peu. Le monde à l'envers ! J'ai un jour vu de mes yeux un jeune étudiant négocier pour plusieurs centaines de dollars son ordinateur portable à un sans-abri d'une trentaine d'années qui a fini par lui payer en espèces sonnantes et trébuchantes. À ce propos, il n'est pas rare de voir des sans-abris de tous âges, le pantalon troué à force d'être le cul par terre toute la journée, en train de taper comme des malades sur un clavier d'ordinateur de marque. On retrouve souvent, en périodes hivernales, des tonnes de clochards morts de froid pendant la nuit avec un PC laissé allumé, serré très fort contre leur thorax ou caché à l'intérieur de leurs vêtements mouillés. Approche surréaliste de voir parfois ces gens crever comme des bêtes par centaines sous nos yeux impuissants. Mais crever avec un portable de luxe sur les genoux, ça!

L'explication est pourtant simple. Dans la plupart des pays européens, des milliers de gens perdent leur emploi tous les jours et sont contraints de revendre leur maison et leurs biens puisqu'on a aboli depuis vingt ans déjà tous les mécanismes de solidarité. Subsistent parfois certains régimes de versements au compte-gouttes réduits à leur plafond de base uniquement pour celles ou ceux qui peuvent prouver ne plus rien posséder sur cette terre. Certains États soutiennent néanmoins une politique moins stricte en matière de subsides en cas de chômage accidentel mais l'allocation reste basique.

Au global, voilà donc ce qui pourrait expliquer les fortunes aléatoires que certains sans-abris détiendraient secrètement sur eux tout au fond de leurs poches élimées. Le fruit de toute une vie bien souvent négocié à perte pour continuer à vivre le temps qu'il faudra pour mourir, tout simplement.

J'entre en même temps qu'un couple d'étudiants. La pluie vient justement de retomber sans prévenir. Un orage se prépare et laisse des dizaines de jeunes sur le trottoir en train de cuver leurs canettes sans paraître effrayés d'être foudroyés sur place par les éclairs épars qui semblent pourtant rôder autour d'eux. Je commande un whisky bon marché mais bien serré. Ce n'est pas tous les jours qu'on enterre son employeur. « À ta santé, Tony! » dis-je mentalement en regardant par la fenêtre les gros nuages noirs menaçant ce beau ciel de nuit d'été. « Si tu m'entends, sache que je pense bien à toi et que tu me fais bien de la peine de n'être plus là parmi nous! » fais-je en prolongeant cette pensée absconse puisque je ne crois plus au bon Dieu ni à toutes ces sornettes depuis déjà très longtemps.

— Garçon, vous remettez la même chose?

— Certainement, mon gars. Tu es nouveau ici, toi ?

— Pardon ?

— Je disais… C'est où ton quartier, d'ordinaire ? insiste le serveur en déposant nerveusement mon verre de whisky sur le comptoir.

Je ne lui réponds pas en pensant qu'il se trompe de personne. Avec le monde qu'il y a ici et tout ce boucan, qu'est-ce que ça peut bien faire que je lui réponde ou non. Discussions de café stériles de toute manière. De plus, je trouve qu'il a mis trop de glaçons. À mon avis, il ne l'a pas aussi bien serré que le premier, je sens qu'on ne va pas bien s'entendre, lui et moi.

Après m'être enfilé calmement le deuxième, je recommande un troisième sans glaçon et « super bien serré ». La façon dont je l'ai regardé en précisant ma commande ne nécessite aucun commentaire. Il m'apporte un double « Cameroun » qu'il pose cette fois en douceur en reprenant le verre vide qu'il lave immédiatement devant moi tout en me toisant de ses yeux narquois avec un léger rictus aux commissures des lèvres.

Et dire qu'il me faut attendre les effets de l'alcool de ce dernier verre pour enfin piger où je me trouve. Un bar à gigolos, mince ! Je comprends à présent le sens de ses questions et son attitude inquisitrice à me scruter comme une vulgaire pute. Je n'en reviens toujours pas et à voir sa tronche qui se marre sans arrêt, je parierais cent dollars qu'il vient à l'instant de lire dans mes pensées. Tout ce cirque commence sérieusement à m'énerver. Je fais mine de rien, réclame l'addition et me lève pour partir.

— Ne te barre pas comme ça. J'ai peut-être quelque chose pour toi !

— C'est bon ! Tu me lâches, capito ? lui dis-je sèchement en le fixant droit dans les yeux.

— Te fâche pas, quoi ! Allez, assieds-toi encore un moment, c'est ma tournée. Moi, c'est Philou. Qu'est-ce que tu bois pour moi ? La même chose ?

— La même chose !

L'alcool aidant, je parviens à me détendre tout en me moquant de l'attitude agressive que je viens d'afficher. Si on réfléchit bien, il n'y a pas de quoi s'énerver. Le gars fait son boulot après tout. S'il croit dur comme fer que je suis un gigolo professionnel, il est tout à fait logique qu'il s'informe sur ma petite personne. On ne sait jamais, je peux probablement lui rapporter quelques dollars supplémentaires s'il se met à jouer les entremetteurs avec je ne sais quelle poupée un peu friquée en mal de sexe qui traînerait dans les parages. Et puis, il n'a pas une sale tête. Il est plutôt rigolo dans son genre et j'ai bien envie d'entrer dans son jeu quelques minutes, histoire de me marrer, de voir ensuite jusqu'où cette agréable discussion peut nous mener.

— Au fond sur la gauche, reprend-il en souriant, mais ne regarde pas tout de suite de peur de la froisser, il y a une jolie veuve qui recherche des mecs dans la trentaine. Je la connais, elle est déjà venue une fois ou deux et à chaque coup, elle finit toujours par embarquer un gars dans ton genre un rien fauché, jeans décousu, veste élimée de partout, une barbe de trois jours, bref une petite gueule de paumé comme toi mais beau comme un dieu !

— T'as l'air sûr de ton coup. Tu penses vraiment que je suis son genre ?

— Tu parles ! Je connais particulièrement ce genre de « fanfreluche », crois-moi. Si elle avait trouvé un « Jules », il y a longtemps qu'elle aurait déguerpi. Ça fait au moins deux heures qu'elle s'est installée sans bouger. Tu peux être certain qu'elle t'a repéré depuis un sacré moment mais s'il n'y a pas une petite impulsion de ta part, je la connais, elle n'osera jamais faire le premier pas. Et je te garantis qu'elle est pleine de fric ! Alors, ça marche ?

— Quoi, ça marche ?

— Tu te fous de moi ou quoi ? Je lui demande ou je ne lui demande pas ? Mais attention, je suis un professionnel, je te préviens. Je ne veux pas d'histoire entre nous. C'est oui ou c'est non, mais je ne veux pas d'entourloupe ! Et pour ta gouverne, ton honorable serviteur ne travaille jamais en dessous de dix pour cent. Je te rassure, c'est le prix pratiqué par ici, tu peux te renseigner. Alors, tu dis quoi ?

— Laisse-moi réfléchir un instant.

— Oui, OK, mais pas toute la nuit, je n'ai pas que ça à faire, moi !

— Bon, d'accord pour le pourcentage. Mais qu'est-ce qui te fait dire que je suis vraiment son genre ?

— Ma foi, tu es sourd, parbleu ? Je viens de t'expliquer il y a moins d'une minute qu'elle a déjà embarqué plusieurs mecs dans ton style. Le dernier en date, c'était le mois passé, il te ressemblait comme deux gouttes d'eau, bordel ! Alors, quoi ?

— Il me faut un autre verre, je ne sais plus.

— Merde, la voilà qui se lève, décide-toi !

— Un instant, tu veux… quel âge a-t-elle cette « gonze » à propos ?

— Qu'est-ce qu'on s'en fout de son âge ! Cinquante, je crois et après ?

— Il me faut un verre, je te dis !

— Tiens, le voilà ton verre ! Enfile-moi ça en vitesse et magne-toi de me répondre, elle se rapproche, merde ! Alors, tu te décides finalement ?

— C'est d'accord, marché conclu !

Je reste accoudé au comptoir quelques instants à faire semblant de siroter ce cinquième whisky que je viens de m'envoyer cul sec. Philou, le serveur, est en train de discuter ferme avec la dame en question, une bourgeoise d'une bonne cinquantaine d'années mais toujours très bien de sa personne. Je fais mine d'ignorer leur présence et continue à déguster mon verre vide. Moi qui ne recherchais rien en particulier ! J'étais parti pour boire quelques verres ici ou là, me détendre de cette semaine particulièrement agitée et ensuite regagner gentiment l'hôtel pour m'y reposer d'une bonne nuit de sommeil bien méritée.

Qu'est-ce qui m'a pris de lui dire « marché conclu »? Je ne suis pas un gigolo et pourtant, si je n'ai pas rêvé et que les choses s'arrangent comme prévu, je vais donc passer la nuit avec une illustre inconnue contre une sacrée somme d'argent, tu appelles ça comment, coco?

L'alcool n'est pas une excuse mais si je ne m'étais pas enfilé ces cinq whiskies comme un con, je ne serais pas là à déjà regretter cette folie. Mais ne soyons pas hypocrite! Quel homme n'a pas rêvé, ne serait-ce qu'une seule fois dans sa vie, de se faire « emballer » par une jolie femme amoureuse de son corps viril, prête à tout et surtout à payer une fortune pour réaliser mille fantasmes avec lui? Je n'ai de comptes à rendre à quiconque à ce que je sache et personne ne m'attend quelque part. Même pas Fleur!

Le lendemain matin, gare du Nord.

Le train qui nous ramène sur Liège a une demi-heure de retard. Nous sommes une vingtaine de badauds à nous impatienter sur le quai numéro 30. Quelques jeunes écrasent leur dernière cigarette malgré l'interdiction de jeter les mégots par terre. Les adultes ramassent tout doucement leurs bagages respectifs empilés sur un vieux banc tandis que le marqueur géant affiche l'arrivée de notre correspondance dans moins de cinq minutes.

Je m'installe en face d'un couple qui n'arrête pas de se béqueter. Les places étant numérotées, je n'ai donc pas le choix. À ma gauche, la place est vide mais je suis certain qu'au prochain arrêt, je vais me farcir un monstre de cent vingt kilos, c'est chaque fois la même rengaine en deuxième classe! Mon ticket de première n'était valable qu'en provenance de Liège, c'était à prendre ou à laisser. En attendant, je me colmate confortablement à la fenêtre, regarde le paysage défiler à plus de deux cents kilomètres-heure en me remémorant cette nuit pas comme les autres…

Philou, le serveur de la petite taverne, avait tout organisé comme un pro. Il était venu me rejoindre au comptoir dès que la dame quitta l'établissement pour rejoindre son véhicule, garé non loin d'où nous étions. Il me confirma qu'elle lui avait déjà réglé son pourcentage et que nous étions donc quittes à ce sujet même si je changeais d'avis en dernière minute. Le petit salopard ne m'avait pas trop mal jaugé sur le coup et avait sans doute négocié au plus fin avec la bourgeoise en pensant à toutes les alternatives possibles. Il m'expliqua ensuite où elle s'était parquée exactement, qu'elle m'attendait discrètement dans sa jaguar d'ici un quart d'heure, qu'elle me donnerait personnellement « mon enveloppe » une fois rentré dans l'habitacle, puis il me souhaita enfin bonne chance pour le reste.

La pluie avait cessé. Je me retrouvais de nouveau dans cette ruelle étroite infestée d'étudiants complètement beurrés et de sans-abris concentrés individuellement sur leur ordinateur portable. Ça dégueulait dans tous les coins et quatre jeunes étaient en train de tabasser un petit vieux qui ne voulait pas leur donner du feu. Personne ne s'est levé pour l'aider. Moi non plus. Ce n'était pas mon problème. J'ai passé mon chemin sans leur prêter attention et me suis dirigé tout de go vers le boulevard Clichy, comme il m'avait indiqué. L'endroit était désert. J'aperçus la jaguar à cent mètres sur la droite, phares de stationnement allumés.

J'aurais pu faire demi-tour, rejoindre ma chambre d'hôtel à pied en prenant le sens opposé et m'en aller dormir encore quelques heures dans un bon lit moelleux. J'avais bien profité d'avoir joué les prolongations avec ce petit ringard de serveur. Tout ce cinéma, c'était pour la frime, juste pour se marrer un coup et surtout rien, je dis bien RIEN ne m'obligeait à honorer ce rancard idiot !

Et pourtant, cette rencontre pour le moins insolite n'arrêtait pas de m'obséder. J'avais l'impression que la subtilité de son parfum aux effluves de chèvrefeuille mais aussi l'élégance indescriptible de cette femme mature m'attiraient comme un aimant. Je m'en étais rendu compte lorsqu'elle m'avait frôlé volontairement en sortant du bar. Discrétion oblige, nos regards ne s'étaient pas croisés mais je suis sûr que nous eûmes à ce moment précis une vision trouble mais satisfaisante l'un pour l'autre. Un moyen phéromonal pour elle de confirmer son choix. Une intuition olfactive autant qu'irrationnelle pour moi de m'être embarqué dans une drôle d'histoire.

« Vous pouvez encore changer d'avis si vous voulez ». Cette phrase restera à jamais gravée dans ma mémoire et comme tout bon gigolo professionnel que j'étais censé être, je ne pus que lui rétorquer : « ce qui est convenu est convenu, Madame ».

Ce n'était pas très original mais cela sonnait juste. Elle me tendit une enveloppe d'un geste raffiné en me disant à la lisière du mépris : « Ceci est pour vous. Comptez maintenant, qu'on n'en parle plus ! ». Ce que je fis sur-le-champ, toujours pour me conforter dans mon rôle d'apprenti gigolo.

Les quatre mille dollars me paraissaient exagérés mais de nouveau, je ne devais en aucun cas manifester le moindre étonnement pour des raisons évidentes. Sans détour, elle mit alors les choses au clair en me précisant la façon dont le restant de la nuit allait se dérouler.

Elle ne désirait pas faire l'amour. On se rendit chez elle dans une magnifique propriété située à quelques kilomètres et là, son unique désir fut que j'enfile un peignoir de son défunt mari, que nous discutions simplement de tout et de rien « comme au bon vieux temps » autour d'un excellent cognac et qu'enfin nous dormions dans la chambre nuptiale quelques heures côte à côte, entièrement nus, comme si nous étions mari et femme.

Un peu avant midi, lorsque les premiers rayons de soleil s'invitèrent dans la pièce, je fus réveillé le premier par le jacassement sourd d'une pie qui s'était accaparé du rebord de la terrasse donnant sur le jardin. Le temps de reprendre mes esprits, je ne parvenais plus à associer ce parfum de chèvrefeuille puisqu'il n'était pas dans mes habitudes de m'asperger d'une eau de toilette féminine dès le lever du jour. Je me souvins alors que nous avions fini par nous coucher à moitié ivres dans le plus simple appareil. Son corps, malgré la cinquantaine bien engagée, était resplendissant de beauté. Cette odeur de chèvrefeuille n'arrêtait pas d'émoustiller ma libido qu'il était judicieux de contrôler si je voulais m'en tenir à notre convention.

Nous nous sommes pourtant étreints d'un baiser passionné qui n'en terminait pas pendant que ses mains hésitantes caressaient d'un revers léger mes cuisses en sueur. Elle devint ensuite plus entreprenante en couvrant mon torse velu de mille baisers avant de parcourir avidement le reste de mon être de ses lèvres humides et sensuelles, comme si elle découvrait le corps d'un homme pour la toute première fois de sa vie. Elle s'est soudain endormie dans mes bras, dans la tiédeur étrange de ce lit géant, témoin originel des passions les plus inavouées.

Je suis resté un long moment l'esprit embrouillé de souvenirs précis et d'incertitudes, le temps de réaliser qu'elle dormait toujours paisiblement le visage blotti sur mes épaules, sa main gauche meurtrie sur mon sexe en très honnête forme. Je n'osais pas changer de position de peur de la réveiller jusqu'au moment où elle ouvrit brusquement les yeux et me sourit tendrement sans dire un seul mot. Je pensais qu'elle aurait par un réflexe contrôlé retiré sa main, mais elle continua à me sourire béatement sans broncher pendant un temps interminable. Un long moment d'esseulement ! Puis, comme sortie de sa torpeur, elle se leva d'un trait, enfila une robe de chambre, tira les rideaux et alluma une cigarette. « J'ai encore une petite requête à formuler. Je souhaiterais restituer le dernier souvenir que j'ai de mon mari. Nous étions comme aujourd'hui, à moitié nus, nous avions enfilé un peignoir et pris notre petit déjeuner sur la terrasse. Si vous êtes d'accord, bien entendu, je vous servirai votre café bien chaud avec un véritable jus d'orange. Vous prendrez bien un toast de confiture aux framboises ? C'est moi qui l'ai faite l'an passé. Et votre café, noir sans lait et sans sucre je parie ? ».

Que répondre à cela si ce n'est de compatir à cette horrible solitude qui l'avait vraisemblablement rendue à moitié folle. « Je prendrai juste un sucre, Madame » lui dis-je en professionnel que je n'étais pas, malgré les apparences. Je devais jouer mon rôle jusqu'au bout, à présent. Impossible de faire marche arrière. Je me montrai donc affable, compréhensif, souriant avec toutefois un zeste d'indifférence comme il se doit. Pour « faire vrai ».

Je ne pus cependant m'empêcher de lui demander depuis quand son mari était décédé mais elle me répondit en s'esclaffant sans l'ombre d'une hésitation que je faisais fausse route sur toute la ligne. « Je vous ai menti, veuillez m'excuser. Mon mari n'est pas mort, cher Monsieur. Au contraire, il n'a jamais été aussi vivant ! Il m'a quittée il y a maintenant cinq ans. Il m'a toujours trompée, depuis le premier jour de notre mariage ! Mais je n'avais jamais imaginé qu'il me quitterait pour cette petite garce. Elle aurait pu avoir l'âge de sa fille, vous vous rendez compte ? ».

Je ne savais que lui dire. Lorsque je pris la décision de partir, je lui expliquai qu'il était inutile de me reconduire, que j'avais besoin de prendre l'air et que je trouverais bien un taxi pour rentrer mais je crois sincèrement qu'elle ne m'a pas écouté car ses yeux hagards semblaient ressasser inlassablement la même phrase « Vous vous rendez compte ? Vous vous rendez compte ? »...

Dans cinq minutes, nous arrivons à Liège-centre.

La place à ma gauche est restée vide pendant tout le trajet. Le couple en face de moi avait fini par piquer une petite sieste.

Mes yeux sont ahuris de fatigue de n'avoir pour ainsi dire dormi que quelques heures mais on dirait que je vis sur mes réserves car je ressens tout d'un coup comme un élan d'énergie qui me propulse de ma place douillette et me retrouve debout devant les portes de sortie en attendant que le train se stabilise.

Je quitte la gare en réajustant pour la seconde fois mon sac à dos qui me déstabilise l'épaule. Je décide de traverser la ville à pied sans prendre le bus qui m'aurait évité une demi-heure de marche. Un besoin pressant de prendre l'air, d'être dégagé de toute promiscuité propre aux transports en commun.

Soudain, un attroupement. Que se passe-t-il ? Des sirènes, cinq voitures de police, deux ambulances, bizarre ! Je bifurque légèrement sur la droite pour en avoir le cœur net. Une jeune dame est étendue sur le sol. Trois préposés du corps médical essaient de la réanimer. Un quatrième s'amène avec un défibrillateur. Le temps presse. Tout est une question de temps ! Le plus vieux jette son matériel par terre et shoote sur un piquet en béton. C'est terminé ! La femme est morte depuis dix minutes déjà d'une seule balle dans la tête. Les autorités nous demandent de nous disperser. Le sniper est de retour ! Demain, c'est l'enterrement de Tony…

Direction dodo. Enfin arrivé à bon port. Je suis exténué ! Cet élan d'énergie tout à l'heure dans le train n'a été que de courte durée. Il me faut dormir douze heures d'affilée si je veux récupérer correctement.

« Tu m'attends depuis tout ce temps, Sinatra ? ». Il ronronne et me fait la fête comme un véritable caniche de cirque. C'est bien la première fois que je le vois me manifester autant d'affection. « Tu es malade, mon vieux ? Ou alors, tu crèves de faim, c'est ça ? ». Je lui prépare une petite gamelle-maison avec le gras en collier comme décorum d'appétence. Il se régale et je me bidonne à l'entendre ronronner comme un trombone en perdition. Je suis trop crevé pour attendre qu'il ait terminé. Cette nuit, mon vieux, tu n'iras pas rejoindre tes copains dans la nuit buissonnière, non, tu dors dans la cuisine ! Moi, je me flanque dans mon pieu et je ne fais pas sonner avant huit heures. Les funérailles sont à onze heures, j'ai le temps de m'organiser.

Difficile de trouver le sommeil. Les paupières sont pourtant lourdes de fatigue. Un million de pensées me traversent l'esprit sans se fixer vraiment. Il est préférable de les canaliser même s'il faut bien se référer aux statistiques récentes prétendant que quatre-vingt-dix-neuf pour cent des pensées sont inutiles, pour ne pas dire néfastes. Les rejeter d'un bloc n'est pas la solution car on se sentirait incomplet, frustré et le sommeil serait perturbé.

Vide impossible… Gigolo, moi ? Vide impossible, alors je laisse couler… Et si un jour je devenais gigolo pour gagner ma vie ? Quatre mille dollars en une nuit sans se fouler, ce n'est pas si mal…

Pourquoi penser à cela maintenant ? Et pourquoi pas ? Il n'y a pas de sot métier, disait-on lorsque j'étais enfant. Une profession qui s'officialise, comme la drogue à domicile ou les cours par correspondance. Tu ne réponds pas à la question. Et si un jour tu étais dans la merde, tu te ferais gigolo ou tu te laisserais crever de faim ? Réponds ! Question absurde. Réponds ! Pensée inutile mais il est impossible de combattre. Réponds ! Oui, je crois... La veuve qui n'est pas veuve, je ne lui ai pas demandé son nom. Normal, c'est la règle. Elle n'a pas demandé le mien. Égalité. On en reste là et c'est très bien. Jouer les prolongations ne sert à rien dans ce genre d'aventure. C'était couru d'avance qu'on ne se reverrait jamais. *Je n'avais jamais imaginé qu'il me quitterait pour cette petite garce...* Un mari volage mais tant qu'il la trompait, il y avait une présence dans la maison. Aujourd'hui, elle s'escrime tous les jours avec sa solitude au risque de flirter avec la folie. Perdre ce point d'ancrage avec la réalité qui eût été d'accepter la situation sans tomber dans cette addiction de payer des jeunes hommes pour restituer les fantômes d'un bonheur en papier, d'un mariage déchu, sali par les rides du temps.

Et Fleur dans tout ça, combien de fois l'as-tu déjà trompée ? Le sommeil gagne du terrain. Les paupières s'alourdissent davantage mais ce flot de pensées est comme le courant d'une rivière qui vous emporte sans qu'on puisse rejoindre le rivage.

Fleur ne compte pas pour moi. Faux. C'est mon droit de le penser. Pourquoi diable continuer à lui faire l'amour puisque c'est fini entre nous ? C'est encore mon problème... Tu l'aimes ? Non. C'est elle qui a « institué » cette amitié de pacotille, pas moi. Tu l'aimes, espèce de salaud ? À ma façon. Des mots, ça ! Je sais, et alors, ce n'est pas ma faute si elle me saute dessus à la moindre occasion. Ce n'est pas très gentil de sortir des choses pareilles, triple andouille ! Il est tout à fait normal qu'elle soit en manque lorsque tu passes chez elle après plusieurs longues semaines sans avoir fait signe de vie, non ? À propos de manque, ça fait quoi d'avoir eu la trique une nuit entière sans broncher? Spécial, je dois reconnaître. Vivement un petit détour chez Fleur. Disons… Après l'enterrement, ce serait un bon plan. Comment peux-tu? Quoi? Tu es vraiment odieux. Je ne comprends pas. Tu as parfaitement compris! C'est parce qu'elle a bientôt cinquante ans que tu la jettes comme une vulgaire chaussette, c'est ça? L'âge n'a aucune importance. Si, bien sûr que l'âge a de l'importance! Un calvaire pour elle d'être avec un mec comme toi, tu ne trouves pas? Perso, je m'en contrefiche et puis, une convention c'est une convention, on ne va pas changer les règles toutes les heures! Tu l'aimes ta petite Fleur, n'est-ce pas? Je n'ai plus envie de répondre. État de non-pensées pendant soixante secondes. Le cerveau est en alerte, il ne répond plus. Formatage obligatoire… Tu vas lui en parler? Non, elle n'a pas besoin de savoir que ce salopard est de retour! Et si elle l'apprend en lisant la presse de demain matin? Elle ne lit jamais les journaux! Pourquoi s'énerver pour si peu? Je ne m'énerve pas. Non, à peine. Tu vois que tu l'aimes, couillon!

Qui es-tu, sniper? Comment dois-je t'appeler? Un jour, j'aurai ta peau! Quand je ferme les yeux, je vois défiler ton visage, tes mains, ton corps. Je finirai un jour par connaître le moindre de tes gestes, savoir où tu crèches. D'ailleurs, je n'ai pas besoin de savoir ton nom pour déduire que tu n'es qu'un paumé. En ce moment, tu vois, tu viens de faire « joujou » avec ton pétard de merde mais au fond de toi-même, tu n'es pas très fier de toi. Je le sais. Je le sens. Je te hume. J'ignore dans quel trou tu te caches mais je sais qu'en ce moment précis, tu t'enferres seul dans un meublé pourri pas plus grand qu'une cellule de prison. Car c'est bien d'une prison qu'il s'agit. Ta vie n'est qu'un barreau de boue!

Tu es là à glander comme un con, assis sur ton lit puant, les yeux hagards, le cerveau troué en train de regarder inlassablement les déjections de mouches sur un mur gris. Ton flingue est par terre, juste là à tes pieds! Tu n'as même plus envie de le ranger, le récurer, le nettoyer. Tu n'éprouves même plus l'envie de prendre une douche, ne serait-ce pour te donner l'illusion d'enlever la saleté qui est en toi, même plus la force d'enfiler une autre chemise ou d'aller te balader pour te changer les idées. Tu restes assis des heures entières sans bouger, chaque molécule de ton corps adipeux en train de macérer dans un aigre bouillon de sueur, le cul vautré sur un matelas jauni de sperme séché faisant la joie d'un milliard d'acariens ou d'autres parasites indiscernables, à ne penser à rien d'autre qu'à la nullité de ta vile existence.

Un an sans avoir de tes nouvelles ! J'avoue que tu nous as bien tous bluffés. On n'y pensait plus. J'avais moi-même fini par m'imaginer que tu étais parti loin d'ici, que jamais tu ne reviendrais dans le coin. Je me suis trompé. Tu vas de nouveau te faire oublier pendant des semaines ou des mois puis, au moment où on s'y attendra le moins, tu recommenceras. Tony, lui, ne t'a pas attendu ! Il est mort tout seul comme un grand, en se cassant la figure sur une échelle. La vie est froide, tout d'un coup. Froide de nullité, d'absurdité, de solitude. Parfois, je me demande si… Non, ce n'est pas sérieux. Vas-y, accouche ! Qu'est-ce qui prouve qu'on est encore en vie quand on est seul ? Dans sa grande complaisance, puissions-nous imaginer coup plus bas de la Faucheuse qui se la jouerait à fleuret moucheté, narguant ainsi notre imaginaire à coups de doutes géants. Et si l'existence n'était qu'un rêve de papillon ?

Je revois soudain défiler ma vie à la vitesse du son. Nostalgie superflue mais il est impossible de lutter… Des images échevelées de l'âge tendre affluent dans tous les sens. Elles finiront bien par disparaître d'elles-mêmes. De quelle enfance parle-t-on ? D'une enfance assassinée lorsqu'on perd sa mère à onze ans. Un cancer foudroyant qui ne lui laissera aucune chance. Nous lui prodiguons pourtant les soins nécessaires en nous relayant jour et nuit, mon père et moi. Les médecins ne lui donnent guère plus de trois mois…

Un an plus tard, mon père meurt dans un stupide accident de car en se rendant à Vienne pour ses affaires. *Tu ne pouvais pas prendre l'avion comme tout le monde ? Je n'avais plus que toi, papa !* Combien de fois t'ai-je maudit de m'avoir abandonné comme un chien qu'on laisse au bord de la route. *Et pourquoi ne me réponds-tu jamais lorsque j'invoque ton nom chaque nuit en pleurant seul dans ma chambre orpheline ? On avait pourtant établi un arrangement tous les deux après la mort de maman, tu t'en souviens, dis ?* Il était question de ne jamais se séparer. Jamais ! Et si le destin en décidait autrement, celui qui partirait le premier aurait l'obligation absolue de laisser à l'autre un message rapide et sans équivoque grâce à cette petite médaille en argent de la Sainte Vierge que l'autre garderait précieusement sur lui sans jamais s'en séparer. À propos, où est-elle aujourd'hui cette fameuse médaille en argent ? *Et toi papa, pourquoi ne m'as-tu jamais transmis de message comme c'était convenu ? Pourquoi même pas l'ombre d'un signe, un tout petit signe, n'importe quoi, un geste, une croix au plafond, l'odeur indélébile de ton after-shave sur mon oreiller en me réveillant le matin, la valse du petit chien de Frédéric Chopin, tu sais celle que tu sifflais tout le temps avant de m'endormir quand j'avais peur de faire des cauchemars, ou alors un mot tendre griffonné sur mon journal intime que je laissais ouvert toute la nuit en espérant te lire aux premières lueurs de l'aube ?* Rien…

Tant de questions laissées sans réponse sur lesquelles je m'acharne en vain auprès de ce vieil oncle acariâtre et taiseux qui se charge pourtant de mon éducation avec une rare bienveillance. C'était le seul parent qui me restait en ce bas monde et dont je devins à sa mort trois ans plus tard le légataire universel…

J'hérite d'une fortune colossale mais à quinze ans, le monde de la finance n'est que source d'ennuis et mes yeux ne voient à ce moment-là qu'un monde déprimant, fade et sans passion. Des conseils savants, froids mais judicieux me sont alors prodigués par un vieux notaire honnête, Maître Anankè, le meilleur ami de mon oncle Georges, qui devient naturellement mon tuteur jusqu'à ma majorité. Il ne sait que faire pour m'être agréable mais c'est plus fort que tout, je déteste ma vie au point de faire un jour une solide dépression d'adolescent bafoué dans son droit le plus élémentaire à l'amour parental, ce qui me fait penser sérieusement au suicide.

Julien, un gosse de mon âge qui vient souvent à la maison, m'en dissuade en me faisant écouter quotidiennement du Wagner. Sa famille est très pauvre mais l'ambiance est toujours chaleureuse lorsqu'il m'invite à passer parfois quelques jours chez lui. Il n'y a pas beaucoup à manger mais on s'arrange pour partager ou alors sa mère fait semblant d'avoir une lourdeur à l'estomac pour me laisser sa part.

Du haut de mes quinze ans, je ne me rends pas compte à quel point ils sont si pauvres, et moi si riche ! À quel point ils sont si heureux et moi si malheureux. Je me souviens seulement qu'ils riaient sans arrêt, qu'ils étaient heureux avec peu de chose. C'est peut-être le meilleur souvenir que j'ai de cette époque et je m'en souviens comme si c'était hier ! « *On ne peut pas se suicider en écoutant Wagner* », me répète Julien à longueur de journée de peur que je ne commette une bêtise. Il avait raison. Au pire, pouvait-on éprouver l'envie de tuer quelqu'un, mais pas de se suicider...

À partir de là, tout va se dérouler en un tournemain. Comme si cette partie bafouée et pesante de « l'enfance-adolescence » avait duré une éternité à côté du reste. La musique, et pas seulement celle de Wagner, m'a réellement sorti de cette mauvaise passe. Jamais plus je n'eus en tête ces idées maussades. La vie était bien trop précieuse et trop brève pour l'écourter davantage... Le vieux notaire perçoit d'intuition mes dons innés pour le piano. Il conclut rapidement, et à juste titre, que je ne serai jamais un as de la finance, quoique très rapide en calcul mental. J'entre au conservatoire à dix-huit ans, remporte haut la main un premier prix à vingt-trois ans, ce qui me destine sans conteste au métier de soliste international. C'est sans compter sur cette envie brutale, irraisonnée de voir « du pays », de bouger, bref de partir loin, très loin, de tout plaquer et de m'engager pour cinq ans à la Légion étrangère !

Quelques mois d'instruction, des camps d'entraînement en Afrique centrale pour terminer sur le continent est-asiatique dans cette fascinante jungle sri-lankaise où je serai caserné jusqu'à la fin de mon contrat de légionnaire.

Des missions humanitaires essentiellement… Nous aidons les populations civiles à reconstruire des villages entièrement détruits par la récurrence systématique des tsunamis ou autres catastrophes naturelles. Nous prodiguons des formations diverses sur le terrain. Principes d'hygiène fondamentale, techniques de premiers secours qui sauvent la vie avec un minimum de connaissances, cours de cuisines simplifiées, aides alimentaires, apports de médicaments et cours d'automédication en matière d'injections sous-cutanées, perfectionnements en langue française et anglaise. Nous travaillons aussi main dans la main avec des experts en canalisations hydrauliques dans l'espoir d'installer l'eau potable partout dans l'île.

Jadis surnommé « île de beauté » mais aussi « larme de l'Inde », le Sri Lanka est aujourd'hui encore une île en lambeaux dont les habitants fiers et amoureux de leurs racines ne nourrissent qu'un seul projet : la reconstruction sans relâche de leur pays ainsi que le rétablissement définitif de leur identité culturelle. Hélas, rien n'est définitif ! Tel le célèbre mythe de Sisyphe, tout n'est jamais qu'un éternel recommencement car les calamités géologiques n'ont que faire des sentiments humains et frappent sans pitié aussi bien les villes que les campagnes même après de longues périodes d'accalmie, la plupart du temps sur plusieurs fronts à la fois. L'on est à peine rétabli d'un glissement de terrain d'un côté qu'il faut rapidement faire face à d'autres surprises de l'autre. Sans parler des guerres civiles qui ont anéanti le pays pendant une trentaine d'années. Nos missions servent aussi à réguler un solde de résistance dans le Nord ainsi qu'à canaliser certains élans de terrorisme qui égrènent essentiellement la partie sud du pays. Quant aux mines antipersonnel, les vagues géantes des tsunamis ayant déplacé des champs entiers sur plusieurs centaines de kilomètres, la situation devient vite ingérable. Nous sommes pourtant aguerris aux techniques de survie, de prudence, de prophylaxie et de simulation en tout genre et même aux technologies modernes de combat nous permettant de faire face à un très grand nombre de situations. Au bout de quelques mois à peine, la stratégie militaire ainsi que la manipulation des armes n'ont plus aucun secret pour nous. Nos performances sont de plus en plus multifonctionnelles. Aussi bien tireur d'élite professionnel que formateur en tambouille élémentaire, on doit savoir tout faire, c'est la devise du légionnaire ! « Missions humanitaires uniquement ! » qu'ils disaient quand ils m'ont engagé. Très « Astérix » tout ça. Au final, on ne s'habitue jamais au danger, à la guerre, à la mort. On s'adapte, c'est tout. Et surtout il faut vivre avec !

Heureusement, il y a Chopin ! Un gars facilement quinze ans plus âgé que nous tous. Un vrai dur. Mais il m'a toujours eu à la bonne. On est devenus potes au premier regard. Il est préférable d'être copain avec lui que l'inverse de toute façon. Quand on a gagné son amitié, c'est « bingo », on obtient tout de lui !

Une guindaille sans Chopin ? Ce n'est pas une guindaille... Sous mes yeux défile le souvenir désordonné de nos permissions inénarrables dans les bordels de Kandy ; les vieilles putains qu'on trimbale partout jusqu'au bout de la nuit ; le contraste étonnant de leurs corps de sirène malgré leur âge avec leurs visages émaciés aux dents jaunies par les feuilles génétiquement modifiées de haschich ou d'opium ; les senteurs irrespirables de poissons avariés sur les petits marchés du vendredi qui nous soulèvent le cœur et les intestins ; nos beuveries incessantes à l'alcool d'arrack parce qu'il n'y a rien d'autre à boire dans ce bled pourri et qu'il est préférable de s'enfiler un litre d'arrack à cinquante degrés que de consommer de l'eau ou du thé tiède qu'on n'a pas pris le temps de faire bouillir.

Puis, comme pour me ramener à la réalité, il y a eu ce type qu'on a laissé une minute pour aller uriner, Chopin et moi. Je revois la scène comme si c'était hier. Il s'agit d'un réfugié tamoul qu'on doit escorter jusqu'au camp. On crève de chaud par ce temps de mousson qui nous enlève toute notre énergie. Chopin décide de s'arrêter dans ce petit bar très typique entre deux lagunes. Il connaît le patron. L'endroit est sûr. Il y était venu plusieurs fois quand il était encore sous-officier instructeur. Je menotte le gars au comptoir le temps de rejoindre Chopin aux toilettes au sous-sol. Quand on remonte, le bonhomme est toujours attaché au bar mais sa tête a disparu ! Je n'ai pas le temps de redescendre et dégueule tout mon repas de midi sur le pavé…

Plages paradisiaques, cocotiers, plantations de thé omniprésentes, rizières et jungles à perte de vue… Une mosaïque de verdure déferle dans ma tête… Soma, un vieux sage avec qui je me suis lié d'amitié me livre les vertus de la méditation transcendantale ainsi que quelques secrets de yoga. C'est à lui que je dois l'étrangeté de certaines visions…

J'arrive enfin au terme des cinq ans. Très belle expérience mais je pense avoir assez donné, basta ! N'ai-je pas suffisamment flirté avec la mort ? Dans un mois, c'est le retour à la vie civile ! Je suis heureux comme un coq en pâte. Je flâne paisiblement pendant les quelques derniers jours au bord d'une mer calme comme un étang irlandais sur une plage de Negombo. Ambiance propice au spleen baudelairien lorsque j'aperçois au beau milieu du sable un pylône kilométrique rouge « made in Britain » mentionnant en triptyque le nombre de miles qui nous distance de Londres, Paris et Stockholm. Un foutu coup de blues !

Puis, tout se précipite de nouveau… Je rencontre Kalyna, une Sri-Lankaise de dix-huit ans, belle comme une des innombrables maîtresses de Vishnu. C'est le coup de foudre ! Chopin me dit que je suis un « gros con » de rentrer en Europe mais il est trop tard, j'ai déjà payé mon billet d'avion…

Je signe dans la foulée un nouvel engagement pour trois ans sans réfléchir. Qu'est-ce que trois ans dans une vie ? Notre camp est installé près de chez ses parents. Je vais manger chez elle tous les soirs et ne reviens au campus militaire qu'au petit matin. Chopin est le premier à comprendre le manège. Il me fait un clin d'œil en guise de reproches, j'ai connu pire ! La vie est belle. Que dis-je ? La vie est merveilleuse ! C'est la plus belle fille à six cents kilomètres à la ronde et cette fille est folle-dingue de ma petite personne, j'hallucine ! De plus, elle a les plus beaux seins de la terre, le cul le plus sexy que je connaisse et ses lèvres ont le goût sucré de la canne à sucre. Je suis éperdument amoureux d'elle, j'ai vingt-huit ans, je suis jeune et vigoureux et je vais l'épouser…

Au terme des trois ans, je prends le premier avion et rentre en Europe pour toujours, sans Kalyna. Il m'est difficile aujourd'hui encore de comprendre la raison profonde qui fut à l'origine de cette décision. Pour être franc, je n'ai plus envie d'en parler. Comment vivre après cela ? Impossible. Il est par contre envisageable de survivre, ce que je fais. Une vie au jour le jour, faite d'aventures houleuses et de feux de paille. Un bonheur surfait, artificiel mais c'est le mien et je m'en contente. Le sommeil m'emporte enfin dans un écueil de rêves où les fleurs flamboyantes circulent sans tige dans un ciel parfumé d'espoir.

DEUXIÈME RÉCIT

Les semaines passent à une vitesse vertigineuse.

Fleur n'est pas au courant pour le sniper qui a assassiné une jeune fille à mon retour de Paris. Je la sais très fragile en ce moment et n'ai pas souhaité la chagriner outre mesure. Elle me donne l'impression de se refermer continuellement sur elle-même et ne sort pratiquement plus de chez elle. Son attitude m'inquiète et cependant, lorsque je viens lui rendre visite, sa douceur, son extrême gentillesse à mon égard n'a pris aucune ride et la convention d'amitié que nous avons établie depuis un bon moment semble ne plus la perturber comme avant.

C'est parfois elle qui m'en parle avec une ironie déconcertante ou alors me devance après le dîner en m'indiquant habilement qu'il est temps que je m'en aille, ou qu'elle serait heureuse de rencontrer un jour l'élue de mon cœur, voire d'être mon témoin en cas de mariage. Ce qui ne nous empêche nullement de continuer à faire l'amour jusqu'au petit matin lorsque j'arrive chez elle à l'improviste, comme aujourd'hui, un peu avant minuit.

— Je te sers un verre ?

— De l'eau, uniquement de l'eau, merci.

— Tu refuses de trinquer avec moi, Baron ?

— À quoi veux-tu trinquer, mon bébé, je peux savoir ?

— Au sniper, à toute cette violence qui ne s'arrêtera jamais !

— Pourquoi y penser maintenant, sans raison ?

— Parce que j'ai découvert l'article du mois d'août, en consultant par hasard d'anciennes revues hier en allant me faire coiffer en ville. Les gens ne font qu'en parler partout, tu sais. J'étais momifiée sur place !

— Tu es sortie hier ?

— Oui, j'avais envie de me changer les idées et ma journée fut totalement gâchée lorsque j'ai lu ce qui s'est passé. Pourquoi ne m'en avoir jamais rien dit ?

— Je ne voulais pas te tracasser inutilement, c'est tout.

— C'est gentil, Baron. Je sais que tu le fais pour mon bien mais l'article m'a bouleversée et mes craintes sont encore plus grandes aujourd'hui qu'hier.

— Tu ne dois pas, Fleur. C'est fini, maintenant. Ce type est recherché par toutes les polices du royaume. Il a suffisamment rôdé dans le coin et à l'heure qu'il est, il a sans doute passé la frontière depuis longtemps.

— On avait dit ça aussi la dernière fois, c'était il y a plus d'un an !

— Je sais, tu as raison. Mais là, je pense qu'il est vraiment parti, fais-moi confiance !

— Comment peux-tu en être aussi sûr, toujours ces visions dont tu m'as parlé ?

— Ce ne sont pas des visions. Je dirais plutôt des sortes de « flashs » qui apparaissent au bout d'un moment sans prévenir et qui s'effacent au fur et à mesure de ma concentration lorsque je ferme les yeux. Je ne peux donc rien affirmer mais à chaque fois, certaines précisions à son sujet s'établissent dans ma tête, formant comme un puzzle imaginaire avec des cases manquantes, tu vois ce que je veux dire ?

— Fort bien… Il n'empêche que j'ai tellement peur pour toi, tellement peur de te perdre si un jour…

— Ma chérie… Non, ne pleure pas, je t'en prie.

— Ce n'est rien. Juste quelques larmes. Voilà, c'est terminé… À propos, savais-tu que cette femme sortait d'un hôpital quand ça s'est passé ?

— Je l'ignorais et alors, tu as appris quelque chose de neuf ?

— Non. Juste qu'elle avait ses résultats sérologiques dans son sac. Elle se croyait condamnée par un cancer du sein. Ses tests étaient négatifs !

— Comment le sais-tu ?

— Je l'ai lu ! Je te passe les détails car c'est plutôt une histoire de bonnes femmes mais je pense qu'il est assez fréquent qu'une femme ressente à un moment donné de sa vie le besoin viscéral de faire un bilan. Elle s'est palpée la poitrine plusieurs semaines d'affilée en croyant mordicus présenter tous les symptômes de la maladie, s'est finalement présentée à la clinique afin de passer une batterie de tests et d'en avoir enfin le cœur net. Dans ces cas-là, les premières analyses ne sont pas toujours bonnes et ne font que renforcer les doutes du patient. C'était son cas, paraît-il. Les résultats retrouvés dans son sac à main étaient en réalité des analyses approfondies qui n'ont authentifié que des broutilles. Autrement dit, elle n'avait strictement rien ! Elle est sortie de l'hôpital, soulagée. Quelques secondes plus tard, elle se fait tuer par ce salaud, comme ça par hasard, sans motif, sans prévenir. Quelle ironie du sort !

— Fleur, tu te fais du mal, mon amour.

— Je sais mais c'est plus fort que moi.

— Qu'est-ce que je peux faire, dis-moi ?

— Serre-moi !

— Ma chérie, allonge-toi une minute et détends-toi, je t'en supplie ! Je vais te servir un autre porto.

— Non, j'ai seulement besoin que tu me fasses l'amour, viens !

Je reste avec elle toute la journée pour la rassurer. Nous regardons un bon film dans l'après-midi pour nous détendre. Ensuite, nous regagnons la chambre pour la seconde fois et continuons de nous aimer sans regarder nos montres.

Au milieu de cette ruelle escarpée qui aboutit à mon immeuble, se trouve un petit bistrot où mon voisin de palier, le fameux Angelo que je pense avoir déjà évoqué au moins une fois, a élu domicile, façon de parler.

À cette heure-ci, je dois normalement me préparer pour aller bosser au piano-bar mais j'ai prévenu Matt que j'avais la migraine et que je resterais chez moi ce soir. De toute façon, j'ai pris une semaine de congé à laquelle j'ai rajouté un jour pour que le compte soit bon ! Avec Tony, c'était une pratique habituelle et il ne m'en tenait jamais rigueur. Avec son fils, Manu, c'est une autre paire de manches ! Mais je m'en fous car c'est plutôt lui qui a besoin de moi en ce moment, et pas l'inverse. Un piano-bar sans pianiste n'est plus un piano-bar ! Et pour l'heure, ce n'est pas prétentieux de ma part de dire cela mais il n'est pas simple de trouver un musicien chevronné aussi caméléon que moi.

J'arrive à la hauteur du bistroquet. C'eût été une aubaine incroyable de passer devant sans qu'il fût affalé au comptoir, comme d'habitude. Raté ! Je n'ai pas fait deux mètres en faisant mine de ne pas l'apercevoir qu'il se redresse de son siège en hurlant :

— Et alors, Baron, on ne dit plus bonjour à son voisin ?

— Angelo en personne ! Comment allez-vous, cher Maître ?

— Tu me promotionnes « avocat », ça me plaît ! Entre, je t'offre un verre !

— Comment vas-tu, bandit ?

— Bandit toi-même ! Patron, offre à ce monsieur ce qu'il désire, c'est mon invité !

— De l'eau plate, merci.

— Tu te fous de qui, Baron ? Ici, y a pas d'eau plate, n'est-ce pas, patron ? Bon, parlons sérieusement, qu'est-ce que tu bois pour moi ?

— Un whisky-soda, si tu insistes.

— Voici au moins une bonne parole ! Et ton boulot, Baron ? Tu es toujours pianiste dans ce fameux piano-bar ?

— Oui, un jour sur deux, en attendant mieux.

— Mal payé, c'est ça ?

— Exploité, tu veux dire !

— Je m'en doutais. Et avant, tu faisais quoi ?

— J'ai joué dans un orchestre pendant quelques années mais c'était assez éreintant, j'avoue. Maintenant, je joue la nuit, c'est vrai, ce n'est pas toujours commode, mais je me repose un jour sur deux. Et toi, les affaires, ça va ?

— Ah, cher ami… Je viens de réaliser l'affaire du siècle !

— C'est sérieux ?

— Si tu veux, je te branche dessus, et on fait affaire ensemble, qu'en penses-tu ?

— Toujours dans les assurances ?

— Y a plus que ça qui marche de nos jours. Alors, ça t'intéresse ?

— Non, merci. Je vais te faire une confidence, Angelo. Je suis un artiste et j'adore mon métier. Et même si j'ai parfois des fins de mois difficiles, je suis bien incapable de faire autre chose. N'en parlons plus, tu veux ?

— Je n'insiste pas, n'en parlons plus !

— Maintenant, c'est ma tournée. Que prends-tu pour moi ?

— La même chose. Patron, un 33 !

Sinatra tourne en faisant des « huit » devant la porte d'entrée de Monsieur et Madame Dorsay, mes voisins du rez-de-chaussée, de très braves gens. J'ai beau l'attirer dans les escaliers pour le caresser, rien n'y fait. Bon sang, nous sommes en fin de semaine, je n'y pensais plus ! Madame Dorsay lui prépare chaque jeudi un festin de roi, et il ne faut pas compter sur Sinatra pour se tromper de jour. Ce n'est pas con, un chat ! Je peux donc chanter « Malbrouk », il ne viendra pas ! Je le laisse donc me bouder sans rancune et rentre seul dans mon studio.

Je suis resté facilement une grosse heure à bavarder avec Angelo, de tout et de rien. Surtout de rien ! Nous avons rarement l'occasion de nous parler. Nous ne nous fréquentons pas et ce bistrot est sans doute la seule occasion de nous échanger quelques mots deux ou trois fois l'an car, bien qu'étant voisins de palier, nous ne nous rencontrons jamais vu nos horaires de fonctionnement diamétralement opposés.

Inutile de préciser qu'il ignore tout de mon passé à la Légion étrangère, comme tout le monde ici d'ailleurs. J'estime que ça ne regarde personne, encore moins une langue bien pendue comme cet Angelo Petroni !

Plus perfide que lui, ça n'existe pas, il n'a pas son pareil pour déverser son venin sur la terre entière ou sur tout qui enfreint la loi pour un oui ou un non.

Le comble avec ce type, c'est qu'il bouffe à tous les râteliers ! Il n'est vraisemblablement pas plus assureur que moi, s'est débrouillé toute sa vie pour obtenir une allocation qui lui permet de payer ses faux frais et bricole certainement à gauche ou à droite sans trop se fouler pour arrondir les angles. Autrement dit, il n'en fout pas une ! Ou alors, grande gueule comme il est, mais toujours très bel homme, il ne faudrait pas s'étonner qu'il s'improvise « gigolo » à ses temps perdus, quand ça l'arrange. Mais ça, on verra à l'autopsie si confidences il y a et donc, suite au prochain numéro…

Pour l'instant, je prépare en vitesse mon sac de voyage. Je descends demain quelques jours sur Paris. On expose Munch et Matisse pour le Salon d'automne et c'est la dernière semaine avant la fermeture. Ils affichent notamment « La femme au corsage rouge » pour la toute première fois et je ne peux en aucun cas rater pareille occasion. J'adore cette œuvre fauviste du siècle passé, réalisée juste avant le début de la deuxième guerre mondiale.

Mon oncle, un très grand amateur d'art, me l'avait fait découvrir lors d'une exposition exceptionnelle à Vienne, quelque temps avant de mourir. Je me souviens qu'il avait dû insister pour qu'on parte, je ne voulais pas décamper et suis resté près d'une heure à contempler cette toile comme un zombie. Lorsqu'on est rentré dans la voiture, mon oncle m'a proposé de voir immédiatement un médecin, mon visage était livide comme la mort. Le diagnostic fut péremptoire. Il s'agissait du syndrome de Stendhal, une poussée d'angoisse banale et sans grandes conséquences mais capable de vous anéantir en quelques secondes suite à la contemplation troublante et excessive d'une œuvre d'art. En d'autres termes, une grosse fatigue qui nécessita un repos absolu et qui me contraignit à ne pas fréquenter l'école pendant une semaine. Le « pied » pour un adolescent de quinze ans qui n'est pas toujours très courageux. J'appris un peu plus tard et non sans fierté que Stendhal lui-même souffrit d'un malaise similaire la première fois lorsqu'il découvrit les Sibylles en 1817, une œuvre majeure du Volterrano, dans la basilique Santa Croce à Florence. D'où le nom célèbre donné à ce syndrome.

Vais-je éprouver la même sensation plus de quinze ans plus tard ? On verra. À l'inverse de mon oncle, je ne suis pas un grand amateur d'art. Primo, je n'ai pas l'âme d'un collectionneur. Secundo, je n'y connais rien. Ce que j'aime, c'est la contemplation intuitive, rien d'autre. Je me laisse bercer par la magie d'une œuvre, qu'elle me transporte ou non dans l'imaginaire de l'artiste créateur. L'important à mes yeux est d'en retirer cette étrange sensation de bien-être que j'éprouve à chaque exposition. Il n'y a que deux endroits au monde où je ressens le même phénomène. Dans les musées ou dans les trains ! Les deux seuls lieux propices à la contemplation. Et pourtant, deux mécaniques si différentes. L'une consistant à admirer statiquement un tableau, bel et bien fixé sur son chevalet ou suspendu à des cimaises en laiton. L'autre consistant à observer une toile en mouvement, dont les paysages défilent sans laisser au souvenir le temps de figer l'admiration.

Paris. Visite du Salon d'automne aux Champs Élysées.

Je reste près d'une heure devant l'œuvre de Matisse sans ressentir la moindre émotion. Le miracle ne se reproduit jamais une seconde fois, j'aurais dû m'en douter. Mes yeux d'adulte ne regardent pas la même toile qu'il y a quinze ans et pourtant, la femme au corsage est toujours là, avec cette danse anticonformiste des couleurs dont le rouge chatoyant règne en maître sur toute la toile, sans oublier l'autoportrait du maître en arrière-plan.

Je suis déçu de n'avoir pu retrouver mes émotions d'antan. Je me souviens par contre de cette phrase de Stendhal, toujours lui, que j'avais trouvée par hasard sur un mur de métro parisien et que j'avais évoquée au début du mois d'août lorsque me vint l'idée de consigner désormais sur mon portable les instants-clés de mon existence, comme pour expier je ne sais quels remords ou frustrations d'un passé révolu. La phrase de Stendhal va plus loin encore. Elle suggère de ne plus « collectionner » que les moments de bonheur. Je n'y suis pas préparé mais je peux essayer d'affiner mon regard sur cette illusion envoûtante du temps présent dans l'espoir d'y arriver un jour. Alors pourquoi ne pas commencer tout de suite en gardant de cette exposition le souvenir d'œuvres que j'ai vraiment adorées ? Cela ne me coûte rien d'essayer…

Le retour sur Liège est mon second musée. Une perspective abstraite en mouvement créée par la seule vitesse du train s'enchevêtre donc aux souvenirs de trois œuvres d'art qui ont attiré mon attention. Une sculpture en bronze informe dont l'appartenance humaine me paraissait improbable avait finalement attiré mon attention. Une photographie en noir et blanc si chargée de nuances m'avait royalement transporté et enfin, cette œuvre fascinante de Munch où le peintre a su représenter un son uniquement par l'alchimie des couleurs ondoyantes qui donnent à l'œuvre toute cette dimension dans le mouvement du « cri ». Un hurlement intérieur, la révolte de l'humanité, sa fragilité devant son irrémédiable déchéance.

Dans une semaine, on fête déjà Noël. Le froid s'est installé dans la région mais la neige n'est pas prévue au programme. Les soirées au « Humphrey Bogart » se suivent et se ressemblent si ce n'est les tensions qui s'intensifient entre Manu et moi. En réalité, rien de bien grave. Je dirais même rien d'apparent pour le quidam qui vient boire son verre en solitaire ou ceux qui viennent passer la nuit à faire la fête avec une bande de copains.

En fait, mon différend avec Manu n'est visible pour personne, membre du personnel y compris. J'avoue qu'il se veut assez discret. Tout se situe à la dérobée d'un regard, ou alors s'agit-il parfois d'une réflexion anodine, d'un mot inutile, d'une phrase insignifiante qui en dit long pour celle ou celui qui sait lire entre les lignes.

La présence occasionnelle de Laure, son épouse, n'arrange rien. Il ne faut pas être un grand sorcier pour comprendre que Manu est excessivement jaloux de nature. Le problème est qu'il est surtout jaloux de moi, de tout ce que je représente à ses yeux, avec ou sans raison. Je suis sa bête noire depuis qu'il a repris le piano-bar. Il est conscient de mes compétences pianistiques, de mon charisme artistique qui fait la notoriété de son établissement mais mon succès auprès de la clientèle féminine le rend fou de jalousie. Enfin, c'est lui qui le pense ! Personnellement, je ne mélange jamais boulot et vie privée. Quant à Laure, le courant passe bien, je ne peux pas dire le contraire. De là à imaginer quoi que ce soit entre nous, il y a une marge. Sauf dans la tête schizophrénique de Manu.

Pour dégeler l'atmosphère, il y a le tandem « Geneviève-Bruno » dont je n'ai pas encore parlé. Ils travaillent en alternance avec Solange et Matt un jour sur deux. Ce n'est pas le sérieux qui les étouffe. Ils se marrent tout le temps, leur rire est hyper-communicatif et je serais bien bête de m'en plaindre. Cela me permet de décompresser de temps en temps car si je m'écoutais, il y a des jours où je donnerais ma démission sans hésiter pour me la couler douce. Ce boulot n'est pas une fin en soi, je le sais, et sans vouloir le rappeler constamment, je n'ai de compte à rendre à personne en ce bas monde. Si je fais ce boulot, c'est parce que l'idée même d'arrêter de jouer me serait aussi insupportable que de ne plus respirer, que pianoter en public me plaît au plus haut point tout en me procurant un « alibi » social.

À part ça, je me bidonne à chaque fois que Bruno qualifie Geneviève de nymphomane lorsqu'on est entre nous. À dire vrai, il n'emploie jamais ce mot savant qui pourrait très bien porter à confusion. Il préfère énoncer les choses clairement en disant de Geneviève qu'elle n'est qu'une « collectionneuse de queues ! ». Et la principale concernée d'ajouter à tous les coups avec une auto-dérision déconcertante qu'elle confirmerait sans scrupule cette évidence tant qu'on n'oublie pas d'indiquer le petit « s » au mot défendu. Même Manu avait rigolé de bon cœur la première fois que Bruno avait sorti cette grosse artillerie en évoquant le côté un peu trop coquin de Miss Geneviève, faut pas demander !

C'est aussi une façon pour elle d'entretenir la légende. La réalité est bien souvent tout autre. Je pense connaître suffisamment la petite

« Gene » pour affirmer que c'est une fille bien. Le cœur sur la main. Sa gentillesse n'est pas à démontrer et depuis deux ans, jamais je ne l'ai entendue déverser sa hargne sur qui que ce soit. Une femme libérée, un humour très orienté sur la chose, certes, mais avec un sens énorme de la dérision qui m'invite quelquefois à relativiser certaines situations. Dans ce piano-bar, le « dérisionnel » n'est donc pas en reste. Un aspect du métier non négligeable. L'anecdote récente du « petit nouveau » est plutôt succulente et je ne me lasse pas d'y repenser quand je m'ennuie.

La semaine dernière, Manu nous a prévenus que Matt allait nous quitter pour se mettre à son compte. Lorsqu'il nous réunit dans l'arrière-salle pour nous présenter Joachim, le nouveau serveur camerounais, j'étais en train de jouer un air de Gershwin en improvisant un truc à rallonge qui se terminait sur un bouquet de blues relativement tendance en ce moment. Le gars n'écoutait plus les sornettes et recommandations diverses de Manu depuis un sacré moment. Manu avait beau lui lancer des « ça va, tu piges » ou « pas de question? », il n'en avait rien à foutre. Subjugué par ma musique, il s'avança près de moi en disant:

— Waouh, c'est joli ce que tu joues, patron!

— Merci, dis-je en m'arrêtant pour rejoindre les autres dans l'arrière-salle.

— T'arrête pas, patron! Ce que tu joues me prend les tripes, continue, c'est formidable!

— Si tu veux, lui répondis-je simplement en rentrant dans son jeu.

— Une cigarette, patron?

— Non, merci, je ne fume pas

— Même pas un petit cigarillo?

— Non, j'ai d'autres défauts mais pas celui-là.

Les autres s'étaient rapprochés autour du piano. Non seulement Joachim avait abandonné Manu dans ses grandes explications de bienvenue pour se diriger vers moi mais en outre il me surnommait

« patron » à tout bout de champ ! Manu devait fulminer de l'intérieur mais je dois reconnaître qu'il le cachait fort bien. Le fils de Tony était loin d'être bête. En engageant le Camerounais, un ancien du milieu qui s'était rangé depuis longtemps, il était conscient qu'il faudrait composer sur certains points et surtout ne jamais l'affronter de face ou, pis encore, l'étouffer dans une trop lourde réglementation d'ordre intérieur. Autrement dit, il fallait lui laisser prendre ses marques gentiment sans le contredire pour des broutilles afin qu'il se sente ici comme chez lui. Le point d'orgue hilarant de toute cette histoire fut la réflexion spontanée de Geneviève qui provoqua chez Joachim un rire tonitruant qu'il lui fut impossible de contrôler, entraînant par la même occasion un fou rire général dont on ne put se remettre qu'au bout d'une heure.

— Tu vois, dit-elle, je vais te dire un truc. Je ne veux pas me fâcher avec toi mais tes cigares à la con, Baron n'en a rien à cirer. Le mec, il ne boit pas, il ne fume pas… Par contre, si je lui propose une petite pipe, c'est différent !

24 décembre.

Il me manque deux ou trois bricoles pour fêter le réveillon dignement avec Fleur. Du champagne, un peu de foie gras, une baguette feront l'affaire. Pour le reste, je sais qu'elle aura tout préparé lorsque j'arriverai vers dix-neuf heures. Nous avons décidé de passer la semaine de Noël ensemble. Peut-être un minitrip incognito en amoureux de quelques jours à Gérardmer si tout va bien. Cela dépendra de son moral mais pour l'instant, je vois qu'elle remonte la pente de façon inattendue, alors je l'encourage à ma manière en l'aimant régulièrement comme au tout début de notre idylle.

C'est un très mauvais service que je lui rends, à moi aussi d'ailleurs. J'en suis pertinemment conscient car notre relation est tôt ou tard vouée à l'échec pour toutes sortes de raisons qu'il m'est de plus en plus pénible d'évoquer. Je n'ai pas encore fini d'en baver… J'ai trente-trois ans, elle en a bientôt cinquante. Elle est possessive, j'aime ma liberté. Je ne suis plus amoureux comme avant, elle m'a dans la peau. Elle est dépressive, je suis en général quelqu'un de bien dans ma tête… On n'en finit pas. C'est très compliqué.

Bref, Manu a décidé de fermer le club quelques jours en privilégiant plutôt une ouverture « full-time » pour le nouvel an. Ça m'arrange. Fleur a besoin de moi en cette fragile période de fin d'année et je sens bien que ce n'est pas le moment idéal de « faire le point » entre nous. Je dois au contraire faire l'impossible pour l'empêcher de plonger à nouveau dans les abysses de la déprime. Je me montre donc particulièrement attentionné, très amoureux comme jamais je ne l'ai été auparavant. Souvent, nous faisons l'amour plusieurs fois sur la même soirée. Avec les risques que cela comporte.

Le parking de cette grande surface est comble en cette période festive. Je me faufile entre les véhicules, les bras chargés de marchandises, pour prendre ce petit raccourci qui mène à la route principale. De là, j'attendrai une correspondance directe jusque chez Fleur. Soudain, des gens se bousculent, une envolée de corneilles bruyantes déchire le ciel, des camionnettes de police affluent de toutes parts, un attroupement se forme près de la station-service située à l'arrière du magasin.

Un homme d'une soixantaine d'années gît sur le sol, le crâne à moitié explosé. Le spectacle n'est pas joli. Les gens fulminent, crient, hurlent, se révoltent. Les femmes et les enfants sanglotent. D'autres sont pétrifiés sur place, regardent la scène de crime la bouche ouverte d'ahurissement, dans la plus totale impuissance. Seule, désemparée, une très jeune femme est agenouillée auprès de ce père bien-aimé qu'elle vient de perdre à jamais. La veille de Noël ! Tout s'est passé si vite. Ils étaient là, tous les deux, il y a quelques secondes à peine, en train de ranger leurs courses de dernières minutes dans le coffre de leur voiture quand subitement l'homme s'est effondré sur le pavé gelé sous les yeux désespérés de sa fille. Quelques journalistes arrivent sur place et se disputent déjà les meilleurs angles de vue pour prendre les premiers clichés dès qu'on leur en donnera l'autorisation. Les forces de l'ordre obligent les badauds à se disperser, comme d'habitude…

Le bus n'arrive que dans vingt minutes. Juste le temps de me rendre chez Fleur par mes propres moyens. J'ai besoin de marcher, de réfléchir. Je suis brusquement pris de compassion pour cette fille au visage décomposé, d'une extrême beauté, les yeux empreints de tristesse et d'incompréhension. Vais-je parler cette fois du sniper à Fleur ou persister dans le mensonge ?

D'ici moins d'une heure, tout le monde sera au courant. Fleur recommence à consulter internet, les programmes TV et ses mails depuis quelques semaines. J'en suis ravi car c'est bon signe pour sa santé. Cela signifie aussi qu'elle sera informée d'ici peu comme tout le monde. Je lui passe un coup de fil pour dire que je viendrai plutôt vers vingt heures trente, justifiant qu'il faut nourrir Sinatra et que je dois reprendre quelques affaires personnelles.

Mon studio sent le renfermé. J'ai oublié d'aérer ce matin et les volets sont restés fermés toute la journée. Pas la peine de les rouvrir puisque je loge chez Fleur quelques jours. L'important, c'est de prendre ce petit cadeau que j'avais préparé à son intention sur la table de nuit. Un collier orné d'améthyste pur, je sais qu'elle adorera. C'est en outre excellent pour quelqu'un comme elle qui « remonte la pente ». Les effets tant préventifs que thérapeutiques de ce magnifique minéral ne sont plus à démontrer.

Je m'agenouille dans la position du diamant, une posture bien connue pour ceux qui pratiquent le yoga, sur cette carpette d'Orient qui me sert de lieu de méditation. Le dos bien droit, je fixe la statue du Bouddha située volontairement sur l'autre pan de mur. Excepté une kyrielle de plantes vertes qui fait ressembler mon appartement à une jungle sauvage, la fameuse statue est la seule décoration un peu « kitch » de mon habitation. Le reste n'est qu'un ameublement minimal, le strict nécessaire en somme ! Une table basse en tek cuivré sur laquelle gisent en permanence quelques couverts ainsi qu'une énorme bougie mauve dégageant constamment des odeurs de santal et dans l'autre pièce, un lit « deux personnes » avec deux petites tables de nuit qui me servent en même temps de rangement divers et de bibliothèque. Ma cuisine est inexistante. Juste un plan de travail pour me faire à bouffer sur le pouce, un percolateur d'eau chaude ainsi qu'une théière en fonte du Sri Lanka dont je ne me séparerai jamais pour tout l'or du monde. De l'autre côté du salon, une petite terrasse avec vue agréable sur les Coteaux sur laquelle j'ai construit moi-même un véritable petit jardin suspendu. Je ne suis pas très bricoleur mais j'ai ce qui s'appelle la main verte dès que je m'installe quelque part. Et surtout, j'ose prétendre n'avoir aucun sens de la possession !

Avec le fric que j'ai, je pourrais m'acheter une grosse villa vue sur mer, même plusieurs, une sacrée bagnole ou même un « Modigliani » si je le voulais, mais j'ai dû garder de mes huit ans à la Légion des habitudes de nomade. Toujours prêt à décamper dans les trois minutes montre en main s'il le fallait, c'est plus fort que moi ! Absurde ? Certainement, mais je n'y changerai rien. Mes seuls biens depuis mon retour à la vie civile, c'est mon compte en banque ! Façon de parler, bien entendu. Une réserve en liquide que je planque ici quelque part et en partie sur moi pour des raisons pratiques. Pour le reste, je puise à la banque au fur et à mesure si nécessaire sans jamais toucher à mon capital puisque les seuls intérêts que je perçois me permettent de couler une vie tranquille jusqu'à la fin de mes jours.

Le regard bienveillant du Bouddha me rappelle à l'ordre de façon détournée. *Tu penses trop, Baron, fais gaffe ! Les pensées ne sont pas nécessaires, je te l'ai dit mille fois… Tu sais que j'ai raison…*

Soma, un véritable yogi rencontré là-bas, m'en avait déjà touché un mot. « Les pensées sont loin d'être indispensables pour rester en vie », m'avait-il seriné pendant toutes ces années. « Bien souvent, ajoutait-il plusieurs fois sur la même semaine pour bien m'en convaincre, les pensées ne font que contrarier ton âme, nuisent à ta propre santé et surtout, t'empêchent de vivre ta vie intensément ! »

Que dire à cela si ce n'est de s'incliner devant cette montagne de sagesse à laquelle j'ai adhéré depuis longtemps sans réussir à mettre le tout en pratique. Pour reprendre l'expression de mon ami, j'ai encore quelques « paliers » à gravir avant d'aboutir au « dhyâna suprême », sorte de nirvana que n'atteignent seulement qu'une poignée d'initiés.

Avec de la persévérance, je progresse chaque année de quelques centimètres de sagesse… Je parviens à méditer des heures entières sans entrevoir la plus petite bulle de pensées. Une nourriture frugale pendant une semaine entière en me désaltérant d'eau fraîche uniquement, cela peut aider à la fortification du corps et l'esprit. Je renouvelle cette pratique deux fois l'an en moyenne. Au début du printemps et à la fin de l'automne. Ce soir, il me faut rompre les règles de la vacuité. J'utilise mes connaissances en me concentrant une fois encore sur ce fumier. Je veux savoir comment il fonctionne, comment il pisse ou respire, dans quel terrier il s'enferre. Je veux démasquer au grand jour son visage de chérubin aux odeurs de cimetière.

Qui es-tu, sniper ? Réponds-moi… Opères-tu seul ou avec un complice ? Ou alors… Tu fonctionnes en binôme avec ton ombre en effaçant l'ardoise au fur et à mesure dès l'acte réalisé. Il n'y a effectivement d'autre choix que de se mentir à soi-même lorsque la vérité devient insupportable… Je commence à y voir clair. Je perçois mieux aujourd'hui le poids de cette souffrance que tu trimbales en souriant tout le temps, comme une grimace obligée qui pèse une tonne. Ton visage reste flou mais je pense pouvoir le reconnaître entre mille si je le croisais un jour dans la densité frivole de la foule. Simple déduction. Tu serais le seul à te balader dans la ville sans imaginer le monstre qui est en toi…

Il est temps de me rendre chez Fleur. Je m'en voudrais qu'elle s'inquiète un soir de Noël. En descendant, je vois Grisouille, une gamine de cinq ans, jouer avec Sinatra au bas de l'escalier. C'est la fille de ma voisine une jeune femme assez fière qui a parfois des difficultés à nouer les deux bouts, selon la locataire du rez-de-chaussée faisant un peu office de concierge.

— Tu aimes le caresser, n'est-ce pas ? lui dis-je en ayant l'air de la surprendre.

— Salut, Baron ! Je ne t'avais pas entendu approcher, Maman m'a dit que tes volets étaient baissés, alors, j'ai cru que tu n'étais pas là.

— Je suis passé prendre mes affaires, je vais loger quelques jours chez une amie. Sinatra restera quelques jours dehors, il se débrouille très bien, tu sais.

— Oh ! Maman, on peut prendre Sinatra pour Noël ?

— Si tu veux, ma chérie, mais il faut demander la permission à Monsieur, rétorque sa mère qui vient de pousser la porte du hall.

— Je n'y vois aucune objection, Grisouille, lui dis-je sans hésiter. Mais je te préviens, insisté-je avec ironie, Sinatra adore sa liberté ! Tu devras le faire sortir souvent et surtout, ne t'inquiète pas pour sa nourriture, j'ai un deal avec Madame Dorsay, c'est elle qui garde sa pâtée quand je pars. Tu n'as qu'à lui dire que tu t'occupes de Sinatra un jour ou deux, et elle te donnera ce qu'il te faut, d'accord !

— D'accord ! Oh, maman, c'est trop cool ! On va pouvoir passer Noël avec Sinatra, tu te rends compte ?

— Ce n'est pas moi que tu dois remercier, Grisouille, je n'y suis pour rien. Mais n'oublie pas que tu devras t'en occuper, n'est-ce pas ?

— Je m'en occuperai, je te le promets, maman.

— Nous devons y aller, à présent. Dis merci à Monsieur et n'oublie pas de présenter tes vœux comme on te l'a appris aujourd'hui à l'école !

— Appelez-moi Baron, c'est plus simple. Ici, tout le monde m'appelle ainsi.

— Oh… D'accord… Moi, c'est Barbara… J'espère que la petite ne vous importune pas trop, elle a l'art de sympathiser avec tout le monde et parfois j'ai peur qu'elle n'exagère.

— Pas du tout, cette enfant est très spontanée, c'est une grande qualité pour son âge, surtout ne vous tracassez pas pour moi, j'adore les enfants !

— Tu as des enfants, toi, Baron ? renchérit naïvement la gamine.

— Non, pas encore, ma chérie.

— Et avec ton amie, quand vous serez mariés, tu penses avoir combien d'enfants, Baron ?

— Grisouille, je t'en prie, tu vas embarrasser Monsieur !

— « Baron », je préfère que vous m'appeliez « Baron » ! C'est Noël, laissez-vous aller ! insisté-je en tentant de la mettre à l'aise.

— D'accord, Baron, lâche-t-elle en rougissant avec un zeste d'hésitation.

— Ah, je préfère ça ! Maintenant, je vais vous laisser car je dois filer. Je vous souhaite un excellent Noël à toutes les deux... Tiens, Grisouille, ce n'est pas grand-chose, mais... si tu devines ce que j'ai dans ma poche, ce sera pour toi !

— Une boule magique !

— Bien joué, félicitations ! Je sais que tu en fais la collection, elle est à toi maintenant mais méfie-toi de Sinatra, il est capable de te la voler, le chenapan !

— Merci, Baron, elle est géniale, waouh ! Regarde, maman, jamais je n'en ai eu une comme celle-ci, jamais !

— Dis-moi, Grisouille, tu as demandé quelque chose au père Noël cette année ?

— Oui, un vélo rouge avec une petite sonnette bleue !

— Et il t'a répondu ?

— Pas encore, mais je ne suis pas certaine qu'il va m'écrire cette année.

— Et pourquoi donc, ma puce ?

— Je n'ai pas eu de bonnes notes à l'école ce mois-ci... Au fait, pourquoi tout le monde t'appelle Baron ? Ce n'est pas un nom, Baron !

— Grisouille, ça suffit maintenant. Laisse Monsieur... Enfin, je veux dire, laisse Baron tranquille avec toutes tes questions. Prends Sinatra dans tes bras et suis-moi à présent !

J'ai réussi à la dérider ! C'est la première fois qu'on échange vraiment un semblant de conversation. Elle est arrivée dans l'immeuble avec sa fille voici un peu moins d'un an. Nous ne nous étions jamais salués que de loin, du bout des lèvres ou d'un simple hochement de tête. Si ce n'est la fillette qui m'a à la bonne depuis le début et qui fonce sur moi à chaque fois qu'on se croise dans le hall d'entrée ou dans la cour de l'immeuble, la mère est jusque-là restée froide et distante. Je me suis trompé sur son compte. Je pense pouvoir affirmer aujourd'hui être en présence d'une jeune femme timide et renfermée et suis heureux d'avoir contribué à décoincer légèrement la situation. Tout cela, grâce à Sinatra, ce séducteur incomparable qui fait craquer tout qui le rencontre.

En quittant la propriété, je peux difficilement éviter Madame Dorsay qui rentre les containers à ordures dans la cour intérieure de l'immeuble. Elle vit avec son mari dans le seul appartement du rez-de-chaussée depuis trente ans. Ce sont de braves gens, tous deux retraités de l'État. Pour ne pas trop s'ennuyer et arrondir ses fins de mois, le couple occupe officieusement la fonction de concierge, voici bientôt cinq ans. J'en profite pour lui expliquer ce qu'il a été convenu pour Sinatra et la petite. Nous nous embrassons ensuite pour nous souhaiter nos meilleurs vœux de Noël, tout en taillant une petite bavette de circonstance.

— Tu es au courant avec le sniper, Baron ? me demande-t-elle soudain en ayant vérifié que la gamine n'est pas redescendue pour jouer.

— Oui. J'étais sur le même parking que la victime, vous imaginez ? Je rejoignais la route pour reprendre le bus quand j'ai vu un attroupement !

— Cela venait donc de se produire ?

— Oui, et personne n'y a vu que du feu, comme d'habitude ! Le type s'est effondré sur le sol et quelques minutes plus tard, les forces de police étaient déjà sur place avec une poignée de journalistes. De là, on nous a obligés à déguerpir rapidement ! Je suis alors rentré ici pour me changer, complètement dépité, les bras et les jambes coupés, je ne vous dis que ça !

— Je me mets à ta place, Baron. Et dire qu'il aurait pu t'avoir, ce salaud, tu te rends compte? Mon dieu, quand j'y pense…

— Je sais. Personne n'est à l'abri de nos jours. Mais il n'opère apparemment qu'en centre-ville et dans les endroits les plus dégagés. Si je peux me permettre un conseil, autant ne pas vous exposer inutilement avec votre époux ces moments-ci, ce serait plus prudent.

— Tu as raison, Baron. Je vais en parler à Maurice en rentrant.

— Comment réagit-il aux événements depuis son opération?

— Très mal! Il est devenu beaucoup plus anxieux. Avant, mon mari n'avait peur de rien. Depuis cette affaire de sniper, il n'en dort plus! Surtout depuis que ce saligaud a remis le couvert près de la gare au mois d'août dernier. Tout le monde pensait qu'il était parti définitivement. Un an sans entendre parler de lui, tu comprends bien. Et puis, hop, il recommence deux fois coup sur coup!

J'ai dû prétexter n'importe quoi pour m'en aller… Rien ne pouvait plus l'arrêter tant cette histoire l'avait accaparée, surtout un jour comme aujourd'hui! Mais son angoisse se mêlait à une grande dignité car à aucun moment, je ne l'ai vue défaillir. Puis, j'ai changé de sujet en parlant de Sinatra qui allait rester quelques jours chez la gamine. On a fini par parler de boîtes de conserve et de croquettes pour chat mais quand j'ai évoqué l'incroyable énergie de la petite Grisouille, les mots ne lui parvenaient plus, comme si elle avait voulu me dire quelque chose qui ne devait à aucun prix être divulgué.

J'arrive enfin chez Fleur avec un gros quart d'heure de retard. Cette histoire avec Grisouille ne me laisse pas indifférent. J'en saurai plus la prochaine fois, c'est certain. Était-ce un problème d'argent? Un rapport quelconque avec le petit vélo rouge à la sonnette bleue? Si ce n'est que ça, je veux bien lui offrir ce vélo, pas de problème. D'ailleurs, je vais mettre Fleur sur le coup et lui proposer de faire éventuellement ce cadeau ensemble. Je pense qu'elle aimerait cette gamine.

— Je me réjouissais de ce moment! lui dis-je en la prenant dans mes bras.

— On ne se quitte plus pendant une semaine, c'est un scoop énorme, ça !

— Chose promise, chose due. Je t'aime…

— Il est vrai, ce mensonge ?

— Désolé, je ne répondrai qu'en présence de mon avocat.

— Jamais moyen d'être sérieux une minute.

— Jamais.

— Je te sers une coupe de champagne ou de l'eau plate ?

— Aujourd'hui, j'ai besoin d'énormément de bulles, mon amour.

— Alors, que le champagne coule à flots !

— Avant toute chose, j'ai un petit cadeau pour toi, ma chérie. Ferme les yeux et tourne-toi, tu veux ?

— J'aime quand tu es derrière moi et que tes mains frôlent ma poitrine… Je peux ouvrir les yeux, maintenant ?

— Oui, regarde dans le miroir comme tu es belle !

— De l'améthyste, Baron ! Une véritable folie ce collier, par les temps qui courent ! On avait dit « pas de cadeau entre nous » et…

— Tu n'aimes pas ?

— J'adore, chéri, mais… que fais-tu ? Non…

— Laisse-toi faire, Fleur !

— Pas aujourd'hui, ce n'est pas sérieux…

— Qu'est-ce qui n'est pas sérieux ?

— Tous ces foulards et ces lacets par terre, ne me dis pas que…

— Quoi, il y a un jour particulier pour t'attacher ?

— Bien sûr que non, mais ce n'était pas prévu et puis…

— Et puis quoi ?

— Rien, mais je pensais qu'on allait d'abord boire du champagne… Baron… Non, je t'en prie, pas aujourd'hui… non…

— Je sais que tu adores ça !

— Pas ce soir, non…

— Je sais aussi que tu adores jouir quand je t'immobilise sur le sol avec ces petites lanières de cuir et que tu me supplies d'arrêter même si tu espères le contraire, dis-moi si je me trompe, dis-le !

— Tu as raison, j'adore ça, mais…

— Il n’y a pas de « mais » qui tienne ! Je veux t’entendre dire que tu le désires vraiment !

— Je le désire vraiment…

— Ça manque de conviction. Je souhaiterais que tu hurles ton désir, vas-y, lâche-toi !

— Oui, je le désire, oui, oui, oui !

— Surprise… Je vois que vous n’avez mis aucun string ce soir. Ça non plus, ce n’était pas prévu au programme, chère Madame !

— Tu n’attaches que mes mains, dis ?

— Tes jambes vont y passer aussi, qu’est-ce que tu crois ? Mais avant, je dois te déshabiller complètement et…

— Non, laisse-moi mes vêtements, s’il te plaît… Et, serre plus fort !

— Comme ça ?

— Non, encore plus fort, surtout les chevilles… Voilà, stop ! Déchire ma jupe et mon chemisier, à présent… Vite !

— Tu vois, ma chérie. Il y a un instant à peine, tu ne voulais rien entendre.

— Je t’en supplie, ne t’arrête pas, viens !

Nous faisons l’amour comme au tout premier jour. Je parcours le plus lentement du monde son magnifique corps en sueur, entièrement nu sous ses vêtements déchirés, sans qu’elle puisse bouger d’un iota. Elle est soumise à ma seule volonté, je la couvre de baisers jusqu’au moment de la rencontre ultime entre mes lèvres assoiffées et son sexe parfumé aux effluves de violette, un nom de fleur prédestiné sans aucun doute. Le visage immergé dans cette rosée envoûtante, je m’interdis de respirer tant qu’elle n’atteint pas les premières voluptés de l’orgasme. Elle m’invite ensuite à la pénétrer en douceur dans la symbiose subtile de nos deux corps enlacés.

TROISIÈME RÉCIT

Dans l'art d'aimer, plusieurs choses essentielles caractérisent Fleur, ce qui la distingue de toutes les autres filles que j'ai connues jusqu'à présent. D'abord, une grande douceur dans ses gestes, sa façon de caresser ou de m'embrasser. Ensuite, ce parfum aux frontières de l'hypnose qui embaume toute sa peau, même jusqu'aux premières lueurs de l'aube après la nuit la plus endiablée. Enfin, une imagination sans borne, sans tabous, une manière sans cesse renouvelée, unique de faire l'amour, pouvant atteindre un jour, si je pousse l'analyse jusqu'aux tréfonds de la plausibilité, l'anathème ou la folie. Et puis, si ce n'est quelques légères rides aux contours des yeux, ce corps de nymphe digne d'une femme à peine âgée de vingt-cinq ans, elle qui en a bientôt le double.

J'arrive dans un instant au « Humphrey Bogart » et je ne me souviens pas du nombre de fois que nous nous sommes aimés, Fleur et moi. Une semaine comme celle que nous venons de passer est absolument unique dans les annales de notre « convention d'amitié » et je me sentirais coupable de la quitter un jour pour une autre femme après ce que nous venons de passer ensemble. Bien sûr, je lui ai menti sur bien des choses mais je crois de plus en plus que jamais je ne pourrai la quitter. Elle est mon amie, ma maîtresse et si je dois être franc, je la considère aussi comme une sœur que je n'ai pas eue ou cette mère tant regrettée d'être disparue si tôt.

Fleur resterait-elle donc éternellement cette amitié-refuge quoiqu'il advienne même si je rencontrais demain la femme de ma vie au coin d'une rue ? Je crains que oui. C'est au fond là que réside l'étrange cruauté de notre relation. Je viens à l'instant de réaliser qu'il me serait impossible de me priver à jamais de son parfum, de la douce matité de sa peau, de la courbe majestueusement dessinée de ses reins, de ses hanches effilées, de sa légère et charmante rondeur que lui confère cette poitrine généreuse et de ce sexe duveteux aux odeurs enivrantes de pain chaud. La cruauté en question ne réside-t-elle pas tout simplement dans notre faiblesse ou dans la « miellitude » extrême de notre liaison, ou les deux à la fois?

— Baron, tout va bien? me demande Geneviève me voyant bayer aux corneilles dans l'arrière-salle où je suis en train de m'habiller pour la soirée.

— Un petit coup de bambou, ce n'est rien, rassure-toi.

— Bruno n'est pas là ce soir. C'est Joachim qui le remplace, on va bien rigoler.

— Ah, bon? Il y a quelque chose que j'ai loupé?

— Non. C'est normal, tu n'as pas l'info.

— Quelle info?

— Matt m'a sonné l'autre jour. Joachim n'a aucune mémoire, il confond toutes les commandes!

— Et ça te fait marrer?

— Évidemment, je ne vais pas pleurer!

— Et Manu est au courant?

— Plus ou moins, mais apparemment ils auraient un « deal » entre eux… Une histoire qui se serait passée il y a longtemps à l'époque de Tony et si j'ai bien compris, Manu est en quelque sorte tenu de lui rendre l'ascenseur.

— Je comprends mieux pourquoi Joachim est si « relax » avec le patron!

— Tu parles, il lui passe tout, même quand la caisse n'est pas juste, tu te rends compte?

— Ce n'est pas mon problème, ma poulette. Néanmoins, merci de m'avoir prévenu. J'imagine qu'on va rire un coup ce soir et je compte sur toi pour me faire un clin d'œil quand je serai au piano s'il se passe quelque chose de marrant, je ne veux pas mourir idiot!

— Tu peux compter sur moi, Baron. Tiens, le voilà qui s'amène, je te laisse…

Un couple me demande de jouer quelques vieux morceaux de jazz. Je rentre dans une improvisation qui semble leur plaire. Mes mains parcourent le clavier à la recherche des aigus pour le thème principal avant de trouver le tempo idéal dans les basses. L'ambiance se dessine rapidement au premier coup d'œil. Les clients sont ici pour se détendre et la mélodie qui se dégage du piano doit obligatoirement s'orienter dans la même direction.

L'important est d'être musicalement synchro avec la clientèle tout en dégageant ce zeste de charisme qui fera toute la différence. Ce que je fais tous les soirs, enfin, un jour sur deux ! *Certains viennent même pour voir ta gueule, tu les rassures !* m'a dit Bruno l'autre jour après la fermeture. Comme je souris tout le temps sans forcer car c'est chez moi un état naturel, le contact est plutôt facile et agréable. Je ne m'en plains pas.

Ce soir, il est possible que je me fasse détrôner par Joachim, je dis ça en rigolant et en toute bienveillance car je me réjouis à l'avance de voir notre gaillard à l'œuvre dans sa nouvelle fonction, ça ne peut être triste ! Son rire tonitruant pour un oui ou un non fera pisser tout le monde dans sa culotte, ce qui peut générer une publicité indirecte pour l'établissement, même si celui-ci donne l'impression de traverser la crise aisément. Le phénomène ne peut à court terme passer inaperçu aux yeux de Manu qui, selon les dires récents de Bruno, aurait remarqué un afflux doublé de clientèle sur même pas quinze jours ! Sans compter le nombre de ses connaissances. Jamais je n'ai vu un gars avec autant d'amis au mètre carré. Joachim est incapable de servir une table sans reconnaître au moins un client et lui faire la bise au passage. Impossible. Alors, les oublis de commandes et les petites erreurs de caisse dans tout ça !

— Salut, patron ! me lance « un Joachim » encore plus détendu que d'habitude.

— Salut, chef ! lui rétorqué-je en lui souriant à pleines dents tout en continuant mes improvisations de jazz.

— Tu joues avec tes couilles, patron ! C'est rare pour un Blanc de jouer comme toi !

— Je dois le prendre comme un compliment ou comme une réflexion raciste ? lui répliqué-je sur un ton qui ne permet aucunement de douter de mon ironie.

— Moi, raciste ? se met-il à rire grassement pour toute la salle.

— Si je te prends au mot, Joachim, les Noirs auraient-ils le monopole du blues ou du jazz ? lui dis-je en plaisantant entre deux accords.

— Bien sûr que non, patron. Mais généralement, les Blancs n'ont pas le sens du rythme comme toi. Je répète, patron. Toi, tu joues avec tes couilles comme le grand marabout de mon village quand j'étais petit. Tu sens la musique, tu l'as dans la peau. Continue, patron, tu es le meilleur !

Et le voilà qui vaque à ses occupations en me laissant terminer mes improvisations de blues aux senteurs musquées des savanes sauvages. Il serre des mains, s'esclaffe en parlant de n'importe quoi, enlace amicalement la moitié de la clientèle ou lui fait la bise comme s'il était le chef tout-puissant d'un village africain. Quand il y pense, il sert de temps en temps à boire en se trompant de table une fois sur deux et remporte la commande erronée en faisant rigoler aux larmes toute l'assemblée de son rire interminable, qui le fait lui-même plier en deux jusqu'au bord de l'épuisement. Geneviève vient de m'apporter mon verre d'eau en me faisant un signe complice de la tête.

— Un vrai clown, jamais vu ça, Baron ! me lance-t-elle discrètement.

— Je vois… Ce mec est une véritable attraction à lui seul, je l'adore ! Et pour les commandes, tu confirmes ce que Matt t'a raconté ?

— De ce côté-là, je dois suivre tous ses faits et gestes et compter à sa place pour la moindre petite tournée. Sa mémoire, c'est une vraie passoire, je ne te raconte pas !

— Et les clients, ça va ?

— Ils ne se sont jamais autant marrés de leur vie !

Sept heures du matin… Geneviève assume la fermeture comme une grande. Je l'aide à fignoler quelques bricoles ménagères, on est royalement sur les genoux ! Joachim, lui, a tenu la vedette jusqu'à six heures puis est parti « pépère » sans demander son reste, sa religion du sommeil lui interdisant sans doute de faire une heure de plus. J'arrive au studio vers huit heures sans repasser chez Fleur. Sinatra tourne devant ma porte. Je suis exténué.

Fin février.

Il n'a pas neigé une seule fois cette année. Les forsythias sont déjà en fleurs et les fourmis émergent une à une de leur terrier. Les températures avoisinent plus de dix degrés ! Les glaciers fondent un peu plus chaque année, les eaux montent de quelques millimètres. Normal. De toute façon, personne ne sait plus rien y faire. Fleur et moi fonctionnons comme avant. On se voit. On ne se voit pas. On fait l'amour par intermittence. Son moral s'améliore. Je reprends progressivement une distance lunaire de liberté.

Nous n'avons évoqué le sniper qu'une seule fois. C'était le jour du réveillon de Noël, peu après avoir fait l'amour. Fleur fumait une cigarette sur le canapé du salon lorsqu'elle m'avoua ne plus avoir peur de lui, qu'elle avait écouté les informations sur le Web et qu'elle avait enfin compris le sens de la vie. Quand je lui demandai ce qu'elle entendait par là, elle m'expliqua qu'on n'achète jamais un bouquet de roses sans épines. J'eus à ce moment précis la certitude qu'elle était vraiment sur la voie de la guérison. Le comble fut cette inversion spontanée comme si elle venait sans raison de me transmettre son anxiété. Maintenant qu'elle remonte la pente, qu'elle ressort en ville, retourne chez sa coiffeuse, je me surprends à méditer sur cette éventualité angoissante et surréaliste. Et si le sniper la prenait un jour pour cible ? Aucune raison qu'elle y échappe plus qu'une autre, me suis-je dit en évaluant l'impuissance humaine face aux aléas de l'existence. En échange, cela règlerait tout en une fraction de seconde…

Comment avoir osé formuler une telle évidence de cynisme, serait-ce même en pensée ? Je n'ai pas la réponse.

Concernant la petite bicyclette rouge de Grisouille, j'ai décidé de ne pas lui en parler. Pourquoi évoquer l'existence d'un enfant qu'on n'aura jamais ensemble ? Pourquoi susciter inutilement chez Fleur ce sentiment de jalousie qu'il serait normal d'éprouver envers cette jeune mère de famille ? Une femme deux fois plus jeune qu'elle. De surcroît ma voisine de palier qui pourrait très bien devenir ma maîtresse un jour ou l'autre, si ce n'est déjà fait. Un coup classique ! Foutaise…

Juste avant le nouvel an, nous nous sommes finalement éclipsés trois jours en Forêt Noire afin de nous changer les idées. Fleur m'a confié ses envies de reprendre la peinture. Elle avait repris contact avec cette société alsacienne qui avait jadis commercialisé ses œuvres pendant plusieurs années et elle nourrissait en secret l'espoir d'exposer à nouveau ses toiles dans une galerie de luxe près des Champs Élysées l'année prochaine. Je n'ai fait que l'encourager dans ses démarches pendant notre minitrip en lui posant mille questions sur ses projets fastueux, ses choix kafkaïens de trouver les bonnes galeries, les thèmes qu'elle s'apprête à redévelopper ou encore ses perspectives réelles de rivaliser avec d'autres professionnelles pour cette recherche gordienne dans la subtilité des nuances et des couleurs. Bref, Fleur a du talent à revendre et je m'étonne de ne pas en avoir encore parlé jusqu'ici !

Cette envie de se reconstruire après tant d'années, ses projets à si court terme, cette fougue surprenante de renouer avec ce passé laborieux, cette volonté inattendue de regagner au plus vite son indépendance m'ont enthousiasmé au plus haut point car j'ai senti en elle cette envie irrésistible de se battre à nouveau, de ne plus s'enferrer dans le néant et de sortir enfin de chez elle ! Fleur fut une artiste-peintre mondialement connue il y a vingt ans. Puis, sa cotation a décliné sans trop savoir pourquoi. Elle ne s'en était jamais remise. Jusqu'aujourd'hui…

On n'est jamais certain des séquelles de la dépression. J'ai tenté récemment l'une ou l'autre expérience au sein de notre relation actuelle. Je pense avoir intuitivement espacé nos rendez-vous les plus intimes et par la suite les avoir reportés systématiquement à la dernière minute afin d'observer en boucle ses réactions. Elle me stupéfie à chaque fois ! Je sais maintenant qu'elle se situe à quelques pas de la guérison car je la sens de moins en moins dépendante de notre « pseudo amitié » et ça, c'est un signe qui ne trompe pas !

Je retiendrai seulement cette réflexion récente qu'elle me fit la semaine dernière au téléphone et qui me conforte aujourd'hui dans mes plus profondes convictions qu'elle est enfin guérie : *Baron, je t'aime mais promets-moi de m'expliquer un jour pourquoi tu fais semblant de vivre ?*

Avec un « léger » retard sur la date de Noël, nous avons fini par trouver une solution au sujet du cadeau de Grisouille. C'est demain son anniversaire. Nous nous sommes cotisés secrètement, moi, le couple Dorsay et Angelo, pour lui faire la surprise. Nous nous sommes débrouillés pour acheter sur le net un vélo qui correspondait au mieux à la description que la petite m'en avait faite. Ce soir, un peu avant minuit, une magnifique bicyclette rouge à la sonnette bleue trônera en maître devant l'appartement de Grisouille…

Deux semaines plus tard.

Le printemps pointe son nez. C'est le renouveau. Le beau temps est reparti jusqu'en septembre et cela me met d'excellente humeur. D'ici un jour ou deux, je redescends sur Paris. Un aller-retour pour visiter un petit musée de banlieue. Ils exposent trois œuvres de Manet ainsi que la sculpture inédite d'un Christ nu. Je n'ai pas très bien compris la présence de cette œuvre mystique mais peu importe, elle m'attire, je n'y vais que pour elle.

Grisouille est enchantée de son cadeau. Il n'y a pas un jour qui passe sans la voir faire des tours avec sa bicyclette rouge dans l'enceinte de l'immeuble. Sa mère doit parfois sévir pour qu'elle s'arrête et... Madame Dorsay m'a informé de son état de santé. Pas terrible. Un mauvais diabète qui déboucherait sur un problème de reins si j'ai bien compris. Mais il ne faut surtout pas ébruiter...

Une question me vient à l'esprit. Avec le fric que tu as, pourquoi ne pas aider tout ce petit monde qui manifestement a du mal à clôturer chaque fin de mois. Pourquoi avoir provoqué cette cotisation de solidarité pour offrir ce petit vélo? Tu aurais pu l'offrir toi-même, comme ce loyer qui vient encore d'être indexé ou ces charges d'immeuble de plus en plus lourdes pour nous tous, et pourquoi pas subvenir aux frais de courses ménagères qui n'arrêtent pas d'augmenter... Je distribue, je partage... J'allonge dès qu'il y a un souci. J'aide mes voisins, mes amis, mes collègues, et demain, à l'aube, tout le monde saura que j'ai hérité d'un pactole à l'âge de 15 ans, que je suis un gros richard égoïste qui n'a rien à foutre ici dans un quartier moyennement à l'aise ou si peu, où les gens réussissent à garder la tête hors de l'eau... Adieu l'anonymat. Adieu la tranquillité... Adieu la pureté de mes relations car sur qui pourrais-je compter? M'aimerait-on toujours pour moi ou pour ce que je représente? De plus, pas question de rester ici une minute de plus parmi ces gens qui ne me reconnaîtraient plus comme un des leurs. Où aller donc si ce n'est rejoindre tous ces nantis qui se réfugient dans cette île de l'illusion où ils dépensent leur fortune pour éviter de s'ennuyer, à coup d'orgies ou de faste « bling bling »... Dois-je continuer? Je ne reviendrai jamais sur ce point car à chacun son karma. Je suis plein aux as mais en échange, on a assassiné mon enfance... Dois-je continuer?

Il y a plus sérieux. Grisouille aurait besoin d'un donneur au rhésus O négatif en cas d'une greffe de rein. On en manque sévèrement. Euphémisme. Il n'y a plus de donneurs de O négatif ! Ou alors, il faut ruser, s'infiltrer au cœur d'un logiciel ultraconfidentiel des bases de données mondiales. Impossible. Ou alors, allonger une somme phénoménale pour accélérer les recherches qui ne s'avéreront pas nécessairement optimistes. Il faut en premier lieu protéger la caste fortunée qui domine ce monde médiocre. Une société aux odeurs de soufre de plus en plus désolidarisée, égoïste et renfermée sur elle-même. À ce propos, Baron, c'est quoi ton rhésus ?

Je m'informe régulièrement auprès de Madame Dorsay. Le jeudi soir, c'est le meilleur plan. J'aide la brave dame à ranger les containers à ordures. Inutile de poser une question, l'information se diffuse d'elle-même. Je n'ai qu'à écouter. Cela m'arrange car il faut rester discret. Ne pas alarmer la petite qui n'est apparemment pas au courant de son état. La mère termine une médication de dernière chance mais elle-même distille l'information à doses homéopathiques par fierté. Si le traitement ne fonctionne pas, c'est la dialyse à vie. On n'en est pas encore là. *Une greffe est aujourd'hui hors de prix, autant ne pas y penser,* me confie Madame Dorsay qui n'est pas censée savoir que je suis O négatif.

Au piano-bar. Fin de soirée. Il est quatre heures du matin et nous avons clôturé plus tôt que prévu. Normal, Joachim n'était pas là. Avec lui, il ne faut pas s'attendre à fermer l'établissement avant six ou sept heures.

Laure est venue nous donner un coup de main. Elle m'apporte un verre d'eau pendant que je range quelques tables pour aider Solange.

— Salut, Baron. Je sais que tu ne bois que de l'eau, à moins que tu ne veuilles un café à cette heure-ci ?

— Il m'arrive de boire autre chose que de l'eau, rassure-toi, lui dis-je en plaisantant. Mais, ça ira, merci.

— Je peux te poser une question ?

— Je t'en prie.

— Je ne t'ai jamais vu jouer en regardant une partition. C'est une marque de fabrique chez toi ?

— C'est normal. Je n'ai pas de partition. Au prix où elles sont.

Mon humour la détend. Je ne l'avais jamais vue sourire jusqu'à ce jour. On pousse la porte d'entrée. C'est Manu qui arrive. Il vient rechercher Laure, nous dit quelques mots après avoir évalué la recette et s'en va en nous souhaitant bon courage. Les traits de Laure se sont tendus, ses yeux sont redevenus tristes, elle le suit sans avoir le temps de réajuster son gilet de laine. Nos regards se croisent à la dérobée comme si nous venions de subtiliser ce moment interdit. J'ai remarqué quelques hématomes sur son bras gauche. Attention aux déductions trop hâtives. Il est dangereux de demander à quelqu'un comment il va…

Je suis à quelques mètres de mon immeuble. Sinatra m'a vu arriver de loin et m'attend dans la cour en faisant des « huit » de bonheur. Il se faufile dans mes jambes pour se faire caresser, comme d'habitude. Au bas de l'escalier, Angelo est assis sur une marche en train de ronfler comme un bouc. Il est mort saoul. Je me baisse pour être à son niveau et lui secoue lentement l'épaule

— Angelo, tu es malade ?

— Moi, malade… Baron, c'est toi ?

— Oui, tout va bien, mon vieux. Je vais t'aider à remonter jusque chez toi.

— Pas la peine, dit-il en se relevant tout en se rasseyant aussitôt.

— Tu vas voir, à deux on va y arriver. Donne-moi la main.

— Tu es un chic type, Baron… Et quand on sera en haut, je t'invite à prendre un pot chez moi !

— On verra… En attendant, fais un effort et accroche-toi à mon épaule

— Dis donc, l'ami, tu as une force de bœuf, toi !

— Mais non. J'ai juste envie d'aller pieuter. Alors plus vite ce sera fait, plus vite j'irai dormir, tu piges ? Donne-moi les clés de ton appartement, Angelo. Je vais te conduire dans ton plumard. Quelques heures de sommeil te feront le plus grand bien, tu verras !

— Tu es un frère pour moi, Baron. Je n'aurais jamais cru qu'un mec comme toi aurait pu me porter comme tu l'as fait, avec une vitesse incroyable ! Où diable as-tu appris ça ?

— Petits secrets du conservatoire à Paris. J'avais un prof qui nous obligeait à déménager les pianos à queue à chaque fois qu'on changeait de classe. Il pensait que ça ferait du bien à nos neurones. Effectivement, c'était excellent pour l'inspiration musicale, je peux te le confirmer.

— Et tu crois que je vais gober cette histoire à la con ?

— Pour aujourd'hui, oui ! On en reparlera un autre jour, pour l'instant, au dodo !

— Quoi qu'il en soit, tu as une force de bœuf, Baron. Je n'aimerais pas me disputer avec toi ! lance-t-il en reprenant quelque peu ses esprits.

— Nous n'avons aucune raison de nous disputer, non ?

— Tu parles ! C'est une belle preuve d'amitié, ce que tu viens de faire là, Baron. Allez, arrête de me contredire sans cesse. Va dans le frigidaire et sors-nous deux bières bien fraîches. Je suis sûr que tu en meurs d'envie, pas vrai !

— Si tu insistes. C'est ta santé, pas la mienne.

— Voilà une grande vérité, c'est ma santé après tout !

— Où sont les verres ?

— Je n'ai pas de verres. On boit à la bouteille ici. Santé, Baron !

— Santé, Angelo !

— À propos, on n'a jamais parlé du sniper, tous les deux ! Déjà un bout de temps qu'il n'a plus tiré, ce con-là. Tu en penses quoi, toi ?

— Rien de plus que toi. La dernière fois, c'était à Noël, il y a trois mois déjà. C'est possible qu'il se manifeste à nouveau ces moments-ci !

— Tu crois ?

— Je ne crois rien. Tout est possible à vrai dire. Peut-être qu'il est loin à cette heure et c'est, je pense, lui faire trop d'honneur de parler de lui maintenant, tu ne trouves pas ?

— Tu as raison, Baron. Ce n'est pas ce fils de pute qui va m'empêcher de boire une dernière bière avec toi. T'en veux une ?

— La dernière, puis je vais me coucher.

— Quand tu y penses, l'ami… « Ils » ont réussi à canaliser la violence à travers le monde avec leurs méthodes de nazis, ils ont réussi à endormir les gens en leur donnant ordinateur, alcool et tabac presque pour rien. Je n'exagère pas puisque tu sais comme moi que ce sont les trois seuls produits qui n'ont jamais subi la moindre inflation.

— C'est exact, mais où veux-tu en venir ?

— Tu le sais très bien, Baron… Au moindre faux pas, on est sanctionné directo, et pas un peu ! « Ils » ont même réussi à fermer les églises et toutes formes de cultes sur terre. Là, ils ont fait fort ! Ils ont creusé à jamais le plus grand fossé qui soit entre eux et nous. Le plus petit pet qu'un sans-abri clandestin ose articuler en cachette dans sa piaule pourrie, « ils » le détectent aussitôt et le « formatent » sans pitié. Par contre, il y a un dingue qui tourne dans la ville depuis un an et demi en toute impunité et on va me faire croire qu'« ils » ne sont pas capables de trouver ce salopard de sniper. Tu trouves ça normal, toi ?

— Non. Je suis de ton avis, Angelo… Le type est sûrement très malin et ils attendent qu'il commette sa première erreur.

— Sa première erreur ?

— Tôt ou tard, un assassin commet toujours une bourde. Il se sent sûr de lui, au-dessus des lois puisqu'on ne l'attrape jamais. Cela augmente son ego et lui donne à chaque fois l'envie irrésistible de recommencer. Pourquoi changer une équipe qui gagne ?

— Tu as sûrement raison, Baron. N'empêche que si je l'attrape un jour, ce fils de pute, je lui amocherai bien sa belle petite gueule.

— Moi aussi, mais pour l'instant, on ne fait pas le poids.

— Je sais, je dis n'importe quoi, excuse-moi, c'est l'alcool…

— Pas de souci. Nous sommes fatigués tous les deux.

— C'est possible, en effet. Mais toi, le pianiste, ça te fait quoi d'aller te balader en ville tous les jours et de rentrer aux petites heures ? Ne me dis pas que tu n'y penses jamais ?

— J'y pense tout le temps comme tout le monde mais parfois, je fais comme s'il n'avait jamais existé, pour me donner du courage. Je t'invite à faire pareil, c'est un bon plan !

— Je vais te confier quelque chose, Baron. Avant, je buvais pour me donner du courage car ma vie n'est qu'une cascade de nullités. À présent, je bois le double pour oublier cette trouille qui me tord les boyaux. Et aujourd'hui, chaque fois que je traverse la rue ou que je vais pisser, je chiale parfois comme un gosse ! J'ai peur, Baron… Cela reste entre nous, d'accord ?

— À qui veux-tu que je le dise, on est entre mecs, ça ne regarde personne !

— Une dernière bière ?

— Si tu veux.

Ce n'est pas tellement la présence d'un sniper qui donne des frissons, mais bien son absence remarquable. Il faudrait qu'il tire à nouveau pour qu'on se sente dégagé, rassuré, mais il ne le fera pas tout de suite. Il sait très bien ce qu'il fait ! Il nous laisse d'abord languir, frémir, mourir à feu doux car c'est lui qui fixe les règles du jeu et nous ne pourrons rien y changer tant qu'il ne commettra pas le plus petit début d'une simple et minuscule putain d'erreur. Et je pense qu'il n'est pas près de nous offrir ce petit plaisir ! Pour revenir à mon copain Angelo, je peux comprendre cette dose de courage qu'il lui faut désormais pour affronter le quotidien sans avouer ses peurs à ses voisins, à ses collègues, à son patron, à ses amis, à sa maîtresse, à lui-même… *Je suis dans le même cas que toi*, ai-je ajouté pour le rassurer. Pas question de « frimer pour frimer » car la vérité est transparente, si ce n'est qu'on a tous sa façon de réagir, plus ou moins sagement, plus ou moins froidement, avec ou sans addiction. À chacun sa chair de poule ! Mais il lui a fallu une sacrée dose de courage plus spectaculaire encore que les autres pour m'énumérer toutes ses angoisses sur un tel plateau d'aveu. S'en voudra-t-il demain de m'avoir confié toutes ces choses une fois réveillé ? Un faible, finalement cet Angelo ? Un personnage haut en couleurs, certes, mais très fragile, comme toutes les grandes gueules.

Je suis injuste car derrière toutes ses peurs et ses angoisses, il y a aussi une très grande dignité ! Et je ne pense pas uniquement à ce cinglé qui terrorise la ville. Je pense aussi à tous ces paramètres de la vie courante qui constituent d'autres sources d'anxiété bien plus récurrentes encore. Qui suis-je pour juger tous ces gens qui doivent ruser au quotidien ? Que ce soit pour acheter un verre d'eau ou remplir leur frigo, sans parler des factures qui restent impayées jusqu'à ce qu'« on » vienne leur retirer le peu qu'ils ont ou alors les « ranger » dans des camps disciplinaires jusqu'à la fin de leur vie s'ils ne peuvent rembourser. Angelo n'a guère exagéré lorsqu'il a dépeint dans son ébriété notre toute nouvelle civilisation. « Ils » ont réellement réussi à mettre les gens par terre comme un knockout dans un match de boxe, on ne peut pas mieux résumer. Soit on est sans-abri et on bouffe la poussière, soit on vit petitement avec la tête à peine hors de l'eau en donnant l'impression de vivre comme avant, mais c'est faux ! Les autres, ce sont les richards, ces clients friqués qu'on retrouve au « Humphrey Bogart » par exemple, ou ailleurs, tous ces nantis qui enjambent cette nouvelle misère avec le mépris de l'indifférence et du pouvoir. Et aujourd'hui, comme s'il fallait encore rajouter une couche de dureté, il y a ce sniper qui rôde autour de nous, observant sa prochaine proie d'un haut lieu escarpé pour nous occire de ses serres le jour venu, comme un aigle affamé de chair et de sang…

Certains jours, je me dégoûte… Moi aussi, je ne fais qu'enjamber cette misère sans apporter la plus petite aide à personne. Je suis encore pire que les autres. Ceux de ma « race » ! Au moins, eux, ils affichent leurs richesses et n'hésitent pas à choisir leur camp. Moi, j'ai choisi de vivre auprès de ces gens modestes, de les imiter, de m'habiller comme eux, de leur ressembler comme deux gouttes d'eau et surtout de leur donner l'impression d'être un des leurs. Je pense avoir surpassé le comble du cynisme.

Madame Dorsay continue à m'informer tous les jeudis de la santé de la petite Grisouille. Son état est relativement stabilisé. La nouvelle médication s'avère efficace, ce qui nous éloigne de la dialyse. Mais il est encore trop tôt pour en être certain. En attendant, la petite joue comme une enragée et fonce toujours sur moi avec la même énergie chaque fois qu'elle me voit surgir dans les escaliers ou dans la cour de l'immeuble. Son teint jaunâtre s'est effectivement atténué depuis le mois passé.

Demain, je descends sur Paris « aller-retour » pour contempler ce Christ nu d'une exceptionnelle beauté, paraît-il. Il s'agirait d'une sculpture en bois polychrome et étoupe durcie qui fut conservée dans une basilique pendant de nombreuses années, bien avant ce fameux décret de 2020 ayant rendu illicite toute manifestation de culte. Les églises furent détruites pour la plupart. Certaines furent transformées en établissements d'État. Reliques, objets de liturgie furent dispersés à travers le monde, faisant ainsi la joie des collectionneurs avertis de la question religieuse. Depuis, on retrouve parfois un chef-d'œuvre ou l'autre au hasard d'une visite dans un musée de banlieue. Mon attirance envers cette œuvre inédite s'allie déjà à cette incompréhension des gens de ma génération de nous priver aujourd'hui d'une si belle histoire, si riche en symboles de paix, d'amour et de poésie.

QUATRIÈME RÉCIT

Je suis resté deux heures sans bouger, à regarder ce Christ dépouillé de tout ressentiment de haine, de toute saleté. Un Christ humble et serein n'offrant qu'amour et pardon, les deux plus beaux joyaux de l'âme humaine.

Je les avais cherchés depuis si longtemps sans savoir où aller et voilà qu'ils se présentaient devant moi le plus naturellement du monde sous le regard effacé de cette merveilleuse tête inclinée de Jésus qui venait à l'instant de rendre l'âme.

Semaine de Pâques.

Bien qu'« ils » aient aboli toute forme de culte et changé au fil du temps les églises en bâtiments administratifs, « ils » ne réussiront jamais à détruire deux mille ans de repères judéo-chrétiens, comme les réjouissances de la Nativité ou de la Passion, toujours empreintes génétiquement d'une spiritualité spontanée et collective.

Pour revenir à nos tracas du moment, il est évident que nous avons tous la même appréhension en cette période de fêtes. La dernière fois, le monstre avait osé frapper la veille de Noël, il n'y a pas de raison qu'il se prive aujourd'hui du même petit caprice. Pourtant, la peur ne se lit sur aucun visage. Au contraire, sourire et bonne humeur sont de la partie. Un peu partout s'affichent des faciès festifs, comme un masque de protection capable de conjurer le mauvais sort. Au fond de nous-mêmes, nous savons très bien qu'il peut toujours agir d'une minute à l'autre.

En me promenant sur une route de campagne, j'aperçois une voiture en panne. Une jeune femme fume cigarette sur cigarette en attendant la dépanneuse. Je ne l'ai pas reconnue tout de suite. Quand elle se tourne vers moi pour m'expliquer que son pneu est crevé, il n'y a plus aucun doute. C'est la fille du pauvre homme qui s'est fait assassiner la veille de Noël. Ses yeux sont toujours aussi tristes et son visage est d'une telle beauté qu'il est difficile de ne pas s'en souvenir. Je ne sais si je dois évoquer le drame et lui dire que j'étais ce jour-là parmi les badauds ou si je dois me taire. Après tout, je ne suis pas censé la connaître.

— Je peux vous aider, Mademoiselle?

— Non, merci. J'attends la dépanneuse.

— Un pneu crevé, c'est ça?

— Oui, pas de quoi s'alarmer. Mais je n'ai jamais changé une roue de ma vie.

— Cela fait longtemps que vous attendez?

— Une heure et demie, c'est infernal.

— Si vous voulez, je vous remplace votre pneu en dix minutes. Vous pourrez ensuite téléphoner pour annuler.

— C'est gentil mais je ne voudrais pas vous déranger.

— Puisque je vous le propose. Moi, c'est Gérard, mais tout le monde m'appelle Baron!

— Je m'appelle Linda.

Je viens à l'instant d'apercevoir un caducée rouge sur la vitre avant du véhicule. Serais-je en train de dépanner une charmante doctoresse? Je ne suis pas très bricoleur mais à la Légion, on devait pouvoir tout faire puisque la devise était d'être capable de se sortir de n'importe quelle situation. Et puis, on n'avait pas le choix. J'avoue que le retour à la vie civile m'a quelque peu empâté. Excepté le fait de poser mes dix doigts sur un piano un soir sur deux et me balader en train le reste du temps entre Liège et Paris, je n'en fais plus une! Changer une roue par contre, c'est encore dans mes attributions. Je pense avoir gardé de beaux restes, je l'ai fait mille fois dans la brousse sri-lankaise. Nos jeeps crevaient souvent et il fallait se grouiller pour éviter une charge d'éléphants sauvages qui ne supportaient pas d'être dérangés ou un fauve indésirable un peu trop curieux. De toute manière, lorsqu'on se trouve dans la jungle, il est fortement conseillé de rester statique le moins longtemps possible. Pour l'heure, je viens de battre mon record en changeant le pneu de la demoiselle en sept minutes !

— Voilà, c'est terminé.

— Je ne sais comment vous remercier. Je peux vous déposer quelque part ?

— Si vous allez en centre-ville, ce ne serait pas de refus.

— C'est justement ma direction, montez !

— Vous êtes médecin, je suppose.

— Cardiologue. J'ai un cabinet au bord de Meuse.

— Et vous fumez toujours autant ?

— En cachette, uniquement.

— Vous me rassurez… Ne m'en veuillez pas d'être indiscret, mais vous me paraissez si jeune pour être cardiologue !

— C'est gentil, mais je ne suis pas si jeune que ça. Je rentre ce mois-ci dans ma trente-cinquième année.

— Vous m'épatez, je vous mettais dix ans de moins !

— Vous êtes charmant. Et vous, vous faites quoi dans la vie à part remplacer les pneus de jeunes femmes en détresse ?

— Je suis pianiste de nuit dans une boîte de jazz.

— Vraiment ?

Nous avons bavardé encore quelques minutes, le temps d'arriver en ville. Dans la discussion, elle m'a confié avoir repris le cabinet de son père, récemment décédé. Elle n'a pas fourni la moindre explication. À aucun moment, elle n'a évoqué ce moment tragique du 24 décembre dernier. Je me suis contenté de lui présenter mes condoléances. Ensuite, elle m'a débarqué à la hauteur de la gare centrale, comme un simple auto-stoppeur.

Nous ne nous sommes échangé ni nos numéros de téléphone ni nos adresses e-mails. J'ai vaguement cru l'entendre dire qu'elle viendrait un jour m'écouter jouer mais elle démarra en trombe et le bruit du moteur effaça ses dernières paroles sans que j'eusse le temps de lui indiquer le nom du piano-bar.

Je fais un détour chez mon banquier avant de reprendre le chemin de mon habitation. Je suis contraint de passer à quelques rues du quartier Saint-Léonard, désormais un lieu-dit surnommé « la cour des miracles ». Un endroit névralgique où les autorités ont canalisé des centaines de sans-abris. À chaque ville sa propre façon de légiférer. Certaines cités autorisent leur présence un peu partout mais avec des règles strictes de couvre-feu dès le coucher du soleil. D'autres, comme ici à Liège, ne tolèrent plus ces promiscuités dans les quartiers commerciaux, si ce n'est à l'intérieur de quelques zones bien cadenassées comme celle-ci. Je la contourne en empruntant la petite venelle de la Botteresse avant de m'engager vers les rues pentues des Coteaux.

Je suis soudain attiré par le miaulement aigre d'un vieux violon désaccordé expirant une mélodie qui ressemble étrangement aux deux petits chaussons de satin blanc, une chanson écrite par un célèbre acteur de cinéma muet du siècle passé. Je pense tout de suite à Chopin ! Qui d'autre que lui jouerait cet air démodé au violon ? Impossible. Je chasse immédiatement cette idée de la tête et rejoins mon studio. *Sonnerie du téléphone portable...*

— Fleur ?

— Ça va ? dit-elle d'une petite voix.

— Moi, ça va. Par contre toi, tu n'as pas l'air bien. Je suis près de chez toi, je peux passer si tu veux.

— Oui, viens. J'ai très envie de toi !

Elle vient de raccrocher sans m'en dire davantage. Dans le jargon médical, ce genre de comportement typiquement dépressif porterait le nom de rechute. Dans mon jargon à moi, j'appelle ça des hauts et des bas. Un jour, Fleur pète la forme, rigole, rentre dans des fous rires irrépressibles, énumère tous les événements positifs de la journée. Le lendemain, tout s'écroule, elle se replie sur elle-même et reste prostrée de longs moments.

J'exagère un peu mais je pense qu'il s'agit d'un passage nécessaire à la guérison. Une sorte d'antichambre dans cette quête du bonheur. Je l'aide à ma façon dans son parcours du combattant de vouloir à tout prix remonter la pente. Je l'encourage constamment dans ses démarches artistiques, à reprendre sa vie en main, à recouvrer cette fougue créatrice qui bouillonne d'impatience au fond d'elle-même, comme le grondement silencieux d'un volcan éteint. Mais le plus terrible, je le devine, sera dans la longueur car quelle que soit l'intensité de mon soutien, c'est dans la solitude la plus morbide qu'elle devra réaliser ce nébuleux chemin de croix.

Je change donc mon itinéraire et la rejoins dans son appartement. Il est à peine seize heures, le soleil illumine la ville depuis le début de matinée. Lorsqu'elle m'ouvre la porte, Fleur m'accueille de son sourire charmeur en attirant mes lèvres pour un baiser passionné. Elle ne me laisse pas le temps de réagir. Sa langue explose littéralement dans ma bouche, provoquant sur-le-champ une effervescence libidinale rarement ressentie.

Elle repousse la porte avec son genou droit sans prendre la peine de la refermer à clé. On n'a pas le temps de monter dans sa chambre, de se déshabiller, mettre les vêtements sur un cintre. Elle déboutonne d'une main ma chemise en glissant l'autre main libre et baladeuse sur mon torse hérissé, tout en continuant à m'embrasser fougueusement. Ses ongles acérés glissent ensuite sous mon slip comme un sillon de plaisir. Nous allons faire l'amour à même le sol, comme deux bêtes en chaleur, assoiffées et affamées l'une de l'autre.

Le lendemain matin.

C'est plus fort que tout, je descends en ville en me dirigeant vers ce quartier Saint-Léonard, regroupant des centaines de sans-abris. Il ne m'est pourtant pas nécessaire de réaliser ce détour inutile. Il me suffit de prendre la ligne droite pour me rendre Place du Marché, cela m'aurait évité un kilomètre de marche pour accéder au centre-ville. Mais je n'en démords pas. Qui d'autre que Chopin aurait pu jouer au violon cet air révolu du siècle passé ? Je dois en avoir le cœur net. Je me rends donc jusqu'à cette frontière virtuelle qui nous sépare de ce monde étrange des clochards. Un univers moribond oscillant entre l'instinct de survie et les ténèbres. Tout en marchant, je ressasse, non sans un certain plaisir, nos ébats amoureux d'hier. Était-ce vraiment à Fleur que je pensais lorsque nos corps se tortillaient de ravissement avant d'atteindre l'extase ?

Ou à Linda ? Cette superbe créature au corps de rêve qui n'arrêtait pas de tenailler mes pensées depuis cette histoire de pneu crevé sur une petite route de campagne. Il ne s'est rien produit entre nous et pourtant, nous nous sommes parlé comme si nous nous connaissions déjà depuis longtemps. Pourquoi m'a-t-elle dit qu'elle viendrait m'écouter au piano-bar si elle n'avait pas envie de me revoir ? Ou alors est-ce l'imagination qui me joue des tours car l'esprit invente parfois de ces vérités !

Il n'empêche qu'en pensant à Linda à un moment pareil, c'est comme si je lui avais fait l'amour pendant deux heures en pénétrant le corps de Fleur. Décidément, ce genre de pensées funestes ne me vaut rien et j'espère seulement que l'intuition féminine de Fleur n'aura pas fonctionné, ce que j'ignorerai sans doute jusqu'à la fin de mes jours. Je suis brusquement interrompu dans mes pensées par une voix nasillarde au ton agressif, me faisant un peu penser à un personnage « affreux-Jojo » de bande dessinée digne d'Alice au pays des merveilles ou de Blanche Neige et les sept nains.

— Alors, le « richard », qu'est-ce que tu viens foutre ici ?

Je ne me suis pas rendu compte d'avoir franchi le territoire sacré de cette fameuse « cour des miracles ». Un type est planté devant moi avec un couteau en me toisant d'un regard menaçant. Deux autres s'amènent par-derrière, vraisemblablement pour me détrousser ou m'agresser. Je ne les vois pas mais je sens leur souffle sur ma nuque. Huit ans à la Légion dans une jungle infestée de bêtes sauvages, de mines antipersonnel, de rebelles tamouls ou d'ennemis imaginaires, cela vous forge un sixième sens.

Sans réfléchir, je me retourne brutalement vers celui de gauche en l'éjectant à deux mètres, ce qui me laisse le temps d'envoyer celui de droite au tapis par un pied circulaire bien placé au niveau du thorax. Quant à celui qui me menace d'un couteau, il est paralysé d'incompréhension devant ma rapidité d'action. En m'écartant de son axe d'agression, je le désarme aisément par une clé de bras latérale, l'immobilise en lui tordant l'épaule violemment jusqu'à ce qu'il plie les genoux au sol et lui dis froidement :

— Écoute l'ami. Tu n'as aucune raison de t'inquiéter si tu restes tranquille. Je ne suis pas venu ici pour vous ennuyer. Je cherche un gars qui joue du violon et qui s'appelle Chopin, c'est tout. Tu le connais ?

— Jamais entendu parler de ce gars-là !

— Tu es sûr ? lui dis-je en serrant son épaule un cran plus fort.

— Certain ! me hurle-t-il dans l'oreille. Maintenant, tue-moi si tu veux comme mes deux camarades. De toute façon, on est ici pour crever tôt ou tard. Alors, qu'est-ce que ça peut faire ?

— Je n'ai pas tué tes copains, ils sont simplement dans les pommes !

— C'est toi qui le dis. Ils bougent plus. Tu les as tués, je te dis !

— Arrête de divaguer puisque je te dis qu'ils se sont évanouis, petit con ! Je veux juste savoir qui est le gars qui jouait du violon chez vous hier en fin de journée et je ne décamperai pas tant que tu ne m'auras pas répondu correctement. Elle est si compliquée que ça ma question ?

— Lâche-le donc ! Tu vois bien qu'il crève de trouille, non ? Et quand un homme crève de trouille, il pisse dans son froc. Et quand il pisse dans son froc, ça veut dire que tu viens de lui enlever ce qui lui reste de dignité. Autrement dit, tu n'en tireras plus rien car il n'a plus rien à donner. Rien ! On ne t'a pas appris ça à la Légion ?

Je lâche enfin le pauvre bougre qui ne demande pas son reste en filant comme un lapin et reste nez à nez avec le mec le plus formidable, le plus extraordinaire que la vie m'ait jamais permis de connaître. Chopin ! Nous restons l'espace de quelques secondes aussi ébahis l'un que l'autre à nous regarder comme deux chiens de faïence puis, dans un élan fraternel, il s'approche de moi en me tendant les bras pour m'enlacer avec la vigueur extrême d'une amitié virile qui n'a pas pris une seule ride, malgré toutes ces années. Il racle sa gorge à deux reprises avant de me dire de sa grosse voix caverneuse en désignant les deux gars par terre :

— Tu n'as rien perdu de ce que je t'ai enseigné, bravo Baron !

— Merci, mais je n'ai aucun mérite. Ils n'étaient que trois !

— Tu ne les as pas tués, au moins ?

— Penses-tu ! Ils ronflent comme des loirs, tu ne les entends pas ?

— Bien sûr, je plaisante. Mais tu n'y es pas allé avec le dos de la cuillère !

— C'est toi qui me l'as appris… Chopin ! Comme c'est bon de te revoir !

— Tu l'as dit ! Quel plaisir de revoir ta belle petite gueule de Baron ! Je commençais sérieusement à m'emmerder comme un rat mort dans cette ville pourrie.

— Mais bon sang, Chopin, qu'est-ce que tu fous dans un bled pareil ?

— Je peux te poser exactement la même question ! Et toi ?

— Je te cherchais, c'est tout.

— Comment as-tu su que je créchais ici ?

— Hier, dans l'après-midi, j'ai entendu un air au violon qui m'a interpellé. Au début, je n'y ai pas prêté attention en me disant que j'avais dû rêver. Puis, ce matin, en me réveillant, je me suis dit qu'il n'y avait aucune place pour le hasard en ce bas monde. Qui d'autre que toi pouvait massacrer aussi bien ce joli morceau de Charlie Chaplin ? Et en plus, avec un violon à deux sous, cassé et désaccordé ? Alors, je me suis dit que ça ne pouvait être que toi.

— Excellente déduction ! Décidément, tu n'as rien perdu depuis… bientôt trois ans, c'est ça ?

— C'est ça !

— Et l'aventure, ça ne te manque pas ?

— Si… Mais je commence à trouver mes marques, ici. Je m'y sens bien et puis… J'ai fait le tour de la question. On en parlera plus tard si tu veux… Et toi, Chopin, ne me dis pas que tu as tout largué, toi aussi ?

— Pas du tout. J'ai décidé de réaliser un break d'un an pour faire le point.

— Avec l'armée ou avec toi-même ?

— Un peu des deux.

— Il y a longtemps que tu es ici ?

— Deux mois, je pense.

— Deux mois ! Je sais que tu as de la famille sur Liège mais pourquoi diable ne m'as-tu pas contacté pendant tout ce temps ? On aurait pu se voir, tu serais venu pieuter à la maison. Pourquoi t'enferrer ici comme un voleur ?

— Bon ! Tu vas commencer par arrêter toutes tes questions à la con. Tu es devenu flic ou quoi ?

— Pas du tout. Ne te fâche pas ! Je suis simplement surpris que tu ne m'aies pas téléphoné mais je peux comprendre que cet endroit évoque pour toi une certaine odeur de jungle, n'est-ce pas ?

— Tu as tout compris, Baron ! Ici, c'est la ville dans la ville, avec une senteur d'apocalypse, comme si la mort rôdait en permanence. Ici, la première chose à laquelle tu penses quand tu te lèves le matin, c'est comment rester en vie jusqu'au soir. Soit tu tombes comme une mouche à cause de la maladie, soit tu te suicides parce qu'il n'y a plus d'autre alternative, soit tu ramasses un coup de couteau en pleine poitrine pendant ton sommeil.

— Et comme tout baroudeur de premier plan, tu t'y sens chez toi !

— Exactement.

— Je peux te garantir que dans ma ville à moi, tu en aurais aussi pour ton argent !

— Que veux-tu dire par là ?

— Tu es au courant de cette histoire de sniper ?

— Oui, vaguement, Baron… Ici, tu sais, les gens ne se mêlent pas trop de ce qui se passe en ville. On dirait que ça ne les intéresse pas. Ou plutôt, que ça ne les intéresse plus.

— Je vois. Et toi, tu en penses quoi de ce fumier qui tue au hasard depuis plus d'un an ?

— Il va passer à la vitesse supérieure.

— Qu'est-ce qui te fait dire cela ?

— Mon instinct, c'est tout ! Et puis… Si on m'a bien informé, il n'a pas encore pratiqué le tir groupé, c'est ça ?

— C'est exact. Jusqu'à présent, il tue une seule personne à la fois puis il se taille vite fait bien fait.

— Fréquence ?

— Tous les quatre mois, à peu près. Mais c'est très variable, il est resté aussi plus d'un an sans jamais se manifester.

— Un silencieux ?

— J'en suis persuadé. On n'entend jamais la moindre déflagration. À quoi penses-tu ?

— Ce type est très malin. Et s'il ne commet aucune erreur, c'est parce qu'il maîtrise parfaitement les aléas d'un tir groupé. Il n'ignore pas que lorsqu'il aura atteint la première cible, il aura précisément sept secondes pour tuer la deuxième avant de provoquer l'effet de panique dans la foule. De là, les gens commenceront à se cacher ou à fuir de tous les côtés. Il lui sera dès lors irrésistible de ne pas tirer dans le tas, comme ça, juste pour faire un carton. Enfin, l'alerte sera donnée et là, il devra en vitesse organiser sa propre retraite s'il ne veut pas se faire pincer.

— Quand je t'écoute, tu me donnes presque l'impression de le connaître, c'est marrant.

— C'est quoi cette allusion débile, Baron ?

— Rien… Excuse-moi, je réfléchissais tout haut… Et qu'en déduis-tu exactement, alors ?

— Qu'il est seul, c'est déjà une première certitude. S'il était accompagné, le rythme serait plus soutenu et les dégâts bien plus spectaculaires. Ici, on a affaire à un vrai solitaire qui ne fait confiance à personne, crois-moi.

— Si tu le dis. Et quoi d'autre ?

— Il s'entraîne de manière intelligente et progressive. Il connaît les risques d'un tir groupé, je viens de le dire. Le plus délicat serait donc la retraite s'il veut éviter de se faire lui-même descendre comme un lapin par les forces d'élite, tout simplement. Et c'est ce qui le tracasse le plus !

— Mais c'est tentant. C'est ce que tu veux me faire comprendre ?

— Très tentant. Mais il attend son heure et quand il sera prêt, crois-moi, il va faire de gros, de très gros dégâts. Le pire reste donc à venir. Une fois qu'il aura goûté au tir groupé, il ne pourra plus s'en passer…

— D'un autre côté, il sera beaucoup plus enclin à commettre des erreurs et on finira bien un jour ou l'autre par l'attraper.

— Oui, tu as raison. C'est pourquoi il se montre si prudent et si patient. Il a, tu t'en doutes, évalué l'énormité du risque bien avant nous et ce n'est pas le genre de bonhomme à se laisser piéger ou distancer par les forces spéciales. Il a toujours un coup d'avance sur l'échiquier, l'ami Pinocchio.

— Pinocchio ?

— Oui, parce qu'il ment tout le temps.

— Explique-toi.

— Simple. Mentir, c'est sa force ! Il ment à son entourage, il te ment, il nous ment, il nous fait croire ou supposer qu'il va agir à telle époque ou à tel endroit mais il réussit toujours à nous bluffer en changeant ses plans à la toute dernière seconde. Je mettrais ma tête à couper qu'il se ment aussi à lui-même au point d'oublier parfois qui il est réellement, une fois l'acte réalisé.

— J'en suis arrivé aux mêmes conclusions que toi. Et selon ton intuition profonde, c'est pour très bientôt si je lis dans tes pensées ?

— Baron, tu sais comme moi qu'il est impossible d'obtenir un pronostic précis et fiable de manière absolue. Il y a toujours un pourcentage de flou dans toute déduction. Ce que je te livre ici, à brûle-pourpoint, ce ne sont que des conjectures aussi bonnes ou imprécises que les tiennes, rien d'autre. Et combien de temps va-t-on parler de ce fils de pute ? À moins que tu ne veuilles qu'on se le fasse en douceur tous les deux ?

— J'avais déjà pensé me le taper en solo, à vrai dire. Mais j'ai vite abandonné l'idée. Trop d'investissement pour pas grand-chose.

— Je suis étonné de ta réflexion car cela t'aurait permis de reprendre du service et surtout de ne pas t'encroûter. Et puis, toi qui es en manque d'aventure !

— Je sais… Maintenant que tu es là, on pourrait peut-être évaluer nos chances de le piéger un jour. Qu'en penses-tu ?

— Je ne suis pas ici pour ça, Baron. Si tu veux te farcir le sniper, ce sera sans moi, camarade ! Et puis, je commence à avoir la gorge sèche. Tu ne connaîtrais pas un petit bistrot dans les parages où l'on pourrait trinquer en toute tranquillité et discuter ensemble du bon vieux temps ?

— Je connais une taverne très discrète au bord de Meuse à seulement quelques minutes à pied d'ici. On sera à l'aise pour bavarder.

— Je reconnais bien là mon petit Baron !

— Toujours amateur de whisky ?

— Plus que jamais, camarade, plus que jamais !

Nous arrivons dans cette fameuse taverne quelques minutes plus tard. Je repère un endroit calme pour bavarder. Le serveur nous sert deux whiskies bien tassés avec une grosse assiette de saucisson coupé en rondelles. Nous continuons à bavarder sans plus évoquer le sniper. Je suis étonné qu'il ne m'ait rien demandé au sujet du type d'arme utilisé ou s'il était possible qu'il trafique lui-même ses balles pour les rendre explosives lors de l'impact avec la cible. À l'époque, le Chopin que j'ai connu excellait en balistique et se serait montré autrement enthousiaste. Aujourd'hui, je retrouve un homme vieilli, fatigué, taiseux, désireux de faire le point avec lui-même et rien d'autre. On change sur trois ans ! Pour clôturer avec le sniper, jamais je n'avais imaginé une seconde le traquer en solo. Je lui ai dit ça juste pour l'épater, pour le persuader que j'étais toujours dans le coup ou que j'avais encore le goût de l'aventure, mais il n'en est rien ! J'ai réellement décroché et jouer au petit soldat ne m'amuserait plus du tout si on me demandait un jour de reprendre du service. Chopin me regarde comme s'il venait de lire dans mes pensées et me dit :

— Si je comprends bien, on n'aura plus le plaisir de te revoir à la Légion ?

— Non. Ma vie est ici à présent.

— Tu appelles ça une vie ? dit-il d'un air narquois en commandant une autre tournée.

— À chacun sa jungle, Chopin !

— Très bonne répartie... À ta santé !

— À la tienne ! À propos, que vas-tu faire pendant un an ?

— Le tour du monde et surtout quitter l'Europe au plus vite. J'ai envie de rencontrer des gens que je ne connais pas, découvrir de nouvelles contrées, de nouvelles cultures, d'autres horizons.

— Rien ne te forçait à venir jusqu'ici, pas vrai ?

— J'avais envie de te revoir une dernière fois.

— C'est sympa, j'apprécie... Et après ce « break » d'un an, tu rempiles définitivement, je suppose ?

— Aucun doute possible, je ne sais rien faire d'autre ! Je suis entré à l'armée à dix-sept ans, Baron ! La légion, c'est la seule famille qui me reste. Tu m'enlèves ça, je crève !

— Je te comprends... Je me permets de te taquiner, Chopin... En flânant dans la région comme tu le fais depuis deux mois maintenant, as-tu pensé à l'éventualité de rencontrer l'âme sœur, comme ça, au coin d'une rue et d'envoyer promener tous ces projets d'un coup de balai ?

— Tu veux dire... Si jamais je rencontrais une fille qui me plaît par ici ?

— Et pourquoi pas ?

— Baron, tu as toujours eu l'art de me prendre par les sentiments. Une femme ! La plus belle créature au monde, je te l'accorde ! Mais ce n'est pas pour moi, tu le sais bien. Je suis bien trop ours pour rendre une femme heureuse. J'aime les filles, c'est sûr. Caresser et embrasser leur corps de rêve, tant que tu veux ! Mais après ? Il faut vivre, mon ami. Avec quoi ? Dans la jungle ou à la caserne, j'ai de trop avec ma paie de militaire pour m'assumer moi-même mais ici, « dans la ville » comme on dit, comment veux-tu faire pour nouer les deux bouts lorsque tu es marié et que tu as des enfants ?

— Évidemment.

— De plus, l'Europe a bien changé en si peu de temps ! Votre taux d'inflation est énorme ! Trente dollars pour un verre d'eau, tu te rends compte ? Trop peu pour moi ! Pas étonnant que les gens tombent comme des mouches. Quand tu tiens la barre, il suffit d'une fine bourrasque pour que tout bascule. Et hop, te voici à « la cour des miracles » ! Plus d'emmerdes, certes, plus de tracas et tu ne dois plus rien à personne ! Si ce n'est à la mort, qui t'attend un jour ou l'autre au bout du chemin. J'ai tout résumé, non ?

— Ce n'est pas faux, j'en conviens. Et encore, tu n'es sûrement pas au courant des dernières nouveautés ?

— Dis toujours.

— Ils se sont mis en tête de taxer les sans-abris d'ici trois ans !

— Absurde.

— Je ne te le fais pas dire. Peut-être vont-ils engager de nouveaux collecteurs d'impôts, comme au temps de Jules César dans Astérix !

— Alors, qu'est-ce que tu attends pour faire ce tour du monde avec moi ? On verra du pays. On connaîtra les plus belles filles du monde mais jamais on ne s'attachera ! Et après, on rempilera tous les deux pour cinq ans ou plus, loin de cet Enfer des villes européennes où tu es en train de t'enliser. Ensuite, on verra bien. Qu'est-ce que tu en penses, Baron ?

— J'avoue que c'est tentant mais comme je viens de te le dire, ma vie est ici, mon ami, et je m'y plais.

— Je m'attendais un peu à ce genre de réponse. Je n'insiste donc pas… Et toi, tu t'es fait une petite amie depuis tout ce temps ?

— Oui, on peut dire ça.

— Marié ? Des enfants ?

— Ni l'un ni l'autre. En tout cas, pas pour l'instant.

— Et tu fais quoi de tes journées si ce n'est pas trop indiscret ?

— Je suis pianiste dans une boîte de nuit.

— Ce n'est pas étonnant. Tu jouais comme un dieu !

— Tu te souviens toujours pourquoi tu as écopé du nom de Chopin à ma place ?

— Tu parles ! C'était dans les bordels de Kandy. Les deux putes qu'on avait payées pour la nuit étaient encore plus beurrées que nous deux réunis !

— Avec la dose d'arrack que tu mettais dans leurs verres sans qu'elles s'en aperçoivent, ce n'était pas difficile qu'elles soient complètement saoules après une heure ou deux, tu te souviens ?

— Bien sûr. Et quand tu t'es mis au piano, tout le monde a dansé jusqu'au lever du soleil. Quand elles se sont réveillées, elles se sont frottées contre moi en miaulant de leur mauvais accent anglais *Chopin, mon amour, joue-nous encore de la belle musique, please !*

— Elles ne savaient même plus leur propre nom. Elles confondaient tout et nous, on se marrait de les voir attirées vers toi comme un aimant. Plus moyen de t'en débarrasser.

— Ouais. J'avais beau leur expliquer que c'était toi le pianiste, elles ne me croyaient pas, les garces. Et dire que c'est toi qui avais fait tout le boulot pour les exciter avec ton piano !

— Le monde est injuste, lui dis-je avec humour.

Le garçon vient de servir une nouvelle tournée. Nous rigolons comme deux enfants qui se racontent leur colonie de vacances en essayant de refaire le monde à notre façon. Il sait désormais qu'il repartira sans moi, que l'armée ne m'intéresse plus. Chopin semble par contre s'inquiéter de ma situation vu les changements de cette société en perdition. Il ignore tout de ma fortune, je ne lui en ai jamais parlé. Peut-être par pudeur. Peut-être aussi parce qu'il n'aurait pas compris comment un type plein aux as aurait pu s'amuser pendant toutes ces années à risquer sa vie à l'autre bout du monde.

— À part cela, bien payé ton job de pianiste ? me dit-il en reprenant son sérieux.

— Je ne me plains pas. Le salaire n'est pas exceptionnel, tu t'en doutes. Mais la clientèle est spectaculairement aisée et les pourboires font toute la différence. Si cela te plaît de venir boire un verre un jour, tu seras mon invité d'honneur !

— Ce serait avec plaisir, Baron. Mais je crains de ne pas en avoir le temps. Je ne pense pas moisir ici bien longtemps, tu sais.

La semaine prochaine, je prends l'avion pour l'Australie. Je compte y rester quelques mois avant de prendre le large.

— On a donc le temps de se revoir une fois ou deux et de se faire une bonne bouffe, non ?

— Évidemment, on ne va pas s'en priver… Garçon, la même chose !

Nous buvons encore quelques verres en nous remémorant le bon vieux temps. Chopin est gai comme un pinson. Mais il faut se rendre à l'évidence, nous n'avons plus grand-chose en commun si ce n'est les souvenirs épars de cette contrée lointaine où nous avions autrefois combattu côte à côte. L'alcool aidant, la discussion retombe très vite dans les banalités de l'existence. Avant qu'il ne soit complètement saoul, je lui demande sans transition :

— J'ai une question qui me turlupine, Chopin.

— Je t'écoute.

— Je te connais depuis trop longtemps pour savoir que tu n'es pas ici par hasard. On n'organise pas un tour du monde en faisant au préalable un petit crochet de douze mille kilomètres pour simplement dire au revoir à un vieux copain, ça n'a aucun sens ! En fait, tu es venu jusqu'ici en espérant me retrouver parce que tu as quelque chose à me dire en face, mais tu ne sais pas comment t'y prendre. C'est pour ça que tu campes ici depuis deux mois, n'est-ce pas ?

— Si en plus, tu fais les questions et les réponses.

— Je me trompe ?

— Écoute, Baron. Je n'ai pas trouvé ton adresse tout de suite, c'est la vérité. Alors, j'ai atterri ici, à la cour des miracles, où je me suis fait rapidement quelques potes. Des baroudeurs, comme moi, qui attendent des jours meilleurs avant de se poser dans un autre bled. J'ai finalement trouvé où tu niches mais j'ai hésité à te déranger. Ne me demande pas pourquoi, c'est comme ça. J'ai eu subitement l'envie de foutre le camp puis je me suis dit que je n'avais pas le droit de repartir sans te revoir au moins une dernière fois. Alors, je suis rentré voir mes quelques potes à la cour des miracles et je me suis installé avec eux un petit moment, le temps qu'on se recontacte, toi et moi. Les jours ont passé à une vitesse, je ne me suis même pas rendu compte ! À vrai dire, je me suis interrogé longuement sur ce désastre humain qui frappe ces hommes et ces femmes. Je ne parle pas des quelques baroudeurs comme moi, mais des autres qui te regardent tout au long de la journée avec leurs yeux avachis, sans plus aucune réaction, soumis tout entiers à la fatalité de leur existence. Tous de pauvres gens qui n'attendent plus rien de la vie ! J'ai essayé de comprendre ce qui leur est arrivé. La plupart ont perdu leur boulot et ont été contraints de revendre tout ce qu'ils avaient. Tout, tu entends ? Cinquante pour cent d'entre eux finiront par se jeter d'un pont dans moins d'un an. Ce sont les statistiques actuelles, tu te rends compte, Baron ? Moi, j'appelle ça une solution politique calculée par les gouvernements pour résoudre naturellement le problème démographique, mais c'est un autre sujet… Puis, les semaines ont passé, je me suis dit que j'allais t'appeler un de ces quatre pour qu'on se rencontre mais tu m'as pris de vitesse et nous voilà enfin réunis.

— Un peu court ton résumé, je trouve. Maintenant, si tu arrêtais de faire des phrases et de me dire enfin ce qui ne va pas, ça m'arrangerait !

— D'accord, puisque tu y tiens… Kalyna est morte il y a six mois !

— Kalyna, morte ?… De quoi ?

— Un stupide accident de la route. Je suis désolé pour toi, Baron.

— Euh…

— Tu es sûr que ça va ?

— Oui, rassure-toi… Je n'arrive pas à y croire…

— Je sais. Moi-même, j'ai mis un temps incroyable à l'accepter.

— Dis-moi, c'est quoi cette histoire d'accident ? Elle n'est jamais rentrée dans une voiture de sa vie. Que s'est-il réellement passé ?

— Elle était dans un bus. Une collision frontale avec un camion. Elle est morte sur le coup. C'est ce qu'on m'a expliqué.

— Tu voyais toujours ses parents ?

— Moins qu'avant, tu t'en doutes. Mais je suis resté en relation avec son père.

— Comment l'a-t-il pris ?

— Très mal. Surtout au début. On a dû l'hospitaliser à deux reprises pour un problème cardiaque. J'ai bien cru qu'il allait y rester. Maintenant, il s'en remet difficilement et sort à peine de chez lui. Je pense qu'il s'en tirera, mais il faudra le temps.

— Elle avait repris quelqu'un dans sa vie ?

— Pas à ma connaissance.

— Je sens que tu ne me dis pas tout, Chopin.

— Un dernier whisky ?

— Non.

— Moi bien.

— Alors, c'est quoi la vérité ?

— Quelle vérité, bon sang ! Je viens de te la dire, la vérité. Elle s'est tuée dans un accident de la route, c'est tout.

— Tu n'ignores pas que sa famille est d'obédience hindoue, n'est-ce pas ?

— Comme la plupart des réfugiés tamouls, et alors ?

— Kalyna m'avait un jour confié que suite à un vœu exaucé par Murugan, un des fils de Shiva, la divinité la plus populaire du panthéon hindou, elle s'était juré de ne plus jamais prendre un transport en commun et de se déplacer à pied jusqu'à la fin de sa vie, fût-ce même pour se rendre en Chine, en guise de remerciement.

— Je ne vois toujours pas le rapport.

— Bien sûr que si. Ton histoire ne colle pas, tout simplement ! Un tamoul ne rompt jamais un pacte établi avec une divinité, quelles que soient les circonstances. Qui plus est lorsque la divinité en question vient d'exaucer un vœu important... Son intégrité religieuse n'est pas à mettre en doute. Kalyna n'aurait jamais failli à une règle aussi élémentaire, quoi qu'il advienne. Donc, je sais qu'elle n'est pas morte dans un accident de la route et que tu me mens depuis le début. J'ignore seulement pourquoi tu refuses de me dire la vérité ?

— Parce que j'ai voulu te l'épargner jusqu'à présent, cette vérité, afin de te protéger ! Mais puisque tu la veux à tout prix, je vais te la dire. Kalyna est morte de chagrin. Elle ne voulait plus rien manger, plus rien boire, refusait l'assistance des médecins. Et puis un jour, elle n'a plus voulu quitter son lit et a fini par se laisser aller… C'est ça la vérité, tu es content, maintenant ?

— Et tu as fait douze mille kilomètres pour me dire ça ?

— Je voulais voir ta tronche quand je te l'annoncerais.

— Alors pourquoi tous ces préliminaires, tout ce cinéma ?

— Pour te faire languir. Je savais que tu ne me croirais pas. Malin comme tu es, je me doutais bien que tu me poserais mille questions et que tu finirais par comprendre.

— Comprendre quoi ?

— Comprendre que tu es un gros con d'avoir quitté cette fille merveilleuse, qui se serait sacrifiée pour toi si tu l'avais épousée comme prévu, et d'avoir laissé tomber une famille qui te considérait comme son propre fils.

— Tais-toi !

— Pourquoi ? Cela fait trois ans que je me tais, Baron ! Trois ans que j'ai envie de venir te casser la gueule !

— Vas-y, ne te gêne pas.

— Cette fille t'aimait à la folie, mon vieux ! Je pense qu'elle a cru jusqu'à la fin que tu viendrais la rejoindre un jour ou l'autre. Que tu rentrerais au bercail, que tu lui demanderais pardon de l'avoir abandonnée… Elle t'aurait pardonné sur-le-champ et tout aurait recommencé comme avant… Jamais de ma vie je n'ai vu une fille restée aussi fidèle à un homme !

— Tu penses trop, Chopin ! Ou alors… Serait-ce elle qui t'a réellement confié tout cela ?

— Exactement.

— Pourquoi, tu as joué au gentil confident ? À l'ami fidèle secrètement jaloux qui savait très bien qu'il ne récolterait que des miettes mais on peut toujours tenter sa chance… Puis un jour, tu en as eu marre, tu lui as déclaré ta flamme et ce jour-là, tu as vraiment essayé de te la taper par tous les moyens mais elle t'a envoyé paître, c'est ça ?

— Tu es abject…

— Je n'ai pas fini ! Pendant toutes ces années, je suis certain que tu fulminais qu'une fille comme elle n'ait jamais voulu céder à tes avances. Ta jalousie envers moi n'a fait que de se décupler et sa mort n'est finalement qu'une sacrée occasion de venir me jeter tout ton venin à la figure.

— Tu n'es qu'un gros con, Baron !

— C'est possible… Et puis, en quoi tout ceci te regarde-t-il finalement ?

— Tu n'avais pas le droit de laisser tomber une fille comme elle !

— Je sais… Et je le paie tous les jours que Dieu fait, crois-moi.

— Alors, pourquoi l'as-tu fait ?

— Tu ne pourrais pas comprendre… Excuse-moi de m'être emporté, je ne voulais pas te blesser.

— Pas de souci, nous ne sommes pas des femmelettes ! Parfois, il faut laisser exprimer ses rancœurs et puis… on en a vu de plus dures, toi et moi, pas vrai ?

— C'est vrai… J'aimerais qu'on clôture cette discussion avant qu'elle n'entaille réellement notre amitié… Sache seulement que ma vie n'est plus désormais qu'une fêlure depuis que je suis rentré dans la vie civile. Une souffrance sans nom, quotidienne, insupportable ! Mais aussi la seule façon d'expier l'erreur que j'ai commise…

— Garçon, deux whiskies !

— Tu es le seul ami en qui j'ai confiance, Chopin. Ne nous privons pas d'une aussi belle amitié, même si nos phrases ont failli dépasser nos pensées. Soyons plus forts que les mots, je t'en supplie !

Sans hésiter, il me tend une main franche. Je me lève et le prends dans mes bras. Nous nous serrons pendant un très long moment. Le serveur vient d'apporter les deux whiskies et n'y comprend plus rien. Nos yeux sont embués d'émotions fortes et sincères. C'est si bon de laisser parler ses tripes, bordel ! Il veut payer la moitié mais j'insiste pour régler la totalité de la note. Nous nous quittons cinq minutes plus tard un peu éméchés mais le cœur soulagé d'avoir vidé notre sac. Nous décidons de nous revoir pour une soirée « arrack » à la cour des miracles. C'est Chopin qui rince !

CINQUIÈME RÉCIT

Je m'installe sur un banc au bord de l'eau, regardant au loin la silhouette de Chopin se fondre dans le paysage urbain. Je profite de ce moment ensoleillé pour laisser bercer mon visage par ce rayon de chaleur reposant.

Cette histoire m'a bouleversé. Je ne parviens pas encore à imaginer que celle qui fut mon premier amour s'en est allée pour toujours. Déjà six mois ! Si Chopin n'avait pas fait ce voyage, qui m'aurait averti ? Et dire qu'on a failli se disputer ou même en venir aux mains !

Comment ai-je pu être aussi infect dans mes propos tout à l'heure ? L'alcool n'arrange rien, c'est évident. L'esprit se libère, un mot en amène un autre puis on parvient à dire n'importe quoi sans plus mesurer les conséquences désastreuses d'une petite phrase assassine. Je m'en veux ! Je m'en veux surtout d'avoir rudoyé verbalement cet homme de quinze ans mon aîné qui m'a tout appris, qui m'a remonté maintes fois le moral quand bien souvent je me sentais si seul et perdu là-bas loin de tout. C'est aussi ce même homme qui m'a un jour sauvé la vie au risque de perdre la sienne…

On les appelait « les marais du Lion », ces hectares de rizières sauvages qui entouraient le fameux rocher de Sigiriya. Il fallait les contourner constamment pour ne pas s'embourber avec nos grosses jeeps blindées. Seuls les indigènes qui avaient apprivoisé ces rizières aux odeurs pestilentielles depuis leur tendre enfance étaient capables de s'y enfoncer habilement et d'aller récolter les bons épis sans le moindre danger.

Ce jour-là, j'étais parti seul afin d'approvisionner un camp de réfugiés en eau potable. La surcharge en jerricanes fut certainement à l'origine de cette maudite crevaison. Lorsqu'au bout d'un quart d'heure, je ne voyais toujours pas venir l'autre convoi, j'ai dû me résigner à retrousser mes manches et à réparer ce pneu tout seul. Dans le feu de l'action, je n'ai plus pensé à la friabilité du sol qui m'entourait et sans m'en rendre compte, mes jambes s'enfonçaient progressivement dans ce que je croyais être de la boue. Mais il était déjà trop tard ! Mon corps s'enlisait désormais dans la vase jusqu'à la taille quand j'entendis la voix de Chopin me hurler d'étendre les deux bras et d'agripper l'énorme bâton de bambou qu'il me tendait. Pétrifié par cette mort imminente qu'allait être la mienne, je n'avais pas entendu le second convoi arriver.

Chopin n'avait pas attendu les autres pour me sortir de là. Sans réfléchir, il accourut à ma rescousse avec ce bois de bambou au risque de s'enliser lui-même dans cette zone marécageuse et meurtrière. Lorsque je fus sorti d'affaire, les autres se précipitèrent sur Chopin pour le remonter à la surface à l'aide d'une corde solide, tant ses jambes disparaissaient déjà dans le sable mouvant. Il m'a fallu plus d'une heure pour m'en remettre. Je n'arrivais pas à enlever de ma tête le scénario plausible qu'eût été cette agonie atroce s'il était arrivé seulement trente secondes plus tard !

Sentir son corps se perdre petit à petit dans un nuage de boue sans pouvoir bouger jusqu'à l'étouffement. *Combien de temps l'esprit demeure-t-il lucide avant le grand saut dans l'autre monde ?* ai-je demandé au moins dix fois à Chopin qui me rassurait à coup de « *tout va bien, petit, tout va bien !* » pendant qu'il remplissait mon gobelet d'arrack que j'ingurgitais cul sec comme une aspirine diluée dans un peu d'eau. Il y a des questions auxquelles les gens ne répondent pas parce que nous ne sommes pas programmés pour les aborder de front et que la seule façon d'apaiser celui qui les pose est de changer constamment de sujet en l'aidant avec d'autres subterfuges tels l'alcool ou le tabac. Quelques semaines après l'incident, un pratiquant de yoga nommé Soma, m'expliqua qu'un homme ayant réellement vu défiler sa mort en pensée avait droit à une deuxième vie. Une semaine plus tard, je fis la connaissance de Kalyna…

Le soleil s'est réfugié derrière un gros nuage gris et le vent qui fouette à présent les feuillages des bouleaux ne présage rien de sympathique. Je décide donc de rentrer au studio avant que ne tombe cette pluie nationale annoncée hier sur les ondes radio.

Madame Dorsay balaie dans la cour pendant que Maurice, son mari, asperge le fond des containers à ordures avec un vieux nettoyeur à haute pression. Je m'enfile machinalement deux chewing-gums à la menthe dans la bouche au cas où nous devrions nous échanger quelques mots. J'espère qu'ils ne s'apercevront pas de mon état d'ébriété car j'ai bu pas mal avec Chopin et je dois certainement puer le whisky à cent mètres. Bien que je ne sois pas saoul au sens premier du terme, ma lucidité est dans un état de flottaison lamentable et mon corps a plutôt tendance à vaciller vers la droite sans raison apparente. Lorsqu'elle m'aperçoit, la brave dame pose brosse et seau en venant dans ma direction.

— Bonjour, Baron ! Je peux t'embêter deux minutes ?

— Vous ne m'ennuyez jamais, Madame Dorsay, vous le savez bien.

— J'ai d'excellentes nouvelles au sujet de Grisouille !

— Elle est guérie ?

— N'exagérons pas. Mais les nouveaux médicaments s'avèrent efficaces !

— Et son diabète ?

— Justement. C'est à lui que je fais allusion. Le taux de sucre aurait baissé de façon spectaculaire et la dernière prise de sang était nettement encourageante.

— La petite ne pose pas trop de questions ?

— Bien sûr que si, elle est si vive, si intelligente pour son âge ! Sa maman n'a pas hésité à lui expliquer les effets néfastes du sucre pour sa santé et les raisons pour lesquelles elle doit au plus vite adopter ce fameux régime draconien. Je pense qu'elle a décidé de ne rien lui cacher, c'est peut-être la meilleure solution, tu ne crois pas ?

— J'en suis persuadé...

— Je te laisse, Baron. Voilà Barbara avec la petite... Je ne t'ai rien dit... À bientôt...

Je fais mine de ne pas les voir. J'adore la petite mais à vrai dire, je n'ai qu'une envie, rejoindre mon lit et fermer les yeux sans plus penser à quoi que ce soit. Un contrecoup qui débarque sans prévenir. Les paupières sont tellement lourdes que je parviens difficilement à garder les yeux ouverts. La gamine va embrasser avec engouement Monsieur et Madame Dorsay qui continuent à vaquer à leurs occupations domestiques puis, avec un sourire jusqu'aux deux oreilles, accourt en se jetant littéralement sur moi.

— Baron, Baron !

— Comment va ma petite Grisouille adorée ? lui demandé-je en la prenant dans mes bras avec la même tendresse qu'un père aurait eue pour sa fille.

— Beaucoup mieux aujourd'hui... Hier, j'avais un peu de température, mais c'est déjà de l'histoire ancienne.

— J'en suis ravi pour toi. Et à l'école, tout va bien ?

— Oui, oui... Tout se passe bien...

— C'est un petit « oui », ça, Grisouille !

— Chutt... Faut pas le dire à Maman... J'ai eu une mauvaise note ce matin.

— Pourquoi ?

— J'ai dit un gros mot mais je te jure que je ne l'ai pas fait « en exprès », Baron, je te le jure !

— Et c'était quoi ce gros mot ?

— J'ai traité Sabrina de sardine fumée !

— Ce n'est pas bien méchant.

— Avec Camille, elles n'arrêtent pas de me surnommer « le gros citron » à cause de mon teint jaune.

— Je trouve au contraire que tu as une mine ravissante et que ton joli visage a bel et bien retrouvé le teint rose d'avant, tu peux me croire sur parole !

— Merci, Baron !

— J'espère qu'elle ne vous ennuie pas trop ? me lance Barbara qui vient seulement de nous rejoindre.

— Sûrement pas ! Je suis plutôt ravi de voir Grisouille avec une mine aussi resplendissante.

— Le traitement marche bien, croisons les doigts ! Mais elle ne doit pas négliger son régime contre le diabète. Grisouille adore les bonbons et les pâtisseries. L'en priver totalement est la seule solution pour réduire son taux de sucre dans le sang. Sans compter les conséquences désastreuses pour ses reins déjà si fragiles si on ne se montre pas vigilant.

— Je te félicite d'être une petite fille aussi courageuse, Grisouille !

— Maman aurait bien trop de peine si je mourais. Alors, je suis à la lettre tout ce que prescrivent les médecins. Je prends mes médicaments tous les jours avant chaque repas et je ne mange jamais plus de sucreries ! Même en cachette… À propos, Baron, tu savais qu'on peut mourir en plein sommeil ? Je l'ai appris la semaine dernière à l'école et depuis, je demande à Maman de ne plus éteindre la lumière de ma chambre pendant la nuit. Comme ça, la mort aura très peur de moi et n'osera pas venir me chercher !

Un car scolaire rentre dans la cour en klaxonnant bruyamment. Le chauffeur embarque les enfants du quartier pour les ateliers créatifs du mercredi après-midi. Grisouille s'en va rejoindre ses copines et nous dit au revoir par la fenêtre en agitant énergiquement ses petites mains jusqu'à perte de vue. Je reste quelques instants encore avec Barbara sur le seuil à échanger quelques banalités avant de rejoindre mon habitation.

Je déplie ce petit mot gribouillé à la hâte il y a quelques mois d'ici, que je conserve comme une relique au fond de ma poche. « *Un album-photos est conçu pour se glisser au fond d'un tiroir qu'on ne rouvre jamais. Hier, mes vingt ans ont défilé en revoyant ton doux visage me sourire tendrement. Parfois, je me demande si j'ai encore une place dans ton cœur ou si tu as décidé de m'oublier pour ne plus souffrir. Ce soir, je pleure sous les couvertures en imaginant que notre aventure eût été une belle histoire si je n'avais pas été aussi bête.* » Jamais ces quatre phrases idiotes n'ont eu autant de sens qu'aujourd'hui.

Je sors machinalement l'album et le pose sur le lit pour le consulter à mon aise. Un blocage, mes mains se paralysent. *J'appréhende ce pincement à l'âme de revoir ton doux visage en sachant que tu n'es plus de ce monde…* Je l'ouvre, le feuillette les yeux fermés et le referme aussitôt. Un mélange de rage et de tristesse. *Je suis incapable de consulter les seuls clichés que j'ai conservés de toi, nos premiers instants de bonheur…*

Une plage à Negombo, une des plus importantes stations balnéaires au nord de Colombo. Nous véhiculions un millier de réfugiés tamouls afin de les amener dans des villages entièrement rénovés et agencés à leur intention. La prochaine étape était une région relativement sauvage entourée de plantations de thé et de rizières, située à trois cents miles à l'intérieur des terres, au pied du rocher de Sigiriya.

En tout, un convoi humain géant d'une centaine de jeeps et de camions allait sillonner les jungles rutilantes de cet archipel magnifique que Rudyard Kipling surnommait à juste titre « la larme de l'Inde ». L'objectif était qu'ils se sentent enfin chez eux et nous allions les aider à prendre un nouveau départ après des dizaines d'années gangrenées par les guerres civiles et surtout par ce qu'on appelait à l'époque la diaspora des minorités, c'est-à-dire la dissémination volontaire de ces ethnies d'origine dravidienne aussi bien à l'intérieur qu'en dehors de l'île. Nous n'escortions qu'une infime partie des effectifs si l'on imagine que la diaspora fut estimée il y a vingt ans d'ici à plus d'un million de personnes, ce qui représentait seulement le quart de toute la population tamoule sri-lankaise.

Quelques heures avant de quitter Negombo, nous profitions encore un peu des joies rafraîchissantes de ces plages idylliques avant de nous engager avec le convoi pour un sacré bout de temps dans cette chaleur inversement torride et poussiéreuse des campagnes ondoyantes. Ici, nous prenions du bon temps en laissant fouetter nos visages par ce petit vent tiède mais ravigotant, tenant compte d'une température extérieure avoisinant les trente-cinq degrés. Les réfugiés profitaient eux aussi de ces derniers moments de fraîcheur avant le voyage pour se désaltérer et se distraire avec leurs enfants. Nous nous étions éloignés d'une centaine de mètres de ces pauvres émigrés afin de les laisser entre eux, de ne pas troubler leur précieuse intimité. Ils n'étaient plus que l'ombre d'eux-mêmes, semblables à ce morceau de rêve brisé qu'on tente en vain de reconstituer.

Ils portaient cependant le poids de cette souffrance avec la plus haute dignité en riant sans cesse ! C'est ce qui les rendait le plus attachants à mes yeux, cette aisance déconcertante avec laquelle ces hommes, ces femmes et ces enfants s'immergeaient corps et âmes dans le joyau providentiel de l'instant présent. J'en étais incapable.

Les gosses recherchaient notre contact. Ils savaient qu'on était sympas avec eux, qu'on était surtout là pour aider leurs parents du mieux qu'on pouvait, les encourager dans leurs démarches quotidiennes, trouver avec eux un lopin de terre où ils prendraient enfin racine. Ils savaient aussi qu'on avait le cœur sur la main et que c'était devenu un jeu pour nous de savoir qui allait dégainer le premier pour leur offrir un bâton de chocolat, des revues illustrées, une tablette de chewing-gum, une vieille souris d'ordinateur, un logiciel de jeux, des stylos à quatre couleurs ou des blocs de feuilles bon marché.

Ce jour-là, une gamine de six ans avait jeté son dévolu sur moi. J'étais assis sur le sable, seul dans mes pensées un peu à l'écart des autres, en train de fumer une cigarette, moi qui ne fumais jamais, pour passer mon temps en attendant le signal du départ. Je n'avais pas remarqué tout de suite sa présence derrière moi. Ses petites mains me tapotèrent légèrement le dos comme une petite souris qui s'invite prudemment sur vos épaules. Elle m'aborda en m'assaillant de questions dans un français approximatif mais très correct pour son jeune âge.

— Bonjour, Monsieur, ça va ? Pourquoi vous n'êtes pas avec les autres, vous êtes triste, vous avez perdu vos parents ?

— J'avais envie d'être seul. Tu n'as jamais envie d'être seule, toi ?

— Si, ça m'arrive mais c'est triste d'être seul !

— Tu as raison... Comment t'appelles-tu ?

— Aruni.

— C'est très joli comme prénom !

— Merci... Dans ma langue, Aruni signifie la rose ou l'aurore... Et vous ?

— Je m'appelle Baron... Et qu'est-ce qui te ferait plaisir, Aruni ?

— Chewing-gum, please...

C'est à ce moment précis que je réalisai n'avoir ni chewing-gum ni quoi que ce soit qui lui aurait fait plaisir, comme à tous ces gosses qui venaient chaque jour demander des petits machins insignifiants. Ils étaient contents avec trois fois rien et quoi qu'on leur donnât, ils vous en remerciaient au centuple de leur plus beau sourire. Je m'en voulais de ne pas avoir bourré ma veste de gadgets comme je le faisais chaque matin. Sans réfléchir, je lui tendis un billet de cinq cents dollars qui traînait au fond de ma poche.

Quelques jours plus tard, nous avions installé notre campement à proximité des nouveaux villages construits expressément pour nos amis réfugiés. Notre tâche principale était d'assurer la distribution d'eau potable en travaillant jour et nuit avec les ingénieurs à la mise en place définitive des récentes canalisations hydrauliques et de veiller accessoirement à leur sécurité. Nous n'étions pas à l'abri d'une attaque surprise de quelques nationalistes isolés qui ne supportaient pas que des étrangers viennent se mêler de leurs affaires. Nous restions donc vigilants vingt-quatre heures sur vingt-quatre en instaurant une alternance de garde toutes les trois heures afin de pouvoir tenir le coup pendant plusieurs semaines sans le moindre problème.

J'étais en train de me raser au rabot lorsque j'aperçus sans éprouver le besoin de me retourner grâce à la tablette-miroir suspendue au tronc d'un énorme cocotier, une silhouette féminine qui venait vers moi. Je me rappelle vaguement avoir pris le premier torchon qui me tombait sous la main et m'être essuyé en quatrième vitesse le menton encore tout enduit de mousse à barbe afin de ne pas paraître trop ridicule. Je me suis alors retourné vers elle en lui souriant à pleines dents en guise de bienvenue tout en la priant d'excuser ma tenue. Ses yeux pétillaient de charme et d'intelligence. Jamais de ma vie je n'avais vu une créature aussi parfaite, aussi éblouissante de beauté. Ce qui m'impressionna le plus fut la fluidité ainsi que la perfection de son français lorsqu'elle se mit à me parler. Je me souviens encore avec précision, comme si c'était hier, des premières phrases que nous avons échangées.

— Bonjour, vous êtes Baron, n'est-ce pas ?

— Oui... Et vous ?

— Je suis la sœur d'Aruni, je m'appelle Kalyna.

— Je suis ravi de faire votre connaissance. Que puis-je faire pour vous ?

— Aruni m'a dit que vous aviez discuté ensemble sur la plage de Negombo, qu'elle vous avait demandé des chewing-gums et que vous sembliez embarrassé de ne rien avoir sur vous. Alors, vous lui auriez donné un billet de cinq cents dollars, est-ce bien exact ?

— C'est la pure vérité, en effet.

— Je vous remercie infiniment d'avoir fait cet énorme cadeau à Aruni mais au nom de ma famille, nous ne pouvons pas accepter. Je viens simplement vous rendre cet argent, m'expliqua-t-elle en me tendant le fameux billet.

— Je ne comprends pas. Pourquoi ne pas l'accepter ?

— Cet argent... C'est beaucoup trop... Mes parents ont peur qu'on ne pense un jour que cet argent aurait pu être volé. Mon père est profondément religieux et respectueux des lois et des règles. C'est un homme fier et intègre, vous savez et...

— Je comprends votre embarras, Kalyna... Mais dans mon pays, en Europe, nous avons coutume de dire qu'il ne faut jamais reprendre ce qu'on a donné de bon cœur, cela porterait malheur... Alors, acceptez plutôt ce billet comme un gage d'amitié de ma part, je vous en conjure !

— Je me sens perdue. Je ne sais plus ce que je dois faire. Que vais-je dire à mon père si je garde cet argent ?

— Dites-lui exactement ce que je viens de vous dire. Et demain, au coucher du soleil, je vous promets que je viendrai lui parler en personne !

Je pense que ce sont les derniers mots que nous avons échangés ce jour-là. Elle m'a souri tendrement en ayant l'air rassurée de mes propos bienveillants. Elle est alors repartie discrètement rejoindre les siens dans leur nouveau campus après s'être retournée au moins deux fois vers moi, hochant humblement de la tête, en guise de remerciement.

Je l'ai aimée à la seconde où nos regards se sont croisés et ce n'est que bien plus tard qu'elle me confirma elle aussi être tombée amoureuse de moi au même instant et pour être vraiment précis, avait-elle ajouté, ce fut au moment où je me suis retourné en jetant précipitamment cet essuie humide et dégueulasse, le visage à moitié rasé avec quelques gouttes de mousse de savon sur le nez, qu'elle succomba réellement à mon charme. Nous nous sommes aimés un an plus tard pour la toute première fois en cachette dans la jungle farouche de Sigiriya, en toute inconscience, non loin d'un nid de mygales, d'une panthère affamée ou d'une horde d'éléphants sauvages…

Mon téléphone portable était mis sur « silencieux ». J'ignore depuis combien de temps il s'est mis à tournoyer sur lui-même mais ce bourdonnement sourd et ingrat commence sérieusement à m'agacer. Si c'est pour être de mauvais poil, est-ce vraiment la peine de répondre ?

— Allô ?

— Monsieur Gérard Touffin ?

— Lui-même, à qui ai-je l'honneur ?

— John Tourneur, votre gérant d'agence de Liège. C'est au sujet de votre transfert récent. Il est impératif que nous nous rencontrions prochainement. Quand seriez-vous disponible, Monsieur Touffin ?

— Mardi prochain, dix heures du matin.

Je raccroche et range l'album dans le tiroir de ma table de nuit. Parfois, je me dis qu'il serait préférable de le brûler mais à quoi bon ! Le souvenir est plus fort qu'une simple photographie. Il ne risque pas de jaunir ou de moisir dans une boîte à cartons. Au contraire, il s'améliore avec les années, comme un excellent bordeaux. Comment oublier une merveille comme Kalyna ? Comment oublier cet échiquier des soixante-quatre positions érotiques qu'elle me faisait découvrir à chaque fois que nous faisions l'amour en cachette…

Une cabane de fortune que nous construisions et détruisions au fur et à mesure afin de ne laisser aucune trace, afin que personne ne pût s'approprier notre intimité sacrée, comme une tapisserie de Pénélope qu'on restituait au rythme de nos ébats amoureux. Un rythme décousu, irrégulier vu les circonstances. Il fallait être prudent. Ce n'était pas la première fois qu'un militaire s'éprenait d'une autochtone mais étant donné l'objectif précis de nos missions, toute intimité durable avec les réfugiés était fortement déconseillée par notre hiérarchie pour des raisons politiquement évidentes.

Même si la relation que j'entretenais avec Kalyna était on ne peut plus « humanitaire », cela aurait fait désordre comme on disait en haut lieu. C'est justement ce qui mettait du piment à notre romance. Nous devions nous cacher constamment, ne rien laisser paraître aux yeux des autres et redoubler de vigilance et de ruse lorsque nos sens en émoi demandaient grâce. Nous avions ainsi établi un système de code suffisamment complexe pour que personne d'autre que nous ne puisse y comprendre quoi que ce soit. Une sorte de langage imaginaire inventé de toutes pièces qui consistait en un nombre incalculable de signes verbaux ou gestuels, un alphabet unique au monde composé exclusivement par nos soins, des poèmes acrostiches écrits dans un pali approximatif mais impossibles à décrypter ainsi que toutes sortes d'autres signes cabalistiques nés de notre propre imagination.

Seul Chopin connaissait notre petit secret et je lui sais gré aujourd'hui encore de ne jamais nous avoir trahis pendant les deux premières années de ma relation intime avec Kalyna. Je venais effectivement de signer un renouvellement de contrat avec l'armée pour trois ans et je n'avais guère d'autres choix que d'être patient. C'est moi qui vendis la mèche la dernière année car j'en avais marre à la longue de me cacher tout le temps comme un bandit ou un assassin. Que faisions-nous de mal si ce n'était de nous aimer ?

Je me suis décidé un jour à parler en toute franchise avec son père, un homme humble et bon dont la largesse d'esprit et la tolérance m'avaient particulièrement impressionné. Me lancer sans trop réfléchir aux conséquences et mettre les choses « à plat » – entre hommes, quoi – était la meilleure décision à prendre dans ces cas-là !

Le courant entre lui et moi passa dès la première seconde lorsque nos regards se croisèrent. La confiance fut établie aussi vite que la foudre. Je lui ai fait part de ma passion inconditionnelle pour sa fille ainsi que de mon admiration pour leur ferveur spirituelle et lui ai dit que j'étais disposé à me convertir sans la moindre hésitation à leur religion lorsque j'épouserais Kalyna. C'était loin d'être joué vu mon statut de militaire blanc mais je savais que les noces mixtes dans ce pays étaient rentrées progressivement dans les us et coutumes depuis une bonne vingtaine d'années, bien que le rituel hindou essentiellement shivaïste pour la majorité des familles tamoules demeurât toujours aussi sacré et indéfectiblement incontournable même si l'époux « de couleur » était d'une autre obédience ou carrément athée, ce qui était mon cas. Car il n'était pas question de parler d'autre chose que de mariage avec un tamoul sri-lankais !

Après un tel aveu pathétique d'enthousiasme et de sincérité, eut-il vraiment d'autre choix que de me serrer très fort dans ses bras comme un père vis-à-vis de son nouveau gendre ? La date des fiançailles fut convenue une semaine plus tard et celle du mariage devait à tout prix coïncider avec la fin de mon temps à la Légion, parce qu'il fallait bien trouver une échéance qui eût un sens empreint de symbole, peut-être aussi un peu par superstition.

Quant à mon chef de corps, le colonel Van Cleef, au lieu de m'assaillir de reproches qui eussent été probablement justifiés, il s'émut au contraire de la pureté de ma flamme envers la belle et merveilleuse Kalyna, trouva l'histoire amusante pour ne pas dire insolite et se proposa même d'être mon témoin le jour de la cérémonie.

Ce qui m'arrangeait par contre beaucoup moins puisque j'avais juré mes grands dieux à Chopin qu'il n'y aurait pas de meilleur témoin que lui si le père de ma promise consentait à ce que j'épouse sa fille. Chopin prit la chose en rigolant, me tapa sur l'épaule en me confirmant qu'il n'y avait aucun souci pour lui et que j'étais un gros veinard d'avoir convaincu en une seule journée le papa de ma dulcinée de devenir mon futur beau-père ainsi que mon chef d'état-major d'être un jour le témoin officiel de mon mariage avec une réfugiée tamoule !

L'année se passa en un éclair. Nous n'étions plus obligés de nous cacher pour nous voir ou conter fleurette mais nous continuions incognito à construire et détruire sans relâche notre cabanon du désir au beau milieu de cette jungle sauvage, pareille à ce jardin d'Éden où il fut toléré jadis d'y cueillir le fruit défendu sans jamais vaciller dans la luxure. Ce que nous ne manquions pas de faire, espiègles que nous étions tous les deux à vouloir croquer notre jeunesse à pleines dents.

Lorsque mon contrat militaire arriva à son terme, nous pûmes enfin fixer une date de mariage officielle. Une semaine plus tard, je rompis les fiançailles d'un coup de tête et pris le premier avion pour l'Europe. Je ne sais toujours pas aujourd'hui ce qui motiva réellement ma décision. Était-ce la crainte de ne pouvoir assumer cette conversion religieuse ou tout simplement de ne pas être à la hauteur de cette simplicité de vie que m'offrit un jour la providence sur un plateau d'argent ?

Une vision peut-être un peu trop restrictive de cette nouvelle existence qui m'aurait obligé en quelque sorte à me fondre en symbiose dans ce lourd paysage tribal, une promiscuité familiale « obligée » jusqu'à la fin de mes jours. Ou alors était-ce la peur de leur avouer que j'étais plein aux as ? De les vexer en leur annonçant avec prétention qu'il m'était possible de les sortir de leur condition de larve ? Que j'étais ce maharadja charmant, inespéré, que le Dieu

Shiva offrit un jour à leur fille en récompense de sa dévotion journalière ainsi que de son extrême ferveur religieuse en général, que j'avais toujours préféré l'anonymat plutôt qu'indisposer mes congénères sans le sou à contempler mon indécente fortune. Tant de questions restées sans réponse. Tout cela désormais contre une vie morne sans lendemain…

Mon portable tournoie de nouveau sur lui-même avec ce bourdonnement infâme qui caractérise si bien le mode « silencieux ». Il s'agit sûrement de mon banquier, ce n'est pas la première fois qu'il me sonne deux fois sur la même journée. Décidément, il n'a aucun respect pour ces pensées endeuillées par la disparition de mon premier amour mais je ne lui en tiens pas rigueur car j'ai la nette impression que ma tête va exploser.

— Allô, Gérard Touffin… dis-je d'un air détaché.

— Baron ?

— Lui-même !

— C'est Linda. Vous m'avez aidée à remplacer un pneu, vous vous souvenez de moi ?

— Bien sûr, comment allez-vous ?

— Très bien. Je voulais absolument vous remercier pour l'autre jour et… comment dire… vous inviter un soir à dîner si vous n'y voyez pas d'inconvénient.

— Avec plaisir.

— Je peux passer vous prendre demain à vingt heures devant la gare si cela vous convient, bien entendu.

— C'est une excellente idée, à demain !

Comment s'est-elle procuré mon numéro d'appel puisqu'il est privé et que nous ne nous étions pas échangé nos coordonnées lors de notre première rencontre ?

SIXIÈME RÉCIT

Quelques semaines plus tard.

Un passage à vide. Une nouvelle relation qui s'installe mais il ne s'est encore rien passé. J'ai connu plus rapide en termes de « conclusion féminine » mais qui sait, serait-ce le début d'une liaison plus prometteuse que les autres ? Je n'en sais rien. L'amour, le vrai, ne sonne jamais deux fois à la même porte. Pendant combien de temps encore vais-je m'imprégner de cette idée stupide ? À chaque aventure, l'amour se présente sous une forme différente, c'est tout. Je cueille ce que le destin me donne et m'en contente. Il faudrait peu de choses pour être heureux. Je devrais essayer de larguer le passé une bonne fois pour toutes. C'est facile à dire…

D'entrée de jeu, Linda me confie qu'elle est meilleure copine que petite amie, cela commence fort. Mais quand une femme cherche votre numéro de portable dans une meule de foin et qu'elle le trouve, on appelle ça comment ? Manifestement, je ne lui suis pas indifférent. Au contraire, tous les ingrédients de l'amour à venir sont réunis, comme les pièces esseulées d'un puzzle qui ne demandent qu'à s'imbriquer entre elles pour que leur vie ait un sens. On se regarde dans les yeux en mangeant un hamburger sur le pouce. On rit à la moindre chose. On se parle comme deux étudiants timides qui tentent de se découvrir. On pose les questions classiques.

*Parlez-moi un peu de vous… « **Tu** », c'est mieux… Si vous voulez, euh… si **tu** veux… Derrière un sourire ravageur comme le vôtre, euh… comme **le tien** se cache souvent une pluie de larmes, je me trompe ?… Poète avec ça ? À mes temps perdus, et toi, tu as des hobbies en dehors de la cardiologie ? Oui, tout sauf des histoires de cœur ! Rires. On va prendre un verre ailleurs ? Si tu veux…*

Et tu appelles ça un passage à vide ? Pas exactement mais j'ai l'impression qu'on tourne en rond, comme deux boxeurs professionnels qui s'observent pendant plusieurs rounds sans jamais dévoiler leur jeu. À sa décharge, je pense que Linda est pourvue d'une hypersensibilité qui l'empêche d'aller droit au but avec un homme, qu'elle se sert constamment de l'humour pour cacher une très grande timidité.

Un charme indescriptible, une douceur extrême dans sa voix, dans ses gestes. Je pense aussi que sous l'alibi d'une phrase anodine, d'une simple allusion à n'importe quoi, d'une banalité absurde ou même d'une question idiote, cette femme fragile et raffinée cache une intelligence exceptionnelle. Et ses yeux tristes qu'elle dissimule derrière ses lunettes rondes en affichant un sourire radieux… mais elle ne sait pas que je sais ! Que je fus le témoin obscur d'un drame qu'elle a vécu dans sa chair un jour de réveillon de Noël. Il n'est donc pas dans mes intentions de la brusquer. Arrivera ce qui arrivera. Et puis… serais-je déjà tombé amoureux d'elle ? Si vite, moi ? Impossible… Et pourtant, je reconnais que cette approche inhabituelle, très lente, trop lente à mon goût détient à elle seule le langage de l'amour.

Une pensée absconse qui me replonge dans les tréfonds de mon adolescence quand à dix-huit ans je suis allé expressément en Allemagne pour entrer incognito, casquette et lunettes de soleil sur le front, dans un sex-shop pour la première fois de ma vie. Je revois ma gêne de demander au gérant s'il avait un film en français ainsi que mon désarroi pour ne pas dire ma honte lorsqu'il me rétorqua de manière désobligeante que le langage de l'amour était universel ! Quel rapport avec Linda ? Aucun. Si ce n'est cette syntaxe incompréhensible entre elle et moi qui nous empêche d'aller plus loin pour une raison encore inconnue mais qui ne peut que déboucher tôt ou tard sur ce que ce gérant pour le moins perspicace qualifiait d'universel.

Fleur ne peut remplacer ce manque, cette frustration physique – pensée égotiste – puisqu'elle est partie en Alsace et file le parfait amour avec un amant richissime qui lui promet plusieurs expositions de prestige à travers le monde. Moi aussi, j'aurais pu être son mécène, mais elle sait que je suis toujours fauché. Puisque je lui ai dit ! Et elle croit sur parole toutes les balivernes que je lui ponds depuis qu'on est ensemble, enfin, c'est ce que je pense. Un jour, forte de la convention établie entre nous, Fleur me sonne sur mon portable.

— Comment vas-tu ?
— Très bien, et toi ?
— Mal.
— Comment ça ?
— Philippe est un escroc. Son seul et unique but était de me sauter. Mon talent, il n'en a rien à foutre. Les galeries de peinture, c'était du bidon. Je rentre dans deux jours…

Les relations avec Manu se dégradent peu à peu. La clientèle adore mes improvisations, Joachim n'arrête pas de plébisciter mes prestations musicales au point qu'un imprésario est venu spécialement de Londres me rendre visite au piano-bar afin de me proposer un contrat en béton armé avec un jeune saxophoniste dans le cadre d'une rétrospective spéciale en hommage à Miles Davis, un trompettiste de jazz du siècle dernier. Je revois la tête de Manu lorsque le gars s'est approché de moi, un havane au bec, en me disant qu'il n'a jamais vu de sa vie un pianiste aussi déluré, et qu'il fera de moi le meilleur improvisateur de l'année dès que j'aurai apposé ma signature en bas de ce maudit papier qu'il me prie instamment d'examiner avec la plus grande attention. Je le remercie en lui signifiant que je vais réfléchir sérieusement à son offre mais qu'il m'est impossible de lui donner une réponse sur-le-champ. Joachim remet une couche en disant que je suis le seul pianiste blanc à jouer avec des couilles de « black » et qu'il serait criminel de me laisser moisir dans cette geôle pourrie avec un pareil talent ! Ce qui n'est pas pour arranger mes rapports avec Manu ni atténuer sa jalousie à mon égard, bien qu'il s'abstienne de tout commentaire en faisant bonne figure devant les autres, comme d'habitude. Avant de partir, l'impresario anglais me tend sa carte de visite en disant :

— Contactez-moi quand vous voulez, cher ami, mais pas dans cinq ans !

— Merci beaucoup, Monsieur, lui dis-je d'un ton indifférent en rangeant sa carte dans mon portefeuille

— Bordel, Patron, tu ne vas quand même pas laisser passer une chance pareille ! me lance Joachim dans un élan de totale incompréhension.

— Réfléchissez bien à ma proposition, jeune homme !

Ce soir-là, Linda est venue par hasard me rendre visite au piano-bar. Elle a assisté à toute la scène et attend le moment propice pour me demander dans la plus stricte intimité la raison pour laquelle je m'échine à rester une minute de plus au « Humphrey Bogart » avec le génie pianistique qui est en moi.

Trois heures du matin… Je sors du piano-bar plus tôt que d'habitude. Un vent chaud me rappelle qu'on est bientôt en été. Linda m'attend devant son véhicule. Elle est superbe dans son tailleur bleu marine qui lui serre les hanches. Je n'ai qu'une envie, la prendre dans mes bras et l'embrasser tendrement mais, comme je l'ai dit l'autre jour, il n'est pas dans mes intentions de la brusquer.

— Re-bonsoir, jolie Dame, fais-je en lui lançant mon plus beau sourire.

— Re-bonsoir Monsieur le Baron du jazz !

— C'est sympa d'être venue me voir tout à l'heure à l'improviste.

— C'est la moindre des choses, pour un improvisateur comme toi !

— Vraiment ?

— Baron, tu es si difficile à cerner !

— Pourquoi ?

— Je pense que tu ne soupçonnes même pas la centième partie de ton génie. Je ne comprends toujours pas pourquoi tu as hésité à signer ce contrat et sans vouloir t'offenser, qu'est-ce qui t'oblige à rester dans cet endroit sordide avec un talent pareil ?

— Je te remercie pour ces compliments mais vois-tu, je dois respecter mes engagements avec mon employeur. Ce n'est pas si simple, tu sais, et puis, contrairement aux apparences, je m'y sens bien.

— Si je peux me permettre, tu te mens à toi-même, Baron ! J'ai tout de suite senti qu'il y a un froid qui ne date probablement pas d'hier entre ce type et toi. Il s'appelle Manu, c'est ça ?

— C'est exact… Tu as vu juste, bravo ! Mais le froid qui existe entre nous ne doit pas m'empêcher d'être correct. Je ne peux pas le laisser tomber sans raison.

— Sans raison ? Un contrat avec un impresario qui peut décider de changer ta vie en un tournemain, tu appelles ça « sans raison » ?

— Je te remercie de ton attention mais entre Manu et moi, c'est une très vieille histoire. Son père est mort récemment, il a dû reprendre la boîte au pied levé et je ne pourrais en aucun cas le laisser dans l'embarras.

— Tout à ton honneur… Mais franchement, que fera-t-il jamais pour toi ?

— Tu as raison… Merci de te tracasser de mon avenir mais si nous parlions un peu de toi !

— De moi ?

— Oui… Que me vaut cet honneur de venir me voir à cette heure indue ?

— J'avais… disons…

— Oui ?

— Très envie de te voir, voilà ! me dit-elle en m'invitant à rentrer dans sa voiture.

Nous parlons de tout, de rien, de la pluie et du beau temps. Nous rions aux larmes lorsqu'un poivrot se prend littéralement le poteau de circulation dans la tronche. Surtout quand il déguerpit comme un lapin en regardant derrière lui, sans soupçonner notre présence, pour s'assurer que personne ne l'a remarqué. Puis, sans lui demander son avis, j'ôte délicatement ses lunettes rondes que je pose sur le tableau de bord. Elle me regarde de ses yeux myopes et c'est à cet instant que je mesure véritablement l'ampleur de la tristesse dans son regard ténébreux. Je me surprends à toucher son visage du revers de la main en parcourant le dessin de ses lèvres charnues. Elle ferme les yeux en se rapprochant de moi. Sa langue tiède cherche la mienne. Ses mains caressent mes cheveux. Elle m'embrasse avec une passion délirante comme jamais aucune fille jusqu'à présent ne m'avait encore embrassé, même pas Kalyna! Un baiser surprenant qui me donne l'impression de durer une éternité sans que je puisse réagir.

Tout commence à tourner autour de moi, je me sens chanceler, je perds peu à peu l'équilibre au point de devoir sortir précipitamment du véhicule afin de respirer l'air du crépuscule. Elle sort aussitôt en me demandant si je vais bien. Je la regarde avec dérision l'espace d'un instant et nous nous esclaffons sans nous être concertés d'un rire continu que nous ne pouvons pas maîtriser.

Nous nous regardons ensuite dans les yeux un bon moment, sans plus rien dire. Elle allume une cigarette, m'annonce sans transition qu'elle doit absolument partir, qu'elle doit se lever tôt demain matin. Je n'insiste pas. Elle s'approche de moi doucement, m'envoûte de son haleine aux parfums mêlés de tabac et de citronnelle, pose ses lèvres voluptueuses une dernière fois sur les miennes en me murmurant à l'oreille qu'elle doit se sauver à présent avant de tomber irrémissiblement amoureuse de moi. Je veux la retenir mais n'y arrive pas! Je reste silencieux en la regardant rentrer gracieusement dans sa Mercedes grise. Elle se retourne soudain vers moi en me disant:

— Ce producteur… Tu ne le recontacteras jamais, n'est-ce pas?

— Je ne crois pas.

— Je m'en doutais… Mais… J'aurais souhaité que tu me fasses cette petite faveur, cela ne t'engage à rien. Et puis… Manu n'est pas obligé de le savoir.

— Dis-moi au moins pourquoi cette histoire est si importante à tes yeux?

— Pour pas mal de raisons

— Lesquelles ?

— Moi aussi, dans le temps, j'ai été pianiste avant de m'intéresser à la médecine. J'avais l'oreille absolue. J'aurais pu me destiner à une grande carrière musicale mais très franchement, rien à voir avec toi, je n'avais pas ta classe ! Je me souviens que papa nous encourageait souvent à entreprendre des études artistiques. Jamais il ne nous aurait forcés à nous investir dans des domaines que nous détestions, encore moins à « faire médecine » par dépit…

— « Nous » ?

— Oui. Mon petit frère et moi… Lui, c'était un véritable surdoué, un peu comme toi. D'ailleurs, plus je te regarde, plus je trouve que tu lui ressembles, c'est inouï ! Il avait cette facilité d'improviser comme un dieu sur n'importe quelles mélodies, même celles qu'il ne connaissait pas bien ou qu'il n'avait jamais entendues, sans recourir à aucune partition et pourtant, personne ne lui avait appris ! Une recrudescence de tuberculose l'emporta un jour d'automne. Il n'avait que seize ans ! Le destin ne lui a pas laissé cette chance d'affronter la vie… Toi, tu as cette chance, Baron ! Ce serait tellement désolant de la laisser passer, alors… tu vois mieux à présent pourquoi ton histoire me tient tant à cœur ? Si tu ne le fais pas pour toi, fais-le au moins pour lui. En souvenir de mon frère…

— Je comprends… Cela te ferait vraiment plaisir ?

— Vraiment, oui !

Nous nous quittons sans fixer un autre rendez-vous. Je me contente d'un « à bientôt » en sachant qu'on se reverra d'ici peu. Nous avons nos numéros respectifs enregistrés sur nos portables, aucune inquiétude. À choisir, rien de tel qu'une visite surprise ou qu'une invitation inattendue plutôt que la raideur quadrilatérale d'un rendez-vous sur mesure, âpre et ennuyeux.

L'histoire de son jeune frère m'a ému. Je me laisse quelques jours de réflexion avant de recontacter l'impresario londonien. Cela ne m'emballe pas outre mesure mais une promesse est une promesse. Sur le fond, Linda a probablement raison. Je ne mesure pas mon « génie » à sa juste valeur et gâche donc ma propre vie.

Situation plus qu'auto-dérisionnelle ! La providence m'offre un talent musical hors du commun sur un plateau d'argent et je lui crache à la figure par ma fichue et détestable indifférence à tout ce qui m'entoure. C'est un rien exagéré de dire cela mais je ne manque pas de circonstances atténuantes. Quand on est plein aux as, on n'éprouve pas le besoin de mesurer quoi que ce soit. Ou de se mesurer à quelqu'un, comme ça, gratuitement. Mais je me garderai bien de clamer haut et fort cette pensée assassine.

Il me reste donc le mensonge, celui que j'ai évoqué tout à l'heure en lui disant que, « *contrairement aux apparences, je m'y sentais bien dans ce piano-bar...* ». Quel aveu de platitude aux yeux de l'interlocuteur ! Quel manque d'ambition ! Et cet ingrat de Manu qui attend le moment propice pour me dégommer un jour ou l'autre lorsqu'il n'aura plus besoin de mes services, ce n'est un secret pour personne. Là aussi, elle avait raison de me le faire indirectement remarquer. Alors, à quoi bon exposer ces scrupules hypocrites à l'emporte-pièce au risque d'y perdre toute crédibilité ?

Deux jours plus tard, vers dix-neuf heures… Nous avons, Linda et moi, une folle envie de nous faire un petit restaurant italien. Le plaisir enfantin de commander deux pizzas différentes qu'on se dépêche de partager aussitôt que la serveuse a tourné le dos. Comme boissons, deux bières allemandes rafraîchissantes et peu alcoolisées pour couper le « piquant » de cette huile raffinée qu'on laisse sur toutes les tables afin d'arroser à notre guise nos pizzas délicieuses. Deux cappuccinos pour terminer le repas sans oublier le petit alcool du patron, un limoncello fait maison servi dans une flûte granuleuse sortie tout droit du frigidaire.

Nous discutons pas mal près de la voiture. Il fait trop chaud, trop étouffant pour se réfugier à l'intérieur de l'habitacle comme nous le faisons d'habitude. L'atmosphère est lourde et orageuse. Notre intimité est loin d'être menacée puisqu'elle se limite toujours à ce fameux baiser « envoûtant » et rien d'autre ! Mais un baiser particulier, unique, fulgurant qui m'envahit par contre d'un désir à fleur de peau un peu plus fort à chaque fois que nous nous revoyons.

Quelques minutes avant de nous séparer, Linda s'offre sa lente et rituelle cigarette blonde, un peu comme un sablier d'antan venant cruellement délimiter les secondes qui nous restent à papoter. Et de nouveau, lorsqu'elle m'embrasse avec cette douceur inouïe qui la caractérise si bien, j'ai de plus en plus l'impression d'être sous hypnose, sous le joug incontrôlé de son charme aguicheur lorsque cet étrange parfum de citronnelle conjugué aux effluves de tabac mentholé vient tout d'un coup séduire mon sens olfactif déjà hyperdéveloppé et rebooster violemment la mémoire endolorie des endorphines ou des dopamines, hormones du plaisir et de la récompense.

On se quitte à nouveau sans se fixer de rendez-vous. Cela devient une habitude, presque une convention non établie. Nous partageons la haine, le mépris de tout ce qui est programmé ou convenu à l'avance dans la médiocrité d'un agenda ou d'un calendrier en carton. Nous semblons partager également ce goût identique pour toutes ces choses qui ne sont jamais fixées à l'avance, encore moins figées dans le temps comme par exemple le nombre d'années ou de secondes qu'il nous reste encore à vivre. Comme l'amour, ce concept virtuel qui ne dure que le temps d'une rose ou de l'éternité selon le degré de conscience d'amants insoucieux. Comme la mort, qui s'invite toujours au mauvais moment et j'en passe.

Je rejoins mon studio en me demandant si Sinatra perçoit ma présence à l'avance quand je décide de rentrer. À l'inverse, possède-t-il un sixième sens pour savoir avec certitude si je vais déloger. Soudain, la musique de mon portable se met à gueuler de manière épouvantable. J'en avais marre du mode « silencieux » mais j'avais oublié de régler le volume. La mélodie, j'en conviens, n'est pas très originale. Un vieux James Bond des années 2000, pas terrible, mais je m'y suis habitué ! Je regarde à la dérobée le nom de mon correspondant. Je me doutais que c'était elle mais jamais je n'avais imaginé qu'elle me recontacterait aussi vite.

— Je ne te dérange pas ?

— Jamais tu ne me déranges, Fleur !
— Que fais-tu ce soir ?
— Rien de spécial.
Ce « rien de spécial » veut tout dire… Je fais donc demi-tour et ne saurai pas si Sinatra avait ou non pressenti que je délogerais cette nuit. Je vais arriver chez Fleur dans une poignée de secondes et tout recommencera comme avant. Il ne faudra surtout pas évoquer cet escroc qui n'eut d'autre idée en tête que de la « sauter », pour reprendre sa propre expression. Encore moins lui demander ce qui n'avait pas marché ou ce genre de conneries.

Je pense qu'il faudra plutôt faire comme si elle était revenue d'un très beau et long voyage et adopter l'attitude de celui qui avait attendu impatiemment son retour. Et surtout, la rassurer ! Car je pense avoir manqué de tact ou tout simplement d'un minimum de psychologie « féminine » en lui faisant croire que je n'étais pas jaloux pour un sou et qu'au contraire, je l'encourageais vivement dans cette nouvelle aventure, que j'estimais décisive à la fois pour son moral ainsi que pour toutes ces portes qui allaient désormais s'ouvrir pour elle et déboucher sans aucun doute sur de nouvelles et merveilleuses perspectives aussi bien sentimentales, artistiques que professionnelles.

Bien sûr que j'étais jaloux ! Blessé dans ma chair de savoir qu'un autre que moi allait pouvoir la baiser pendant plusieurs semaines d'affilée en toute impunité avec ma totale bénédiction. J'enrageais, je fulminais de l'intérieur sans m'être rendu compte un seul instant que c'est en adoptant cette fausse attitude détachée que je l'avais blessée au plus profond de son être. Mes encouragements l'avaient probablement anéantie sur le coup puisqu'ils ne furent, à bien y réfléchir en prenant aujourd'hui le recul nécessaire, qu'un aveu d'indifférence de ma part, que la preuve irréfutable que je ne l'aimais pas, que je ne l'avais jamais aimée, que je ne l'aimerais jamais de cet amour « fleur-bleue » qu'elle avait tant espéré pour nous deux, que nous ne vieillirions donc pas ensemble puisqu'il n'y a de véritable amour sans un brin de jalousie !

Comment avoir été si maladroit? Comment rattraper cette erreur? Comment se défaire de tous ces nœuds gordiens dans une situation aussi farfelue et non sans danger que cet univers complexe de « l'amitié-refuge », exempt par convention de tout sentiment amoureux et d'attachement, sans en être dépourvu totalement… La réponse se trouvera, je le sais, dans nos moments de silence après avoir fait l'amour, car le silence est d'or, dit-on, mais aussi réparateur puisqu'il cicatrise avec le temps les bleus de nos âmes brisées.

Lorsqu'elle m'ouvre la porte, je discerne directement le regard d'une femme qui vient de pleurer mais qui s'efforce de le cacher en ayant un peu trop forcé sur le maquillage. Je fais mine de ne pas le remarquer. Je fais également semblant d'ignorer ce début d'ébriété qu'elle dissimule habilement pour ne pas m'indisposer. Cette habitude récurrente de se verser systématiquement un verre quand quelque chose ne va pas pourrait très bien être l'antichambre ou les prémices d'un alcoolisme naissant.

J'espère me tromper mais ce n'est pas la première fois que je la découvre dans un état « entre-deux » après s'être réfugiée dans l'alcool comme une solution de dernière chance. Je reste attentif au cas où les choses évolueraient afin de l'aider de mon mieux le cas échéant mais pour l'heure, au vu de ce qu'elle vient à mon avis de déguster, je n'aborde évidemment pas le sujet car cela ne ferait qu'envenimer la situation.

— Je suis si contente de te revoir !

— Et moi, j'attendais ce coup de fil depuis si longtemps, mon amour.

— Il est vrai ce mensonge ?

— Oui… Tu m'as manqué énormément, tu sais.

— Moi aussi.

— Je voulais te dire que…

— Oui ?

— Quand tu m'as parlé de ce type…

— Non, je t'en supplie ! Je ne veux plus qu'on en parle…

— Il le faut, Fleur ! Je me suis montré aussi enthousiaste, aussi emballé que toi en t'encourageant corps et âme dans cette nouvelle relation. Je t'ai même invitée sans hésitation à le suivre sur-le-champ mais en réalité… je dois bien t'avouer aujourd'hui que… j'étais fou de jalousie !

— Mon amour… Ce que tu viens de me dire là est le plus beau cadeau que tu m'aies jamais fait ! Et surtout… Je crois avoir très, très, très envie de toi, ce soir…

Comme la plupart du temps avec Fleur, nous ne prenons pas la peine de nous déshabiller. Encore moins celle de monter dans sa chambre. Nos vêtements gisent sur le sol, mélangés les uns aux autres, un peu comme s'ils allaient être les témoins privilégiés de nos ébats pornographiques.

Fleur est déchaînée, comme la lave d'un volcan éteint, prisonnière depuis bien trop longtemps dans sa chambre de magma en fusion avant l'inéluctable éruption ! L'alcool a manifestement redoublé sa ferveur libidinale et ce n'est que dans l'étreinte animale et coquine qu'elle y trouvera l'apaisement apodictique de tous ses sens, tant sur le plan physique que spirituel ou mental, comme un besoin charnel irrépressible de toucher ou d'être touchée, de caresser ou d'être caressée, de violer ou d'être violée, avec ou sans consentement, afin d'apaiser les multiples tensions du corps, plus invisibles les unes que les autres, d'éliminer une fois pour toutes ces milliards de toxines provenant d'un stress ingénu particulièrement retors et assassin. On sent la chaleur des braises sous la cendre !

Ses lèvres bouillantes et sa langue onctueuse se promènent sans perdre de temps le long de mon être « sevré » de sexe depuis un sacré moment, tout en mordillant de temps à autre de ses dents acérées les endroits les plus érogènes de mon corps surexcité. Seul un parfum de citronnelle mêlé d'un soupçon de tabac mentholé pourrait éventuellement venir interrompre ce désir licencieux aux allures de Cupidon.

Sinatra m'attend devant le seuil de l'immeuble. Il est cinq heures du matin et je profite des premières lueurs de l'aube avant de rentrer dans mon studio. Je suis parti de chez elle sans la réveiller. Elle dormait paisiblement comme une enfant, avec le sommeil du juste. J'ai laissé un mot doux sur sa table de nuit en confirmant que je passerai le lendemain dans la journée et surtout que cette nuit fut délicieuse, bien au-delà de toutes mes espérances !

Au sujet de cette effluence étrangère, inhabituelle, un peu trop féminine, qui embaumait probablement mon visage ainsi qu'une partie de mes vêtements puisque je ne m'étais ni douché ni changé après être sorti de la pizzeria avec Linda, je me suis demandé jusqu'au bout de notre étreinte et de nos jeux érotiques à quel moment précis elle allait enfin m'en parler. Mais Fleur est bien trop délicate et subtile pour me questionner au sujet de ces relents de tabac froid mêlés de citronnelle puisque l'idée originelle de cette « amitié-refuge » qui est la nôtre, s'il est encore nécessaire de le rappeler, fait qu'elle ne pourrait résister dans la durée que dans le respect inconditionnel de la liberté sexuelle de l'autre. Imaginer par contre qu'elle ne se soit aperçue de rien eût été un affront à son intelligence ainsi qu'à sa sensibilité féminine.

Oserais-je également nier avoir pensé à Linda pendant l'acte ? Bien sûr que non. Pour la seconde fois en un peu plus d'un mois, je venais d'aimer Linda à son insu en me servant du corps de Fleur. Je m'étais imaginé sa beauté en fermant les yeux, la douceur de sa peau sous ses vêtements, la rondeur de ses seins, l'ébauche subtile de ses hanches, la sensualité de ses cuisses, l'odeur raffinée de son pubis humide.

Mais aussi ses lèvres curieuses et exploratrices qui jusqu'à présent n'avaient fait que de m'embrasser sur la bouche. Enfin, ses gémissements lorsqu'elle se tortillait de plaisir quelques secondes avant l'orgasme. Cela aussi, Fleur l'avait sans doute perçu dans ma façon innovante de la caresser ou de la faire jouir comme si c'était la première fois. Si l'on ne peut vivre sans vérité, peut-on envisager de tolérer la tendresse d'un mensonge ?

Je recontacte comme promis ce fameux producteur londonien. Il me confirme qu'il n'y a aucun doute en ce qui me concerne.

Je suis à ses yeux un improvisateur hors-norme capable de rivaliser avec les plus grands de ce monde. Le tout est de m'inscrire à ce concours international avant la période de Noël. On a encore du temps devant nous, me précise-t-il habilement pour ne pas avoir l'air de me mettre la pression. Quant à ce disque en hommage à Miles Davis, ce serait plus convivial de se voir un jour en studio avec le jeune saxophoniste en question pour un casting, m'indique-t-il en me précisant qu'il n'y a rien d'urgent non plus et que sa proposition de me laisser réfléchir le temps qu'il faudra tient toujours.

Sa correction à mon égard m'oblige à lui répondre concrètement au moins sur un des deux points qu'il vient d'évoquer. Pour le casting, je suis d'accord sur le principe mais préfère ne pas m'engager pour l'instant et lui demande un délai jusqu'au début de l'année prochaine. Nous sommes bientôt au mois d'août, cela ne fait jamais que cinq à six mois à patienter, guère plus. D'ici là, je verrai bien si mon contrat avec Manu se renouvelle ou non.

Il le comprend parfaitement et me confirme une dernière fois qu'il me laissera le temps qu'il faudra, qu'il n'est de toute manière jamais conseillé de signer un contrat artistique dans l'urgence. Au sujet de ce fameux concours international d'improvisation, je lui certifie qu'il peut dès à présent m'inscrire de manière officielle. Je perçois dans la voix de cet homme à l'apparence imperturbable une émotion qui sonne juste dans sa façon de me répondre presque avec l'enthousiasme d'un enfant de douze ans qu'il est enfin ravi de cette excellente décision.

Mon banquier liégeois est un gros con ! Dès qu'il voit apparaître sur mes extraits une somme avec six zéros derrière, il croit toujours qu'on a commis une erreur quelque part. Serait-ce ma façon de m'habiller, mon jeans troué de plusieurs fentes au niveau des genoux, mon pull-over ou ma veste élimée que même un clochard n'accepterait pas, mes cheveux mi-longs en bataille du matin au soir ? Cela devrait pourtant le mettre en confiance…

Linda m'appelle quand elle en a envie. Moi aussi. On ne se « court » par après. Nos habitudes sont faciles. On n'en a aucune. La fréquence de nos rencontres est donc très variable et ça m'arrange bien. On n'a pas cette impression d'étouffer dans les contraintes arithmétiques d'un nouveau flirt qui débarque un jour en s'imposant « spartiatement » une tonne d'obligations ou d'activités en commun sous l'unique alibi d'être ensemble.

Sans planifier à l'avance, on se mange un petit machin de temps à autre sur le pouce si on le souhaite. Je craignais au début qu'elle fût mondaine vu son statut de cardiologue, il n'en est rien. Elle déteste comme moi les restos guindés où l'on doit sortir sa robe de soirée ou son smoking-pingouin pour être dans la norme. Sous une apparence plutôt bourgeoise, elle semble n'aimer que les choses simples, sans façon. Cela me correspond.

Vers onze heures trente ce matin, elle me sonne pour me proposer un pique-nique rapide sur l'heure de table au bord de Meuse. Le temps est superbe, il faut en profiter avant qu'il ne pleuve. On annonce des orages dans le milieu d'après-midi. « *Quelques œufs durs, fromage-jambon avec une baguette...* » me précise-t-elle. Elle n'a qu'une heure pour souffler. J'accepte avec plaisir et lui propose de m'occuper des boissons fraîches.

On se rejoint devant le musée de zoologie vers midi. Les péniches et les bateaux touristiques sont de la partie. Notre principauté de Liège n'est pas spécialement attirante avec ses déchets et ses poubelles éventrées qui traînent dans tous les coins depuis qu'on a réduit de moitié le personnel communal voici bientôt cinq ans, mais dès qu'il y a un rayon de soleil, j'ai toujours l'impression qu'elle reste la plus belle ville du monde. Ne dit-on pas que seuls les amoureux peuvent tenir de pareils propos ? C'est possible. À dire vrai, il y a si longtemps que l'amour n'est pas venu me rendre visite que j'ignore si je serai encore en mesure de le reconnaître.

— Encore un peu de jambon ?

— Volontiers, me répond-elle en caressant mon épaule avec douceur.

— Tu sais, lui dis-je en changeant de sujet, j'ai finalement recontacté cet impresario londonien.

— Waouh… Tu as fait vite… Et alors ?

— Je lui ai confirmé mon acceptation pour ce fameux concours international d'improvisation. Les inscriptions doivent être rentrées pour Noël. Nous sommes largement dans les temps.

— Je suis très heureuse pour toi… Et pour cet enregistrement avec le jeune saxophoniste ?

— Il m'a proposé un casting dans ses studios de Londres d'ici la fin d'année. On se recontacte prochainement pour fixer ensemble une date susceptible de nous convenir à tous les deux.

— Un seul mot : génial ! Je serai ton premier fan !

— Merci.

— C'est moi qui te remercie, Baron, pour les raisons que tu sais maintenant ! La rapidité de ta démarche me fait doublement plaisir, tu es sympa.

Un vieux morceau de jazz comme mélodie sur son portable vient écourter ce petit moment de bonheur. Une urgence. Elle doit rejoindre l'hôpital universitaire situé à un quart d'heure en voiture. Nous nous quittons précipitamment sans avoir besoin de convenir d'une date ou quoi que ce soit. Elle me dépose devant la gare en me collant un baiser furtif sur la bouche. De là, je me dirige vers le quai numéro 8 au hasard, je rentre dans le premier train qui passe sans regarder la destination et me laisse emporter par la féerie étrange de ce musée ambulant. Il n'y a pas de destination. Simplement une destinée.

J'ai besoin de réfléchir… Nous avons esquissé une quantité de thèmes en un temps record jusqu'à ce que ce foutu coup de téléphone vienne interrompre les questions existentielles qu'un futur couple – je dis n'importe quoi – est en droit de se poser avant l'engagement suprême. Nous restons superficiels, nous ne développons rien, manque de temps. J'ai par moments l'impression de me livrer à un jeu télévisé idiot où l'important ne se situe pas dans la somme des bêtises étalées sans vergogne devant plusieurs millions de téléspectateurs mais bien dans la rapidité à débiter un maximum de conneries en un minimum de temps.

Ce fut notamment le cas lorsque dans la foulée, elle m'a innocemment demandé si je souhaitais un jour avoir des enfants. Je lui répondis par l'affirmative en insistant sur la nécessité absolue d'avoir une fille. La plupart des « mâles ambulants » auraient évoqué la nécessité irréfutable d'obtenir un garçon du premier coup ou rien d'autre. Moi, je ne jurais que par la naissance délicate d'une petite fille ou alors, ai-je ajouté d'un air suffisamment sérieux pour qu'elle me crût, cela n'en vaudrait pas la peine !

Le train ne s'arrête plus. Je ferme les yeux, enfonce ma tête dans un cercle bleu. J'y fais le plein de vide. *Une vacuité informe où il suffit d'inexister…*

SEPTIÈME RÉCIT

Début août. Au piano-bar.

Le dernier client vient de partir. J'aide Geneviève à ranger quelques tables. Laure est passée prendre quelques effets avant de rejoindre Manu qui l'attend dans sa mustang, tous phares et moteur allumés. Difficile de cacher ses cernes géants sous des lunettes de soleil. À moins qu'il ne s'agisse d'autre chose que de cernes, me lance Geneviève à l'oreille. Laure nous embrasse avant de partir en nous signalant que le club sera fermé la deuxième quinzaine d'août. Elle nous explique, un peu embarrassée, que Manu a décidé sur un coup de tête de partir quinze jours en Italie et qu'il nous en parlera plus en détails fin de semaine. Traduction : il n'a donc pas envie de voir nos têtes ce soir et a lâchement mandaté son épouse pour nous envoyer l'info dans les gencives. Nous rassurons Laure de cette maladresse en lui disant qu'il n'y a aucun souci en ce qui nous concerne et que nous compatissons au malaise de sa démarche. Elle nous sourit, nous embrasse, nous remercie et sort du club la tête inclinée.

— Je pense qu'elle ne doit pas rigoler tous les jours avec Manu, lance Geneviève lorsque nous nous retrouvons entre nous… Et toi, Joachim, qu'en penses-tu ?

— Je pense surtout que Manu aurait été un très bon chef de village en Afrique ! Un chef africain doit toujours se montrer sévère avec sa femme, sinon elle ne le respectera jamais.

— Tu rigoles ou quoi ?

— Évidemment, je rigole… Et comme toi, je crois aussi qu'à certains moments, Manu exagère… Il a de la chance d'avoir une épouse aussi gentille que Laure car moi, je peux te l'assurer, avec ma bonne femme, si jamais je faisais le quart du huitième de Manu, elle me frapperait avec son balai en poils de chameau jusqu'à ce que je lui demande pardon à genoux en avalant toute la poussière qui va avec !

— J'ai la vague impression que tu ne ferais pas un très bon chef de village, dis-je en m'adressant à Joachim en tournant toute cette histoire en dérision.

— Tu as toujours le mot pour rire, patron ! rétorque-t-il en actionnant automatiquement son fameux rire communicatif qui réussit tout de même à nous dérider l'espace de quelques bonnes minutes.

— Je me tracasse quand même pour Laure, déclare Geneviève en essayant de reprendre son sérieux… Que peut-on faire pour elle ?

— Rien ! dit Joachim sans le moindre humour… Moi aussi, je voudrais bien l'aider… J'aimerais un jour parler à Manu d'homme à homme mais il faut trouver le bon moment. Et pour l'instant, crois-moi, ce n'est pas le cas, Geneviève !

— Quoi, tu sais des trucs que tu n'oses pas dire ?

— Ce n'est pas la question, Gene, je t'assure ! Manu, moi je le connais bien, ce n'est pas un mauvais bougre. Il faut savoir le prendre et je te le répète, à présent, il a quelques petits problèmes à régler et je peux comprendre qu'il soit un peu plus nerveux que d'habitude. Mais je te le promets, dès que je trouve un instant propice pour lui parler, je lui dirai gentiment ma façon de penser et je suis certain qu'il m'écoutera, fais-moi confiance…

— En attendant, réplique Geneviève, la petite Laure peut en baver !

— Je suis d'accord avec toi, lui dis-je en la regardant dans les yeux, mais Joachim a raison, attendons ! L'attaquer de front n'est sûrement pas la meilleure méthode. Par contre, faire un jour le point avec Manu serait à mon sens une démarche extrêmement positive. En attendant, je ne pense pas que tout cela nous regarde. Et puis, de quel droit pouvons-nous nous permettre de nous mêler de ses affaires ?

— Tu as sans doute raison, Baron… Changeons donc de sujet… De plus, on n'a pas que ça à faire, ce n'est pas le boulot qui manque ici…

— À propos, patron, me dit Joachim en posant sa grosse paluche sur mon épaule, je te félicite d'avoir recontacté Mike !

— Mike ?

— Oui, mon pote de Londres, l'impresario, quoi !

— D'accord, j'y suis… Tu as l'air de fichtrement bien le connaître, dis donc !

— Mike, c'est un pote de toujours, je t'expliquerai, patron ! C'est moi qui lui ai dit un jour que je bossais dans un piano-bar avec un gars qui jouait avec des couilles de Nègres !

— C'est sympa, Joachim, et je te remercie… Mais, tu ne penses pas en avoir rajouté un peu, camarade ?

— Pas du tout, crois-moi ! Dans ce métier, vaut mieux avoir une grande gueule que pas du tout car si tu te fais tout petit, mon vieux, ça marchera jamais ! Faut oser en rajouter, figure-toi, ou alors c'est un autre mec bien plus abruti que toi qui te damera le pion !

— D'accord, ne t'excite pas ! Mais peux-tu me dire au moins pourquoi tu fais tout cela pour moi ?

— Parce que je t'aime bien, patron ! Ça, c'est une chose. La deuxième raison, c'est que tu joues vraiment avec des couilles de Nègres, et que tu ne t'en rends même pas compte ! Alors, tu vois, quand je lui en ai parlé, il n'a pas hésité une seconde, il a pris le premier avion et il a débarqué ici, au « Humphrey Bogart » ! Quand il t'a entendu jouer, il n'a même pas pris la peine de s'asseoir confortablement dans un fauteuil et de commander un bon cognac comme il fait d'habitude…

J'ai fait semblant de rien ce soir-là, mais je l'ai regardé attentivement, je n'ai pas perdu une seule de ses « mimiques » pendant que toi, tu jouais négligemment, comme ça, sans imaginer qui était l'homme assis à quelques mètres de toi ! Il est venu me trouver cinq minutes plus tard pour me dire qu'il n'avait jamais entendu une chose pareille de toute sa vie ! Jamais un pianiste de bar ne l'avait bluffé comme tu l'as fait, patron, et je te le répète pour la vingtième fois : tu ne t'es rendu compte de rien ! Pire, tu as pris sa carte du bout des doigts comme si elle puait le caca-fromage et t'as fait d'un air pincé à décourager une armée entière : *« Je vous remercie, Monsieur, mais j'ai besoin de réfléchir... »*. Le mec, jamais on ne lui avait fait ce coup-là, jamais on n'avait parlé ainsi à Mike Johnson ! Et toi, tu n'as même pas daigné lever ton gros cul « blanc » de ton tabouret pour le saluer et tu as continué gentiment à jouer comme si de rien n'était !

— Si je l'ai vexé, j'en suis vraiment désolé... À l'occasion, j'essaierai de me faire pardonner ou alors, si tu le vois ou l'entends avant moi, dis-lui bien que je ne me suis rendu compte de rien, pour reprendre ton expression. Je ne pense pas qu'il y ait autre chose à ajouter, Joachim.

— Justement, c'est ça que tu n'as pas pigé, mon gars ! C'est ton attitude désinvolte et indifférente qui lui a plu !

— Ah bon ?

— Bien sûr que oui ! La plupart des péquenauds qui viennent le voir lui sucent la bite pour avoir ne serait-ce qu'un malheureux rancard avec sa secrétaire, et encore... Et toi, sans crier gare, tu renverses les rôles en lui disant dans les yeux que tu vas réfléchir ! Non mais, je rêve, mon pote...

— Et tu en conclus ?

— Que mon copain Mike ne se trompe jamais quand il mise sur quelqu'un et pour l'instant, ce « quelqu'un », c'est toi, patron ! Il te veut et il t'aura... Ce mec peut faire de toi une vraie star du show-business du jour au lendemain ! Alors, je suis fier de toi et très content que tu l'aies recontacté si vite mais un conseil, patron, ne tire pas trop sur la corde et surtout, ne le fais pas attendre trop longtemps !

— Message perçu, chef... et encore merci à toi... fais-je en lui tapant la paume et les cinq doigts de ma main droite contre la sienne, comme les compétiteurs de volley-ball.

— Pas de quoi, patron !

— Y a une chose que t'as pas capté, Joachim, lance Geneviève qui s'invite tout d'un coup à la discussion.

— Dis toujours, répond-il en lui souriant à pleines dents.

— Je pense que Baron est amoureux en ce moment alors, tes histoires d'impresario, tu comprends bien…

— C'est vrai, patron, tu es amoureux ? dit le serveur noir en continuant à sourire avec les yeux doux et sincères d'un petit enfant, comme si cette toute nouvelle information venait d'annuler d'un seul trait l'importance et la gravité de ce qui vient de se dire précédemment.

— C'est Geneviève qui le dit, pas moi !

— Quoi, Joachim, renchérit-elle, ne me dis pas que tu n'as pas remarqué la jolie petite blonde qui vient de temps en temps rendre visite à notre bel ami le pianiste…

— Ma foi, je n'ai pas fait attention, dit-il d'un air confus.

— Tu n'es pas ici pour regarder les filles, chef, lui dis-je avec humour.

— C'est vrai, patron… Je suis ici pour « twavailler » dur, « twès » dur, comme les esclaves « d'autwefois » dans les « wizières » des colons « améwicains » ! rétorque-t-il en feignant avec justesse l'accent lent et négroïde de ses très éloignés ancêtres… Quoi qu'il en soit, ajoute-t-il l'air toujours aussi enjoué, je suis très heureux pour toi, patron !

— Merci, chef.

— En tout cas, mes plus sincères félicitations, Baron, ajoute Geneviève dans un élan identique… Je la trouve franchement très jolie et bourrée de charme… Nous avons eu l'occasion de discuter ensemble l'autre soir pendant que tu jouais et j'avoue que tu n'as pas choisi n'importe qui… Je la trouve cultivée et extrêmement intelligente, je me trompe ?

— Sûrement pas ! Elle est bien plus que ça encore… Mais contrairement aux apparences, nous sommes juste amis. Copains, si tu veux, rien d'autre !

— Copains ? Avec les yeux qu'elle affiche lorsqu'elle te regarde jouer du piano, moi, je n'appelle pas ça de l'amitié, mais si tu le dis…

— Étonnant, pas vrai ?

Trois heures du matin. Je suis éreinté et pourtant une tâche nocturne m'attend dans mon immeuble. Je ne perds pas de temps, rentre deux minutes dans le studio pour nourrir Sinatra qui me suit comme son ombre et en ressors quelques minutes plus tard avec sous le bras une dizaine de plantes enfouies dans un sachet en plastique.

Demain, c'est le trois août. Date anniversaire de Monsieur et Madame Dorsay. Ils sont nés tous les deux le même jour et la même année. Ces vieux voisins sont des gens adorables. Je les admire beaucoup car ils représentent pour moi l'union parfaite. Un couple qui s'aime pour la vie, ça se sent, pas besoin qu'on l'explique pour le savoir. À mes yeux, peut-être le plus beau symbole de la perfection humaine. Seul le véritable amour entre deux êtres peut donner un sens profond à la vie. Sans cela, l'existence reste morne, insipide, inexistante.

Je ne savais quoi prendre. Je ne suis pas non plus censé être riche comme Crésus d'où la difficulté dans mes choix de rester dans la simplicité et le « pas trop onéreux » pour un artiste comme moi qui joue du piano dans un night-club un jour sur deux. Puis, j'ai eu le déclic et je m'y suis tenu !

Depuis trois ans maintenant, je me procure à mes moments perdus des sabots de bois peints que je chaparde à gauche et à droite. Je les emplis selon les saisons de fuchsias, de géraniums ou de lobelias bleues (qui fleurissent presque tout l'été) et les fixe sur la façade de notre immeuble à la grande joie de Madame Dorsay. Pour elle, c'est donc tout trouvé, ce seront deux petits sabots supplémentaires ornementés « floralement » à la sauce-Baron !

Pour son époux, déprimé depuis la disparition de ses deux vieilles carpes qui animaient le petit « point d'eau » au beau milieu du jardin de notre immeuble, j'ai décidé d'y ajouter à son insu trois gros koïs japonais dont une variété assez spécifique, le fameux Tancho, avec une tache rouge sur la tête, très recherché, mais je ne le lui dirai pas tout de suite, car il évoque tout simplement le drapeau du pays du Soleil levant !

Sur le pourtour de ce petit étang, un fleurissement pérenne que je décide d'obtenir en plantant successivement une série d'arbustes résistants dont deux érables pourpres, créant ainsi un écran mobile d'ombelles de papyrus, de fougères et de bambous d'eau tout en veillant à ce que mes plantations de fortune esquissent à trois quarts la courbe gracieuse d'une rondeur féminine, laissant bien entendu une ouverture pragmatiquement pubienne où l'humain que je suis puisse allègrement s'y aventurer pour réaliser quelques menus travaux ou améliorations d'ordre purement esthétique.

Un sac ou deux de terreau de bruyère que je mélange à la terre existante afin d'assurer à ces nouveaux végétaux leurs besoins nécessaires en minéraux, le tout « saupoudré » d'un zeste d'imagination poétique, comme ce triptyque audacieux de plantes aquatiques, portant le nom de lotus bleu, la fleur sacrée du Sri Lanka, que je laisse flotter librement au milieu de cette aquarelle émeraude où baignent clandestinement trois magnifiques carpes du Japon. J'enfonce enfin cinq petits rochers bleus en quinconce dans le sol argileux, créant un escalier de bienvenue, comme une touche d'ultime zénitude.

La mélodie de ce vieux James Bond des années 2000 explose dans ma poche revolver. C'est Fleur qui me sonne à cette heure indue de l'aube pour me signifier qu'elle doit se rendre d'urgence à Strasbourg pour signer deux contrats de galerie pour l'année prochaine. Une à Strasbourg. Une à Paris.

Elle me confirme par téléphone ce qu'elle m'avait indirectement confié l'autre nuit sur l'oreiller. Qu'elle n'avait jamais eu besoin d'un amant richissime pour assouvir sa carrière artistique. Qu'elle recommencerait à exposer sans relâche comme il y a vingt ans, dans une totale indépendance jusqu'à ce que le succès renaisse. Qu'elle vivrait désormais en faisant fi des critiques ombrageuses puisqu'on ne pouvait les éviter. Qu'elle peindrait uniquement pour le plaisir des sens et, sans s'approprier tout à fait la phrase célèbre de Manet, « qu'elle *peindrait uniquement ce qu'elle ressent ou ce qu'elle voit, et non ce qu'il plaît aux autres de voir* ».

Je la sens radieuse, emportée, enthousiaste, envieuse de croquer à nouveau la vie à pleines dents comme une adolescente amoureuse, mais surtout, je la sens joyeuse comme elle ne l'a jamais été auparavant, sûre d'elle, héroïque et immensément fière d'afficher cette attitude opiniâtre, endiablée, cette énergie proche de la rage, condition requise et indispensable pour remporter n'importe quelle victoire sur n'importe quel champ de bataille. Elle ajoute aussi qu'elle ne rentrera pas avant la semaine prochaine. Je suis ravi qu'elle rebondisse aussi rapidement. C'est bon signe.

Je rejoins mon studio suivi de Sinatra qui m'a aidé dans le concept sensuel des courbes de plantations autour de ce fameux « point d'eau » tout pimpant neuf, en faisant inlassablement des « huit » jusqu'à ce que je daigne enfin m'occuper de lui.

J'ouvre le frigo et lui fourgue la fin de la boîte de boulettes dans sa petite gamelle en lui remettant de l'eau fraîche pour la nuit. Il s'enfile avec dédain la moitié de la viande, boit du bout des lèvres comme si l'eau était avariée et appose ensuite ses griffes sur la porte-glissière pour m'indiquer qu'il préfère, tout bien réfléchi, passer la nuit dehors. Ou alors est-ce sa façon à lui de me faire comprendre qu'on n'est jamais aussi bien servi que par soi-même et qu'à choisir, il vaut mieux encore chasser le rat musqué, la taupe ou les petits rongeurs nocturnes au lieu de mes boulettes pourries si l'on veut faire des vieux os sur cette sacrée bonne vieille terre !

Je regarde cette revue de poésies qui traîne négligemment sur le sofa depuis un bon bout de temps, la parcours en diagonale sans grande conviction. Je m'écroule soudain de sommeil et ne me réveille qu'un peu avant midi. Je me douche avec ce gel-menthe qui imprégnera ma peau de fraîcheur tout au long de la journée, me rince ensuite deux longues minutes à l'eau froide pour me booster. J'ai pas mal de choses à régler avant de partir sur Bruxelles voir une exposition d'art moderne parlant des similitudes entre la peinture et la littérature.

Je traverse la cour de l'immeuble et me fais « renverser » par une cycliste pour le moins très distraite. Miss Grisouille vient à l'instant de sortir son vélo du garage et fait un concours de cercles et de vitesse dans le sens contraire des aiguilles d'une montre. Je fais mine d'être blessé, d'avoir un gros coup sur la tête et me relève en titubant comme quelqu'un qui est saoul.

— Baron, Baron, je t'ai fait mal ? hurle la gamine qui vient immédiatement à ma rescousse en pensant m'avoir blessé gravement.

— Oh là là... J'ai très mal aux genoux, lui dis-je en me massant le front des deux mains... Et surtout ma hanche, fais-je en me frottant mes narines.

— Mais, Baron, les hanches et les genoux, ce n'est pas du côté de la tête ! Qu'est-ce que tu me racontes, tu as perdu la boule ou quoi ?

— Oui, c'est ça... dis-je en prenant une voix de petit vieux, je pense que j'ai réellement perdu la boule !

— Alors, asseyez-vous sur ce banc, Monsieur Baron... dit la gamine qui comprend au quart de tour mon manège « rigolo » et qui s'empresse – il ne faut pas lui expliquer deux fois ! – de rentrer dans mon jeu... Moi, c'est le docteur Ronin, et je vais vous ausculter ! dit-elle d'une voix assurée.

— Oh ! Merci Docteur...

— Vous me remercierez quand je vous aurai soigné... En attendant, tirez donc la langue, je vous prie !

— Mmmmmm...

— Plus fort, je ne vois rien !

— Mmmmmmmmmmm... fais-je en m'appliquant réellement à sortir ma langue de ma bouche.

— Je vois... dit-elle d'une voix dubitative.

— Euh... Ce n'est pas trop grave, Docteur ?

— Non ! Je trouve au contraire que vous vous en sortez très bien, cher ami.

— Et... Je peux savoir, Docteur, de quoi il s'agit ?

— Ce sont... disons... les amygdales !

— Mais, Docteur, c'est impossible. On m'a déjà opéré des amygdales quand j'étais petit !

— Oui, c'est possible… Mais justement, vous n'êtes plus petit à présent. Alors, elles ont repoussé, vous comprenez ?

— Mais ça ne repousse pas, les amygdales, Docteur, fais-je d'un ton de plus en plus plaintif.

— Dans votre cas, bien !

— Et alors, qu'allez-vous faire ?

— Vous opérer, pardi !

— M'opérer ? Mais c'est impossible ! On ne s'est pas bien compris, Docteur. Je n'ai pas mal à la gorge. C'est aux genoux et aux hanches que j'ai mal !

— Vous n'allez quand même pas mettre en doute mon diagnostic, Monsieur Baron ? Si je vous dis qu'il s'agit des amygdales, c'est qu'il s'agit des amygdales, un point c'est tout !

— Puisque vous le dites, Docteur.

— Bien… Je vois que vous devenez raisonnable… Allongez-vous ici, maintenant !

— Par terre ?

— Évidemment, par terre ! Où voulez-vous donc que je vous opère si ce n'est par terre. Vous en avez de ces questions, Monsieur Baron !

— Mais je proteste, vous n'avez pas le droit !

— J'ai tous les droits, puisque je suis médecin. Alors, je vous en prie, calmez-vous et pour la dernière fois, allongez-vous par terre !

— Bien, Docteur, dis-je en simulant mon dépit… Mais avec quoi allez-vous m'opérer ? Et l'anesthésie… Vous avez pensé à l'anesthésie ?

— Je suis la plus grande praticienne d'hypnose au monde et opère tous mes patients sans anesthésie ! Maintenant, je vous demande d'être particulièrement concentré et de fixer votre esprit sur cette petite pendule. Allez-y !

— Mais je ne vois pas de pendule, Docteur, en feignant d'être devenu complètement idiot.

— Je sais, me chuchote-t-elle dans l'oreille, mais c'est pour « de rire », tu dois faire semblant de regarder ma pendule imaginaire… Vous la voyez mieux, maintenant ?

— Oh… Oui, Docteur… Je ne vois plus qu'elle…

— Concentrez-vous et dites-moi ce que vous ressentez en cet instant précis ?

— Ça tourne, Docteur, ça tourne !

— Concentrez-vous encore, Monsieur Baron… N'arrêtez jamais de fixer la pendule des yeux, jamais !

— Mais enfin, Grisouille, qu'est-ce que tu fais encore à ennuyer Baron avec toutes tes histoires? lui lance sa mère qui ne sait comment s'excuser auprès de moi.

— Mais, Maman, j'ai renversé Baron avec mon vélo et c'est très grave, tu sais… Il faut absolument lui enlever les amygdales, sinon il risque de mourir ! Tiens, on va dire que tu es mon infirmière en chef et que tu viens m'aider pour l'opération, d'accord, Mamam ?

— Grisouille, je t'en prie, arrête de faire l'idiote. Laisse notre ami Baron et viens, maintenant !

— Bien, Maman… Mais dis-moi que je pourrai l'opérer convenablement une autre fois, promets-le moi, Maman !

— Il faut demander à Baron, pas à moi… C'est lui qui va passer sur le billard et donc, c'est à lui de savoir s'il a envie de se faire opérer par toi ou non, tu ne trouves pas ?

— Baron, Baron, dis-moi que tu veux bien qu'on joue encore à « l'hôpital en plein air » la prochaine fois qu'on se verra ?

— Bien sûr, ma puce, mais à une condition, fais-je en me relevant péniblement de m'être couché à même le béton pour la simulation.

— Quelle condition ? demande-t-elle très sérieusement.

— Premièrement, je souhaiterais avoir un coussin pour mettre sous ma tête…

— Accordé… Et puis ?

— Deuxièmement, j'exige l'anesthésie générale car je ne suis pas très à mon aise avec l'hypnose, Docteur ! dis-je en jouant le jeu jusqu'au bout.

— Accordé… Mais vous oubliez quelque chose de fondamental, Monsieur Baron… Je dois malheureusement vous facturer mes honoraires pour cette séance d'hypnose et je peux vous garantir que ce n'est pas piqué des vers !

— Aïe, aïe, aïe... Et à combien de dollars européens dois-je m'attendre à payer, Docteur ?

— Je n'ose pas vous le dire maintenant de crainte que vos amygdales ne s'enflamment mais je vous autorise par contre à pouvoir me régler en plusieurs fois, si vous le désirez, Monsieur Baron.

— Oh... Merci, Docteur, pour tout ce que vous faites pour moi !

— De rien, Monsieur Baron, à bientôt...

Si Barbara n'était pas intervenue une seconde fois, il est possible que la comédie aurait duré toute la journée. Jamais je n'ai vu une gosse de cinq ans avec un sens de la repartie aussi rapide et aussi aigu que celui de Grisouille. Vraiment j'adore cette gosse et sa spontanéité étourdissante ! Elle est tout simplement merveilleuse ! Elle rentre avec sa mère pour se changer et prendre son cartable avant de retourner à l'école. Le minibus arrive dans la cour de notre immeuble vers les treize heures, je suppose donc qu'elle a juste le temps d'avaler un bol de soupe et rien d'autre.

Une amie de Barbara que la petite appelle constamment « tante Nashou » les suit comme un petit chien depuis quelques semaines. On dirait qu'elle a élu domicile chez elles mais tout ça ne me regarde pas et puis... ça ne veut rien dire. Côté santé, l'enfant semble avoir une mine resplendissante. Énergique, jouette, d'humeur constante, souriante, gaie comme un pinson, Grisouille possède à l'évidence un moral d'acier. La couleur de ses joues est redevenue rose comme le savon...

Cette fois, je vais vraiment être en retard. Mais je ne peux vaquer à mes occupations sans aller souhaiter un bon anniversaire à Monsieur et Madame Dorsay. Je remonte en vitesse au studio chercher la revue de poésies que je fourre dans la poche intérieure de ma veste. Je la lirai tout à l'heure dans le train. Il ne faut surtout pas que j'oublie les deux sabots en bois peints que j'avais emballés soigneusement hier soir avant de me coucher.

Je frappe sur le carreau car la sonnette ne fonctionne plus depuis Noël dernier. Il faut absolument que je leur trouve une solution un de ces quatre. Madame vient m'ouvrir en m'accueillant de son sourire radieux et maternel.

— Bonjour Baron, en voilà une bonne surprise, rentre !

— Vous êtes sûre qu'il n'y a aucun dérangement ?

— Penses-tu ! clame Maurice, son mari, qui se tient dans l'arrière-cuisine.

— Entre, Baron et assieds-toi une minute dans le salon, poursuit-elle.

— Tu prendras bien un petit verre avec nous ? demande Maurice, enjoué à l'idée que ma visite lui donnera probablement l'occasion de porter un toast plus tôt que prévu.

— Ce n'est pas de refus, avec plaisir ! Mais je n'en prendrai qu'un seul car j'ai du pain sur la planche… Je prends le train de 15 heures pour me rendre à Bruxelles et je dois passer auparavant par le centre-ville y régler deux ou trois histoires.

— En réalité, nous fêtons nos soixante ans tous les deux aujourd'hui, tu te rends compte, Baron ! me dit Madame Dorsay, non sans une légère émotion dans la voix.

— Et nous avons réservé un restaurant en ville ce soir pour l'occasion ! Cela fait cinq ans que nous ne sommes plus allés « chez Raymond », n'est-ce pas Laure ?

— C'est bien ça, chéri, cela fait tout juste cinq ans.

— Chez « Raymond ! », dis-je avec un engouement sincère, ce n'est pas n'importe où !

— Et c'est très cher, tu sais ! Mais Maurice et moi, nous voulions absolument nous y rendre, ne serait-ce qu'une dernière fois, alors tu vois, nous avons économisé pendant toutes ces années pour fêter dignement nos soixante ans, qu'en penses-tu, Baron ?

— Je pense que c'est une excellente initiative ! Selon des renseignements récents, on offre toujours le pousse-café avec un très bon « havane » ainsi qu'une photo-souvenir réalisée gratuitement par le patron pendant le dessert. Chouette, non ?

— Tu vois, Laure, je t'avais bien dit qu'il le faisait toujours !

— Je pensais pourtant qu'avec la crise… Alors, ce sera vraiment fantastique ! s'exclame la brave dame en serrant les mains de son homme.

— À ce propos, dis-je en ne sachant trop bien comment leur parler de mon cadeau, je voulais vous faire une petite surprise pour votre anniversaire ! Laissez-moi tout d'abord, Madame Dorsay, vous offrir ces deux petits sabots remplis de lobelias. Elles sont magnifiques, résistantes et fleurissent tout l'été ! Je fixerai demain une nouvelle patère sur notre façade pour l'y accrocher à l'endroit que vous souhaitez, à moins que vous ne préfériez les mettre sur votre balcon ?

— Tu es formidable. Merci, Baron, mais il ne fallait pas ! Comment savais-tu que c'était notre anniversaire aujourd'hui ?

— Vous m'en aviez sans doute parlé un jour par hasard, Madame Dorsay, et je m'en suis souvenu, c'est tout !

— Nous devrons à l'avenir nous méfier sérieusement de ce tout qu'on lui raconte, ajoute Monsieur Dorsay dans l'humour et la taquinerie… Ce jeune homme a manifestement une mémoire redoutable… En attendant, je porte un toast à ta santé, Baron, ainsi qu'à ce jour mémorable où j'ai rencontré ma chère et tendre épouse. C'était il y a trente-cinq ans exactement ! Nous avions vingt-cinq ans tous les deux, nous étions jeunes et beaux et je pense pouvoir affirmer aujourd'hui encore être aussi amoureux d'elle qu'au premier jour !

Je ne sais quelle attitude adopter devant une telle montagne d'émotion. Mon train de 15 heures, mes emplettes, mes quelques affaires à régler d'urgence en centre-ville ainsi que mon exposition à Bruxelles sur l'art moderne n'ont soudain plus la moindre importance. Ces deux petits vieux sont là, devant moi, à se tenir par la main en se regardant avec la même passion dans les yeux qu'il y a trente ans, heureux et fiers comme au premier jour !

Je n'ai plus envie de m'en aller. Je veux partager avec eux ce moment de plénitude, figer coûte que coûte cet instant magique, les photographier en flagrant délit de bonheur avec mon portable mais je m'en voudrais de violer ce moment d'intense intimité.

Je reprends donc un deuxième puis un troisième flacon de genièvre puisqu'il m'est désormais impossible de leur refuser l'hospitalité qu'ils m'offrent de si bon cœur. Il faut pourtant bien que je m'en aille, que je les laisse se préparer tranquillement mais je ne peux partir sans leur avoir montré mes travaux d'ornement autour du petit étang ainsi que les trois nouvelles carpes que j'avais achetées à l'intention particulière de Maurice. Sans transition, je me lance en affrontant le regard sévère mais bienveillant de Monsieur Dorsay.

— Excusez-moi d'interrompre un si beau moment, mais je dois absolument vous quitter à présent.

— Un petit dernier pour la route ? me fait le mari.

— Non merci, je préfère ne pas abuser... Par contre, je vous parlais d'une surprise tout à l'heure et à ce sujet, cela me ferait drôlement plaisir si vous m'accompagniez tous les deux dans le jardin... On y va ?

— Tu es bien mystérieux, Baron ! me lance la brave dame, enjouée et empressée comme une enfant.

— Décidément, Laure, je pense que ce jeune homme est de plus en plus surprenant... Mais allons-y ! Qu'avons-nous donc à perdre ?

Lorsque nous arrivons près du point d'eau, elle s'exclame de joie en m'enlaçant spontanément, comme une mère heureuse de serrer son fils dans ses bras après une longue absence.

— C'est toi qui as réalisé cet exploit, Baron ?

— Oui, uniquement pour vous. C'est mon cadeau d'anniversaire !

— Mais bon dieu, quand as-tu eu le temps de faire tout ça ? poursuit-elle avec admiration.

— Secret de fabrication, désolé, je ne peux rien vous dire ! Et je ne parlerai qu'en présence de mon avocat... Mais ce n'est pas tout, mes amis... Vous n'avez encore rien vu... Venez voir l'étang, maintenant !

— Baron... Ne me dis pas que...

— Bien sûr que si, je n'allais quand même pas faire les choses à moitié ! Je me suis dit qu'avec un si beau décor de verdure, l'étang méritait lui aussi d'être relooké. Alors, j'y ai ajouté trois koïs japonais dont un particulièrement rare. Il s'agit d'un tancho… Vous voyez, celui avec sa tache rouge sur la tête, comme le drapeau national du Japon ! Ils sont beaux, non ?

— Mon enfant, tu as dû payer une fortune. Tu es fou ! ajoute-t-elle.

— Ne vous tracassez pas pour ça, Madame Dorsay… En réalité, ce qui me turlupinait depuis si longtemps, dis-je en regardant Maurice dans les yeux, c'était de vous voir déprimer de jour en jour depuis que vos deux vieilles carpes avaient rendu l'âme. Alors, je me suis dit que j'allais y remédier à l'occasion de votre anniversaire en repartant à zéro avec trois jeunes, belles et vigoureuses carpes du Japon… Alors euh… celle-là s'appelle Kenny. L'autre, c'est Nadia. Et celle avec sa tache rouge sur le front, c'est Arabelle ! À propos, vous savez que ça peut vivre des années ces petites bêtes-là ?

J'espère ne pas en avoir fait trop ou ne pas les avoir vexés dans leur fierté quand soudain Maurice, qui n'a pas dit un seul mot depuis le début de la balade, sort enfin de sa torpeur en me fixant de ses yeux « revolver », me serre dans ses bras en m'empêchant presque de respirer et me dit simplement avec un pincement de cœur, les yeux incandescents de réserve et de pudeur :

— Tu es le fils que j'aurais souhaité avoir. Merci de ta présence, Baron !

En descendant la rue des Coteaux, je croise Angelo qui me salue du bout des lèvres comme si nous ne nous connaissions pas. Je lui rends la pareille, hoche la tête et passe mon chemin sans perdre mon temps. Ce n'est pas la première fois qu'il m'évite ou qu'il prend une autre direction quand il me voit arriver de loin.

Ce type m'indiffère au plus haut point. Un jour blanc, un jour noir. Une relation superficielle, inutile. Sans m'amuser à décrypter son attitude, je pense qu'il ne faut pas être grand maître en psychologie pour imaginer qu'il s'en veut de s'être livré l'autre fois lorsque je l'ai aidé vaille que vaille à rejoindre son studio. Après la gueule de bois inévitable vu la quantité d'alcool qu'il s'était enfilée, il a dû s'en vouloir à mort le lendemain matin d'avoir étalé sa faiblesse en me confiant qu'il était constamment mort de trouille et qu'il chialait parfois en cachette comme un gosse en pensant au sniper. Maintenant, je dois être sa bête noire, celui qui sait.

Quelques jours plus tard dans un train qui me ramène à Liège... Comme souvent, lorsque j'ai envie de recentrer mes idées, je prends une correspondance au hasard et laisse baigner mes pensées en voyant défiler les paysages qui se succèdent pour ne plus former qu'une floue mosaïque verdoyante.

Jamais je n'aurais imaginé que le prénom de Madame Dorsay fût Laure ! Deux prénoms identiques et pourtant deux destins tellement différents. L'une, soumise et probablement malheureuse dans son couple avec Manu ; l'autre, épanouie et fusionnelle avec son époux Maurice, constamment aux petits soins pour elle et réciproquement. Le symbole d'une idylle parfaite, scellée jusqu'à la fin, quoi qu'il arrive.

À mes yeux, l'image idéale d'un père et d'une mère que j'aurais pu chérir encore aujourd'hui si le destin l'avait voulu. Mais aussi, sans nécessairement tomber dans le remords ou l'amertume, une vision cruelle de ce qu'aurait pu être ma relation avec Kalyna dans une trentaine d'années si je n'avais pas gaspillé ce présent hors du commun que le sort m'avait offert, si je n'avais pas jeté dans les ordures de l'oubli cette chance unique d'avoir une vie merveilleuse.

Les paysages s'effacent indéfiniment au profit d'autres paysages. La vitesse du train ne me laisse pas le temps d'observer la toile sous un angle meilleur, de mesurer les nuances des couleurs sous une autre perspective comme je le fais parfois dans une exposition de peinture. Ici, le tableau n'est qu'un kaléidoscope en perpétuel mouvement, sans cimaise ni chevalet. La pensée n'est pas nécessaire. Ou si peu. Un endroit rêvé pour recharger ses batteries, pour faire le vide. Ne laisser s'échapper que des pensées positives, ce qui rejoindrait vaguement la thèse étayée par Stendhal de ne plus désormais collectionner que les moments de bonheur. Qui sait ?

On annonce la destination de Liège-centre dans une vingtaine de minutes… Je ferme les yeux en pensant à Linda. Je nous imagine en train de faire l'amour dans un compartiment privé du Shinkansen à une vitesse de trois cent cinquante kilomètres à l'heure sous le regard indécent des cerisiers japonais fleurissant par dizaines au pied du Mont Fuji.

Faire l'amour ou faire l'amitié ? Nous sommes entièrement nus et nous nous étreignons dans l'unique luxure d'un baiser profond, chaud et infini. Nos lèvres et nos langues se cherchent, se faufilent, s'entremêlent, fusionnent pour ne devenir qu'un seul corps, qu'un seul visage, qu'un seul baiser. Toujours ce baiser envoûtant qui me fait chanceler au point de perdre mes repères, comme au premier jour. Mais toujours rien d'autre qu'un baiser…

Nous ne nous sommes revus qu'une seule fois depuis ce pique-nique improvisé au bord de Meuse. C'était dimanche dernier. Nous avons marché le long d'un quai. Nous avons pris une consommation à une terrasse, le temps était merveilleux. Nous avons surtout parlé de vieux morceaux de jazz ou de blues que je joue parfois au « Humphrey Bogart ». Je pense qu'elle est réellement une vraie dingue de jazz mais ce qu'elle préfère par-dessus tout, m'a-t-elle confié à l'oreille, c'est ce moment privilégié où je mélange les genres en combinant à la fois des complaintes de blues avec des fugues baroques de Jean-Sébastien Bach en terminant dans un anachronisme pervers par le prélude de Lohengrin en la majeur que j'improvise dans un slow déluré aux rythmes « jazzy » comme l'eût probablement exécuté Michel Petrucciani, un artiste nain exceptionnellement doué du siècle passé. Puis, elle m'a embrassé fougueusement de ce baiser légendaire avant de me quitter en ayant l'air de vouloir me dire quelque chose.

L'amour n'est qu'une histoire d'amitié qui a mal tourné. Avec Linda, pour l'instant, aucun danger. Pourquoi donc imaginer autre chose qu'une histoire d'amitié entre elle et moi ? Suis-je si amoureux d'elle pour débiter de telles bêtises ? Linda ne serait-elle pas la femme de ma vie, tout simplement ?

À bien des égards, j'avoue en pincer pour elle. Rien ne me déplaît chez cette femme. Si on me demandait ce que je préfère chez elle, je ne saurais que répondre. Ou alors, je dirais... Sa classe indéniable, ses beaux yeux myopes sous ses grosses lunettes rondes qui font tout son charme, sa fragilité, sa timidité mais en même temps son aisance intellectuelle, sa vivacité d'esprit, son intelligence hors-norme lorsqu'elle se met à discuter de n'importe quel sujet. Sans parler de sa taille fuselée, de son corps de rêve inviolable sous ses vêtements cadenassés à double tour, de sa peau bronzée aux parfums de citronnelle que ni mes mains ni mes lèvres n'ont encore touchée !

Pourquoi alors ne pas lui dire franchement ce qu'elle représente pour moi ? Pourquoi ne pas lui déclarer ma flamme au lieu de tourner en rond dans le pot de confiture ? Parce que j'ai peur de décevoir ou d'être déçu, parce que j'ignore s'il m'est encore permis d'aimer, parce que je me sens laid et boueux, parce que j'ai peur de perdre les gens que j'aime, parce que... je ne veux plus souffrir une seconde fois. Parce que l'amour, c'est compliqué ! Avec Fleur, c'est tout l'inverse. Notre amitié, elle, c'est une histoire d'amour qui a vraiment mal tourné. On n'en sort pas... Devrais-je me résigner à faire l'amour à Linda en utilisant à jamais le corps de Fleur ? On n'en sort pas...

Quant à cette exposition d'art moderne, elle a le mérite de m'interpeller à plus d'un égard. Une fusion totale entre l'art conceptuel et l'écriture. Les mêmes angoisses de fabrication. Quand le poète ou l'écrivain compose, il découvre un thème, des personnages, une intrigue au moment où il l'écrit. Il évolue avec eux tout au long du récit en partageant leurs émotions, leurs doutes. Parfois, l'histoire se dimensionne de manière imprévue, les personnages sortent de leur feuille blanche pour venir harceler l'auteur dans son sommeil. Le pauvre bougre est complètement dépassé par les événements, impuissant devant sa propre création dont il est incapable de comprendre lui-même la quintessence.

Le phénomène est identique en peinture ou en sculpture. Quand parfois une couleur ennuie le peintre, lorsqu'un motif, une nuance ou une idée saugrenue vient subitement outrepasser ce qu'il voulait réaliser au départ, le monde semble alors s'écrouler. Puis, la création surgit « volcaniquement », sans prévenir, sans qu'il puisse expliquer comment « la chose » est arrivée.

Une autre similitude intéressante est sans conteste ce fameux concept de la musicalité dans l'art abstrait que sont l'art moderne et la nouvelle littérature. En effet, lorsqu'un auteur crée un roman, une nouvelle ou une poésie, cela part souvent d'un mot innocent, d'un son. C'est avant tout une musique, mais ce n'est pas si simple. La musicalité n'est acceptable que lorsqu'elle devient mélodie. Alors, on trouve l'écriture… On retrouve les mêmes principes dans l'art pictural ou la sculpture. Là aussi, tout est une question de son, de mélodie intérieure qui fera ou non la différence dans la qualité intrinsèque de l'œuvre. Un scherzo ou un nocturne sommeillent en silence au fond d'une toile, mais il s'agit d'un silence intérieur, fort, puissant.

Si l'on devait résumer l'esprit de cette magnifique exposition pour le moins originale, je serais d'avis de conclure que la poésie, au sens créatif où les anciens Grecs l'entendaient, est en quelque sorte « l'esprit saint » de toute œuvre d'art et que la pureté originelle d'une toile, d'une sculpture ou de toute œuvre plastique ou conceptuelle ne peut se mesurer artistiquement que par la poésie qui y réside.

À la sortie, on distribuait gratuitement de petits carnets de poésies. Ils étaient éparpillés en désordre sur une longue table en chêne. J'en ai pris un au hasard. La première partie reprenait en substance des dessins de Man Ray illustrés par la poésie de Paul Éluard, intitulée « Les mains libres ». La seconde, un condensé des « Fleurs du mal », de Baudelaire.

Toute une entreprise d'y comprendre quelque chose à la première lecture. Qu'il s'agisse du « grand oiseau des mers » du poète maudit ou d'un dessin de Man Ray où Éluard termine les deux derniers vers en indiquant « qu'Au pays des figures humaines On s'apprête à briser ta statue ridicule », je me sens attiré comme un aimant par ce florilège de mots insolites dont le sens ne m'apparaît souvent que quelques jours plus tard.

Et encore, toute interprétation reste vague ! Est-elle seulement celle que l'artiste a voulu nous communiquer ? Rien n'est moins sûr si ce n'est cette citation de Paul Valéry écrite d'une main d'enfant sur un pan de mur auprès d'un nu sans visage, qui disait que la plupart des gens ont de la poésie une idée si vague que c'est ce « vague » même qui devient pour eux la définition de la poésie.

L'art ne peut donc exister sans cette poésie qui le rend immortel, comme le définit parfaitement Pierre Bonnard lorsqu'il prétend que l'œuvre d'art, c'est un arrêt du temps ! Une façon magique de figer l'heure et l'espace dans l'éternité. Une impossibilité de la vie quotidienne. Mais en prenant le temps d'y songer, la vie matérielle est aussi une œuvre d'art, un diamant de bonheur qui s'écoule au fil des jours comme la mélodie infinie d'un ruisseau. Faut-il encore en être conscient ! Un seul moyen. Atteindre la plénitude dans « l'ici et le maintenant » pour se réaliser enfin pleinement. Arrêter de projeter la grâce du moment présent dans le futur ou le passé car l'on ne peut indéfiniment continuer à planifier les instants de grâce…

C'est ce que je ressens aussi en admirant les œuvres de Fleur. Ce talent inimitable de capter l'instant dans le mouvement. Un don unique. Sa patte. Un coup de pinceau étonnant d'impressionnisme ferait d'elle une seconde Berthe Morisot si ce n'était cette manière étrange qu'elle a de n'appartenir à aucune école en particulier. Les toiles de Fleur ressemblent parfois à ces héros wagnériens qui supposent le mouvement d'un cri, d'un chant ou d'une mélodie assourdissante de silence mais il est difficile d'en dire davantage car elle peut tout dessiner, tout peindre avec cette aisance poétique indispensable à la véritable création.

Fleur m'a donné de ses nouvelles hier soir, avant de m'endormir. Tout va pour le mieux. Elle a effectivement décroché deux contrats de galerie extrêmement importants pour la relance de ses œuvres qu'elle n'a plus exposées depuis vingt ans ! Elle sait que j'adore ses tableaux et m'a demandé de l'aider dans le choix très sélectif d'une trentaine de toiles, ce que je ne manquerai pas de faire dès son retour lundi prochain. La seconde étape dans ce long cheminement de la dépression sera de recouvrer la foi en elle-même pour à nouveau être en mesure d'enfanter un nouvel opus…

HUITIÈME RÉCIT

Lorsque Fleur me contacte ce mardi matin pour discuter de la sélection de ses tableaux, je lui propose de passer fin de journée. Elle me donne quelques idées que je note sur un bout de papier pour ne pas perdre de temps. Le choix portera sur ses deux dernières périodes. Le thème « bleu » ainsi que le thème des « visages déformés ».

Je les connais par cœur à force de les avoir admirés avec passion des dizaines de fois en restant seul, parfois des heures entières, dans son atelier de peinture situé au dernier étage de son duplex. Le succès d'une telle rétrospective réside uniquement dans la rigueur de la sélection. Rien ne se fait au hasard. Il faudra tenir compte d'un million de paramètres, d'une série d'exigences commerciales et médiatiques, être dans le vent tout en imposant sa personnalité et enfin, naviguer dans les eaux troubles de l'intuition, de l'inconnue et du doute artistique. Rien n'est jamais gagné d'avance.

J'arrive chez elle vers dix-huit heures. Je la trouve détendue et très séduisante. Un tailleur sexy vert pomme dernier cri qu'elle s'est acheté à Strasbourg lui va à ravir. Elle me raconte avec enthousiasme son périple, son partenariat avec une firme publicitaire jeune et agressive, ses contacts agréables avec la presse locale pour amorcer au mieux son retour sur la scène strasbourgeoise et parisienne, ses négociations réussies pour obtenir les meilleures dates de galeries, bref que du bonheur.

Une Fleur en bon état de fonctionnement, comme je l'aime ! Je ne m'étais donc pas trompé sur son moral et sa totale détermination à vaincre cette saloperie de dépression. Je suis très fier d'elle. Elle remonte vachement la pente, je n'en crois pas mes yeux, chapeau !

Un autre signe qui ne trompe pas est qu'elle est assise en face de moi, « ici et maintenant », les jambes suffisamment écartées pour me faire comprendre qu'elle a vraisemblablement omis de mettre sa petite culotte. Serais-je encore amoureux d'elle ? Il est évident que nous allons faire l'amour dans un instant mais aujourd'hui, aucun parfum de citronnelle ni de tabac mentholé qui tienne, Linda ne sera pas de la partie !

Les deux expositions sont prévues pour le début de l'année prochaine. L'une en janvier, l'autre au début du printemps. Nous ne sommes pas dans l'urgence, m'a-t-elle confirmé à deux reprises. Nous sommes plutôt dans l'enthousiasme d'une nouvelle aventure qui commence et je me réjouis autant qu'elle de sa réussite. Je pourrais précipiter financièrement son succès si je le voulais mais ce serait malhabile de ma part. Pour plusieurs raisons. D'abord parce que Fleur est loin d'être sans le sou. Ensuite, parce qu'elle ignore l'existence de mon immense fortune et que ce ne serait qu'un mensonge de plus à épingler au palmarès de notre « amitié-refuge ».

Enfin, parce que son œuvre n'est aucunement tributaire d'un vulgaire mécène qui ne ferait que fabriquer un succès artificiel, soit une offense sans nom à son talent et à son intelligence. Je pense aussi qu'elle m'en voudrait jusqu'à la fin de ses jours si elle apprenait, et la vérité éclate tôt ou tard, que son talent n'est qu'un talent de pacotille puisque c'est moi qui tirerais les ficelles. Il lui restera donc un palier à franchir dans cette lutte constante contre elle-même mais je suis convaincu qu'elle le franchira à force d'opiniâtreté. Celui de la création ! Il lui faudra composer des œuvres nouvelles, inédites, plus puissantes, plus révolutionnaires encore que les précédentes, en puisant dans les abysses insoupçonnés de son imaginaire. Avec tout ce que cela suppose de souffrance et d'angoisse. Car la dépression n'est pas un terrain propice à l'inspiration. L'esprit doit être dégagé de toute contrainte psychique afin de pouvoir donner le meilleur de lui-même. Et là, je pense pouvoir l'aider par ma présence, mon soutien, mes encouragements.

Quoique… Suis-je vraiment nécessaire à sa convalescence ? Ne suis-je pas en train de sous-estimer le potentiel énorme de ses véritables ressources intellectuelles et mentales ? Fleur est bien plus forte que je ne l'imagine. Il est vrai que depuis son retour de Strasbourg, quelque chose a changé en elle. Je la trouve radieuse, embellie, rajeunie de dix ans. Bref, érotique et merveilleuse ! Aurait-elle déjà rencontré un autre amant, plus jeune, plus beau, mais forcément aussi escroc que le fameux Philippe du mois passé ? Ou pourquoi pas le véritable amour, tout simplement ? Égoïstement, je vire immédiatement cette pensée obsédante car je refuse d'imaginer une seule seconde que quelqu'un d'autre que moi puisse jamais la rendre heureuse. Serais-je encore amoureux d'elle ? Notre relation n'est cependant qu'une insignifiante histoire d'amitié et rien d'autre. Jaloux, moi ?

Les soirées au « Humphrey Bogart » frôlent l'ennui. Rien de nouveau. Dans quelques jours, le club fermera pendant deux semaines et je ne m'en porterai pas plus mal. Je pourrais partir demain si je le voulais, sans même faire mes adieux ou aller mendier le solde qu'on me devrait. Mais cela attirerait l'attention ! Il n'empêche que le « Humphrey Bogart » n'est pas l'unique piano-bar à la mode et qu'il ne me faudrait pas prospecter des heures pour retrouver une place similaire, peut-être mieux payé.

Ou alors, faire mes valises, traverser la Manche et tenter ma chance avec Mike. Ah, ces foutues habitudes…

Joachim n'en fout pas une ! Il converse, rigole, sympathise avec la clientèle mais c'est Geneviève, Solange ou Bruno qui font tout le boulot ! De temps en temps, il se souvient qu'il faut prendre une commande à gauche, encaisser à une autre table à droite ou préparer dans un même temps un croque-monsieur dans l'arrière-cuisine sans le laisser cramer.

Manu n'est pas dupe. Il vient d'engager un serveur supplémentaire, un type chevronné d'une cinquantaine d'années surnommé Ben, pour seconder adroitement les autres dans leurs fonctions. Je pense qu'il s'est enfin résigné à ne rémunérer le beau Camerounais que pour « paraître » et rien d'autre.

Une mission délicate pour Joachim consistant finalement à aguicher la clientèle par la constance de son humeur, par son indéniable charisme, par son extrême gentillesse, par son accent africain taillé sur mesure donnant à l'atmosphère du club une légère pointe d'exotisme, par un sens de l'humour et de la dérision unique au monde, par ce rire tonitruant, imparablement communicatif et surtout, « last but not least », par ce talent naturel à faire tripler chaque soir le chiffre d'affaires de l'établissement !

Ce soir, le serveur noir s'amène à l'improviste autour du piano avec un groupe d'une dizaine de couples enragés, à moitié éméchés, bien décidés à en découdre et à danser jusqu'au bout de la nuit. L'humeur est cependant bon enfant... Je m'allie au quart de tour à cette ambiance festive en jouant tout ce qu'ils me demandent sans exception. Je passe tour à tour du vieux rock n' roll démodé au free-jazz, au country, au dernier disco à la mode ou à la fameuse 'Bamba' de circonstance sans me poser de question.

Les gens se suivent sur la piste de danse à la « queue leu leu » en se tenant par les épaules du bout des doigts. Joachim entre dans la ronde en excellent boute-en-train qu'il est avec une aisance remarquable en les obligeant à dodeliner de la tête toutes les cinq secondes, à lever les bras au ciel comme Louis de Funès dans Rabbi Jacob ou tout simplement à exécuter une danse des canards « bête et méchante » en se tapant très fort les deux coudes sur l'abdomen, exactement comme s'il faisait partie de la bande, comme s'il faisait partie de leur monde.

Ces gens sont là pour s'amuser ! Le reste n'a aucune importance. Interdiction formelle de regarder nos montres. Dans une ambiance en délire comme ce soir, il n'y a aucun horaire ni pendule qui tiennent. Et moi, vulgaire pianiste de bar, je dois faire preuve d'une abnégation totale. Mon boulot est avant tout un travail d'équipe !

Un jour comme aujourd'hui est monnaie courante, tout et n'importe quoi peut aisément s'improviser en quelques secondes.

Il suffit parfois de peu de chose. Un mot lancé au hasard, un cri, un sourire, un défi collectif, un élan de spontanéité pas toujours rationnel et hop… c'est parti ! Ma complicité avec Joachim doit être totale, c'est le cas. Lui aussi a parfaitement pigé que le client est roi quoi qu'il arrive ! Notre mission en deux mots ? S'adapter au public d'un soir, se plier à tous ses caprices, quelles que soient les circonstances. Et surtout, sourire ! Toujours sourire. Encore sourire !

Un peu avant minuit, Linda m'envoie un message sur mon portable… Je suis en pause un quart d'heure avec Geneviève dans l'arrière-cuisine, pièce qui nous est exclusivement réservée quand on a vraiment envie de faire un petit break. Entre deux blagues assez « grasses », elle fume cigarette sur cigarette pour calmer ses nerfs. La nuit est loin d'être finie.

Pour une nymphomane, il existe certes d'autres moyens de décompresser mais il y a cette barrière de l'humour entre elle et moi qui nous a toujours empêchés d'aller plus loin. Il n'en faudrait pas beaucoup à mon avis car si je suis bien informé, je serais le seul employé « mâle » de la boîte à ne pas avoir encore couché avec elle. Même Joachim avec son rire inimitable et son air bête serait lui aussi passé à la casserole. Même Manu aurait un jour succombé à ses charmes, paraît-il ! Quant à Ben, le petit nouveau, encore trop tôt pour le dire. Mais là encore, ce n'est pas mon problème…

En ce moment, j'ai mille choses en tête sauf celle de me taper Geneviève sur un coin de table. Je suis plutôt dans ma bulle et n'arrête pas une seconde de penser à ce message de Linda pour le moins intéressant ! Je me prépare calmement un café bien serré avant de redémarrer. Le service en salle est assuré par Ben et Bruno qui travaillent en tandem pendant que Joachim continue ses inlassables pitreries. Tout va bien. Le pauvre Bruno avait été réquisitionné d'urgence suite au coup de fil de Manu vers les onze heures. Geneviève regarde sa montre, écrase sa cigarette et me dit rituellement :

— On retourne dans l'arène, Baron ?

Je la suis et retrouve mon piano en m'imprégnant du mail de Linda.

« Je passerai ce soir vers une heure du matin »... Suite du message... *« J'ai une folle envie de te voir. Linda »*... Fin du message.

Faut-il toujours décrypter un message? Qu'elle ait une folle envie de me voir ne signifie en rien qu'elle ait envie de moi ! Ce sont deux choses différentes. Quoique... Je joue sans jamais m'arrêter mais mon esprit est ailleurs. Je n'en donne pas l'impression. Je souris, fabule, fais mine d'être concentré. Mes doigts vont de mémoire chercher les notes justes et mon talent d'improvisateur fait le reste. Que désirer de mieux ? Entre deux arpèges, je retourne inlassablement le message de Linda dans tous les sens.

Soudain, mes pensées sont interrompues par la présence d'un nouveau venu sur la piste de danse. Un type assez costaud entre deux âges qui vient à l'instant de rentrer dans le club, l'air tout excité. Il cherche visiblement quelqu'un sans le trouver. Il s'adresse à Ben qui ne sait où donner de la tête, ensuite à Geneviève qui fait mine de le remballer. Mon sixième sens me dit qu'il va se passer quelque chose !

Puis on dirait qu'il se calme un peu, s'assied à une table à deux mètres de moi et commande une vodka à Bruno qui passe justement par là. Lorsque j'ai terminé mon morceau, le bonhomme profite d'un instant sans musique pour venir me trouver. Il donne l'impression de s'être radouci mais c'est plutôt le beau temps avant la tempête, je le sens. On s'échange néanmoins quelques mots agréables. J'essaie l'humour pour le détendre mais le gaillard est difficile à cerner.

— Tu connais un certain Philippe Defrance ? fait-il sans transition en me tutoyant comme si nous avions gardé les cochons ensemble.

— Jamais entendu parler de ce gars-là, chef! lui rétorqué-je sur un même ton de familiarité.

— Pourtant, on m'a dit qu'il était ici et je ne décamperai pas sans lui avoir dit un mot !

— Et qu'est-ce que tu lui veux à ce Philippe Defrance, lui dis-je en essayant de le calmer comme je peux.

— Il paraît qu'il sort avec ma sœur, et ça, je ne le supporte pas !

— Pourquoi ? Ta sœur n'a pas le droit de sortir avec qui elle veut ?

— Si, bien sûr... Mais pas avec ce petit salopard... Ce mec n'est qu'un voyou et ma sœur mérite mieux que lui, voilà pourquoi !

— D'accord... Mais ton bonhomme, tu l'as déjà vu ? Tu as déjà essayé de discuter avec lui pour voir réellement ce qu'il a dans le ventre ?

— Non, je ne l'ai jamais vu et je n'ai aucune envie de discuter avec lui. Et tout ce qu'il pourrait me raconter, c'est du pareil au même !

— Et ta sœur, tu lui as demandé son avis au moins ?

— Oui... Enfin... Pas exactement... Mais le problème n'est pas là, tu vois ! Ce type n'arrête pas de la relancer, alors ma sœur, elle, pense tout de suite au grand amour alors que cet enfoiré n'a qu'une seule chose en tête, la baiser, uniquement la baiser et se barrer juste après, tu piges ?

— Je vois, en effet... Et toi, tu veux l'en empêcher, c'est ça ?

— T'as tout compris, mec, et je te jure bien qu'il va se faire tout petit le Philippe Defrance quand je l'aurai trouvé ! Maintenant, j'aimerais que tu me donnes ton micro pour faire un appel au public, tu es d'accord ?

— Si cela peut te faire plaisir, vas-y, ne te gêne pas...

J'espère ainsi le calmer, atténuer la tension, mais les choses semblent rapidement prendre une autre tournure ! Le gaillard ne se fait pas prier, fait un appel au micro sans perdre de temps et demande à parler d'urgence à Philippe Defrance. Quelques secondes s'écoulent avant que le voyou présumé ne s'avance au milieu de la piste. « *C'est moi, Philippe Defrance, et alors ?* » demande-t-il en fixant l'autre d'un regard d'acier, sans perdre son sang-froid. Le petit costaud lâche alors le micro, se dirige d'une traite vers lui et sans même envisager qu'un dialogue soit possible, lui assène un violent coup de poing dans la figure !

Defrance s'écroule et reste étendu sur le sol. Là, tout se précipite sans que personne ne puisse réagir. Defrance reprend ses esprits, se relève d'un bond, sort de sa veste un magnum 357 et braque son revolver contre la tempe gauche de notre apprenti boxeur. Il le fait reculer jusqu'au milieu de la piste en le toisant de son regard d'acier sans lui adresser un seul mot. Tout le monde est figé sur place !

Nous restons bouche-bée, incapables de prononcer un son ou de bouger d'un centimètre. Il est réellement en train de se passer quelque chose de grave et bien que l'arme soit braquée sur un seul homme, nous sommes suffisamment anxieux pour imaginer qu'aucun d'entre nous n'est à l'abri d'une balle perdue. Sans savoir comment le truand va se comporter quand il l'aura abattu. Car il va réellement l'abattre d'une balle de 9mm en pleine tête ! Son visage métallique n'a toujours pas déridé d'un millimètre depuis ce fameux coup de poing dans la figure. Au vu de ce regard empreint de haine et de vengeance, aucun doute qu'il lui fasse payer au prix fort ce coup de folie de s'en être pris à lui, injustement, sans raison apparente. D'une voix sourde, autoritaire, péremptoire, il l'oblige à se dévêtir complètement en lui disant d'un ton qui ne souffre aucune réplique :

— À poil, et magne-toi !

Le petit costaud s'exécute sans rouscailler et se retrouve en moins de temps qu'il ne faut pour le dire en caleçon et chaussettes au beau milieu de la piste de danse.

— J'ai dit : À poil !... Tu m'enlèves ce calebar et vite ! lui hurle-t-il dans une rage soudaine... Voilà, c'est ça... Et maintenant, à genoux et mains derrière le dos, vite !

Le pauvre bougre s'exécute de nouveau dans une résignation qui me fait mal au cœur car s'il mérite une leçon, peut-être ne mérite-t-il pas d'être exécuté de façon aussi insultante. Mais Defrance semble malheureusement déterminé à aller jusqu'au bout de la course !

Il arme subitement le chien du revolver, oblige notre petit costaud à ouvrir la bouche en lui enfonçant profondément le canon dans la gorge. Une humiliation supplémentaire, riche de symboles !

Mesurant enfin la folie de son geste de s'être rué tout à l'heure sur Defrance sans raison, le pauvre gars se met alors à sangloter comme un enfant car il sait maintenant qu'il va mourir, que ce n'est plus qu'une question de secondes…

Alors, sans perdre son sang-froid, Defrance retire sèchement le canon de sa bouche, réajuste le chien pour une question de sécurité, recule d'un mètre ou deux en jetant un œil avisé vers la sortie et prend la poudre d'escampette en ayant soin de nous menacer avec son arme sans que personne ne tente de le suivre ou de le neutraliser.

Dans un état de torpeur bien légitime, le petit costaud reste prostré inutilement dans sa nudité sans accepter que quiconque lui vienne en aide. Ce n'est qu'au bout d'une longue minute qu'il accepte qu'on le couvre momentanément d'une grosse couverture et que nous l'emmenions au plus vite, Ben et moi, dans l'arrière-salle pour qu'il puisse se rhabiller à son aise, à l'abri des regards moqueurs. Bruno, lui, se charge d'appeler les flics et de prévenir Manu pour la forme. Le pauvre type ne parvient pas à s'en remettre. Je lui verse un bon cognac pour décompresser. Il m'en demande un second que je lui sers pratiquement dans un même temps. Lorsqu'il reprend enfin ses esprits, je l'aide à se revêtir en lui passant ses vêtements un à un.

— Merci le pianiste !

— De rien, chef, c'est la moindre des choses… lui dis-je avec une empathie sincère.

— J'ai bien failli y passer cette fois !

— Oui, c'est sûr… Mais, ce n'était pas la bonne ! Tu devras patienter encore un petit peu, mon vieux ! fais-je en essayant de le dérider.

— Ouais, tu as raison et c'est tant mieux ! Mais, je vais te dire quelque chose, le pianiste… Que tu me croies ou pas, je n'ai jamais vu la mort d'aussi près ! Elle était là en chair et en os, aussi réelle que toi en ce moment… Elle m'a regardé dans les yeux et m'a dit : « Viens, maintenant… ».

Le pauvre n'arrive plus à sa parole. Il se met à sangloter comme un enfant pour la troisième fois. Il fait vraiment peine à voir et nous ne savons plus, Ben et moi, à quel saint nous vouer ! Je me souviens alors de cette fameuse phrase que Soma, mon ami yogi, me chuchota un jour à l'oreille, après que Chopin m'eut extirpé in extremis des sables mouvants. Je décide de la lui débiter sans réfléchir tant elle semble aujourd'hui de circonstance.

— Un homme ayant vu défiler sa mort en pensée a toujours droit à une seconde vie ! Tu imagines la chance que tu as ? lui dis-je avec humour.

Les flics se sont amenés dans les cinq minutes, en même temps que Manu. On les informe rapidement des faits. L'inspecteur en chef nous montre quelques photos sur son PC qui nous permettent de reconnaître facilement l'individu. Defrance est bel et bien un truand notoire, réputé pour son sang-froid, recherché pour grand banditisme depuis plusieurs années. Tous ses méfaits sans exception sont toujours opérés sous la menace d'une arme mais il n'aurait jamais tué personne. Notre apprenti boxeur ne s'en est pas trop mal tiré... *Qu'est-ce qu'il venait faire ici chez vous ? Était-il accompagné ? Le connaissiez-vous ? Venait-il souvent ?* Voilà en substance le genre de questions intelligentes posées par les forces de l'ordre.

Lorsqu'ils se mettent à questionner le petit costaud, ils se rendent vite compte qu'il n'est pas en mesure de répondre et qu'il serait préférable de le convoquer le lendemain au poste pour de plus amples renseignements. La piste de sa sœur demeure intéressante mais d'entrée de jeu, il mentionne aux autorités qu'il ignore totalement où elle se trouve en ce moment, que sa relation avec Defrance a été non seulement de très courte durée mais totalement due au hasard d'une rencontre dans une banale soirée dansante de quartier.

Quand on lui demande enfin s'il désire porter plainte, il refuse avec obstination, c'est inutile et il a envie d'oublier très vite cette histoire. Au final, comme il n'y a ni plainte, ni vol, ni blessures, ni mort d'homme, l'interrogatoire se résumera donc à peu de choses.

Nous sommes interrogés chacun son tour avec contrôle d'identité et Manu n'a d'autre choix que de fermer son établissement pour les besoins de l'enquête. Une enquête purement administrative sans grandes conséquences.

Une heure du matin. Je suis un des premiers à sortir. À une dizaine de mètres, j'aperçois la Mercedes de Linda rangée sur le bord de la route. Elle sort précipitamment du véhicule, visiblement inquiète de tout ce remue-ménage. Je me veux rassurant et lui résume donc vaguement ce qui vient de se passer. J'estime qu'elle en avait assez bavé depuis le 24 décembre pour rentrer dans trop de détails inutiles.

— Tu viens d'arriver? demandé-je en lui souriant comme d'habitude.

— À l'instant... Puis, j'ai vu toutes ces voitures de police. Je me suis bien douté qu'il y avait quelque chose d'anormal... Tu n'as rien? Tu n'es pas blessé?

— Non, je viens de te l'expliquer, il ne s'est rien passé d'extraordinaire. Deux gars se sont disputés, en sont venus aux mains et l'un d'eux a même extirpé un flingue de sa poche pour intimider l'autre. Puis le type au revolver est parti en nous braquant l'espace de quelques secondes pour assurer sa sortie. Une éternité! Je te garantis qu'on était tous figés comme des statues! ajouté-je avec dérision... Mais je te rassure, aucun d'entre nous n'a été blessé. Pas une seule égratignure!

— Quand j'ai vu toutes ces voitures de police, je me suis dit qu'il t'était arrivé quelque chose. J'ai eu très peur pour toi, tu sais...

— Merci. Ça me touche énormément.

— C'est normal, je trouve... À propos, tu as bien reçu mon message? me demande-t-elle en changeant de sujet.

— Bien sûr, et je te remercie. Quand une fille dit à son copain qu'elle a une envie folle de le voir, ça fait forcément plaisir!

Linda allume une cigarette, comme si elle voulait gagner du temps. Je ne sais pas pourquoi je lui ai lancé cette phrase qui l'indispose. Je m'en veux. Elle doit penser qu'il s'agit forcément d'une invitation de ma part de passer à la « vitesse supérieure » alors qu'il n'en est rien.

Je voulais simplement décompresser et non l'embarrasser. Je viens de faire tout le contraire en me demandant si finalement, ce n'est pas la meilleure solution ! Il faut parfois tirer les conclusions qui s'imposent. Notre relation flirtant plus avec l'amitié qu'avec l'amour, ne serait-il pas opportun, puisque la phrase est lancée, de mettre les choses au point une bonne fois pour toutes ? Je m'apprête donc à lui demander si elle souhaite que nous restions amis mais quelque chose de l'intérieur m'empêche de formuler la question.

Une petite brise la fait frissonner. Elle éteint sa cigarette en m'invitant à rentrer dans l'habitacle. Je crains qu'elle ne démarre pour me déposer quelques kilomètres plus loin, que nous nous disions « à bientôt » après un long et tendre baiser, comme d'habitude. Et rebelote… Elle me fixe de ce regard tendre qui en dit long mais cela ne veut rien dire. Les clés restent inertes sur le tableau de bord, comme si elles étaient les témoins vivants de ses pensées. Son sourire délicieux m'invite à la désirer en silence car je ne veux en aucun cas la brusquer ni précipiter les choses puisque les choses semblent arriver d'elles-mêmes.

— Tu veux qu'on aille un peu plus loin ? me demande-t-elle en saisissant les clés de contact.

— Je pense effectivement que cet endroit n'est pas très discret… Avec ce qui vient de se passer, la rue risque d'être animée encore un bon moment. Si tu prends la deuxième rue à droite, il y aura bien moyen de se parquer quelque part.

Nous nous parquons quelques centaines de mètres plus loin le long d'un quai à l'abri des curieux. L'endroit est désert. Nous pouvons enfin discuter en toute intimité.

— Cet endroit a l'air calme, dit-elle en me souriant. Qu'en penses-tu ?

— Parfait ! Nous sommes bien ici. Personne ne viendra nous embêter.

— J'ai toujours aimé le contact d'un fleuve. Je le trouve calme, reposant. Pas toi ?

— Je pensais exactement la même chose. J'adore aussi les reflets des réverbères sur l'eau dans l'obscurité. On dirait une toile impressionniste du siècle passé. La stabilité dans le mouvement, le vide qui prend forme dans les nuances de la nuit. Tout ça est très relaxant.

— Ce que tu viens de dire est magnifique !

— C'est ce que je ressens.

— Je comprends maintenant pourquoi tu joues du piano comme un dieu… Je pense que sans le faire exprès, tu viens de me dévoiler ton secret !

— Quel secret ?

— La poésie ! Tout est poésie en toi.

— Je dois prendre cela comme un compliment ?

— Bien sûr… Et le plus incroyable avec toi, c'est que tu ne t'en rends pas compte ! Ta façon désinvolte de t'habiller. Ta façon de parler. Ta légèreté, ton indépendance. Une grâce de chat qui gambade élégamment dans la ville, comme un joyau ambulant au milieu des ordures !

— Et c'est moi le poète ? Toi aussi, c'est pas mal quand tu t'y mets !

— Je suis bien avec toi, Baron ! me dit-elle avec une extrême douceur en m'attirant soudain vers elle… Prends-moi dans tes bras !

— Je voudrais te dire… Tu es si belle… Ton parfum si envoûtant… Et ce charme immense que tu véhicules… La sensualité de tes lèvres… Tu ne peux pas savoir le nombre de fois que j'ai rêvé de ton corps… Ce corps insolent de beauté dont j'ignore tout !… Linda, je pense sincèrement être…

— Ne dis rien… Serre-moi…

— Tu pleures ?

— C'est possible.

— Mais… pourquoi ?

— Sois gentil, ne me pose pas de question.

— J'ai dit quelque chose qui aurait pu t'offusquer ?

— Non. Ce n'est pas ta faute, je t'assure… C'est moi…

— Je ne comprends pas.

— Il n'y a rien à comprendre… Je suis heureuse, c'est tout.

— Linda, je t'aime…

— Chut… Serre-moi très fort, je t'en supplie !

Nous nous enlaçons un très long moment. Je perçois en elle un immense de chagrin. Un chagrin irrationnel puisqu'il ne repose que sur le bonheur de nous aimer bientôt, de nous aimer enfin ! Mais je respecte cette émotion de l'instant, je suis flatté de cet aveu de bonheur. Je suis sous le charme de sa sensibilité, de sa fragilité à fleur de peau. Je n'oublie pas que cette femme a été meurtrie dans sa chair pour avoir perdu son père il n'y a pas encore si longtemps. Nous n'en avons jamais parlé. Elle n'a jamais évoqué le drame depuis que nous nous connaissons, ne serait-ce qu'une seule fois.

Ses lèvres cherchent les miennes. Ma langue s'abreuve de ses larmes salées, rendant son baiser plus mystérieux, plus sensuel encore que jamais. Pour la toute première fois depuis le début de notre relation, je sens qu'elle s'abandonne enfin corps et âme. Je dégrafe lentement les boutons de son chemisier, caresse délicatement du revers de la main le bout de ses seins pendant qu'elle continue à m'embrasser avec cette fougue hors du commun.

Son téléphone portable ne décolère pas de rappels stridents… Nous nous caressons en devinant furtivement le corps de l'autre sous nos vêtements respectifs. Elle offre sa poitrine nue sans corsage à ma bouche insatiable pendant que ses mains curieuses glissent le long de mes hanches. D'un geste imprévisible, elle s'empare de la boucle de ma ceinture qu'elle défait avec lenteur. Nous passons d'une caresse à l'autre sans nous livrer à l'assouvissement, esquivant ainsi le stade du contentement suprême au profit du simple désir. Un désir frustrant, cruel. Mais seul le désir peut encore assurer la pérennité de la séduction… Une ultime sonnerie retentit amèrement du fond de son sac en cuir beige.

— Docteur Lefebvre, j'écoute ! répond-elle en actionnant le haut-parleur.

— Tim Nijt à l'appareil, infirmier de garde au CHR… Désolé de vous déranger à cette heure-ci, docteur ! Il s'agit de votre patiente, Mademoiselle Thompson… Vous m'aviez demandé de vous contacter impérativement si elle continuait à avoir des spasmes, ce qui est le cas !

— Depuis quand exactement ?

— Une dizaine de minutes, pas davantage... Mais votre patiente est dans une angoisse totale et requiert absolument votre présence. Elle ne veut voir personne d'autre que vous, docteur ! J'espère que vous ne m'en voulez pas d'avoir appelé ?

— Bien sûr que non. Vous avez très bien fait, Tim ! Je serai là d'ici une dizaine de minutes...

— Une urgence, je suppose ? lui dis-je avec humour en réajustant mes vêtements.

— Je suis vraiment désolée, Baron !

Sans le savoir, elle me dépose à une centaine de mètres de chez Fleur. Il est évident que je ne lui en tiens pas rigueur. Avec un chouia de dérision, l'on peut appeler cela « un grand classique »... Il est tout aussi évident que mes sens resteront en alerte, disons, encore un sacré moment ! Ma relation avec Linda évolue « step by step », j'en ai bien conscience, mais je ne m'en plains pas. Je me réjouis de la revoir prochainement, si possible dans d'autres circonstances et ailleurs que dans un habitacle de Mercedes.

J'arrive devant l'immeuble de Fleur. La lumière n'est toujours pas éteinte. Nous n'avions pas prévu de nous voir et peut-être vaut-il mieux la laisser seule avec ses insomnies plutôt que de monter la rejoindre, tout imbibé que je suis du parfum de Linda. Un mélange si caractéristique de citronnelle et de tabac mentholé qu'il lui sera facile de reconnaître. Fleur a une excellente mémoire et a déduit depuis longtemps que je me sers parfois de son corps pour en aimer une autre. Une déduction tout olfactive, toute féminine !

Je préfère donc rejoindre mes pénates en repensant à la dernière fois où nous avons fait l'amour, lorsqu'elle m'avait au préalable fait comprendre qu'elle n'avait pas de petite culotte sous la jupe vert pomme de son nouveau tailleur... Ce soir-là, je n'étais imprégné d'aucune autre odeur que de la mienne. Linda n'était pas de la partie ! J'admets cependant y avoir pensé l'espace d'un instant quand Fleur m'invita à innover dans ce choix infini des figures érotiques. En particulier lorsqu'elle me proposa cette position inavouée qui redoubla séance tenante les facultés de ma libido déjà en pleine effervescence. Avais-je à ce moment précis d'autres choix que d'opérer à nouveau ce transfert libidinal en toute impunité ?

Sinatra miaule devant ma porte. Je lui prépare une demi-boîte de thon mélangé avec une petite croûte de pain qui traîne près de l'évier. Un bol d'eau fraîche qu'il dédaigne, comme d'habitude. Je n'ai pas la patience d'examiner félinement ses petits caprices nocturnes. Je baisse les volets, éteins la lumière et renferme l'animal dans la cuisine pour la nuit sans lui demander son avis.

Je suis crevé, le mot est faible ! Exténué sans doute par tant de frustrations légitimes, je me déshabille en vitesse et me jette sous les couvertures. Mes yeux se ferment. Je programme mon cerveau en mode « non-pensées », un vieux truc de yogi, je contrôle ma respiration quelques secondes en fixant dans la pénombre le visage serein du Bouddha et réussis à m'endormir quasi instantanément.

Quatre heures du matin…

Le mode silencieux de mon téléphone est encore plus bruyant que s'il ne l'était pas ! Mes yeux ressemblent à ceux d'un hibou. Je me souviens difficilement de mon nom et encore moins du jour où nous sommes. Il me faut l'équivalent d'une minute pour rassembler mes esprits tant je dormais profondément.

Un message de Linda.

« C'est fini entre nous. Notre relation est impossible. Je n'ai pas toujours été une femme… J'ai essayé de t'en parler mais à chaque fois, les mots ne sortaient pas ! Je refuse que nous nous fassions du mal plus longtemps. Je te supplie de me pardonner et surtout, accorde-moi une faveur : ne me recontacte jamais et oublie-moi ! Linda. »

Un besoin de me passer de l'eau fraîche sur le visage. Un café bien corsé. Trois sucres. Une cigarette ? J'ai arrêté de fumer…

Après avoir relu dans tous les sens et pour la cinquième fois le message pour le moins surréaliste de Linda, je me ressers un troisième café bien serré. Sans lait, sans sucre. ***« Ne me recontacte jamais »…*** Impossible… ***« Oublie-moi ! »***… Facile à dire… ***« Notre relation est impossible »…*** Ah bon ?… ***« Je n'ai pas toujours été une femme »***… J'hallucine !

Soma m'a confié il y a bien longtemps qu'une rencontre n'est que le commencement d'une séparation. Pas mal ! me suis-je dit à ce moment-là, sans y prêter vraiment attention. Aujourd'hui, ces quelques mots prennent tout leur sens. Du coup, je réalise que cette phrase pourrait parfaitement s'appliquer à n'importe quelle rencontre, aussi fortuite soit-elle.

Je pense évidemment à Kalyna ou à Fleur. À cette Parisienne entre deux âges avec qui j'ai partagé un morceau de nuit. Mais aussi à toutes ces inconnues qui un jour ont croisé ma route par hasard. Ou qui ne l'ont pas encore croisée.

Que lui dire ? Pourquoi la recontacter puisqu'elle me supplie de ne pas le faire ? Ce serait si simple… Il m'est pourtant impossible de rester sans réagir, de jeter notre relation dans un container de l'oubli, comme une vulgaire boîte de conserve vide ou une pelure d'orange. Il n'est pas plus envisageable d'effacer à jamais son numéro de mon portable sous prétexte ***qu'elle n'a pas toujours été une femme…***

Je ne peux m'y résoudre. Trop facile… Puis, je ne crois pas un mot de toute cette histoire ! Il faut absolument la recontacter, et le plus vite possible ! Crever l'abcès, comme on dit. Il n'y a guère le choix. J'ai le droit de savoir ! On n'envoie pas les gens promener comme ça, sans explication. Trop facile… Il suffit de se parler franchement, de lui demander par exemple… De lui demander quoi, petit con ? « *Mais enfin, c'est quoi ton vrai prénom, Linda ?* » Débile. Stupide. N'importe quoi...

J'inscris sur mon PC les doutes qui me torturent. Si je dois l'appeler maintenant ou s'il faut attendre... Ou alors d'ici un jour ou deux, histoire de laisser couler ? **Delete...** Je recommence. Merde ! Je m'acharne sur le clavier poussiéreux en tournant en rond. À chaque fois, j'arrive à la même conclusion. Et pourquoi pas maintenant ? Il est quatre heures du matin. Et alors ? Tant pis, je fonce ! Linda décroche à la première sonnerie...

— Je savais que tu allais sonner ! dit-elle avec sa douceur habituelle.

— Je te dérange ?

— Non.

Un silence. Un milliard de pensées me traversent l'esprit. Je n'en canalise aucune. Les mots ne viennent pas. La gorge se noue. Elle n'y arrive pas mieux que moi. On pourrait se mettre en mode « écran » mais j'avais désactionné la fonction avant de l'appeler. Elle aussi. Il n'est pas nécessaire de se voir pour deviner les larmes qui vont sillonner nos visages dans un instant.

— Pourquoi as-tu rappelé ? me demande-t-elle tendrement en retenant ses émotions.

— Il le fallait, Linda !

— Je sais... Je voulais éviter qu'on se fasse du mal, tu comprends ?

— Bien sûr... Mais, c'est impossible de ne pas se faire du mal après avoir lu ton message !

— Je sais.

— Moi, je ne sais plus très bien où j'en suis. Je me sens perdu...

— Moi aussi, avoue-t-elle en sanglotant.

De nouveau, le silence. Une éternité ! Les phrases n'arrivent pas... J'aurais préféré une discussion froide, sèche, absente de sentiments. C'est tout le contraire qui se passe ! Je suis totalement désorienté… Pas mon style ! Pas dans mon tempérament de me laisser aller comme ça sans rebondir, mais là… J'ai beau chercher la solution, je ne la trouve pas. Il faut donc aller à l'essentiel. C'est quoi l'essentiel ? Si ce n'est d'aborder « **le sujet** » sans détour. Pourquoi aurait-elle inventé une histoire pareille ? Absurde. Je sais d'instinct qu'elle m'a dit la vérité. Alors, pourquoi tant tergiverser ? La réponse est évidente. Parce l'amour, c'est toujours très compliqué…

— Ça va ? fais-je à défaut de dire autre chose.

— Oui, ça va… Tout ça est de ma faute, Baron ! Je m'en veux terriblement de ne t'avoir rien dit pendant toutes ces semaines, mais je n'y arrivais pas, je t'assure…

— Mais je ne t'en veux pas, Linda. On en parle là, non ?… Ce n'est déjà pas si mal… lui dis-je avec énormément de tendresse dans la voix.

— Tu es gentil.

— C'est la moindre des choses. Tu veux qu'on se voie pour en parler ?

— Ce n'est pas la peine, Baron !

— Pourquoi pas ?

— N'insiste pas, ma décision est prise… Tu veux la vérité ou pas ?

— Évidemment, mais…

— Alors, ne complique pas tout, je t'en prie. Laisse-moi parler, maintenant, me dit-elle d'une voix calme mais résolue… Puisque tu veux tout savoir, je suis une vraie femme depuis déjà une dizaine d'années, je te rassure… En fait, je terminais avec brio ma septième année de médecine quand j'ai entamé le processus inéluctable de ma transformation. Je n'en pouvais plus, Baron ! Je ne vivais plus mais j'étais déterminée ! C'est peut-être ça qui m'a sauvée. De là, tout s'est passé très vite. Je suis devenue enfin moi-même au bout d'un an. J'avais vingt-cinq ans ! Mon père m'a toujours soutenue dans toutes mes démarches et ce jour-là, il a fait comme si de rien n'était en me disant : « *Et maintenant,* ***chère collègue****, au lieu de t'arrêter en si bon chemin, que penserais-tu d'entamer la cardiologie ? Nous pourrions nous associer. Tu pourrais même un jour reprendre mon cabinet, qui sait ?* » Trois ans plus tard, je devenais cardiologue, comme papa…

Linda s'arrête de parler, littéralement asphyxiée par le chagrin qui l'envahit soudain. Une émotion bien légitime étant donné les circonstances. Une émotion qui se communique comme une traînée de poudre à travers l'appareil, empêchant dans mon chef toute velléité de repartie. Je reste cloué sur place à l'écouter sans rien dire, sans pouvoir rien ajouter. Son silence est éloquent de respect ! Mes yeux s'embrument car je n'ai à ce moment précis qu'une seule envie. La prendre dans mes bras, lui dire que je suis très amoureux d'elle, que tout cela n'a aucune importance à mes yeux puisque je l'aime ! Mais les mots ne viennent pas… Puis, je sens qu'elle a besoin de se libérer, de vider cette charge émotive qui stagne en elle en me racontant son histoire jusqu'au bout. Linda reprend donc son récit sans plus s'arrêter…

— Nous étions mon père et moi, comment dire, très fusionnels, poursuit-elle… C'était un homme excessivement sensible, d'une rare intelligence. Il avait compris depuis très longtemps le mal-être qui me rongeait depuis toutes ces années. Nous en avons un jour parlé à cœur ouvert. En tant que cardiologues, ça tombait à pic ! lance-t-elle tout d'un coup avec une dérision qui nous permet de souffler trente secondes… J'avais toujours été « femme » dans ma tête, probablement depuis le jour de ma naissance. Mais la nature en a voulu autrement ! Je me haïssais tous les jours que dieu fait en me regardant dans le miroir. Je détestais mon corps ! Et pourtant, j'ai grandi comme un garçon pendant des années mais ce n'était pas juste ! Ma vie sonnait faux. Je me sentais incomplète, comme un puzzle avec une pièce manquante, comme un clown désarticulé. Puis un jour, je devais avoir vingt-trois ans, je n'ai plus supporté cet étranger qui était en moi. J'ai voulu le détruire !

— Tu veux dire que…

— Oui, ce fut la seule manière d'en finir, de m'évader à jamais de cette prison infernale ! C'est à ce moment-là que mon père prit mon désarroi au sérieux. Peut-être avait-il pensé jusque-là que le temps arrangerait les choses mais je crois qu'il était trop intelligent pour penser cela. Lorsqu'il capta enfin ce dernier signal de détresse de ma part, il me proposa qu'on en parle ensemble chaque fin de semaine, histoire de faire le point scientifiquement. Une sorte de bilan entre nous pour être sûrs de ne pas nous tromper. Déformation professionnelle oblige ! dit-elle pour la seconde fois avec une dose supplémentaire de dérision… Au bout d'un an, il prit réellement les affaires en mains, fit toutes les démarches pour me faciliter la tâche, joua de son influence d'éminent cardiologue qu'il était pour échapper à toutes ces lourdeurs, à tout ce protocole administratif afin d'accélérer les procédures. Il en allait vraiment de ma santé. Le jour de mon vingt-cinquième anniversaire, tout le monde m'appela désormais Linda…

— C'était donc vrai cette histoire ?

— Oui. Bien sûr qu'elle est vraie mon histoire !

— Je m'excuse… Je ne voulais pas te froisser.

— Aucun souci, j'ai l'habitude… Lorsque je rencontre quelqu'un de bien, c'est chaque fois la même chose. C'est difficile d'étaler son passé d'entrée de jeu ! Alors, on parle de tout, de rien, on esquive, on ment… Puis, on s'attache ! Un jour ou l'autre, il faut se rendre à l'évidence qu'on ne peut tricher indéfiniment. C'est alors la colère, la déception de part et d'autre… La bérézina pour un homme de s'être fait avoir et ce n'est encore que la partie visible de l'iceberg, je t'assure. Les choses sont bien plus complexes que ça en réalité ! Quand bien même la personne que j'aime passerait-elle avec succès le cap de la déception ou de l'étonnement pour ne pas dire de la mauvaise surprise, il faut savoir qu'aux yeux des gens, je ne serai jamais qu'une simple et vulgaire transsexuelle, appelons un chat, un chat !

Au début, on l'accepte. Au fil du temps, cela devient lourd, très lourd ! De plus, les gens sont parfois méchants, tu sais… Tôt ou tard, ils finissent par fouiner dans ton passé et lorsque des années plus tard, la vérité éclate au grand jour, la vie bascule une deuxième fois et tout est à recommencer ! Encore, encore et encore… Sans parler d'un enfant que jamais nous ne pourrions concevoir ensemble. L'adoption reste envisageable, mais on rajoute sans le vouloir une couche de complications. Les questions fusent, on replonge dans le malaise, c'est alors la suspicion, l'humiliation totale. Une de plus ! On n'en sort pas.

— Je comprends… Mais pourquoi disais-tu tout à l'heure que les gens finissent toujours par savoir ? Ce n'est pas forcément vrai ! Personne ne peut deviner que…

— Que j'étais un homme ?

— Oui. C'est totalement impossible ! Même moi je…

— Même toi tu t'es fait berner, c'est ça ?

— Ce n'est pas ce que je voulais dire.

— Je sais… Tu es si tendre, si gentil, si compréhensif avec moi, mais… tu vois, si tu questionnes ne serait-ce que mon entourage médical où je travaille, personne n'ignore ma transsexualité. Personne ! Même ma clientèle personnelle le sait. Je ne l'ai jamais cachée. Ou alors, si d'aventure on me questionnait à ce sujet, jamais je n'aurais l'idée de démentir. Jamais ! Puis les années ont passé et comme tu dis très bien, « ça ne se voit pas » et donc, les gens finissent pas ne plus poser de questions et tout suit son cours, comme on dit ! Mais les choses ne sont pas si simples…

— Pourquoi ? Va jusqu'au bout de ta pensée, je t'en supplie.

— Parce que nous ne serons jamais un couple comme les autres. Jamais !

— C'est faux !

— Il faut se rendre à l'évidence, Baron. Ton destin n'est pas de faire ta vie avec une fille comme moi.

— Qu'en sais-tu ?

— Je le sais, c'est tout !

— Si nous en parlions de vive voix ?… Par exemple, demain soir après tes consultations, qu'en penses-tu ?

— Je pense au contraire que nous ne devons plus nous revoir, Baron. Je suis vraiment désolée !

— Tu sauves des cœurs tous les jours, Linda ! À l'inverse tu as décidé d'enfermer le tien dans une forteresse d'airain, ce n'est pas admissible !

— Je ne veux pas de ta pitié.

— Ce n'est pas de la pitié, je t'assure !

— Aujourd'hui, peut-être… Mais dans quelques années, lorsque tu feras le bilan de ta vie, tu t'apercevras avec raison que tu seras malheureusement passé à côté du vrai bonheur… Et ce jour-là, quand nous aurons vieilli tous les deux, tu m'en voudras de ne pas être comme les autres, tu finiras par me détester de toutes tes forces, tu finiras par haïr mon corps de vieillard lacéré de haut en bas d'anciennes balafres fanées et durcies par le temps, bien que ce corps ait jadis ressemblé à une magnifique petite poupée blonde. Mais tu ne t'en souviendras pas car les souvenirs s'estompent à la longue et l'image que tu as de moi aujourd'hui finira par se brouiller, puis par se désintégrer pour ne devenir qu'une simple illusion.

— Tu te flagelles en disant des trucs pareils !

— Vois les choses en face, Baron… Je t'envoie à la seconde deux fichiers : un lien URL où tu pourras aisément vérifier sur le Web tout ce qui vient d'être dit ainsi qu'une photo de moi deux ou trois ans avant ma transformation. Regarde-les attentivement lorsque nous aurons raccroché ! Je pense alors que tu y verras plus clair, fais-moi confiance…

— Mais toi, comment accéderas-tu au bonheur en raisonnant ainsi ?

— C'est effectivement une bonne question mais ne te tracasse pas pour moi, Baron ! Tu as une carrière musicale qui s'ouvre devant toi. Envole-toi ! Arrête de t'enferrer dans ce club sordide où tu n'évolues pas. Recontacte ce manager londonien au plus vite et tôt ou tard, c'est indéniable, tu rencontreras la femme de ta vie. Vous aurez des enfants et tu mettras enfin du sens à ta vie ! En ce qui me concerne, je dois encore faire un long travail sur moi-même, c'est prévu au programme ! Et parfaire sans doute mon approche sentimentale d'une manière beaucoup plus intelligente, voire plus ciblée. Mais ça, c'est une autre histoire.

— Et mes sentiments pour toi, qu'en fais-tu ?

— Jamais je n'ai connu un garçon aussi charmant, aussi subtil et sensible que toi. Tu as été irréprochable ! Mais je pense qu'il serait préférable de se quitter à présent…

— Mais je t'aime, Linda…

— Moi aussi, je t'aime…

— C'est impossible de se quitter comme ça !

— Je pense au contraire que c'est plus simple qu'on ne le croit… Mais avant cela, promets-moi de ne plus jamais me recontacter.

— Comment on fait ça, Linda ?

— Promets-le-moi, je t'en prie !

— C'est réellement ce que tu veux ?

— Oui.

— Je te le promets.

— Merci… Jamais je ne t'oublierai, Baron ! Je vais raccrocher dans un instant et nous ne nous verrons plus. Adieu, mon amour…

Six heures du matin. Sinatra miaule pour sortir. Je me jette de l'eau froide sur la tête, me coiffe sommairement, enfile un pantalon, un pull et décide de prendre l'air avec lui… Je vais marcher jusqu'au centre-ville et de là, je longerai les quais sans jamais m'arrêter. Il m'est impossible de dénouer ma gorge serrée. J'ai beau sécher mes larmes une par une, elles reviennent systématiquement brouiller mes yeux qui meurent d'épuisement. Heureusement, à cette heure-ci, personne ne me remarquera si ce n'est ce geai magnifique qui m'accompagne en chantant depuis que j'ai quitté l'immeuble.

J'ai besoin de faire le vide mais il me faut d'abord encaisser cet uppercut que je viens de recevoir en plein dans le plexus solaire ! Les liens sur le Web confirment en substance le tracé chronologique de tout ce qu'elle m'a raconté. Je n'en ai jamais douté mais c'est plus fort que tout. À peine ai-je raccroché que je parcours le premier fichier pour bien me persuader que je n'ai pas rêvé. Quant à la photo de Linda lorsqu'elle n'était pas encore devenue Linda…

Ce fut l'électrochoc ! Je comprends petit à petit les divers messages qu'elle voulait me faire passer. « … ***Regarde les deux fichiers attentivement lorsque nous aurons raccroché ! Je pense alors que tu y verras plus clair, fais-moi confiance… » « … Aujourd'hui, peut-être. Mais dans quelques années… » « … Ton destin n'est pas de faire ta vie avec une fille comme moi… » « … Tôt ou tard, tu rencontreras la femme de ta vie. Vous aurez des enfants et tu mettras enfin du sens à ta vie… »***

Tous ces « sous-entendus » qui ne nécessitent à l'évidence aucune explication. Toutes ces vérités que la raison remet en place au fur et à mesure m'aident à rebondir plus rapidement que prévu.

L'émotion retombant peu à peu, les propos de Linda me paraissent soudain empreints d'une grande sagesse. Mes sentiments pour elle n'ont rien à voir. Il est difficile de me voiler la face plus longtemps, j'avoue avoir été très amoureux d'elle et je le suis toujours ! Pour être tout à fait franc, jamais je ne pourrai oublier cette femme merveilleuse car à mes yeux, Linda est et restera toujours… une « **femme** » merveilleuse ! Mais parmi tous ses messages, une phrase à elle seule semble résumer toute cette énigme. Mon destin n'était pas programmé pour vivre avec elle…

C'est fou tous ces gens qui font leur jogging à six heures du matin ! Moi qui pensais être seul à broyer du noir le long des quais, je ne compte plus le nombre d'hommes ou de femmes que je croise sur mon chemin.

Aucune crainte qu'un quidam ne décèle mon spleen, ma peine, ma solitude. Chacun reste dans sa bulle, enfermé à double tour dans sa geôle dorée ! Personne ne dit bonjour à personne. Nous ne sommes plus dans une ère de communication. Chacun pour soi, cher ami ! Je devrais moi aussi me mettre au jogging sans attendre demain ni les jours suivants. Dès lors, pourquoi ne pas courir maintenant, sans réfléchir ? Cela évacuerait en quelques minutes toutes les toxines négatives ainsi que les tourments qui m'assaillent.

Allons-y… Au moment où je me décide, j'entends derrière moi la voix de ma collègue Geneviève hurler mon nom à deux reprises !

— Salut Baron, qu'est-ce que tu fous ici à cette heure-ci ?
— Et toi ?
— Mon jogging matinal ! Tous les jours cinq kilomètres, pas mal, non ?
— Moi, c'est la première fois. J'ai commencé aujourd'hui.
— Je vois… J'habite un peu plus loin. Je te propose de courir avec moi dix minutes et ensuite, je t'offre le petit déjeuner « gratos » à la maison… tu es partant ?
— Super cool, j'accepte…
— On y va, go !

Un quart d'heure plus tard, nous arrivons chez Geneviève. Un petit appartement au neuvième étage. Une vue imprenable sur la Cité Ardente, on a presque l'impression de planer ! Elle me prépare un café bien chaud et un jus d'orange nature en se remémorant l'histoire du truand au club la nuit dernière.
— Incroyable ce qui s'est passé, non ?
— Tu parles !
— Il aurait pu y avoir une balle perdue, tu y as pensé, je suppose ?
— Je n'ai fait que d'y penser ! Heureusement, le type avait un self-control hors du commun. Mais tu as raison, tout ça aurait pu très mal tourner. Tu es restée longtemps ?
— Non. Je suis sortie presque au même moment que toi.
— Ah, bon ? Je n'ai pas fait attention.
— Normal… Tu allais rejoindre ta copine… Je n'ai pas voulu déranger !
— À ce propos, si tu veux tout savoir… C'est fini entre nous !
— Tu rigoles ?
— Non, je t'assure. On a discuté quelques minutes dans la voiture, puis elle m'a annoncé platement qu'elle me laissait tomber pour un autre. Aussi sec ! Comme ça, tu sais tout…
— Je suis désolée, Baron ! Et ton moral ?

— Tu sais ce qu'on dit dans ces cas-là. Une de perdue…

— Je suis contente que tu le prennes bien. Le café… Deux sucres, du lait ?

— Rien. Je le préfère noir, merci.

— OK… Voici le jus d'orange et les croissants.

— Dis donc, Geneviève, c'est Byzance chez toi. Il est génial ton 'appart' !

— Merci… Je n'ai pas grand mérite, c'est un héritage d'une vieille tante. Bref, je l'entretiens comme je peux et surtout, j'économise pratiquement toute l'année pour continuer à payer mes charges et mes taxes. Je pense que d'ici un an ou deux, ce ne sera plus possible, alors je le vendrai et reprendrai un petit studio en espérant récupérer quelques sous. Et toi, tu vis aussi en appartement ?

— Oui… Un petit studio que je ne loue pas trop cher sur les Coteaux.

— Encore un peu de café ?

— Volontiers…

— Tu fais comme chez toi, je dois juste te laisser cinq minutes,… Je vais prendre une douche en vitesse, d'accord ?

— Pas de souci, je t'attends.

— Excuse-moi d'être franche, Baron… En temps normal, je n'oserais pas mais…

— Oui ?

— Étant donné que ta copine t'a larguée, si tu veux qu'on prenne une douche ensemble, ça te changerait peut-être les idées. Moi en tout cas, cela ne me dérangerait absolument pas…

— C'est effectivement une façon de voir les choses sous un angle différent !

— Je ne te le fais pas dire… Je vois que tu as conservé toute ta dérision habituelle, c'est prometteur ! Alors, c'est oui ? insiste-t-elle en me narguant d'un œil espiègle.

— À ton avis…

Deux jours plus tard… Ne dit-on pas qu'il est préférable de remonter tout de suite sur la selle quand on tombe de cheval ?

La réputation de Geneviève n'était pas surfaite. Plus qu'une nymphomane, une baiseuse inouïe dotée d'un sens de l'humour hors du commun. Généralement, **baise + humour** ne font pas bon ménage. Avec elle, c'est l'inverse ! Elle est tellement débridée, tellement déconcertante, qu'elle est parvenue à me décoincer tous ces nœuds qui m'empêchaient de respirer correctement.

Avec elle, aucun tabou en particulier. Ses slogans favoris portent notamment sur le fait que *« le SEXE ne peut avoir de limite ou alors on s'emmerde comme du poisson frit ! Et que lorsqu'il y a de la gêne, il n'y a pas de plaisir... »*. J'avoue que « la douche » en tant que préliminaires sexuels fut loin d'être détestable. Sa chambre, elle, invitait aussi à la luxure autorisée avec cet immense miroir couvrant tout le plafond et tapissant les quatre murs de sorte que nous nous observions à notre guise sous une telle perspective qu'il me semblait que nos corps grisés s'enlaçaient à l'infini.

Une relation « one shot », pas difficile, simple, sans prise de tête, si ce n'est qu'en partant, Geneviève m'embrassa en me disant « *c'est quand tu veux, Baron...* » Je lui rétorquai « *moi aussi* »... Une façon impulsive de me confirmer à moi-même, après ce qui s'est passé avec Linda, que j'étais toujours un homme qui aime les femmes, qui n'aime que les femmes...

Sinatra tourne en rond dans ma pièce de séjour. Je lui ouvre la porte et le voilà filer comme un voleur en direction du petit bosquet situé derrière notre immeuble. Peut-être est-il lui aussi en mal d'amour ?

Mon portable me signale quatre messages. Mon banquier de Paris souhaite me parler. Je n'ai pas l'esprit très financier en ce moment mais dans la foulée, je lui sonne sans trop me poser de questions.

Bodson, le directeur d'agence, m'annonce froidement que les trois derniers placements boursiers qui constituaient toute ma fortune avaient été globalisés dans un autre compte « moyennement à risque » par mesure de sécurité mais que malheureusement, étant donné la crise persistante, les cotations de ces deux derniers mois sont tombées quasiment à zéro. Il me conseille donc d'attendre début novembre pour évaluer les opportunités de relance. En d'autres termes, il me rassure en me disant qu'il n'y a guère d'autres choix que d'être patient et d'espérer que ça remonte. Je suis donc « momentanément » ruiné !

C'est ce qui s'appelle, un coup de poing en pleine gueule, un de plus ! D'autant que s'il faut vingt ans pour que l'économie reprenne, je suis condamné à bouffer la poussière jusqu'à la fin de mes jours. Grâce à dieu, j'avais effectué quelques transferts « utiles » sur un compte traditionnel « hors-bourse » auprès de mon banquier de Liège, ce qui me permettra de voir venir pendant un certain temps, comme on dit.

« Il est possible, mais non certain, avait-il ajouté, *d'envisager un dédommagement "commercial" de deux cent mille dollars européens vu que vos intérêts durant toutes ces années avaient, eux aussi, été capitalisés automatiquement dans le package d'investissement en question ».* Une espèce d'assurance en cas de placements déficitaires mais il devait consulter sa hiérarchie pour me le confirmer. Autrement dit, la misère ! Qu'est-ce que deux cent mille aujourd'hui lorsqu'on sait qu'il faut presque le double pour s'acheter un petit studio de 30 m^2 ? Toute proportion gardée, cette somme ne serait de toute manière qu'une goutte d'eau dans l'océan !

Le « Humphrey Bogart » étant bientôt fermé pendant deux semaines, il était prévu dans mes plans de partir sur Paris quelques jours pour décompresser. J'en profiterai pour faire le point avec ce cher Monsieur Bodson afin de voir ce qu'il est encore possible de récupérer ou de sauver… Je ne me fais guère d'illusion. Les affaires vont mal partout. Les faillites bancaires pullulent dans le monde entier. Dans ces cas-là, c'est encore pis, aucune garantie d'État ! Adieu les économies ! Et puis, la relance n'a jamais repris depuis la troisième guerre mondiale de 2020 et aujourd'hui, certains parlent même d'une petite « quatrième » qui permettrait, comme toutes les autres, de remettre les ardoises à zéro, du moins momentanément. Quand il n'y a plus de solution dans aucun domaine, c'est encore la seule façon de s'en sortir honorablement ! On est alors reparti pour vingt ans et ainsi de suite...

Leur faire un procès ? Inutile... Cela ne ferait qu'empoisonner la situation. Autant garder son sang-froid et privilégier avec eux le meilleur dialogue afin d'en retirer le maximum possible. En attendant, il me reste de quoi survivre un sacré moment grâce à tout ce que j'ai planqué ici, dans ma banque liégeoise. Je vais d'ailleurs y faire un saut tout à l'heure pour éclaircir certains paramètres et surtout vérifier que tout se passe bien en leur interdisant formellement la moindre initiative boursière sans mon autorisation préalable ! Je ne pourrais jamais éviter les aléas d'une faillite bancaire, j'en suis bien conscient, mais autant ne pas réitérer l'erreur de Paris une seconde fois, ce serait ma foi diabolique.

Et dire qu'il y a une heure d'ici, je n'étais au courant de rien ! J'étais ce rentier invisible et permanent qui enjambe avec le détachement d'un spectre toutes les misères du monde. J'étais persuadé qu'il en serait comme ça jusqu'à la fin des temps puisque mon oncle m'avait habitué depuis l'adolescence à une forme d'intouchabilité financière, chose confirmée à son décès avec force par le vieux notaire grec qui n'arrêtait pas de me rabâcher les oreilles en me chantant que la moitié des intérêts de toute ma fortune me garantirait déjà à eux seuls un matelas confortable.

Aujourd'hui, le rêve est terminé ! J'ai l'impression que tout cela ne fut jamais qu'une illusion d'optique. Une sensation subconsciente d'exister avec un filet de protection qui me rendait immortel mais ce n'était qu'un filin de mensonges et de conneries... On frappe à ma porte ! Encore cette foutue sonnette qui fait des siennes. Il est dix heures du matin, je me demande bien qui peut s'amener à cette heure-ci. Angelo ? Il m'évite pour l'instant, ce n'est certainement pas lui. J'ouvre, on verra bien...

— Salut, Baron ! me lance Chopin de sa grosse voix souriante.

Nous nous étions quittés la dernière fois sans vraiment nous fixer de date. Nous devions nous revoir prochainement, sans plus. Avec tout ce qui vient de se passer ces derniers temps, j'avoue l'avoir un peu perdu de vue.

Le coup du banquier il y a moins d'une heure me laisse toujours à moitié knockout comme un boxeur chancelant qui a du mal à se relever. J'ai eu juste le temps d'enfiler un froc et une chemise avant d'ouvrir la porte. Mes cheveux ébouriffés, ma tête de déterré, une barbe de deux jours, j'espère ne pas lui faire peur.

— En voilà une surprise, entre !
— Merci... Je t'ai rarement vu avec une aussi sale gueule, tu es sûr que je ne dérange pas ?
— Penses-tu ! Tu tombes à pic, au contraire... Je te sers un café, Chopin ?
— Pas de refus... C'est petit chez toi, mais très coquet !
— Tu aimes ?
— J'adore ! Un décor dépouillé, des plantes tropicales un peu partout, des meubles en bambou, un bouddha qui observe tous tes faits et gestes, tout ça me rappelle le Sri Lanka, il n'y a pas photo !
— Comme tu vois, j'ai voulu restituer une certaine atmosphère, effectivement.
— C'est très réussi, bravo ! Je comprends maintenant pourquoi tu ne veux pas reprendre du service, amigo...
— On ne va pas y revenir.
— Je plaisante.
— Je sais, je te fais marcher... Le café... Deux sucres, du lait ?
— Rien. Je le préfère noir, merci.

Je me bidonne mentalement car le dialogue basique que nous avons depuis qu'il est entré me fait penser comme deux gouttes d'eau à celui que Geneviève m'a tenu il y a deux jours d'ici quand j'ai débarqué dans son appart. Il ne reste plus qu'à lui dire qu'il fasse comme chez lui, que je le laisse cinq minutes le temps de prendre mon bain et que, s'il voulait se changer les idées, il pouvait toujours venir se doucher avec moi ! Après une fausse veuve éplorée, une dépressive qui remonte la pente difficilement, une transsexuelle pathétique et enfin une nymphomane délurée, pourquoi ne pas imaginer de me taper un mec viril aux odeurs de fauve, puant du bec, poilu de la tête au pied comme Chopin, ce serait forcément une expérience intéressante. Et quoi encore ? Non, mais…

— Tu as l'air de te marrer comme un con, j'ai dit quelque chose d'amusant ? demande Chopin qui me voit m'isoler dans mes pensées.

— Laisse tomber, tu ne pourrais pas comprendre… Et à part ça, que me vaut l'honneur de cette agréable visite ?

— Toi, tu n'es pas au mieux de ta forme, l'ami… Tu es certain que ça va ?

— Des broutilles, je t'assure.

— Une histoire de bonnes femmes, c'est ça ?

— Ouais… Je pense que tu as tout pigé !

— Ah, les femmes ! Le seul moyen de s'en sortir vivant, c'est de ne jamais s'attacher mais bon… Je ne suis pas ici pour te faire la morale.

— J'espère bien ! Qu'est-ce qui t'amène ? Ne me dis pas que tu vas te barrer, toi aussi.

— Si, mon vieux… C'est décidé, je pars dans huit jours ! Et je suis venu te proposer une petite soirée « arrack » à la cour des miracles avec quelques bons copains à moi demain soir… Tu verras, je te présenterai, la plupart n'ont plus que leurs yeux pour pleurer mais au fond, ce sont de braves gens qui ont encore le cœur sur la main. Ils ont l'air sauvages comme ça, quand tu ne les connais pas, mais ils te donneraient leur dernière chemise sans réfléchir si tu leur demandais. Ce n'est pas comme dans ta ville où plus personne ne se dit bonjour et où tout le monde se marche sur les pieds. Une ville froide et assassine où c'est chacun pour soi et rien d'autre !

— Je vois que tu n'as rien perdu de ton franc-parler, Chopin ! Mais tu as raison. Ici, les gens ne s'intéressent plus qu'à leur petite personne, ils se croisent sans vraiment se regarder, à quelques exceptions près. Mais je pense qu'il y a une raison à cela.

— Laquelle ?

— Contrairement aux apparences, ils sont eux-mêmes au bord du gouffre, dans l'antichambre de la mendicité et s'ils font bonne figure en se montrant méprisants, c'est parce qu'ils ont encore la possibilité d'avoir la tête hors de l'eau. Du moins pour un certain temps. Ils ne sont pas dupes, tu sais. Tôt ou tard, ils savent très bien que tout peut basculer du jour au lendemain.

— Et tu les plains ?

— En quelque sorte, oui !

— Tu en fais partie toi aussi, c'est normal... Et tu finiras par devenir comme eux, tu verras... Je te l'ai dit l'autre jour, Baron, qu'est-ce que tu fous à glander ici comme un con, dis-moi ?

— Ma vie, c'est ici maintenant, mon vieil ami !

— Réfléchis bien. Tu as une semaine pour penser à tout cela. Si tu changes d'avis, on fait le voyage ensemble et après, on rempile tous les deux pour trois ans. Ce n'est pas un bon plan, ça ? Promets-moi au moins d'y penser !

— Bien sûr, je te promets d'y réfléchir et je te dirai quoi dans huit jours mais tu me connais, quand j'ai décidé quelque chose...

— Je sais, tu es une véritable tête de mule ! Mais je sais aussi que tu es parfois imprévisible, ce n'est pas la première fois que sa seigneurie change ses plans à la dernière seconde, n'est-ce pas ? Alors, si tu veux bien, on en reparlera dans huit jours, accorde-moi ce dernier petit plaisir, OK ?

— Ça marche !

— Et pour la soirée « arrack », tu es partant demain soir vers vingt-deux heures ?

— Avec plaisir, je ne manquerai ça pour rien au monde !

— À propos, plus de nouvelle de cet enfoiré de sniper ?

— Aucune. Disparu, volatilisé...

— Un véritable fils de pute ! Soit il s'est barré mais vous serez constamment dans la crainte jusqu'au jour où vous finirez bien par l'oublier, mais ce n'est pas sûr. Soit, il recommencera d'ici peu et vous serez repartis pour un tour d'angoisse jusqu'à ce qu'il se fasse pincer.

— Et comme tu me l'avais expliqué l'autre jour, ce n'est pas le genre de type à se faire pincer bêtement, c'est bien ça ?

— Exact !

— Autrement dit, on n'est pas dans la merde !

— Réfléchis donc deux fois à ma proposition, mon petit gars !

— Toi aussi, quand tu t'y mets, tu es une véritable tête de mule…

— Un légionnaire restera toujours un légionnaire, Baron !

Il s'appelle John Tourneur, c'est mon gérant d'agence. Je viens d'y passer dix minutes, histoire de mettre les choses au clair. Il n'est pas aussi futé que Jean-Yves Bodson, le responsable de ma banque parisienne, mais je pense qu'il est honnête. L'histoire est réglée rapidement. Pas question de spéculer en bourse sans mon autorisation ! Mon fric est placé aux taux « fort » à 0,3 % l'an – la honte – et mon capital sera garanti, quoiqu'il arrive ! Sauf en cas de faillite de ma banque, cela va sans dire.

L'humour de Chopin, sa bonne humeur, son entrain, m'ont détendu. C'est bon, ça me manquait… Partir avec lui ? Pourquoi pas ? Si on réfléchit bien, la vie ne se résume pas au pognon ! Un jour ou l'autre, il faut s'y attendre, l'argent ne vaudra plus grand-chose. On comptera en millions pour s'acheter une bouteille d'eau ou de quoi becqueter pour un bête repas, comme les anciennes lires italiennes du siècle passé, avant l'arrivée des dollars sur le marché européen. Pour l'heure, dire que je suis ruiné serait un bien grand mot car les réserves que j'ai planquées me permettront de « respirer » mais rien ne sera plus comme avant, je vais devoir compter comme tout le monde.

L'aisance est quelque chose d'assez relatif. Les gens aisés continuent à compter. Ceux qui ne comptent pas sont bien au-delà de l'aisance. J'en faisais partie. Maintenant, c'est fini !

Je me sens tout d'un coup rajeuni de vingt ans… Goûter à nouveau à cette ivresse toute innocente de l'adolescence, période mystique où l'on paraît léger de tout puisqu'on ne pense à rien et que rien n'a vraiment d'importance. Pour la première fois de ma vie, je suis enfin devenu comme les autres ! Un citoyen « lambda » sans plus aucun filet de protection, léger comme une libellule, enfin libéré de ce dégoût de moi-même d'avoir trahi mes semblables pendant toutes ces années.

Je passe l'après-midi auprès de Fleur. Nous sélectionnons ensemble les toiles susceptibles d'intéresser les médias pour son exposition de janvier prochain. Nous ne relevons pas la tête pendant des heures et abattons un boulot formidable. Je la motive, l'encourage, la félicite pour la qualité de ses deux dernières peintures en l'incitant à revenir prochainement à la création ! Je pense l'avoir convaincue qu'il faudra innover, créer de nouvelles toiles et surtout tenter de peindre au-delà des clichés traditionnels, surpasser à tout prix ses propres limites artistiques.

Entre deux poses, nous n'arrêtons pas de nous caresser sous nos vêtements, de nous exciter mutuellement avant de faire l'amour à même le sol comme des bêtes sauvages. Après « l'incident » de Linda, ma passion insatiable pour le sexe féminin semble plus actuelle encore que jamais au point de la désirer plusieurs fois de suite. Je la fais hurler de plaisir en gardant son sexe serré très fortement entre la tiédeur de ma langue et mes dents acérées pendant tout le temps de l'orgasme, chose qui ne s'était jamais produite auparavant. Par mimétisme, Fleur me fait jouir à son tour en adoptant très précisément, et sans se faire prier, exactement « la même technique » que nous alternons dès lors à l'infini jusqu'à l'épuisement définitif de nos sens.

Je preste ce soir ma dernière soirée au « Humphrey Bogart ». Manu a décidé de fermer pendant deux semaines et si je m'écoutais, je n'y remettrais plus les pieds. Nos relations se détériorent de jour en jour et notre séparation ne peut qu'être imminente. Je dois néanmoins m'adapter aux circonstances. Ma condition actuelle ne me permet plus de perdre mon boulot, donc je m'accroche !

Solange et Geneviève assurent le tandem jusqu'à deux heures du matin. Manu est passé cinq minutes pour donner ses consignes habituelles avant de reprendre son véhicule. Laure l'a suivi comme un petit chien après nous avoir souhaité de bons congés. L'insondable anxiété qui se dégage dans ses yeux cernés me fait pitié mais je fais mine de ne pas l'apercevoir car il est dangereux de demander à quelqu'un comme elle, si tout va bien…

Solange s'excuse de ne pas faire la fermeture jusqu'au bout car son fils malade requiert sa présence. Nous restons seuls, Geneviève et moi, pour fermer l'établissement. Quelques tables à ranger par-ci, par-là, le relevé de caisse traditionnel et nous nous retrouvons tous les deux dans l'arrière-cuisine pour reprendre nos effets personnels. La soirée fut la même que d'habitude, avec cette humeur constante et dérisionnelle qui la caractérise si bien, comme si nous n'avions jamais été amants, dans la plus totale discrétion.

— Tu as l'air fatigué, me dit-elle en me souriant tendrement.

— Un peu, effectivement… Les deux semaines de repos feront du bien, c'est certain.

— Tu vas quelque part ?

— Peut-être un jour ou deux à Paris début de semaine prochaine. Et toi ?

— Non. Je reste à la maison. J'ai prévu le grand nettoyage de mon appart avant l'automne et un jogging de plus en soirée.

— Beau programme… À part ça ?

— À part ça… Disons que… j'ai « ***vraiment, vraiment, vraiment*** » adoré l'autre jour, me lance-t-elle en venant près de moi me faire un câlin.

— Moi aussi, j'avoue que les préliminaires sous la douche étaient assez exceptionnels !

— Ici, mon bébé, il n'y a pas de douche mais je peux te faire découvrir d'autres genres de préliminaires, si tu veux, me précise-t-elle avec malice.

— Tu es sûr que tout est bien fermé ?

— N'aie crainte. J'ai vérifié deux fois avant de ranger…

Je rentre au studio vers quatre heures du matin. Impossible de dormir tout de suite. Je prends un verre d'eau fraîche, laisse rentrer Sinatra quelques minutes pour faire ses « huit » habituels autour du Bouddha avant de le laisser repartir chasser pour le restant de la nuit. La fatigue commence à gagner du terrain. Et pour cause, faire l'amour à deux femmes sur la même journée ! Je me dirige intuitivement dans ma chambre en m'allongeant tout habillé sur le lit, les mains derrière la tête. Difficile de m'endormir sans revoir une dernière fois nos ébats érotiques dans l'arrière-salle du piano-bar…

Doit-on dire qu'il faut baiser en rigolant ou rigoler en baisant ? C'est exactement cela avec elle. Moi qui ne supporte pas l'humour dans « l'amour », je confesse à cœur ouvert qu'avec Geneviève, c'est tout le contraire !

Elle te chauffe à bloc. Jusque-là, c'est du sérieux, puis, lorsque tu arrives au sommet de tes possibilités « technico-érectiles », elle te lâche une bien bonne et, contrairement aux idées reçues, tu es plié en quatre, littéralement mort de rire mais tu ne perds pas un centimètre de ton potentiel « technico-érectile ».

Mieux… Lorsque c'est « terminé », elle te propose une autre position, plus tordue encore que la précédente et ça marche à nouveau comme sur des roulettes ! Et si tu en veux encore, elle te suggère « une petite troisième » pour terminer la soirée en beauté. Exemple… La dernière « chose » qu'elle m'a proposée avant que nous nous quittions tout à l'heure. Un machin tordu, obligation syndicale oblige évidemment, mais relativement particulier. Je crois que je n'y aurais jamais pensé tout seul !

Elle ne savait d'ailleurs comment me le proposer, ce qui n'est pas vraiment son style. Avec une grosse pincée de diablerie, elle me supplia d'accepter un petit fantasme qu'elle nourrissait déjà depuis longtemps, bien avant que nous ne soyons amants. Compliment typiquement féminin qui flatta de suite mon ego puisque cela signifiait qu'elle avait déjà eu des vues sur ma petite personne depuis un sacré moment. Maligne l'abeille !

Comment donc lui refuser ce menu caprice dont j'ignorais les tenants et aboutissants d'autant qu'elle exigea, par jeu, que j'accepte aveuglément le défi, sans aucune possibilité de réversibilité de ma part. Telle fut la convention établie entre nous ! Lorsqu'enfin elle se décida à cracher le morceau, elle exigea que je me déshabille complètement, que je me mette à jouer un air de blues au piano et que je lui permette de se faufiler sur mes genoux afin que nous fassions l'amour jusqu'à la fin du morceau.

NEUVIÈME RÉCIT

Vingt-deux heures. La cour des miracles…

J'ai dormi toute la journée afin d'être en forme ce soir. Je trimbale dans mon sac à dos un tonnelet de bordeaux de cinq litres ainsi qu'une bouteille de vieux malt écossais que je n'avais encore jamais ouverte.

La venelle que j'avais empruntée la toute première fois sans m'en rendre compte est déserte. Une véritable ligne de démarcation entre les gens de la ville et les sans-abris. Une sorte de frontière naturelle entre la vie et la mort. Les « SANS-ABRIS », ces rebuts de la société qu'on a expressément isolés dans cet ancien quartier de Liège, surnommé donc « la cour des miracles », une allusion quelque peu cynique à *Notre Dame de Paris*, le fameux chef-d'œuvre littéraire de Victor Hugo publié en 1831.

Cynique, déplacé, honteux, exagéré, tout ce que vous voulez mais c'est exactement cela ! Nous sommes en 2041 et notre civilisation actuelle accuse un retard exceptionnel dans tous les domaines. Une civilisation en recul. Une société qui vient de régresser de deux siècles en moins d'une trentaine d'années !

Un schéma sociétal réduit à sa plus simple expression. D'un côté les riches, une espèce de caste intouchable financièrement, j'en faisais partie jusqu'il y a peu. À l'autre extrême, ceux qui n'ont plus rien et qui se contentent de crever le plus dignement possible. Au milieu, les gens de la ville, véritable fossilisation vivante de ce qu'on appelait jadis « la classe moyenne », de pauvres bougres qui font semblant d'avoir la gueule hors de l'eau mais qui finiront eux aussi par basculer dans le marasme un jour ou l'autre. Ce sont mes amis, mes collègues, mes voisins, mes maîtresses. J'en fais désormais partie intégralement… Au final, une société foutue, ruinée, à la dérive. Si l'on observe le phénomène sur le plan mondial, tout ça n'est que le fruit juteux d'une énorme institution et gouvernance politique corrompue jusqu'à la moelle, dépourvue de tout scrupule, égoïste, imbue d'elle-même, en inadéquation constante avec ses gouvernés et surtout, qui n'a cessé depuis un demi-siècle de niveler les populations et la pauvreté vers le bas !

Un type d'une cinquantaine d'années vient à ma rencontre. Grand, élancé, les cheveux très soignés à peine grisonnants, parfumés à l'eau de Cologne, costume gris, cravate sobre, bref, un vieux beau qui semble se rendre à une soirée dansante ou à un bal de village, chose qui revient peu à peu à la mode de nos jours. Lorsqu'il est à ma hauteur, il me demande si je suis bien l'ami de Chopin. Le regard doux, gentil, m'inspire tout de suite confiance. Il me fait un peu penser à un majordome d'un vieux château qui a pour mission de s'occuper des nouveaux hôtes en leur faisant faire le tour du propriétaire avant le repas du soir, histoire de passer le temps.

— Vous êtes déjà venu ici, ou je me trompe ? me demande-t-il d'une voix sereine, presque aristocratique.

— Oui, une seule fois, mais je ne suis pas allé plus loin que ce gros pavé, lui dis-je en désignant à mes pieds une coquille de Saint-Jacques-de-Compostelle en laiton, un très vieux symbole de pèlerinage qu'on retrouve un peu partout dans les rues classées de Liège.

— Si je suis bien informé, vous auriez fait connaissance avec Roger, Luc et Jean-François, n'est-ce pas ?

Il fait allusion aux trois types qui avaient essayé de m'agresser quand je suis venu ici pour la première fois. S'apercevant de mon malaise face à cet incident de « bienvenue », il prend les devants en me confirmant que cela ne se produira plus, que les trois lascars voulaient simplement me faire peur mais qu'en définitive, il n'y avait rien de méchant.

Le type rajoute une couche en me disant avec un brin d'humour que l'affaire avait fait le tour au sein même de la cour des miracles et que Chopin avait pris soin de leur expliquer qu'ils avaient attaqué, malheureusement pour eux, un ancien légionnaire super entraîné de sorte qu'à partir de maintenant, m'assure-t-il, je pouvais entrer et sortir d'ici à ma guise sans la moindre appréhension puisque j'étais devenu quelqu'un d'inapprochable, une vedette, un héros capable de se débarrasser de trois hommes armés sans aucune difficulté ! Sans transition, le gars, fort érudit d'apparence, me fait l'historique des lieux en me donnant un véritable cours de géographie et d'histoire sur la ville de Liège, remontant indifféremment à l'époque de Charlemagne ou de la Révolution française.

Il me conduit ainsi jusqu'au bout de cette vieille ruelle où une vingtaine de sans abris sont affalés à même le sol, les uns en train de consulter compulsivement leur PC, d'autres, l'air complètement abrutis, fixant bêtement leurs pieds sans se tracasser le moins du monde de notre présence, d'autres encore, totalement dans leur bulle, en train de « siffler » un vin de mauvaise qualité à la bouteille. Tout au fond, je devine, en associant de loin ces bonnes vieilles odeurs de barbecue, ce qui pourrait ressembler à un feu de camp avec quelques gars en train de griller des saucisses ou des brochettes. À une dizaine de mètres, je distingue enfin la silhouette imposante de Chopin qui vient à notre encontre. Mon guide quinquagénaire me serre alors la main comme si sa mission s'arrêtait là, me fixe un instant de son regard bienveillant et s'éclipse comme un fantôme, se fondant aussitôt dans ce paysage embué de l'enfer.

— Salut, Baron ! Je vois que tu as fait connaissance avec René… J'espère qu'il ne t'a pas trop emmerdé parce qu'ici, on le surnomme le « prof » ou « René le bavard ». Il viendra nous rejoindre tout à l'heure… Un peu spécial le bonhomme, hein ! Je parie que tu as eu droit à une petite visite guidée comme dans les musées, pas vrai ?

— Effectivement.

— Viens ! Je vais te présenter à quelques bons copains, lance-t-il en m'invitant à rejoindre les personnes réunies autour du feu… Voici mon ami Baron ! Il n'a rien d'un baron, mais tout le monde l'appelle ainsi pour son air nonchalant.

— Salut, les gars ! dis-je en faisant signe de la main.

— Salut, Baron ! crient-ils en chœur.

— Bon… dit Chopin en se grattant la tête… Je ne te présente pas ces trois gaillards-ci, tu as failli les trucider en moins de temps qu'il ne faut pour le dire… Faut excuser mon ami, les gars, mais sous ses aspects de petit minet romantique, c'est une véritable brute épaisse ! Normal, c'est moi qui l'ai formé pendant près de dix ans ! Allez, serrez-vous la main et qu'on n'en parle plus, bordel ! Voici Jean-François, que tu as éjecté à deux mètres sur le mur d'en face… Roger, qui a toujours l'empreinte de ton soulier sur son plexus solaire… et Luc, que tu as failli étrangler en lui démettant l'épaule gauche !

— Je suis vraiment désolé, les gars, fais-je en ne sachant où me mettre.

— Sans rancune, Baron ! s'exclament-ils en me tapant chacun à son tour sur l'épaule.

— À ta gauche, continue Chopin sur sa lancée, je te présente Pino, un ancien para qui a mal tourné, je t'expliquerai… À ta droite, Serge, le cuistot attitré… Saturnin, son assistant, un ancien banquier, un mec de confiance, rassure-toi… Ce sont eux qui s'occupent de la bouffe aujourd'hui ! Et là… juste devant nous… je n'ai pas invité que des mecs, tu t'en doutes, Baron, on n'est pas pédés à ce que je sache ! Je te présente Gina et Mélanie, les deux plus belles femmes au monde sans aucun domicile fixe !

— Je suis ravi.

— Et comme ça, tu t'amènes les mains vides, l'ami ? me nargue-t-il en convoitant mon sac à dos avec curiosité.

— Bien sûr que non ! Voici un cube de cinq litres de bordeaux et un vieux malt que j'ai rapporté d'Écosse l'année passée. Vingt ans d'âge !

— Bravo, p'tit ! Avec mes dix litres d'arrack en plus, il y a effectivement de quoi se bourrer la gueule jusqu'au bout de la nuit !

Une ovation spontanée mêlée de sifflements, de cris de joie et de tambourinements ! On se croirait à un stade de foot durant la coupe du monde… Chopin n'a pas son pareil pour détendre l'atmosphère. L'ambiance est bon enfant ! Les deux cuistots retournent machinalement à leurs tâches culinaires, les deux femmes se mettent à dresser une table de fortune à même le bitume, Pino s'occupe de cuire les patates et les trois lascars que j'avais mis au tapis s'empressent d'aller chercher des verres ainsi que plusieurs carafes d'eau fraîche.

Nous restons seuls quelques instants, Chopin et moi, à nous regarder sans rien dire. D'autres sans-abris, tout à fait indifférents à notre petite cérémonie, défilent continuellement par dizaines autour de ce repas improvisé sans se joindre à nous, comme si Chopin avait établi une sélection préalable pour onze personnes seulement !

Mais les choses sont encore plus simples que ça. Tout comme les gens de la ville, les sans-abris fonctionnent de la même manière. Personne ne s'occupe de personne. Les isolés scrutent leur nombril et ne s'intéressent à rien d'autre qu'à leur nombril ! Pour le reste, ce sont de petits clans qui se forment naturellement selon les affinités.

Pour revenir à notre petite fête, Chopin a tout simplement choisi les gens avec qui il s'est probablement le plus lié pendant tout ce séjour à la cour des miracles. Nous nous écartons de quelques mètres, le temps de nous échanger quelques mots à voix basse.

— Je suppose que tu as déjà pris ta décision ? me demande-t-il d'entrée de jeu.

— Pas encore. Laisse-moi encore deux ou trois jours de réflexion. Et toi, quand pars-tu réellement ?

— Mercredi prochain.

— Je te propose de passer chez moi lundi matin pour faire le point, qu'en penses-tu ?

— Ça marche ! À part cela, comment les trouves-tu ?

— Très dignes.

— C'est le mot juste, bravo ! Et pourtant, ils n'ont plus rien. Rien !

— Comment font-ils pour vivre ?

— Ils ne vivent pas ! Ils survivent, c'est différent… En un mot, ils se démerdent, la « débrouille » quoi, c'est le mot-clé, rien d'autre !

— Et tous les autres, ceux ou celles que tu n'as pas conviés à notre petite fête, cela ne risque pas de provoquer des remous ou de la jalousie par après ?

— Penses-tu ! Bien sûr que non. Des fêtes, il y en a tous les jours ici, mon ami ! Ce sont chaque fois des groupes différents, ne te tracasse pas pour si peu. Et puis, on ne peut pas s'entendre avec tout le monde. La phénoménologie des clans, ça s'appelle ! Propre à l'être humain, je ne t'apprends rien, mon vieux. C'est partout pareil, tu sais. Tu peux aller au pôle nord, même au sein du même igloo, tu y rencontreras plusieurs clans, j'en suis certain. Enfin, façon de parler… Ceux que j'ai conviés aujourd'hui, pour reprendre inversement ton expression, ce sont mes vrais potes ! Les autres, je n'en ai rien à foutre, tu piges ?

— Évidemment.

— Ah, voilà René, ton guide touristique ! Il a fini sa balade… Tous les jours à 22 heures 30, il va promener son chien pendant une demi-heure. Voilà pourquoi il s'est taillé comme un voleur.

À mon avis, il crève de faim, alors il vient becqueter avec nous avant de se tirer à nouveau !

— Tu ne l'avais pas invité ?

— Si, c'est un bon copain, René ! Un peu spécial, mais le cœur sur la main, toujours très poli, très souriant. De plus, tu l'as remarqué, ce type est d'une érudition exceptionnelle. Il était portier dans un grand hôtel depuis trente ans. Un jour, on l'a remplacé « manu militari » par un gars beaucoup plus jeune que lui. Sans aucune explication. Sans indemnités. Il s'est retrouvé à la rue du jour au lendemain.

— À propos, où est son chien ?

— C'est un chien électro-informatisé, made in Japan ! La réplique parfaite du gros Rottweiler allemand bête et méchant. Cinquante-cinq kilos à jeun ! Je te garantis que tu « flippes » quand tu le croises avec son molosse. Pas besoin de garde du corps, le mec ! Si tu ignores que c'est un robot, je peux te jurer que tu n'y vois que du feu. Entre nous, il ne mord pas, c'est l'avantage du clonage électronique. KIKO, qui s'appelle le gentil toutou !

— Tu plaisantes ?

— C'est la pure vérité ! Une façon de s'occuper l'esprit, de soigner sa solitude, et ça marche ! Le matin, il se lève à 8 heures pour le faire pisser. À midi, il doit le nourrir virtuellement et vers 17 heures, KIKO doit faire sa « grosse » ! Sans oublier la balade du soir pour le faire digérer convenablement. Avant de s'endormir, il pousse sur un bouton et hop !… le vilain « chienchien » se dégonfle en une seconde de la même manière qu'une vulgaire piscine gonflable de jardin. Il le plie alors consciencieusement, le fourre dans son sac à dos pour la nuit et le tour est joué. Aussi plat qu'une crêpe, le KIKO !

— Je rêve !

— Bienvenue à la cour des miracles, Baron !

Chopin m'invite à rejoindre les autres autour du feu de camp. L'odeur des saucisses et des brochettes de poulet émoustillent nos narines. « *Il faut attendre encore une bonne dizaine de minutes et tout sera parfait !* » lance Saturnin, l'ancien banquier reconverti en apprenti cuistot. *« Juste le temps de se « taper » un bon petit apéro ! »,* ajoute Pino, l'ancien para, du haut de ses deux mètres. Chopin extirpe les dix bouteilles d'arrack de son sac-valise pendant que les deux filles centralisent entre les assiettes en carton mon cubi de bordeaux ainsi que ma bouteille de vieux malt écossais.

Je suis heureux de constater que ma déduction sur les « clans » n'était pas très éloignée de celle de Chopin. Celle sur la dignité de ses convives non plus. Sur ce plan-là aussi, nous nous étions certainement fait la même réflexion sur la misère intérieure de ces rescapés de la vie. Des gens formidables qui gèrent leur déroute comme ils peuvent, avec la plus grande dignité.

Derrière ces masques, une énorme cicatrice de solitude, d'amertume et de souvenirs douloureux qui doivent peser une tonne !

Décidément, lui et moi, nous sommes vraiment faits pour nous entendre. Comment dès lors résister à cette tentation de rompre les amarres, de tout plaquer sans réfléchir et de partir avec lui faire le tour du monde, histoire de voir du pays comme il dit très bien, avant de se réengager pour trois ans voire plus à la Légion étrangère ? Je reste dubitatif. Partir ou rester ? Et Fleur dans tout ça ? Je n'ai pas la réponse. Geneviève ? Il y en a des centaines comme elle aux quatre coins du globe. Linda ? J'arrive difficilement à encaisser, je l'avoue. Et ma fortune dans tout ça ? Envolée, partie en fumée ! Et dire que tu te croyais intouchable financièrement, petit con ! Bon dieu, qu'est-ce qu'ils ont bien pu foutre avec mon pognon, ces trous du cul de Parisiens ?

N'y aurait-il pas un moyen de sauver la mise, d'attendre ou espérer des jours meilleurs, de se battre pour récupérer ne serait-ce qu'un semblant d'indemnité à la hauteur de leurs conneries ? Je dis n'importe quoi ! N'avais-je pas enfin recouvré une certaine sérénité, l'euphorie d'être enfin devenu comme les autres ? N'avais-je pas enfin retrouvé cette sensation de légèreté, de liberté ou l'insouciance de mes quinze ans, tout simplement ?

Je ne sais plus. Mon « disque dur » est saturé. J'ai besoin d'un bon verre. Une envie subite de me saouler, de noyer ce trop-plein de pensées inutiles dans un litre d'alcool. STOP ! Je me donne jusqu'à lundi comme date butoir et maintenant, je veux profiter à fond la caisse de cette soirée extraordinaire, qu'il faut inscrire à jamais dans les annales de la mémoire.

— Un gobelet, Baron? me demande Chopin en me toisant comme s'il avait deviné mes pensées.

— Un à la fois, pardi !

— Je lève un toast, les gars ! hurle-t-il en imposant un silence de mort… Je bois à la santé de ces enfants de putains qui gouvernent le monde et qui voudraient nous voir tous crever ! Mais ils se gourent, mes amis… Tôt ou tard, le volcan que nous sommes finira bien par se réveiller et ce jour-là, l'humanité tout entière reprendra ses droits, qu'ils le veuillent ou non !

Un « Chopin » dans toute sa splendeur. Il a résumé les choses en quelques mots. Vrai, concis, lucide, sensible, humaniste, visionnaire, efficace ! Tout le monde l'applaudit sans pouvoir s'arrêter. Un mélange de colères et de joies contenues se lit sur nos visages défigurés par l'émotion de l'instant comme dans un livre d'images.

Sur cette entrefaite, nous nous enfilons une deuxième rasade d'arrack afin de dilater nos artères et d'évacuer ce mauvais stress qui stagne depuis bien trop longtemps au plus profond de nous-mêmes. Serge, le cuistot, dépose les premiers plats de saucisses. Saturnin le suit avec un plateau géant de pommes de terre en robe des champs. Pino commence à raconter quelques blagues bien grasses en remplissant un à un les verres stockés pour la circonstance dans une vieille caisse en carton. Mon tonnelet de bordeaux semble avoir pas mal de succès, tant mieux ! Les trois lascars que j'ai bien failli massacrer – j'exagère pour me faire comprendre – n'arrêtent pas de me coller aux fesses et de me poser mille questions sur mon passé de légionnaire, mes techniques de combat et j'en passe. On ne se quitte plus !

Mélanie et Gina, elles, aident les deux cuistots en attendant de nous apporter une seconde fournée de brochettes et de saucisses grillées. L'ambiance bat son plein. Tout le monde mange, boit, discute, plaisante ou rigole franchement, sous l'œil amusé de Chopin qui nous observe nonchalamment, en train de s'enfiler avec délectation une brochette bien fournie, le cul par terre, une bouteille entre les jambes, adossé à un vieux porche en pierres du pays, comme lorsque nous nous arrêtions pour manger sur le pouce en attendant du renfort, dans les jungles sauvages du Sri Lanka.

René, lui, fait bande à part. Il s'est isolé de quelques mètres pour manger debout, droit comme un « i » ! Il est le seul à ne pas boire d'alcool, il se contente à première vue d'un jus d'orange bien frais. C'est en quelque sorte le bouc émissaire de la bande, si j'ai bien compris. Trop intelligent ? C'est peut-être une partie de la réponse…

— Chopin, peux-tu nous expliquer ce qu'est l'arrack, exactement ? demande Gina en attirant le reste de la compagnie derrière elle.

— Il faut demander à Baron ! Il en connaît un bout sur cette boisson et son explication sera bien plus rationnelle que la mienne. Ma version est bien trop poétique pour vous, ajoute-t-il en fronçant les sourcils, sachant très bien qu'il susciterait l'intrigue et la curiosité en tenant de tels propos.

— Justement, insiste Gina, ce serait intéressant de connaître l'origine de ce mot sous un angle poétique. Tu ne vas pas nous en priver tout de même ?

— Écoute, Gina, je t'adore ! Mais je n'ai pas encore bu assez pour que ma langue se délie. Sois patiente, bon sang ! D'ici une heure, quand je serai mort-bourré comme un sanglier des Ardennes, je t'expliquerai précisément en quoi cet alcool n'est autre que la boisson sacrée des dieux hindous. Une espèce d'ambroisie qui nous a été révélée par la déesse Parvati en personne, dans son immense bonté ! En attendant, demande à Baron ce qu'il en pense, tu ne seras pas déçue.

— Baron, tu es d'accord de nous en parler ou doit-on persuader cette vieille tête de mule à continuer son récit ?

— Je te propose un deal, Gina.

— Lequel ?

— Voilà… Admettons que je raconte en premier ma version. En général, elle est assez courte, rassure-toi. Aucun risque de t'ennuyer ! Ensuite, si Chopin est d'accord, je lui cède la parole. D'ici là, il se sera enfilé quelques gobelets supplémentaires, c'est excellent pour la poésie ! Qu'en penses-tu Chopin, ça marche ?
— C'est entendu, Baron… Toi d'abord !

Ils se sont tous réunis autour de nous. Moi d'un côté, Chopin de l'autre. Il est vautré comme une paillasse qui s'apprête à somnoler, les yeux mi-clos, faisant mine d'être complètement indifférent à la situation mais il attend son heure avec impatience car en vérité – je le connais si bien ! – il adore raconter cette histoire où il mêle volontiers la vérité mythologique avec sa vérité à lui. Et ce qu'il adore par-dessus tout, c'est de se faire prier ! Un domaine dans lequel mon Chopin excelle. Je commence mon récit qui n'intéresse manifestement personne. Au bout de dix minutes, je cède la parole à Chopin en leur promettant que ce qu'il va raconter est encore bien plus surprenant !

— À condition qu'il ne fasse pas sa tête de mule, lance Gina qui garde difficilement sa langue en poche.
— Alors, Chopin, c'est pour aujourd'hui ou pour demain ? fait à son tour Mélanie qui semble user de ses charmes « naturels » pour le convaincre enfin de raconter son histoire.

Chopin se relève vaille que vaille, l'air légèrement éméché. Un genre qu'il se donne pour éveiller l'attention. Un truc de vieux flibustier ! Il s'est suffisamment fait désirer que pour laisser son public languir davantage. D'un geste agacé sans raison particulière, il extirpe de son sac-valise une petite statuette en bronze avec un corps d'homme et une tête d'éléphant, qu'il pose précautionneusement entre ses pieds !

— Je vous présente Ganesh ! commence-t-il sans trop d'explication en affichant toujours cette mauvaise humeur apparente, comme quelqu'un à qui on vient de forcer la main, et qui se voit obligé de raconter quelque chose qu'il n'a manifestement pas envie de raconter, mais cela fait partie de son cinéma… La divinité la plus connue du panthéon hindou ! précise-t-il d'un ton péremptoire… Fils du dieu Shiva et de la merveilleuse déesse Parvati, mon ami Ganesh ici présent, insiste-t-il en désignant la petite statuette gisant à ses pieds, est le saint patron des voyageurs, des marchands de quatre saisons, des voleurs, des aventuriers, des étudiants et des gens de lettres. En un mot, Ganesh est adulé en Inde et au Sri Lanka, tout simplement parce qu'il a la particularité de supprimer tous les obstacles !

— Et le rapport avec l'arrack ? demande Pino, l'ancien para-commando, un véritable « petit pois » de deux mètres, avec une vile impatience…

— Du calme, amigo ! J'y arrive justement… Toujours selon la légende hindoue, son père, le dieu Shiva, lui aurait coupé la tête vers l'âge de neuf ans dans un geste de colère. Devant l'immense tristesse de sa maman, la déesse Parvati, Shiva promit de rendre la vie à son fils en lui donnant la tête du premier venu qu'il rencontrerait : ce fut un éléphant !

— Je ne vois toujours pas le rapport avec l'arrack ! insiste Pino qui commence franchement à s'impatienter.

— J'y viens, Pino ! répète Chopin d'un air exaspéré… Pour assurer leur immortalité ainsi que pour garder la peau jeune et belle, les déesses hindoues se nourrissaient principalement de noix de coco. Lorsque Ganesh ressuscita avec sa nouvelle tête de pachyderme, Parvati redoubla de compassion et d'amour pour cet enfant qu'elle n'avait jamais arrêté d'adorer depuis le jour de sa naissance. Malgré son faciès d'éléphant, elle considérait à juste titre qu'il s'agissait sans doute d'une seconde chance que la providence lui avait donnée dans son extrême et large bonté. Malheureusement, Ganesh tomba gravement malade et faillit mourir pour la deuxième fois ! On lui prodigua des dizaines de traitements, on consulta les plus éminents médecins et savants de tous les royaumes des Indes, rien n'y fit ! C'est alors que Parvati eut une idée de génie mais aussi de dernière chance, une sorte de quitte ou double. Imbibée qu'elle était de lait de coco depuis toutes ces années, elle se mit en tête d'allaiter intuitivement son fils comme quand il était tout bébé, afin qu'il se nourrisse exclusivement de la sève laiteuse et sucrée des spadices de cocotiers, soit un breuvage de couleur ambrée, fermenté naturellement par voies mammaires, dont la haute teneur en alcool ressemble étrangement à ce qu'on appelle aujourd'hui l'arrack ! Tu vois, Pino… Il ne fallait pas t'énerver pour si peu. Ce que tu es en train de t'enfiler depuis un peu plus d'une heure, n'est rien d'autre que le nectar ou l'ambroisie des dieux !

Sinatra tourne devant la porte de l'immeuble. On dirait qu'il a quelque chose dans la gueule mais je suis trop loin pour distinguer quoi que ce soit. De plus, avec tout ce qu'on a ingurgité comme alcool cette nuit, je fais des efforts violents pour marcher droit jusque chez moi. Arrivé à sa hauteur, je constate qu'il s'agit d'un rat ! Je le crois mort mais dès qu'il le lâche pour venir se faire caresser, le petit rongeur prend la poudre d'escampette. Une demi-heure plus tard, Sinatra s'invite au balcon en grattant la vitre de la fenêtre coulissante. Je lui ouvre en apercevant au beau milieu de la terrasse, la dépouille du rat de tout à l'heure. Lorsqu'il demande pour sortir cinq minutes plus tard, le voici qui bondit sans prévenir sur une pie qui a élu domicile au sommet de l'immense magnolia qui colle à l'immeuble. Le rat ne l'intéresse déjà plus !

Notre petite soirée s'est clôturée vers quatre heures du matin. Je revois Chopin regagner ses pénates en compagnie des deux filles, une de chaque côté, bras dessus, bras dessous. Il en tenait une « bonne » ! Lorsque nous nous sommes quittés, il avait encore suffisamment de lucidité pour me souffler dans l'oreille : *« Je sais maintenant que tu ne partiras pas avec moi. S'il te restait une once d'aventure dans ton froc, tu n'aurais jamais laissé un vieux singe comme moi se farcir ces deux magnifiques gazelles. En temps normal, tu t'en serais tapé au moins une, si pas les deux en même temps !… ».*

Je n'ai pas voulu le contredire, mais il n'avait pas tout à fait tort. J'ai par moments une envie folle de tout plaquer et d'un autre côté, je sais au fond de moi-même que jamais je ne rempilerai à la Légion. Ma vie est ici, maintenant. Je sais aussi qu'il ne passera pas à la maison lundi, comme c'est convenu. Les dernières paroles que nous avons échangées furent en quelque sorte une façon de nous dire adieu. Tout y était codé, nous ne nous reverrons plus !

Cette nuit restera donc à jamais gravée dans ma mémoire. Que faut-il retenir de ce repas improvisé si ce n'est ces visages déformés, avachis par l'alcool bon marché, la drogue, la misère et surtout par une très grande solitude ? Et cependant, un mot revient constamment sur le tapis. La DIGNITÉ ! Cette vertu qui leur donne le courage d'affronter ce couloir du néant avec fierté et dérision. Un rien les fait hurler de rire, comme des enfants insouciants. Un humour bon marché, parfois un peu gras, mais c'est aussi une façon qu'ils ont de se moquer d'eux-mêmes car la grimace est plus belle, plus digne.

J'ai désormais mes entrées à la cour des miracles ! Si je n'ai pas entendu cent fois *« tu reviens quand tu veux Baron, tu seras toujours ici chez toi... »*, c'est que je l'ai rêvé ! Même René, qui est de loin le moins démonstratif de tous, m'a confié en partant qu'il serait enchanté de me revoir parce qu'on avait encore des tonnes d'histoires à se raconter.

Les trois lascars, eux, m'ont demandé « texto » combien je leur prendrais de l'heure pour leur enseigner quelques rudiments de self-defence. Bref, des gens très attachants. Un mélange de sympathie et de compassion s'est emparé de moi lorsque nous nous sommes quittés, mais je sais que cette empathie ne sera que de courte durée car la vie est habile quand il s'agit de banaliser les élans ou les coups de cœur. Des émotions qui retombent très vite au bout d'un jour ou deux...

Pour revenir à Chopin, j'ai bien cru un moment que notre petite réception allait tourner au vinaigre. On refaisait le monde gentiment en recréant chacun dans sa tête d'enfoiré un beau soleil virtuel, c'est souvent le cas dans ce genre de soirée un brin superficielle.

Quand soudain, Chopin s'est mis à prêcher à ses ouailles leurs quatre vérités, comme s'ils étaient au bout du compte les seuls et uniques responsables de leur triste destinée. L'alcool aidant, il commença à leur reprocher leur passivité ainsi que leur résignation. *« Que faisiez-vous lorsque vous aviez vingt ans ? »* leur serinait-il *toutes les cinq minutes. « Vous étiez chez papa et maman en train de vous branler derrière votre ordinateur de merde ! À jouer à je ne sais quelles conneries, en vous foutant comme de votre première chemise de tout ce qui était en train de se passer... ».*

Chopin se mit à rappeler les trente dernières années en quelques mots seulement. La crise de 2008, la terrible inflation de 2017 qui ruina la moitié de la population mondiale, la suppression des allocations de chômage partout dans le monde, la disparition progressive de la classe moyenne, un taux de suicides inimaginable, une recrudescence spectaculaire de la violence tant en ville qu'en agglomération, la troisième guerre mondiale de 2020 qui n'a duré que deux ans, une relance économique improbable, un fossé de plus en plus énorme entre les riches et les autres, sans compter la destruction systématique des bâtiments de cultes et autres endroits où il faisait bon jadis de se rassembler paisiblement.

Bref, une société en perdition régulée unilatéralement par un organisme mondial unique, composé seulement d'une poignée de décideurs anonymes et royalement insensibles aux revendications des peuples, aussi légitimes fussent-elles... Je pense franchement que s'il n'avait pas été légionnaire, Chopin aurait été un très bel orateur, voire un très grand prophète !

Il savait mettre précisément le doigt sur ce qui n'allait pas. Entre autres, le prix de l'alcool, de la drogue ou d'un ordinateur qui, souligna-t-il au passage, étaient à sa connaissance les trois « denrées » qui n'avaient jamais, au grand jamais, subi la moindre inflation. Mieux. On peut, à titre d'exemple, ajouta-t-il pour convaincre son auditoire, se procurer aujourd'hui un ordinateur pour moins d'une centaine de dollars sur le marché officiel alors qu'il en faut le double pour un casier consigné d'eau fraîche ! *« Et vous trouvez ça normal, les gars ? Du plaisir bon marché, soporifique, pour endormir les masses et rien d'autre, voilà la réalité... » « ... Et vous, bande de fainéants, vous n'avez rien vu venir... pas plus il y a trente ans que maintenant, et aujourd'hui, il vous reste juste vos yeux pour pleurer, bande d'enfoirés, mais il est trop tard ! ».*

Son discours ne manquait pas de symbolisme lorsqu'il évoqua le dieu Ganesh en rappelant que sa maman, la déesse Parvati, aima davantage son nouvel enfant à la tête d'éléphant car elle s'était convaincue de la seconde chance que le destin lui avait donnée. *« Vous aussi, bande de vermines aux visages déformés de laideur que vous êtes, ajouta Chopin dans un discours qui commençait à frôler le délire, la vie vous a bel et bien octroyé une seconde chance en vous réduisant à l'état de larves ! Celle de vous redresser, de vous relever, de vous rebeller afin de vous grandir et de renaître de vos cendres... Et puis, arrêtez de regarder vos doigts de pieds quand on vous dit « NON » ! Dites « MERDE » à la fin. Et commencez par reconstruire les églises de vos parents et de vos ancêtres, indignez-vous, bon sang ! »*, termina-t-il son laïus en arrachant violemment sa petite chaîne en or avec un Christ doré attachée à son cou, une amulette chrétienne que sa mère lui avait donnée quand il était enfant pour le protéger et dont il ne se séparait jamais.

La plupart ont fermé leur gueule. Serge et Gina s'indignèrent par contre de ses propos condescendants et faillirent même partir. Saturnin, l'ancien banquier, pas très heureux non plus de recevoir le mépris de Chopin en pleine face, lui rétorqua que toute société basée uniquement sur un système d'oppression ne peut que générer la révolte chez les individus et, contrairement à ce qu'il croyait, la résistance avait déjà commencé un peu partout dans le monde et que c'était juste une question de temps. Lorsque le vieux légionnaire lui demanda sèchement d'une voix grave et rauque : *« Combien de temps ? »*, le banquier lui répondit avec une assurance inattendue : *« Bientôt, d'ici un an ou deux, tu verras ! ».*

Puis, tout le monde s'est resservi à boire et à manger. Chopin s'est mis à danser avec Mélanie aux rythmes assourdissants d'une mélodie imaginaire et, quand il eut fini de danser, il nous enlaça chacun à notre tour de ses bras puissants et paternels en faisant semblant de nous cogner la joue du revers de son poing velu, comme si nous étions ses propres enfants !

La gorge nouée, les yeux empourprés d'émotion, aucun d'entre nous ne réussit à articuler le moindre son. Ils nous avaient enfin fait réagir ! C'était peu de choses. Mais en soi, ce n'était déjà pas si mal. Chopin venait de gagner la bataille…

DIXIÈME RÉCIT

— Tu ne veux vraiment pas m'accompagner ?

— Non, c'est gentil, mais je dois absolument terminer cette toile, me rétorque Fleur en désignant sa table de travail.

— Tu es sur quelque chose de sérieux ?

— J'espère... Si tu veux jeter un œil...

— Un chien fondu dans un paysage de campagne, c'est ça ?

— Exactement ! Un chien abandonné en quête de nouveaux maîtres.

— C'est triste un chien abandonné... Pourquoi ne pas envisager une autre alternative ?

— À quoi penses-tu ?

— Ce chien n'est pas forcément un chien abandonné. Il attend peut-être son maître ou alors... Il n'a pas de maître !

— Développe, vas-y...

— Je ne sais pas... Ce que je veux dire, c'est que... peu importe ce que le chien représente réellement pour celui qui observera ce dessin. L'important, à mon sens, c'est qu'il puisse lui-même envisager plusieurs possibilités. À toi de créer suffisamment de mobilité dans les couleurs et les paysages pour faire surgir d'autres interprétations possibles. En d'autres termes, essayer d'animer le côté statique du tableau afin de dimensionner le thème de départ, enfin un truc dans le genre. Maintenant, j'imagine que ce n'est pas si simple et puis, je dis ça comme ça...

— Baron, tu es génial ! Ton analyse est excellente !

— Je te remercie, mais je n'ai pas fait grand-chose.

— Détrompe-toi ! Toutes les idées sont les bienvenues. Cette peinture n'est encore qu'une esquisse, je ne suis nulle part ! Tout est envisageable, en effet... Je travaille sur ce thème depuis une semaine mais j'arrive difficilement à en tirer davantage, j'ignore pourquoi ! Je ne sais pas ce que j'ai en ce moment mais il me manque des tas d'idées, de la folie, de la création, du peps, quoi ! Si tu penses à autre chose, n'hésite pas à me le dire, comme tu viens très bien de le faire. Tout ce qui te passe par la tête est bon à prendre quand je suis dans la panade ! Parfois, un truc insignifiant peut à lui seul être à l'origine d'une très grande toile. L'œuvre d'art part souvent de rien, tu sais et si je réussis cette toile, ce sera grâce à toi... À part ça, combien de jours restes-tu là-bas ?

— Deux ou trois jours, pas plus.

— Ton idée de mobilité dans les couleurs me plaît énormément. Je vais travailler ce point-là dès que tu seras parti et m'y concentrer le temps qu'il faudra. Faire bouger ce qui ne bouge pas, c'est « géant » ce que tu m'as raconté là ! Encore merci, mon amour...

Mon sac à dos est quasiment prêt. Encore quelques bricoles à fourrer dedans au cas où et je file prendre le premier train pour Paris ! Je ramasse le recueil de Paul Éluard gisant aux pieds du Bouddha qui a vraiment l'air de me dire sur un ton de reproche : « Te voilà encore parti en voyage, l'ami ? » « Pourquoi m'abandonnes-tu tout le temps ? » « Est-ce que je t'abandonne, moi ? ».

Au moment de quitter l'immeuble, je croise Madame Dorsay en train de balayer la cour. On se fait la bise. Je l'avais avertie que je partais quelques jours. Vu mon empressement, elle ne me retient que quelques secondes.

— Je garde Sinatra comme d'habitude ?

— Il en sera ravi. Encore merci... Mais ne vous tracassez pas trop pour lui, Madame Dorsay, c'est sa période de chasse. Il est souvent en vadrouille !

— Message perçu, Baron... Quand il vient chez nous, il reste parfois des heures entières sur les genoux de Maurice, surtout lorsqu'il regarde la télévision !

— Quel hypocrite, ce Sinatra, dis-je en rigolant… Avec moi, il ne fait jamais autant de manières, l'animal !

— Baron, je te laisse car je pense que tu es pressé… Je veux toutefois t'informer au sujet de Grisouille, me dit-elle soudain d'un air grave.

— Il y a un problème ?

— Je dirais que les nouvelles ne sont pas terribles ! La petite a réellement des problèmes sérieux aux reins et la maman pense qu'elle n'échappera pas à la dialyse. J'en saurai plus lorsqu'on se reverra car elle doit justement faire le point avec le spécialiste ce soir…

Train LIÈGE-PARIS…

Comme je l'avais déduit l'autre nuit, Chopin n'est pas venu me dire au revoir le lundi suivant comme prévu. En nous embrassant chacun à notre tour, il savait très bien qu'au moment de me serrer dans ses bras, ce serait la dernière fois. Un signe d'adieu discret, élégant, pour éviter des phrases intempestives ainsi que des sanglots inutiles. C'est tout lui, ça ! Un homme surprenant, rustre, grande gueule, mais d'une sensibilité sans pareil, le cœur sur la main. Bref, un mec qui pleure à tous les enterrements. Un type bien, quoi !

La santé de Grisouille me turlupine. Je ne veux pas anticiper car je manque d'infos. Mais si la petite est condamnée à la dialyse à vie, on pourrait peut-être lui greffer un rein, à condition qu'il n'y en ait qu'un seul d'atteint. Selon Madame Dorsay, son rhésus serait O négatif, ce qui très rare.

L'hypothétique donneur devrait dès lors être O négatif, lui aussi. Ce qui est mon cas ! Si c'était ma fille, hésiterais-je une seule seconde à lui donner mon propre rein si la situation l'exigeait ? Bien sûr que non…

Le train roule à vive allure. Les paysages verdoyants défilent au gré de mes pensées statiques. *La mobilité dans les couleurs me plaît énormément… Faire bouger ce qui ne bouge pas, c'est géant…*

me disait Fleur il y a encore quelques heures à peine. Toutes ces pensées flottantes, immobiles, que je prononce mentalement virevoltent-elles réellement à une vitesse moyenne de deux cents kilomètres-heure ?

Quand je repense à Chopin, j'ai du mal à imaginer que je ne le reverrai plus ! Qui sait... Le destin est parfois surprenant... Mais le souvenir que j'ai de son dernier regard ne nécessite aucune traduction. Ce fut pour moi comme un sixième sens, je savais très bien que nous allions nous quitter pour toujours. *Nos chemins s'arrêtent ici, Baron... Il est temps à présent de se séparer car nous avons encore beaucoup de choses à réaliser en ce bas monde, chacun de notre côté...* semblait me dire ce regard dur, sévère, embué de larmes indécelables.

Je revois dans le rétroviseur du passé quelques scènes en désordre, des clichés un peu flous que la mémoire garde intacts mais qui se distordent continuellement avec le temps...

Nous étions une dizaine de soldats, pris au piège dans cette jungle ondoyante et il fallait partir au plus vite, au risque de se faire encercler par les rebelles. Mickey reçut une balle dans la jambe, ce qui l'empêcha de courir. Sur le coup, personne ne s'était aperçu de rien, puis on s'arrêta une seconde pour constater qu'il était resté bien loin derrière nous.

Lorsque j'ai voulu faire demi-tour pour aller le chercher, les rebelles arrivaient dans l'autre sens. Il était trop tard ! Chopin se jeta sur moi sans réfléchir pour m'empêcher d'y aller. Ce jour-là, il me sauva la vie une seconde fois ! On ne pouvait plus rien pour Mickey de toute manière et tenter de le sauver n'eût servi à rien, il était foutu ! Le souvenir de notre copain, seul avec les rebelles, voué à une mort atroce, m'a empêché de dormir des semaines entières. Chopin s'est comporté comme un père pour moi. Chaque jour, il essayait de me remonter le moral, de m'expliquer avec sa grosse voix de militaire : *« ... ce sont les horreurs de la guerre et de la folie des hommes... Tu n'y es pour rien, petit ! »...*

Nous arrivons à Paris dans moins d'une heure. La jolie hôtesse me demande pour la troisième fois d'une voix infiniment douce si je désire encore un peu de café ou autre chose. Je lui signifie que je n'ai besoin de rien et replonge sans savoir pourquoi dans ce petit cabanon où nous allions nous cacher, Kalyna et moi, pour faire l'amour…

Maintenant qu'elle n'est plus de ce monde, le flou du souvenir s'amplifie davantage, comme si ce flou me protégeait d'un trop-plein de souvenirs, d'un trop-plein d'émotions. À l'inverse, quand on se souvient d'une personne qui est toujours en vie, le mécanisme de la mémoire est sans faille car il n'altère en aucune façon le moral, et donc la santé. Pourquoi me fais-je alors tant de mal en revoyant ces images distordues du bonheur ? J'ai beau lutter, pas moyen d'y échapper. Je revois malgré moi ces résidus de clichés qui s'estomperont avec le temps et le meilleur moyen d'y arriver est certainement de les laisser passer sans m'y opposer.

Je vois défiler les positions qu'elle me suggérait au fil de nos rencontres coquines. Kalyna était une véritable contorsionniste, moi pas. Adepte du yoga depuis sa tendre enfance, elle m'apprit quelques figures à réaliser facilement. Comme j'étais bon élève, sans être trop doué, elle me fit découvrir au fur et à mesure des positions de plus en plus complexes mais réalisables avec un brin d'entraînement. Il m'est difficile, aujourd'hui encore, d'oublier cette position inversée ou nos visages rencontraient le sexe de l'autre dans un tourbillon de caresses labiales inlassablement variées selon l'inspiration du moment. Ou encore cette « asana » fort étrange où ses jambes effilées s'étaient soulevées en arrière afin de s'enrouler autour de sa tête tel un cobra de soie, comme une invitation à pénétrer dans la plus grande douceur son corps tiède et humide, ouvertement assoiffé de mon ivresse inconditionnelle pour sa peau satinée et sa féminine intimité parfumée aux huiles de lotus, cette plante aux cent mystères symbolisant la pureté, l'élévation vers la réalisation suprême de la volupté divine. Une fleur qui puise symboliquement sa substance vitale dans la fange des fonds marécageux représentant les troubles et les affres de l'existence, afin de s'élever et de s'épanouir de toute sa splendeur au-dessus de l'eau, telle Gaïa, la « déesse mère », créatrice du ciel et de l'univers, flottant librement sur l'océan des vertus et des faiblesses humaines. ***Le train arrive bientôt sur Paris…*** Je feuillette pour passer mon temps ce recueil de poésies que j'avais enfoui au fond de mon sac en tombant sur une phrase de Baudelaire évoquant la notion spatiale des *« Fleurs du mal »*, celle de la beauté dans la laideur, résumée en quelques mots dans l'épilogue de cette fameuse deuxième édition de 1861 : *« ... Car j'ai de chaque chose extrait la quintessence. Tu m'as donné la boue, j'en ai fait de l'or… »*. Étrange cette comparaison fortuite avec le lotus sacré du Sri Lanka qui se nourrit de gadoue pour fleuronner dans les eaux flasques des marais. ***Il me reste vingt minutes pour vider mon esprit de tous ces souvenirs qui me harcèlent.*** Je ferme les yeux et pense très fort à Soma, mon ami yogi à qui on n'avait jamais enseigné le yoga, un peu moine sans être vraiment religieux, empli de compassion envers tous les êtres vivants, fourmis incluses, sans être réellement bouddhiste. Parmi tout ce qu'il m'a enseigné, si je devais ne retenir que le centième de son immense sagesse, je me gaverais chaque jour du dernier conseil qu'il me prodigua lorsque je quittai à jamais son si beau pays. « *Quand plus rien ne va, me dit-il avec une douceur inouïe, fais confiance aux énergies divines qui sont en toi, enfonce ta tête dans un cercle bleu. Fais-y le plein de vide. Une vacuité informe où il suffit d'inexister… »*.

Quatre heures plus tard dans un petit bistrot à deux pas du Pont-Neuf.

— Et pour Monsieur, ce sera ?

— Un double whisky sans glace, s'il vous plaît.

Je ne me saoule pas la gueule parce que je suis ruiné. Non. Je bois un verre à la santé de Jean-Yves Bodson, mon directeur d'agence, qui n'a fait que me répéter ce qu'il m'avait déjà expliqué par téléphone. *« ... Il faut attendre que la bourse remonte, Monsieur Touffin… Et concernant l'indemnité que j'avais évoquée timidement, poursuit-il sur le même ton de lassitude et de froideur, je vous confirme qu'elle ne sera pas d'application dans votre cas... ».* Je ne me faisais aucune illusion mais l'important est d'avoir essayé ! Il ne me reste désormais que quelques réserves à ma banque liégeoise, juste pour survivre un certain temps, mais on ne peut plus vraiment parler de « fortune », au sens où certains l'entendent…

À partir de cet instant précis, je me sens libre comme l'air, libre enfin d'être devenu un citoyen lambda, comme tout le monde !

L'important, quand on boit de l'alcool, c'est de savoir pourquoi. C'est mon cas. À l'inverse, boire sans raison relèverait-il donc de l'alcoolisme ? À creuser…

— Garçon, vous remettez la même chose ?
— Certainement, Monsieur.
— Et… Si je peux me permettre… Offrez donc un verre à Madame…
— Bien, Monsieur.

À quelques tables de la mienne, une femme à l'immense chevelure rousse déguste un thé au lait. Elle est seule, plutôt jolie, plus ou moins mon âge. Je n'ai pas spécialement l'envie de me lever, de lui tenir un semblant de conversation pour amorcer la drague, lui dire qu'elle est très séduisante ou que j'ai une envie folle de coucher avec elle.

Il n'empêche que depuis l'histoire de Linda, je me culpabilise chaque jour en ressassant toutes ces fois où elle m'avait embrassé de ce baiser mystérieux, toutes ces fois où ma bouche et ma langue avaient désiré les siennes, toutes ces fois où je fus attiré comme un aimant par tout ce qu'elle dégageait. Toutes ces fois où je fus excité sexuellement par le contact physique d'un mec ! Appelons un chat un chat ! Certes, je l'ignorais. Mais pour moi, cela revient au même. Je me suis tapé un mec pendant plusieurs semaines !

Offrir un verre à cette charmante personne apporterait-il soudain une solution à mes états d'âme ? Un besoin viscéral de me prouver que j'aime encore les femmes, rien que les femmes ? Peut-être bien…

Le serveur lui fait part de ma proposition. Elle accepte sans façon. Je suis surpris car elle aurait très bien pu refuser, s'offusquer, que sais-je… Il n'en est rien. Le garçon lui apporte rapidement un petit porto blanc sur un plateau d'aluminium avec quelques biscuits salés. Elle me fait signe de la tête en m'adressant un très joli sourire, en guise de remerciement. Personne, excepté le serveur, n'a remarqué notre manège puisqu'il n'y a pas une âme à l'intérieur de ce café, exception faite de ce poivrot en col et cravate qui cuve son vin au bar. En levant son verre, elle m'invite à la rejoindre quand au même moment, un jeune garçon d'une vingtaine d'années, roux au visage de chérubin, s'amène à la même table comme si de rien n'était. Il s'agit sûrement de son fils tant la ressemblance est frappante.

Sans prendre le temps de faire les présentations, elle va mécaniquement dans son portefeuille, lui donne un peu d'argent en lui recommandant avec un brin d'humour qu'il ne dépense pas tout en même temps. Le jeune gaillard l'embrasse furtivement sur la bouche en lui faisant un clin d'œil complice avant de s'en aller aussi vite qu'il était venu.

— Votre fils vous ressemble comme deux gouttes d'eau. Je suppose qu'on vous le dit souvent ? lui dis-je naïvement pour engager la conversation.

— Ce n'est pas mon fils, c'est mon amant !

— Ah, bon ?

— Je vais être franche avec vous… Je ne suis ni une professionnelle, ni une couguar, ni une arnaqueuse et encore moins une salope !

— Mais je…

— Je sais, vous ne l'avez pas dit mais vous l'avez pensé très fort, non ?

— Je vous assure que non.
— Soit… Je continue ou ça ne vous intéresse plus ?
— Continuez mais avant toute chose, moi, c'est Gérard et vous ?
— Patricia mais vous pouvez m'appeler Patty, c'est plus court !
— D'accord, Patty, enchanté ! Vous reprenez la même chose ?
— Oui, un porto blanc, merci… Je disais donc que…
— Que vous n'étiez pas une salope ! dis-je en espérant détendre l'atmosphère.
— Effectivement, mon cher Gérard… Je suis une femme normale, comme vous en croisez à mon avis un bon millier sur la journée. Divorcée depuis un an, je vis désormais seule dans un petit appartement d'une chambre, je gagne ma vie honnêtement comme employée dans une entreprise commerciale, je ne requiers l'aide de personne, je n'ai pas d'enfants et j'assume entièrement ma sexualité ! Et si vous voulez tout savoir, j'adore le sexe masculin et vais toujours au bout de mes phantasmes lorsque j'invite un homme à la maison… Je vais être encore plus directe avec vous, je peux ?
— Je vous en prie, lâchez-vous !
— Merci. Nous allons ainsi gagner du temps, vous et moi… Je vous ai remarqué dès que vous êtes entré et vous m'avez plu tout de suite. Voilà, c'est dit ! Quand le serveur m'a expliqué que vous m'offriez un verre, je n'en croyais pas mes oreilles. Maintenant, vous savez tout. En tout cas, pour l'essentiel !
— Je dois prendre cela pour un compliment ou pour une proposition de coucher ensemble ?
— Les deux !
— Mais, que faites-vous du jeune homme de tout à l'heure ?
— Aujourd'hui, ma journée est programmée avec lui, c'est une promesse sur laquelle je ne peux revenir et je n'ai qu'une parole. De plus, il est trop mignon, vous ne trouvez pas ? Je plaisante… Mais demain soir, si vous le souhaitez, nous pouvons nous revoir ici à la même place, disons… vers vingt heures, si le jour vous arrange, bien entendu.
— C'est parfait en ce qui me concerne !
— C'est sérieux ?

— Très sérieux ! J'ai toutefois une question à vous poser…

— Je suis tout ouïe, Gérard.

— Permettez-moi d'insister mais… Si le jeune homme se ramène demain puisqu'il connaît l'endroit, ce serait assez gênant pour nous deux… Vous ne préféreriez pas un autre établissement ?

— Laissez-moi encore vous expliquer une chose… D'abord, je ne mélange pas les genres, rassurez-vous. Si je sors avec lui aujourd'hui, c'est sans vous ! Et quand je serai avec vous demain soir, ce sera sans lui, même si vous me l'aviez demandé. Pas mon style… Ensuite, lorsque je sors avec un homme, je lui consacre souvent la journée ou la nuit, pas davantage ! Je ne m'attache jamais et pour être tout à fait sincère, je ne revois jamais mes amants une seconde fois, c'est un principe chez moi ! Maintenant, c'est à mon tour de vous offrir un verre. Que prenez-vous pour moi ?

— Un double whisky, merci. Mais je ne voudrais pas abuser si vous devez rejoindre votre jeune ami…

— Je vous arrête tout de suite, il ne reviendra pas avant une demi-heure. Nous avons largement le temps de prendre un dernier verre et de bavarder encore un peu.

Deux heures plus tard dans ma chambre d'hôtel… Je tourne en rond en me demandant ce que je vais bien pouvoir faire de ma soirée. Quand je repense à cette fille de tout à l'heure, je me demande encore si je n'ai pas rêvé. L'histoire fut réglée tambour battant en quelques minutes à peine, je n'en reviens toujours pas ! Sans parler de cette dernière demi-heure où nous sommes restés côte à côte à parler de n'importe quoi tout en nous émoustillant sans en avoir l'air.

Elle s'était rapprochée de moi de quelques centimètres et je pouvais dès lors me faire une idée un peu plus précise sur des tas de choses. Enfin, je me comprends… Une eau de toilette assez raffinée aux effluves de jasmin qui n'était pas pour me déplaire, des collants noirs transparents avec porte-jarretelles, des escarpins de velours mauve laissant apparaître de très jolis pieds aux ongles soignés d'un vernis écarlate ainsi qu'un léger décolleté faisant deviner une poitrine élégante autant que généreuse. Bref, un rendez-vous prometteur qui me réjouit déjà d'être demain soir.

Pour la petite note d'humour, ce fut plus fort que tout, j'avoue avoir également profité du rapprochement « accidentel » de nos deux corps pour scruter ses mains et sa pomme d'Adam, les deux seuls organes du corps humain qui ne trompent jamais sur la marchandise, surtout en cas de changement de sexe ! Je raconte vraiment n'importe quoi car Linda avait bel et bien un corps de femme, des mains de femme et aucune pomme d'Adam à l'horizon. Et sans jeu de mots, je me suis quand même fait « couillonner » !

Quant à cette soirée, je viens d'avoir une idée saugrenue mais géniale ! Pourquoi ne pas retourner dans cette petite venelle située près de la place Clichy, chez mon copain Philou, entremetteur habile pour gigolos professionnels. La raison ? Difficile à expliquer… Une soif étrange, une soif de femmes ! Je me sens tout d'un coup affamé de sexe féminin !

Attendre gentiment le rendez-vous de demain soir, c'est bien, mais insuffisant pour ma libido de l'instant présent. À ce sujet précis, Soma m'aurait vraisemblablement suggéré, à juste titre d'ailleurs, de relativiser les choses en enfonçant ma tête dans un cercle bleu plein de vide, mais ce n'est pas lui qui a les « baloches » gonflées à bloc, bordel de merde ! Si j'atterris chez Philou, disons, un peu avant minuit, je suis certain qu'il m'arrangera « le coup ». Sans parler de ce pourboire érogène de plusieurs milliers de dollars qui n'est pas à dédaigner. Je rigole, bien sûr… Au final, une envie démesurée, irrésistible, de tirer définitivement un trait sur ce baiser mystérieux qui me faisait chavirer à tous les coups, sur ce garçon aux yeux étranges, au charme troublant, qui se faisait appeler Linda.

Comme je l'ai imaginé, Philou me met sur un coup fumant en moins de temps qu'il ne faut pour le dire. Fidèle à lui-même, affable ou emporté par moments, rigolo mais dur en affaire, il n'a pas changé d'un poil. Et pourtant, il aurait pu ne pas se souvenir de moi, on ne s'était pas vu depuis un bout de temps. Il s'en passe des choses sur un an…

— Voilà, c'est fait ! me lance-t-il en me tapant sur les épaules, après s'être isolé pas moins d'un quart d'heure avec une très jolie baronne d'une quarantaine d'années, dont le mari impuissant est parti en Australie il y a environ deux ans.

— Qu'est-ce qui est fait ? lui dis-je avec une réserve qu'il n'a pas l'air d'apprécier.

— Il faut savoir ce que tu veux, mon petit bonhomme ! Tu craches sur quatre mille dollars par les temps qui courent ? s'emporte-t-il, en excellent « soupe au lait » qu'il est.

— Bien sûr que non mais…

— Mais quoi ? insiste-t-il sur un ton désagréable.

— Je dois réfléchir un instant.

— Réfléchir ! C'est toujours la même chose avec toi, ajoute-t-il en reprenant son calme, comme si nous nous étions quittés hier matin.

— J'accepte à condition qu'elle revoie son prix !

— Tu rigoles ou quoi ?

— Je suis très sérieux, au contraire, fais-je d'une voix ferme. Il me faut cinq mille dollars ou elle ira se faire foutre… Mes tarifs ont augmenté depuis l'année passée. C'est à prendre ou à laisser !

Le lendemain en début d'après-midi.

Je rentre à l'hôtel et ne bouge plus jusqu'à ce soir ! D'abord dormir. Ensuite, dormir. Enfin, dormir ! Je ferai sonner à dix-neuf heures, prendrai une douche bien chaude et de là, je n'ai qu'une rue ou deux à traverser jusqu'au Pont-Neuf pour arriver peinard à mon rendez-vous de vingt heures avec la ravissante Patty, la croqueuse d'hommes !

Concernant la jolie baronne d'hier, ce fut peut-être le coup le plus fumant de toute l'histoire des gigolos amateurs. J'emploie le mot

« amateur » puisque ce n'est pas mon métier. D'autant que si l'on se réfère à l'étymologie latine du mot, ce substantif à connotation bien souvent péjorative provient cependant du verbe « amare », qui signifie « aimer », tout bêtement… En premier lieu, lorsque j'ai surenchéri de mille dollars le prix proposé, j'ai cru que Philou allait avoir une crise d'apoplexie !

Il ne fait ni une ni deux, retourne parlementer près de vingt minutes auprès de la charmante dame, revient ensuite près de moi, tout essoufflé, et me confirme qu'elle « marche » à cinq mille dollars ! J'ignore moi-même ce qui m'a pris de demander ce supplément si ce n'est que, m'étais-je dit sur le moment même, si une femme est capable de mettre quatre mille dollars sur la table pour s'envoyer en l'air, elle est donc capable d'en offrir mille de plus. Ça s'appelle du bluff et rien d'autre, mais ça fonctionne !

Deuxièmement, je ne l'ai pas fait pour l'argent même si j'ai accepté l'enveloppe qu'elle me tendit d'entrée de jeu dès qu'on entra dans sa voiture, une petite auto toute simple qu'elle utilisait en soirée pour une question de discrétion. Non, je l'ai fait parce que j'avais vraiment envie de faire l'amour à une femme, que l'on me croie ou non, c'est le même prix !

Puisqu'on parle « prix », je pense, sans me vanter, qu'elle en a eu pour son argent, elle qui n'avait plus fait l'amour depuis très longtemps, toujours selon les informations que Philou m'avait balancées sur un coin de table et que je n'irais de toute manière jamais vérifier.

Enfin, ce qui m'a amusé le plus, je sais que cela peut paraître enfantin, c'est le fait d'être tombé sur une véritable baronne avec un vrai château et tout ce qui va avec, aucun doute possible ! À aucun moment, elle ne m'a demandé mon prénom et ce n'est pas plus mal car dans l'élan dérisionnel de la situation, il est fort possible que j'aurais répondu en cinq lettres : Baron !

Je suis arrivé au bistrot à vingt heures précises, comme convenu. Toujours pas une âme. Les tables sont vides, excepté deux habitués affalés au comptoir en train de siroter leur verre de bière.

Sans réfléchir, je m'installe à la même place qu'hier et commande une eau mentholée.

Une heure plus tard, toujours pas de Patty, m'aurait-elle posé un lapin ? Je recommande au serveur un troisième soda à la menthe en prenant la décision d'attendre encore une demi-heure, pas davantage. Il est vrai qu'elle aurait du mal à me contacter si elle avait réellement eu un contretemps, puisque nous ne nous étions pas communiqué nos numéros.

Mais quand on veut, on peut. Rien ne l'empêche de contacter l'établissement dans lequel je poireaute inutilement depuis bientôt une heure trente, puisqu'elle connaît le nom du café. Et si elle ignore le numéro d'appel, le service des renseignements est fait pour s'en servir !

Des milliers de pensées affluent dans tous les sens sans vraiment se fixer. Cela m'aide à passer le temps. Une en particulier me taraude. Une question idiote qui me harcèle depuis trente secondes. Dans les statistiques judiciaires, un crime en série n'est qualifié comme tel qu'après trois méfaits identiques liés au même auteur. Si je réitère un jour ma petite expérience coquine avec l'aide de mon ami Philou, ce sera donc la troisième fois. Pourrait-on alors me qualifier officiellement de gigolo professionnel ?

Le lendemain matin, gare du Nord.

Le train en destination de Liège entre en gare dans quelques minutes. Dans un instant, je vais pouvoir m'asseoir confortablement, prendre un petit déjeuner en lisant le journal à mon aise et surtout, me relaxer le corps et l'esprit pendant trois longues heures d'affilée.

Le compartiment est à moitié rempli. Il fait calme. La plupart des voyageurs ont les paupières lourdes et finissent par somnoler au rythme des paysages qui défilent.

Je feuillette tranquillement la presse du jour que mon voisin a laissée traîner sur sa banquette avant de s'endormir. En consultant par hasard les faits divers, j'ai brusquement une émotion qui me statufie sur place. Un article sur deux pages relatant l'horrible assassinat d'une jeune femme d'une trentaine d'années. Sa photo couvre pratiquement la première demi-page. Aucun doute, c'est Patty !

Je relis pour la deuxième fois l'article afin de me convaincre que je ne rêve pas. Je suis littéralement abasourdi ! « ... *Tout se serait déroulé en quelques minutes... Patricia Remacle, trente-deux ans, s'est fait sauvagement assassiner de quarante-deux coups de couteau en rentrant chez elle hier après-midi vers 15 heures 30'... Le meurtrier l'attendait dans son appartement et ne lui a laissé aucune chance... Le meurtrier présumé n'est autre que son ex-mari dont elle était divorcée depuis plus d'un an... L'assassin est donc passé aux aveux hier en début de soirée... Il aurait expliqué la folie de son geste aux autorités en indiquant qu'il était toujours amoureux de son ex-femme et, qu'après l'avoir suivie à son insu pendant de très longs mois, il ne supportait plus de voir défiler chez elle des tonnes d'amants... L'enquête menée par le juge d'instruction Franck Menez évoque donc la jalousie comme étant le mobile du meurtre en attendant la reconstitution des faits...* ».

Je comprends maintenant pourquoi elle n'est jamais venue à notre rendez-vous. Je pouvais encore attendre longtemps ! Lorsque je suis sorti du bistrot vers vingt-deux heures hier soir, je me souviens avoir maudit son manque de correction : ne pas même s'être débrouillée pour me prévenir ou décommander dans les règles, comme il est l'usage quand on a un pépin ou lorsqu'on se désiste au dernier moment. La pauvre ! Et dire qu'elle était déjà morte depuis trois heures de l'après-midi ! Et moi qui l'attendais comme un con en imaginant à l'avance tout ce qu'on aurait pu faire ensemble l'espace d'une belle nuit étoilée. Et si le mari avait postposé son crime vers les vingt-deux heures au lieu de l'après-midi ?

Rien de plus plausible... Patty s'amène vers vingt heures au bistrot comme prévu, nous discutons, nous prenons un verre puis, deux heures plus tard, nous nous dirigeons vers son appartement où son ex-mari nous attend de pied ferme, un couteau à la main ! Il s'attend à ce qu'elle soit seule mais elle est accompagnée. Encore un amant. Un de plus. La salope ! se dit-il entre ses dents… L'assassin change alors ses plans. Pris au piège, il se sent menacé. Alors, dans un élan de colère et de jalousie, il nous trucide froidement tous les deux sans que nous n'ayons ni le temps ni le réflexe de réagir…

Nous arrivons à la gare centrale de Liège. Les voyageurs sont déjà sortis du train et ajustent leurs bagages sur le quai avant de prendre l'escalator qui les dirige vers le hall. Je reste cloué sur mon siège dans un état de torpeur encore quelques secondes avant de réaliser qu'il est temps de rassembler mes affaires, moi aussi, et de m'engager sur le quai pour rejoindre la sortie. En partant, je laisse le journal sur la banquette, grand ouvert à la page des faits divers…

L'automne arrive à grands pas. Nous avons encore quelques belles journées ensoleillées mais l'été est derrière nous. La vie a repris son cours normalement. Le « Humphrey Bogart » a rouvert ses portes depuis une bonne semaine et je preste mes heures au piano comme d'habitude un jour sur deux.

Mes relations avec Manu s'améliorent à mon grand étonnement. Nous avons pris l'habitude de discuter amicalement lorsqu'il passe en fin de soirée pour vérifier les comptes. Difficile de comprendre ce changement d'attitude à mon égard, mais je ne vais pas m'en plaindre ! Peut-être avait-il besoin de vacances, qui sait ? Laure, elle aussi, semble beaucoup plus détendue qu'auparavant, cela fait plaisir à voir.

Côté « Geneviève », rien de changé sous le soleil ! À croire que nous n'avons jamais été amants. Du moins, devant les autres. La discrétion incarnée, cette nana. Et ça m'arrange ! Lorsque nous nous retrouvons seuls à la fermeture, elle m'observe à la dérobée en me lançant parfois un timide « C'est quand tu veux, Baron, mais ne te crois pas obligé ! ».

Ce à quoi je réponds à chaque fois sans me faire prier: « Eh bien, disons, là maintenant, pourquoi pas! ». Je n'entre pas dans les détails car c'est souvent le même cinéma. On s'assure que les portes sont bien fermées, on se déshabille complètement et on fait ce qu'il faut sur la table de l'arrière-salle en une demi-heure, parfois moins. D'aucuns diraient que c'est assez monotone, mais personnellement, je ne trouve pas. Au risque d'être vulgaire, rien de tel que de se vider les couilles régulièrement, c'est excellent pour le moral et ça vide aussi le cerveau! Je pense sincèrement que sur le coup, mon ami Soma ne me contredirait pas...

Quant à Fleur, ses toiles avancent bien. Elle travaille sur deux thèmes différents pour l'instant. Un paysage lunaire, venu de nulle part. Et ce fameux tableau du chien abandonné, qu'elle n'arrive pas à terminer. Le point qui la fait le plus souffrir reste néanmoins celui de la création.

Au début, les idées lui viennent comme l'éclair. À mi-chemin, c'est le blocage, elle ne parvient jamais à terminer une œuvre. Alors, elle se concentre sur d'autres projets, laissant les premières esquisses dans ce qu'elle surnomme en se moquant d'elle-même une longue période de décantation. Mais elle est volontaire et je suis certain qu'elle va y arriver. Sa détermination dans la préparation de son exposition de janvier m'épate au plus haut point. Jamais je ne l'aurais crue capable de relever un tel défi!

Pour le reste, nous filons « la véritable amitié », au gré de nos fantaisies. Rien à voir avec Geneviève. Avec Fleur, c'est le romantisme, la passion, la douceur. Sans parler de son imagination débordante qui me donne toujours l'impression de réinventer l'amour à chaque fois. Que ce soit dans son lit ou sur un tapis d'Orient, nous prenons le temps nécessaire sans jamais regarder nos montres et il n'est pas rare de renouveler mutuellement le plaisir suprême plusieurs fois dans la même soirée. L'amitié, quoi! Depuis peu, nous écoutons volontiers les mélodies infinies de Lohengrin lors de nos ébats amicaux. Une idée qui m'était venue comme ça! L'envie de lui faire partager un souvenir wagnérien que j'avais occulté depuis si longtemps.

Geneviève m'invite un samedi pour une fondue. Elle me confie qu'elle a un petit coup de blues qui débarque. C'est l'occasion de sortir une bonne bouteille de vin, histoire de passer la soirée ensemble, me dit-elle au téléphone. J'accepte sans détour.

Je lui ai relaté l'histoire de Patty sans trop savoir pourquoi. Une recrudescence de la violence, dit-elle en me montrant plusieurs magazines. Je ne sais pas ce que les gens ont pour l'instant mais ça n'arrête pas, regarde...

Cela se passe principalement autour de nous, à quelques kilomètres à peine ! Un type d'une soixantaine d'années qui rentrait gentiment chez lui se fait défoncer le crâne en pleine journée d'une vingtaine de coups de marteau par cinq jeunes désœuvrés... Plus loin, une institutrice maternelle est assassinée dans les toilettes de son école, liée sur une chaise comme un saucisson. On l'avait retrouvée un matin avec un entonnoir dans la bouche, l'estomac imbibé de trois litres de vodka, d'après les résultats de l'autopsie. Celle-ci révèle en outre qu'elle avait préalablement été violée à plusieurs reprises...

Tout ça n'est pas pour lui remonter le moral, j'en conviens. Mais c'est une réalité d'aujourd'hui, avec laquelle nous devons vivre constamment. Les statistiques de crimes impunis augmentent d'année en année. Plus de quatre-vingts pour cent de crimes crapuleux sont classés sans suite au bout de six mois à peine. La justice est débordée... Alors, nous avons débouché une troisième bouteille de vin avant de faire l'amour sur la moquette moelleuse jusqu'aux premières lueurs de l'aube.

Nous avons pris notre temps. Nous nous sommes aimés avec cette magie de « la première fois », alors que nous n'en étions pas à notre unique expérience. J'apprécie l'intelligence de notre relation car Geneviève a peut-être le sens de la répartie comique ou dérisionnelle, mais c'est aussi une fille extrêmement gentille et sensible. Je pense que nous avons atteint ce soir, sans conteste, le cap obligé de la tendresse.

Fleur me sonne un jour en catastrophe ! Lorsque j'arrive chez elle, toutes ses toiles jonchent le sol dans le désordre le plus total. « *Je n'y arriverai jamais... Je n'en peux plus... Ma créativité est un vrai désastre...* » me lance-t-elle en se jetant dans mes bras.

Je la console comme je peux, ramasse une à une ces magnifiques esquisses que je range méthodiquement dans son atelier de peinture. Je l'encourage en lui signifiant qu'il s'agit d'un mauvais moment à passer, que dans la musique c'est pareil, il y a des hauts et des bas et que nous n'y pouvons rien.

Moi aussi, dis-je en lui mentant le mieux possible, j'ai très souvent « la page blanche de l'écrivain » et ces jours-là, rien ne vient ! J'ai l'impression d'avoir perdu à jamais tout le fruit de mon inspiration. Je joue alors de vieux morceaux insignifiants, sans réelle conviction, en attendant que ça passe. Puis au bout de quelques jours, le miracle se produit ! Pour tes toiles, tu ne dois pas t'inquiéter, Fleur, il s'agit d'un phénomène tout à fait normal, je t'assure ! Et puis, je suis là maintenant, lui dis-je tendrement en caressant ses cheveux avec douceur. Je sais, me répond-elle en me demandant de la serrer très fort contre ma poitrine...

Et si j'épousais Fleur ? Je pourrais lui annoncer la nouvelle en lui disant que notre histoire d'amitié ne rime à rien, qu'on est idiots tous les deux de voir filer le temps alors que nous pourrions projeter des tas de choses ensemble. La différence d'âge ? On s'en fout, c'est le problème des gens, pas le nôtre. Et puis, on vivrait réellement ensemble, tous les jours que dieu fait. On ne se quitterait plus. Cela pourrait régler son problème d'inspiration. Tout le monde sait que les jeunes mariés sont continuellement dans un état de créativité, ce n'est un secret pour personne. Enfin, je vivrais uniquement pour elle. Nous pourrions envisager d'avoir un enfant. Ou en adopter un si c'est trop compliqué. C'est chouette l'adoption, non ? Ça motive, la vie prendrait un nouveau virage, on n'aurait plus le temps de se lamenter, plus jamais ! Puis j'arrêterais de la tromper, une fois pour toutes.

Les jours passent… Pourquoi attendre plus longtemps ? Pourquoi ne pas débarquer chez Fleur à l'improviste, un bouquet de roses à la main, et lui déballer tout ce que j'ai dans la tête ? Cela lui ferait tellement du bien. Rien ne lui ferait plus plaisir, j'en suis certain ! Cela résoudrait beaucoup de choses. Cela résoudrait tout. Pour elle, pour moi…

Ce soir-là, j'arrive au club un quart d'heure à l'avance. Joachim et Ben assurent la maintenance en attendant Solange, qui doit arriver en renfort dans quelques instants. C'est la première fois de ma vie que j'aperçois le grand Joachim en train de parler sérieusement à Ben, qui lui aussi, n'a pas vraiment l'air de rigoler.

— Eh bien, les gars… Vous en faites une tête d'enterrement, leur dis-je en posant mes affaires dans un coin.

— T'es pas au courant, patron ? me fait Joachim sans dérider une seconde.

— Quoi ?

— Le sniper a remis le couvert ! Il vient de descendre deux mecs, il y a juste dix minutes, ici, en plein centre-ville !

— À cette heure-ci ?

— Oui, on vient d'écouter un flash spécial à la radio et a priori, il aurait buté un industriel et un sans-abri. Deux gars qui n'avaient apparemment rien à foutre à cet endroit bien précis. Malheureusement pour eux, ils étaient là au mauvais endroit et au mauvais moment.

Chopin ! Il m'avait sonné il y a deux jours pour me dire qu'il avait reporté son voyage de quelques semaines pour des raisons techniques, je n'ai pas compris grand-chose à son charabia. Ce qui est certain, c'est qu'il devait régler des choses en ville ces moments-ci et partir aujourd'hui ou demain.

Mon premier réflexe est de lui sonner sur son portable. Aucune réponse ! J'ai beau essayé, réessayé, rien ! J'explique vaguement à Joachim la situation en lui disant qu'il ne faudra pas compter sur moi cette soirée-ci. Tant pis pour Manu. S'il gueule, qu'il gueule, c'est du pareil au même !

Quand j'arrive aux urgences, j'essaie de négocier avec une fille de l'accueil en me faisant passer pour le frère du sans-abri sauvagement abattu par le sniper. Elle m'oriente vers le bloc B en me donnant le nom de l'urgentiste qui s'est occupé de l'affaire, un certain Joseph Fouché.

— Que faites-vous ici ? me demande-t-il d'un ton glacial.
— Je souhaiterais voir le sans-abri qui vient de se faire abattre.
— Pourquoi, vous êtes de la famille ?
— Non. Juste un ami. Je veux m'assurer que c'est bien lui, tout simplement.
— Je vois… Seule la famille a le droit de venir ici. Allez-vous-en ou j'appelle la sécurité !

J'aurais pu jouer la comédie en disant que j'étais son frère comme je l'ai fait à l'accueil auprès de la demoiselle angélique. Mais avec ce genre d'énergumène, ce n'est pas la peine d'insister. Pas le genre de bonhomme à qui on raconte des sornettes !

Je sors prendre l'air cinq minutes. Je m'assieds sur le petit muret en pierre de taille qui longe le parking des urgences, le temps de reprendre mes esprits. Je dois absolument en avoir le cœur net ! Si c'est Chopin qui est dans la boîte, je dois le savoir à tout prix. Mais comment procéder ?

Il doit certainement y avoir un moyen de rentrer sans se faire remarquer. Se faire passer pour un infirmier ! Voilà la solution. Je dois me débrouiller pour trouver le vestiaire du personnel et de là, subtiliser en vitesse un équipement d'infirmier ou de stagiaire.

Mon portable vibre soudain dans ma poche revolver. Si c'est Fleur, ce n'est vraiment pas le moment. Par ailleurs, qu'est-ce que je fous ici au lieu d'être à ses côtés en train de la rassurer ? Elle doit sûrement être au courant pour le sniper à l'heure qu'il est. Son moral n'est pas très folichon pour le moment et même si cela n'a rien à voir, le fait d'avoir tué deux gars froidement à deux pas de son domicile n'est pas forcément pour arranger les choses ! D'autant que ce fils d'enfoiré a tiré pratiquement à l'heure où je me rends habituellement à mon travail. Connaissant Fleur par cœur, elle aura tremblé pour moi, j'en suis convaincu. Mon portable n'arrête pas de vibrer. Elle insiste. Je n'ai pas le choix. Il faut décrocher !

— Salut, Baron ! me lance Chopin d'une voix ferme et décidée.

— Chopin, c'est toi ?

— Qui veux-tu que ce soit, un fantôme… Tu m'as sonné, fils ?

Il ne sait pas si bien dire ! Moi qui le croyais déjà embarqué sur le canot de Charon vers la route des Enfers, le voici qui me téléphone avec cette voix rauque et paillarde qui me ravit le tympan ! Je n'ai ni le courage ni l'envie de disserter avec lui du sniper. Il me faut inventer n'importe quoi pour justifier mon appel de tout à l'heure. La première chose qui me passe par la tête fera l'affaire et puis, qu'est-ce que ça peut foutre ? Il est en vie, c'est tout ce qui compte pour moi !

— Oui, effectivement, je t'ai sonné… mais je me rends compte à l'instant qu'il s'agit d'une erreur de ma part… J'ai dû oublier de verrouiller le clavier de mon portable et comme tu étais mon dernier contact, ça a sonné chez toi. Désolé, vieux !

— Pas de quoi, p'tit… Mais ce n'est pas la peine de me raconter des salades. Je sais très bien pourquoi tu as essayé de me joindre !

— Quoi, tu es au courant pour le sniper ?

— Évidemment, on ne parle que de ça, ici !

— Mais, je ne comprends pas… Tu n'es pas dans l'avion à cette heure-ci ?

— Je te raconte, Baron… Je suis parti trois jours plutôt que prévu et à l'instant où je te parle, je fais une escale au sud de la France, près de Remoulins.

— En France, toi ?

— Oui, je t'expliquerai plus tard… Et comme ça, mon p'tit Baron s'est tracassé pour son vieil ami Chopin ? Tu as dû croire dur comme fer que je m'étais fait avoir, hein ?

— À ton avis ! Qui d'autre qu'un mec comme toi se serait aventuré en plein centre-ville à cette heure indue ? De plus, tu m'avais raconté que tu partais ces jours-ci. Alors, je me suis dit que tu avais certainement dû régler deux ou trois bidules avant de partir et puis, arrêtons tout ce bla-bla inutile, tu veux ? Ça me fait drôlement plaisir d'entendre le son de ta voix… Tu m'as foutu une de ces trouilles, vieux bandit !

— Merci de t'être tracassé pour moi, Baron, cela me touche plus que tu ne crois !

— Tu aurais eu la même réaction, pas vrai ?

— Évidemment ! Maintenant, p'tit, si tu as l'occasion de voir qui c'est, ça m'arrangerait de le savoir. J'espère qu'il ne s'agit pas d'un de mes potes qui était avec nous l'autre soir. Mais je ne crois pas, il y en a tellement, et puis… ce ne serait vraiment pas de chance !

— Tu penses à quelqu'un en particulier ?

— Oui…

— Vas-y, dis-moi le fond de ta pensée… À qui penses-tu ?

— À René ! C'est encore bien le style d'aller promener son chien virtuel vers les dix heures du soir en plein centre.

— Tu crois vraiment que…

— Qu'il est assez con pour le faire ? Assurément !

— Je vais essayer de me renseigner comme je peux… Dès que je sais quoi, je te sonne, d'accord ?

— D'accord, p'tit !

— Dis-moi, Chopin… Sans être indiscret, qu'est-ce que tu fabriques au sud de la France ?

— Je me suis fait piéger comme un jeune premier, figure-toi !

— Toi, te faire piéger ? Impossible !

— En deux mots, j'ai rencontré une belle brune quand nous avons fait escale à Amsterdam. Oh, elle n'est pas toute jeune, tu sais ! Environ, deux ans plus âgée que moi, veuve depuis plusieurs années, propriétaire de plusieurs hectares de vignobles, et encore très jolie ! Ce fut comme un coup de foudre. Jamais vu ça de ma vie ! On s'est regardés dans les yeux sans bouger pendant…

c'était comme un électrochoc ! On a pris un verre, un deuxième… Ensuite, on s'est raconté nos tranches de vie et au bout d'une heure, la « belle » m'a proposé sans détour de faire un bout de chemin avec elle et de l'accompagner dans sa magnifique propriété de Remoulins. J'ai accepté sans réfléchir !

— Tu m'en bouches un coin, vieux renard !

— Et moi, donc !

— Et la Légion ?

— Tu ne vas pas me croire, mais j'ai coupé le cordon ombilical. Fini à jamais. Terminé. Basta ! Je ne sais pas ce qu'elle m'a fait, mais je la suis partout comme un petit chien et j'obéis à tout ce qu'elle me demande sans jamais rechigner, tu te rends compte ? Ce n'est pas l'AMOUR, ça ? Ah, la femelle, elle m'a sûrement jeté un sort ! Y a des jours, p'tit, je ne sais plus où j'en suis, je te jure… Mais, pour parler sérieusement, je pense que c'est la première femme au monde à m'avoir mis un peu de plomb dans la cervelle ! La seule personne au monde qui m'a enfin fait comprendre qu'il était temps de me poser, tu entends ?

— Tu parles ! Tu ne peux pas savoir à quel point je suis heureux pour toi, mon ami !

— Merci… Et maintenant qu'on est presque voisins… la France, ce n'est pas bien loin… J'espère que tu viendras me voir de temps en temps ?

— Je vais me gêner ! Laissons passer l'année et fixons-nous, disons, un rancard au début du printemps, qu'en penses-tu ?

— Ça marche, p'tit mais à une condition.

— Je t'écoute, vieux bandit.

— Quand tu t'amèneras, je veux que tu restes au moins quinze jours chez nous. Si tu t'y amuses, tu resteras le temps que tu voudras, tu seras ici chez toi ! Et si tu es accompagné, aucun problème. Tu prends « Madame » avec et surtout, aucune gêne entre nous, on est d'accord ?

— On est d'accord !

— Et quand tu sais pour René, n'oublie pas de me prévenir !

— C'est promis, Chopin. À très bientôt…

Je suis soulagé qu'il soit en vie ! Et le savoir heureux d'avoir enfin rencontré l'amour de sa vie me ravit au plus haut point. Je reste seul encore quelques instants sur le muret des urgences en ramassant mes idées… On va se revoir au printemps, incroyable ! Nos adieux n'étaient pas de vrais adieux, mais ce n'était pas prémédité. Chopin quitte la Légion pour s'installer avec une nana au sud de la France, du jamais vu ! Il m'invite à l'avance avec ma copine du moment. Perso, je ne vois que Fleur. Qui d'autre ? Logique implacable… Peut-être serons-nous mariés d'ici là, qui sait. Ou alors, on pourrait se marier là-bas avec Chopin comme témoin ! Ce serait formidable.

Sa thèse du sniper qui ne s'engage pas tout de suite dans un tir groupé mais qui s'entraîne plutôt de façon progressive tient tout à fait la route. Jusqu'à présent, cet enfant de salaud n'a tué qu'une personne à la fois. Aujourd'hui, il est passé à la vitesse supérieure. Et demain ?

Il me reste à présent à connaître l'identité du sans-abri qui vient de se faire éclater le crâne. Je l'ai promis à Chopin et je n'ai qu'une parole ! La meilleure solution est encore de retourner à la morgue et de faire mon « gros chiant » jusqu'à ce qu'on me montre le visage de ce pauvre bougre. En revenant sur mes pas, je croise le petit bouledogue du bloc B qui porte le même nom et prénom que celui que Napoléon nomma un jour duc d'Otrante, alias Joseph Fouché, ancien ministre de la police générale.

— Vous tombez bien, me dit-il d'une voix totalement radoucie.
— Ah, bon ? fais-je sans manifester la moindre rancune.
— Oui. Euh… D'abord, permettez-moi de m'excuser pour tout à l'heure, mais nous sommes plutôt surchargés en ce moment… Nous travaillons en sous-nombre, vous voyez ? Alors, nous sommes parfois un peu sur les nerfs et je m'en veux vraiment de vous avoir répondu de travers !
— Aucun souci, je comprends.
— Merci… Vous souhaitez toujours le reconnaître ?

— Plus que jamais, c'est pour ça que je suis ici !

— Bien... Ça m'arrangerait que vous puissiez l'identifier ! Vous n'imaginez pas le travail de paperasserie qu'on doit se taper en plus de notre boulot d'urgentiste. Avant, on avait des secrétaires. Avec la crise, ils ont encore tiré sur le baudet. Plus de petites mains, trop cher, on doit tout faire nous-mêmes, maintenant ! Pour revenir au sans-abri, il n'avait aucun papier sur lui, ce qui est parfaitement coutumier pour un clochard. N'empêche que si je pouvais mettre un nom sur son visage, je gagnerais un temps fou ! Mais je dois vous avertir... Le spectacle n'est pas beau à voir ! La balle lui a perforé la moitié du crâne et je ne vous cache pas que mon infirmière en chef, qui est loin d'être une bleusaille, a dégueulé tous ses boyaux sur place quand elle est venue le changer ! Le pauvre type n'a plus que la moitié de son visage. Si vous le connaissez vraiment, vous devriez pouvoir l'identifier. Enfin, je crois... Vous êtes toujours partant ? Bien, alors, suivez-moi, je vous prie...

Sinatra miaule sur la terrasse. J'ai l'impression qu'il est de plus en plus dépendant de mes boîtes de conserve au thon. Depuis que j'ai opté pour une autre marque – un pur hasard en tombant sur la promotion du jour –, Sinatra se rue dessus comme une abeille sur du miel. Il ne cherche plus à sortir la nuit. Y aurait-il aussi la crise dans ce monde de la nuit des félins ?

L'urgentiste m'a ramené au bloc B. Ce n'est ni René ni aucun des convives de l'autre soir. Le type est défiguré, c'est le moins qu'on puisse dire, mais il n'y a aucun doute dans mon esprit. Le pauvre ne faisait pas partie de notre petite équipe. Chopin sera soulagé de l'apprendre lorsque je lui sonnerai... Fouché m'a offert une cigarette, nous discutons aimablement puis, sans transition, je le questionne au sujet d'une greffe de reins en pensant à la petite Grisouille. Il me rétorque que ce n'est pas sans risque. L'intervention est toujours délicate et des complications postopératoires sont toujours possibles, même des années plus tard. Il tempère cependant en me confirmant que dans quatre-vingt-quinze pour cent des cas, cela se passe sans aucun problème.

Sinatra s'amuse à grimper sur mon épaule. Il ne l'a jamais fait ! Quand je m'étends sur le lit, il vient se frotter entre mes côtes et reste parfois des heures entières sans bouger ! Une crise d'affection féline sur le tard…

Fleur me contacte au bout d'une heure. Dans un semi-réveil, je réussis à balbutier quelques mots intelligents avant de comprendre qu'elle me parle de son chien abandonné. La toile est enfin terminée ! Elle me demande de passer quand je peux afin de lui donner mon ressenti.

Lorsque j'arrive chez elle, Fleur est toute guillerette. Je me doute qu'il s'agit du tableau. Elle ne me laisse pas le temps de réfléchir et m'attire dans son atelier. La toile trône en maître sur son chevalet en sapin. Elle est magnifique ! En bas, elle a indiqué le titre en lettres majuscules : « Je ne cherche pas, je trouve… ». Une allusion à la phrase célèbre de Picasso qui se moquait ouvertement de la complexité enfantine de Dali.

— Tu aimes ? me demande-t-elle dans un élan d'enthousiasme.

— J'adore !

— C'est vrai ?

— Je ne rigole pas, Fleur. C'est génial ce que tu viens de réaliser là ! Le chien ne cherche pas son maître… Il le trouve et ne lui donne pas le choix, c'est comme ça et pas autrement ! Le type rentre chez lui avec le chien sans se poser de question et la vie fera le reste… Tu m'épates ! Jamais je n'ai imaginé ce scénario et pourtant, en regardant la toile d'un simple coup d'œil, il n'y a guère d'autres interprétations possibles. C'est tout simplement grandiose !

— J'avoue être assez satisfaite du résultat.

— Tu peux, je t'assure.

— Grâce à toi !

— Je n'y suis pour rien.

— Que du contraire, Baron… Tu l'ignores peut-être, mais tu es ma muse au masculin !

— Fleur, je dois te dire quelque chose d'important.

— Plus tard, mon amour, plus tard… Je vais t'aimer, maintenant, que tu le veuilles ou non !

Sans me demander mon avis, elle me déshabille complètement et me jette littéralement sur le sol. Elle m'attache les mains à l'aide des manches de ma chemise en suspendant mes avant-bras autour du meuble TV à un mètre du sol, m'écarte les jambes en attachant solidement chacune de mes chevilles avec une écharpe de laine aux tuyaux du radiateur. Elle actionne la stéréo qui envahit la pièce de Wagner ! Le prélude magique de Lohengrin après l'audition duquel Baudelaire « *se sentit délivré des liens de la pesanteur…* » prend ici et maintenant tout son sens !

Ses lèvres parcourent mon corps avec une lenteur inouïe sans que je puisse réellement mesurer le temps qui s'écoule. Elle boit littéralement les parties les plus intimes de mon corps comme on s'enivrerait liturgiquement du calice du Saint-Graal. Sa bouche insatiable s'empare enfin de mon sexe en délire jusqu'aux moments somptueux de l'orgasme, je suis sous le charme ! Et toi, lui demandé-je ? Non, me rétorque-t-elle d'un ton autoritaire. Aujourd'hui, c'est toi et rien que toi ! ajoute-t-elle en réitérant, sans me laisser le temps de récupérer, ses caresses labiales étourdissantes qui me font jouir une seconde fois au bout de quelques minutes à peine…

Lorsque je rentre à mon studio, je m'installe en « seiza » au pied du Bouddha pendant plus d'une heure sans bouger ! Je tente de faire le vide comme je peux. Jamais une femme ne m'a fait l'amour de cette façon, jamais ! Je suis parti sans qu'elle m'ait demandé ce que j'avais de si important à lui dire. Elle m'a parlé du sniper en me disant qu'elle était au courant et que son cœur avait tremblé pour moi, comme je l'avais imaginé. Mais elle en prenait son parti. « *Si la vie est un bouquet de roses,* me dit-elle avant de nous quitter, *on doit aussi prendre les épines ! Elles sont indissociables…* ».

J'invoque le Bouddha en lui demandant s'il est bon de recentrer ma vie et d'épouser Fleur pour le meilleur et pour le pire. S'il est indispensable de me poser enfin, comme mon ami Chopin. Si la pitié ou la compassion que j'ai pour Fleur n'est pas finalement un piège de l'amour dans lequel je m'enferre stupidement jour après jour… Son silence est éloquent de sagesse, comme d'habitude… Et lorsque j'évoque cet enfant de pute de sniper ainsi que mon désir d'aller le buter, il me rétorque tout de go qu'il ne faut jamais répondre à la violence par la violence ! *Tu penses trop, Baron, je te l'ai dit mille fois ! Laisse couler, mon ami, laisse couler…*

Un industriel et un clochard ! Réunis tous les deux, le même jour, dans les couloirs sombres des ténèbres pour l'éternité… sans raison officielle !

Et l'argent, dans tout ça ? Que dalle ! Il peut se le foutre dans le cul, ce gros magnat de l'industrie, tout ce pognon amassé au fil des ans pour des queues de cerises ! Et l'autre, le sans-abri désœuvré de ne jamais pouvoir manger à sa faim, n'est-ce pas là une délivrance qui vient du ciel ? Quoi qu'il en soit, la peur se réinstalle. Le doute persiste…

Quand va-t-il tirer à nouveau ? Demain ? La semaine prochaine ? Dans un an ? Nul ne le sait. Mais heureusement, tout se banalise si vite, comme un instinct de survie. Au bout d'une semaine, la moutarde retombe ! Une protection nécessaire qui nous permet de vivre avec nos peurs, nos angoisses.

Madame Dorsay me confirme que Grisouille ne va pas bien du tout, que les médecins sont indécis, qu'il faut attendre les résultats des analyses sérologiques, encore et encore…

Je fous le camp une journée. Envie d'être seul. Un besoin vital de prendre un bol d'air. Je prends le premier train pour nulle part et sors au terminus sans me soucier de la destination !

Je marche le long du trottoir dans cette ville dont j'ignore le nom pendant des heures entières. Je m'installe enfin à la terrasse d'un café pour siroter une bière fraîche bien méritée. Je reprends la route une heure plus tard jusqu'en fin de journée sans vraiment savoir où je vais.

J'aperçois soudain, à quelques mètres de moi sur la droite, un vieux musée qui ferme ses portes dans moins d'une demi-heure, si je me réfère à la pancarte en carton collée à la fenêtre. Je rentre sans conviction... Quatre sculptures en bronze insignifiantes, un bas-relief étrusque mais je ne pense pas qu'il soit d'époque, quelques scènes mythologiques de la Grèce antique peintes maladroitement sur un pan de mur de la pièce principale, des albums de timbres anglais de l'époque victorienne protégés avec précaution sous une coupole de cristal ainsi que différentes lithographies postimpressionnistes du dix-neuvième siècle. Bref, rien de bien passionnant.

Je suis cependant interpellé par deux lithographies. La première, pour son côté dépravé. Il s'agit d'une vulgaire reproduction d'une huile sur toile de Franz von Stuck qui représente la toute première femme de l'humanité, s'empêtrant dans son péché originel, la poitrine sertie d'un énorme python noir lui couvrant les cuisses, la taille et le sein gauche. Sans parler de sa chevelure babylonienne qui lui tombe jusqu'aux genoux ainsi que de son Mont de Vénus mouillé d'intention, enrobé d'impudeur et de noires verdures.

Au-dessus d'elle, sur le mur tapissé de scènes de l'Iliade, une phrase en latin règne triomphalement d'incompréhension : « Sed non satiata ». Un des poèmes les plus mystérieux de Charles Baudelaire, si l'on s'applique à lire la notice écrite en petits caractères, en bas du tableau.

D'intuition, je devine le stupre de l'œuvre sans trop de certitudes mais il ne faut pas être grand maître en symbologie pour deviner les « nobles » intentions de cette femme au regard licencieux, à l'appétit sexuel redoutable ou insatiable, pour reprendre la traduction antique du poème dans son sens littéral. Une sorte de Messaline qui jamais n'est rassasiée des prouesses nanifiées et soi-disant viriles d'hommes incertains, à l'éjaculation égocentriquement trop précoce pour elle.

De part et d'autre du tableau, on avait recopié béatement, j'ignore pour quelles raisons, quelques vers de ces « Fleurs du mal » de manière désordonnée et sans la moindre cohérence ! Sans doute pour épater la galerie. « ***... Sorcière au flanc d'ébène... Brune comme les nuits... Au parfum mélangé de musc et de havane... L'élixir de ta bouche où l'amour se pavane... Tes yeux sont la citerne où boivent mes ennuis...*** ».

La seconde lithographie m'interpelle à plus d'un titre mais je suis bien incapable d'en extraire la raison. Il s'agit d'une reproduction du Berceau, sans conteste le tableau le plus célèbre de Berthe Morisot, fondatrice et doyenne du mouvement d'avant-garde que fut l'impressionnisme. Mon oncle en avait une fort jolie copie dans le salon, lorsque je vivais chez lui après le décès de mon père. Je la contemplais souvent, mais avec d'autres yeux qu'aujourd'hui. La revoir me projette plus de vingt ans en arrière et pourtant, j'ai l'impression de la découvrir pour la première fois.

Une maman en adoration pour son bébé. Quoi de plus banal. Néanmoins, la peintre a réussi à fixer le temps. On a cette sensation qu'elle va rester là pour toujours, à protéger sa progéniture par l'unique tendresse de son regard. On n'a pas envie d'imaginer que ce bébé va grandir, devenir un jour cet adulte-enfant qui prendra tôt ou tard son envol pour construire lui-même son propre nid. Mais on y pense quand même, d'où la mobilité antinomique de cette toile sans mouvement par le seul pouvoir de nos pensées, mécanisme agaçant qui n'a de cesse de projeter tout ce qu'on voit dans un futur qui n'arrivera peut-être jamais.

Ce bébé me fait subitement penser à cet enfant que je n'ai pas eu. Que je n'aurai jamais ! Pourquoi me mettre en tête des idées pareilles alors que je n'ai jamais de ma vie envisagé d'être père un jour ? Parce que je vais annoncer à Fleur, d'ici un jour ou deux, mon intention de l'épouser ? Elle n'est plus en âge d'être enceinte, ce ne serait pas sérieux. Adopter un enfant avec Fleur ? Ce serait un beau projet, j'en conviens.

— Désolé, Monsieur, mais nous fermons ! Monsieur… Monsieur ?
— Excusez-moi, je…
— Vous n'êtes pas bien ? Vous voulez que j'appelle un médecin ?
— Non, ce n'est rien, cela va passer… J'ai besoin de prendre l'air…

Ça s'appelle le syndrome de Stendhal ! Une sorte de malaise à force de regarder une œuvre d'art un peu trop longtemps. Je ne parviens plus à détacher mon regard de cette toile comme quelqu'un qui se fait électrocuter en étant incapable de décoller sa main de la prise électrique.

Un sentiment de souffrance et de bien-être en même temps. Le cœur palpite à cent à l'heure. Les mains sont moites. Je pense m'évanouir, mais quelle magie de recouvrer des sensations perdues de mon enfance ! Ce jour où mon oncle m'avait tiré de force hors du musée de peinture en me conduisant d'urgence chez le médecin qui évoqua sans la moindre hésitation ce fameux syndrome d'angoisse. Ce qui me ravit au plus haut point et me rétablit sur-le-champ. Prétention d'un adolescent de quinze ans qui tout d'un coup se sentit tout fier d'avoir ressenti, lui aussi, le même malaise que ce grand écrivain de l'époque romantique…

Deux jours plus tard, au « Humphrey Bogart ». La piste de danse est comble. Manu est arrivé au milieu de la soirée. Entre deux pauses, il vient me féliciter à deux reprises d'avoir réussi à créer cette ambiance imprévue. Décidément, notre relation semble prendre un virage à trois cent soixante degrés… On a démarré d'une manière anormalement calme et en moins d'une heure, j'ai pu effectivement dérider la moitié de la salle en reprenant une série de vieux tubes disco des années 2000, ce qui a mis littéralement le feu à la piste de danse.

Je joue sans conviction mais cela ne se remarque pas. Sauf pour Joachim qui, de façon assez perspicace, me lâche sans méchanceté, avec son inimitable accent camerounais : *« Je ne te sens pas, patron ! Ton corps est là, mais toi, tu n'y es pas… »*. Plus sensible que je ne le croyais, le Joachim ! Et en plus, il a raison, l'animal. Même en jouant au piano, je n'arrête pas de penser à Fleur.

Il faut absolument que je lui fasse part de ce fameux syndrome de Stendhal. Lui demander ce qu'elle en pense en tant qu'artiste-peintre. Si elle-même a un jour déjà ressenti ce phénomène étrange lorsqu'elle contemple d'autres toiles que les siennes. Si elle ressent parfois les mêmes sensations devant ses propres tableaux.

Nous n'avons pas eu beaucoup l'occasion de nous parler ces deux jours-ci. Je la sens très engagée, très investie dans son travail. Alors, je n'insiste pas. Je la laisse dans sa bulle créatrice qui n'arrête pas de reprendre forme et vigueur de jour en jour ! Après la toile du chien abandonné, elle vient de terminer à la volée ce fameux paysage lunaire dont elle ne savait que faire il y a encore une semaine à peine. Une véritable splendeur d'originalité ! L'effet de mouvement y est rendu de manière tout à fait spectaculaire. On dirait un kaléidoscope qui tourne sans relâche sans bouger d'un millimètre !

Quant à mon intention de l'épouser, j'attends le bon moment. Je veux absolument lui faire la surprise car je sais qu'elle ne s'y attend pas. C'est quand le bon moment ? Voilà une bonne question... Demain, la semaine prochaine ? Et pourquoi pas ce soir ou plutôt cette nuit, vers les trois heures du matin, lorsque j'aurai terminé mes prestations ? J'ai la clé de son appartement à présent, elle l'avait glissée un jour dans ma poche sans rien me dire. J'ai fait semblant de rien, pour ne pas l'embarrasser et puis, tout bien réfléchi, puisque je vais l'épouser, qu'est-ce que ça peut bien faire d'avoir la clé de son domicile ? Rien de plus normal, à ce que je sache !

— Tu peux t'arrêter, patron ! Les gens sont partis, tu sais... me fait Joachim en explosant de rire comme une baleine.
— Oh... Oui, bien sûr...

— Je te l'ai dit tout à l'heure, tu es absent ce soir ! Dans quelle galaxie es-tu, patron ? Allô, la terre, allô ?

Je quitte le piano-bar vers trois heures du matin. Je ne m'étais pas rendu compte que c'était fini, qu'il n'y avait plus aucune raison de jouer ! Manu m'a offert un dernier verre en me disant qu'il n'avait jamais vu une ambiance pareille. Le con ! Il ne comprendra jamais rien à rien. Il est ensuite parti avec Laure qui l'a suivi comme son ombre.

S'il pense que je n'ai pas compris son manège. Il a besoin de moi parce qu'il n'a personne d'autre sous la main, c'est tout. Et puis, sa façon de considérer Laure comme une vulgaire chaussette me fait vomir sur place. Jamais il ne lui adresse la parole avec douceur. Quand il lui parle, même devant nous, c'est comme s'il s'adressait à son chien. Aucune délicatesse, aucune attention. Et sa façon d'être toujours devant elle, sans jamais lui ouvrir la porte ou la laisser passer ! Un sale type, ce mec, voilà ce qu'il est. Mais ça ne me regarde pas, je n'ai pas le droit de juger. C'est son problème. Ce n'est pas ma vie…

J'arrive dans un instant devant l'immeuble de Fleur. Faut-il attendre demain ou prendre le risque de la réveiller à cette heure indue ? J'hésite comme un gosse de sept ans, qui ne sait pas ce qu'il doit faire pour bien faire.

Son appartement est toujours éclairé. À cette heure-ci, elle ne peut être qu'à son atelier, accoutrée comme à son habitude, avec son tablier blanc taché de gouache, en train d'esquisser une nouvelle toile posée rapidement sur son chevalet en laiton. Il n'y a plus de doute dans mon esprit. C'est le moment ou jamais de lui faire part de mes intentions ! Je glisse la clé dans la serrure et m'engage dans le hall d'entrée en direction des ascenseurs.

Toutes les pièces sont allumées et la stéréo fonctionne à plein tube. L'ouverture de Lohengrin, si reposante d'ordinaire, revêt soudain quelque chose d'hivernal, comme une prémonition qui n'augure rien de bon.

Je monte à l'atelier car elle y passe la moitié de son temps pour terminer ses dernières créations. J'ai beau crier son nom, elle ne répond toujours pas ! La porte est grande ouverte. Toutes ses toiles sont déchirées, éparpillées en mille morceaux partout sur le sol. Je n'aperçois pas tout de suite son corps gisant au fond de la pièce. *Mon dieu, Fleur, qu'as-tu fait ?* Je me précipite vers elle mais il est déjà trop tard !

À côté d'elle, une bouteille d'alcool brisée ainsi qu'un tube de barbituriques vide. Son poignet gauche est entaillé sur deux centimètres. Son corps, entièrement nu, stagne littéralement dans une mare de sang. Une feuille de papier reste accrochée à sa main droite avec ce petit mot qui restera à jamais gravé dans ma tête : « **pardonne-moi, mon amour… je t'aime** ». Fleur est allée rejoindre les anges du Bon Dieu, laissant derrière elle un être anéanti de douleur. J'ai juste envie de crever…

ONZIÈME RÉCIT

C'était ma sœur, ma mère, mon amie, ma confidente, ma maîtresse…

Et ce jour-là, je venais chez elle pour lui demander de m'épouser. Elle ne m'en a pas laissé le temps. Et si je lui avais annoncé la nouvelle une semaine auparavant ou même deux jours plutôt, tout ça ne serait jamais arrivé, n'est-ce pas ?

Cela fait un mois à présent que Fleur est partie et je n'ai toujours pas la réponse à cette question qui m'obsède et qui hante toutes mes nuits. Son médecin, un type très bien, irréprochable sur le plan humain, a tenté de me déculpabiliser à maintes reprises en me certifiant que Fleur s'est suicidée uniquement à cause de sa dépression chronique et que je n'y étais pour rien. Et que mes intentions de l'épouser n'auraient rien changé. Ni plus tôt, ni plus tard !

Un cas typique dans ce genre de maladie, m'avait-il précisé en ajoutant qu'une simple contradiction d'ordre purement domestique ou même un motif plus insignifiant encore pouvait, chez certains dépressifs, se dimensionner de manière tellement inattendue, qu'ils arrivent à se donner la mort en quelques secondes sans réfléchir aux conséquences, sur un simple coup de tête.

Pour étayer sa thèse, il me conta l'histoire d'une de ses connaissances, chef d'entreprise prospère, heureux en ménage, père de quatre enfants en bas âge. Aucun problème financier, aucune dette de jeux ou de quoi que ce soit, aucun problème lié à l'alcool, la drogue ou autre addiction. Un jour, après avoir gagné un tournoi de tennis, il est rentré à la maison pour se changer et, sans que personne ne comprenne les raisons précises qui motivèrent son geste, il s'est pendu dans son garage sans motif apparent. C'était mon ami de toujours, un mec formidable, bon, généreux, travailleur, toujours le premier à rendre service et à se soucier de la santé des autres avant la sienne. C'était aussi un grand dépressif depuis sa tendre enfance, me précisa-t-il avec une certaine émotion dans le regard.

Je l'ai remercié sincèrement pour ses propos bienveillants mais ils ne feront pas revenir Fleur et me lamenter sur mon sort n'arrangera rien. Par contre, comment ne pas me sentir coupable ou responsable partiellement de sa mort ? Ce brave médecin eut beau me débiter toutes ses certitudes, elles-mêmes étayées par de nombreux exemples, rien ne m'empêchera d'imaginer un seul instant n'avoir jamais été à la hauteur de l'amour qu'elle m'a apporté depuis toutes ces années, où nous faisions semblant de ne plus être ensemble.

Je me rends compte à présent à quel point je fus aveugle et égoïste, à quel point je ne m'étais jamais investi pour elle comme elle l'avait fait pour moi. Exception faite de ces dernières semaines où j'ai soudain pris conscience qu'elle en valait vraiment la peine, qu'il n'y avait d'autre alternative que celle de l'épouser. Que c'était le seul moyen pour qu'elle fût pleinement heureuse. Le seul moyen pour que notre stupide « histoire d'amitié » éclatât enfin au grand jour ou se révélât tout simplement être une des plus belles histoires d'amour de tous les temps ! Mais je n'ai pas eu le courage ni l'intelligence de le lui dire tôt assez. Et elle en est morte.

Et cette question sous-jacente qui me harcèle. Alors qu'elle semblait aller mieux ! Cette façon incroyable de reprendre sa vie en main, de s'investir dans cette exposition de janvier à laquelle elle tenait tant, bref sa volonté inébranlable de vouloir remonter la pente à tout prix. Ses soucis de créativité qui s'estompaient de jour en jour. L'ingéniosité de ses deux dernières toiles… Comment expliques-tu ça, Doc ?

Faut-il être toubib pour y répondre ? Personne n'ignore que dans toute maladie, il existe de plus ou moins longues périodes de rémission, souvent suivies, peu de temps plus tard, d'une baisse de régime complètement contradictoire ou carrément annonciatrice d'une rechute fatale.

Et cette idée morbide et idiote que j'avais été pécher dans les tréfonds de mon adolescence ! Que de poussières noires de prémonition enferrées dans cet opéra hybride où Lohengrin, un chevalier du Graal fait de lumière, ne fait que symboliser l'infrangible incommunicabilité entre les dieux et les hommes, entre les hommes entre eux, entre l'homme et la femme… Comment ai-je été assez bête pour croire un seul instant qu'il était impossible de se suicider en écoutant du Wagner ?

Kalyna, Fleur, Linda… Je n'ai pu en garder aucune ! La providence m'avait un peu trop gâté en m'offrant Kalyna, le bonheur à l'état pur sur un plateau d'argent. J'ai refusé cet instant de grâce. Je l'ai gaspillé ! Je l'ai jeté dans les scories de l'oubli en croyant ensuite qu'il ne me serait plus désormais permis de connaître l'amour. Je ramasse aujourd'hui les morceaux de mon imbécillité dans une rivière de larmes.

Noël approche à grands pas. Je ne suis plus retourné au « Humphrey Bogart » depuis que Fleur nous a quittés. Manu m'a laissé plusieurs messages mais je n'ai pas encore eu l'envie de lui répondre. La raison est double. J'ai décidé d'arrêter de bosser pour un plus con que moi. Ensuite, je l'emmerde !

Aujourd'hui, je suis chez Geneviève. Je n'étais plus sorti de mon studio depuis un mois. Sinatra me tenait compagnie en sortant de temps à autre, mais il revenait souvent se blottir bien vite sur mes épaules pendant que je m'agenouillais en « seiza » en train de me vider la tête devant le Bouddha, position que je n'ai pour ainsi dire pas quittée pendant ces quatre longues semaines, sauf pour la nuit où je rejoignais mon lit de solitude endurcie.

Je lui ai tout expliqué au sujet de Fleur. Un besoin d'évacuer. Un besoin que quelqu'un m'écoute, me comprenne. Ce qu'elle fait très bien d'ailleurs mais je la sens embarrassée, triste pour moi.

Nous n'allons pas faire l'amour, c'est évident. Beaucoup trop tôt, beaucoup trop dur… Alors, je lui balance sans détour ma décision de ne plus remettre les pieds chez Manu.

— Que vas-tu faire ? me demande-t-elle par compassion.

— Je n'en sais rien, on verra.

— Ce n'est pas une réponse, Baron ! Tu as des projets, c'est ça ?

— Aucun projet ! Juste l'envie de prendre l'air, de marcher loin, très loin, sans jamais m'arrêter… Tu peux comprendre ça ?

Évidemment qu'elle peut comprendre. Le problème n'est pas là. Le problème est qu'en ce moment, ma vie bascule et je me fous de tout ce qui pourrait arriver. Ma cervelle est vide et je ne sais plus où j'en suis…

*

*   *

— *Salut Joachim, je te dérange ?*

— *Geneviève, c'est toi ?*

— *Qui veux-tu que ce soit ? Bon… J'ai une info pour toi ! Ton ami Baron ne va pas bien du tout, il veut tout plaquer et broie du noir à cause de sa petite copine qui vient de se flinguer. Tu saurais lui passer un coup de fil, je suis certaine que ça lui ferait grand plaisir, tu es un chou…*

*

*   *

Lorsque je rentre au studio, la petite Grisouille me fonce dessus avec son petit vélo bleu. Barbara, sa mère, court derrière elle. Mais il est trop tard, je m'écroule sur le sol et fais semblant d'être knockout, comme l'autre jour. Son teint jaune n'est pas aussi prononcé que je le craignais mais son petit visage est anormalement creusé. Je fais mine de ne m'apercevoir de rien et continue à jouer « au docteur » pendant quelques minutes.

— Grisouille, tu vas prendre froid ! J'aimerais que tu ailles ranger ton vélo dans le garage, maintenant. Combien de fois dois-je te le demander ? Et puis, cesse d'importuner Baron ! Il n'a pas que ça à faire…

La petite m'embrasse en se jetant dans mes bras, comme d'habitude. *« Salut, Baron, à la prochaine… »,* me lance-t-elle d'un air enjoué. Je reste deux minutes sur le devant avec Barbara en essayant discrètement d'obtenir un max d'infos au sujet de la gamine.

— Le verdict est tombé… Une greffe de rein ou c'est la dialyse à vie !
— C'est définitif ?
— Oui.
— La petite est au courant ?
— Oui, mais je ne crois pas qu'elle réalise vraiment.
— Et que penses-tu faire exactement ?
— La dialyse dans un premier temps. Après, on verra bien… Grisouille ne peut recevoir qu'un donneur de sang O négatif, ce qui n'est pas évident puisque les hôpitaux sont en pénurie. Ce rhésus devient de plus en plus rare et les donneurs ne sont plus très chauds pour donner leur rein, ce que je peux comprendre. De plus, l'intervention est hors de prix et je ne peux pas me le permettre !

Je la quitte en lui souhaitant bonne chance. Elle est restée très digne. Je viens de déduire que Barbara, la propre maman de Grisouille, n'a pas le même rhésus que sa fille. Elle n'aurait évidemment pas hésité une seconde à lui donner son propre rein dans le cas contraire, cela tombe sous le sens. Quoique le coût de l'intervention eût été un problème à résoudre.

Mon portable vibre dans ma poche revolver…

— Allô, j'écoute !
— C'est Joachim à l'appareil ! Je ne te dérange pas, patron ?

— Tu penses, ça me fait plaisir de t'entendre !

— Je sais que tu n'as pas le moral en ce moment, patron... Alors, je ne vais pas y aller par quatre chemins ! Dans ces cas-là, où tu te redresses ou tu crèves, tu es toujours là, patron ?

— Oui, continue, tu m'intéresses.

— Je sais que tu vas m'engueuler, patron, mais voilà... J'ai contacté Mike, mon pote producteur à Londres, tu te souviens ?

— Oui, et alors ?

— Alors, je n'ai pas hésité à lui parler de toi, que tu n'étais pas bien et que pour le moment, tu tournais en rond ! Alors, mon ami Mike, il m'a proposé un rancard pour toi car, petite précision en passant, il est toujours convaincu que tu vas lui rapporter un pognon incroyable !

— Tu n'as pas fait ça ?

— Si, patron, je l'ai fait ! Tu as rendez-vous lundi prochain à 15 heures dans ses studios de Londres pour un casting. Tu as la pêche, patron ! Jamais je n'ai vu Mike comme ça, tu aurais dit un enfant quand je lui ai parlé de toi, tu réalises, Baron ?

Sinatra est de plus en plus câlin avec moi. Peut-être sent-il que je vais encore partir et donc l'abandonner à son triste sort pendant un jour ou deux. Je n'ai pourtant pas envie de traverser la Manche et d'aller me faire chier dans cette ville en cinq lettres, la région la plus polluée d'Europe. Mais il faut un jour arrêter de se lamenter. *Le spectacle continue...*

Trois jours plus tard, dans une banlieue de Londres.

Je crève la dalle et ne trouve pas un seul drugstore à deux kilomètres à la ronde. Heureusement, au bout de la rue sur la gauche, des enseignes en forme de poulet et de sachets de frites clignotent par intermittence, comme un message S.O.S.

L'entretien avec Mike s'est passé comme un véritable conte de fées. Il ne m'a pas tendu la main. Il m'a tout de suite pris dans ses bras comme si nous nous connaissions depuis vingt ans ! Nous avons bu du champagne sans même parler affaires pendant une heure. Puis Mike m'a proposé d'improviser en studio. *N'importe quoi,* m'a-t-il dit en rigolant avec cet accent anglais pour le moins désinvolte, *uniquement ce qui te passe par la tête, don't worry, lod chap...* Ensuite, il m'a fait écouter un extrait de Miles Davis et m'a demandé sans détour si j'étais capable de broder autour du même thème, à condition d'y apporter une touche d'originalité qui ferait la différence. Je n'ai pas compris sur-le-champ ce qu'il voulait vraiment de moi, mais je pense avoir donné le meilleur de moi-même. En partant, il m'a de nouveau embrassé comme si j'étais son fils en me disant que j'étais génial et que j'aurais de ses nouvelles d'ici peu. Il s'excusa de ne pas m'offrir le resto car il devait prendre le premier avion pour Washington dans moins d'une heure, mais que c'était partie remise.

La seule chose qui m'intéresse pour le moment, c'est d'emplir mon estomac d'un hamburger géant et de m'enfiler quelques bières brunes dans le gosier avant de reprendre l'Eurostar pour Bruxelles. J'ai quelques heures devant moi pour flâner par-ci par-là et me trouver un coin peinard pour faire une petite sieste bien méritée.

Une très jolie femme blonde, venue de nulle part, pose ses lèvres charnues contre les miennes. Sa langue tiède frotte mes dents en tentant de s'introduire dans ma bouche. Une trop forte molécule de patchouli me réveille en sursaut, me sortant brusquement de ce rêve charmant.

— Linda ?

Ce n'est pas un rêve ! Que fait-elle ici dans cette venelle sombre, couverte par un brouillard humide sans pareil ? Le temps de reprendre mes esprits, le visage de Linda se distord progressivement au profit d'une figure tristement clownesque. Un travesti d'une trentaine d'années, le regard abruti sûrement par une trop forte dose de cocaïne, s'est assis près de moi à même le sol, la nuque adossée au pignon en moellons d'une vieille cathédrale gothique.

Il avait sans doute défait ma braguette pendant mon sommeil car je me retrouve à moitié déculotté en train de me faire branler la queue par ce dévergondé qui cherche en même temps à me rouler un de ces patins de gré ou de force ! Par un réflexe de survie, je me redresse, rattache mon pantalon, me penche vers lui pour le relever, l'empoigne par l'encolure et veux lui asséner dans la haine mon poing sur la gueule mais il s'affale en glissant sur le sol après s'être cogné la tête sur une taque d'égout. Le type meurt sur le coup ! Il n'y a pas une âme, on ne voit pas à deux mètres tant le brouillard est épais. Je dois fuir sans réfléchir. C'est ma seule chance !

*

* *

— Salut, Mike... désolé de te déranger en pleine nuit, mais je meurs d'envie de savoir si ton entrevue avec Baron s'est bien déroulée ?

— Ce type est une véritable mine d'or, Joachim ! Encore merci de me l'avoir présenté. Je te revaudrai ça à l'occasion, vieux, thanks a lot !

— Pas de quoi, Mike. Ce fut un plaisir pour moi. Et tu vas l'engager quand ?

— C'est déjà fait.

— Il est au courant ?

— Non, pas encore...

*

* *

Le lendemain à mon appartement. Hier encore, j'étais un brave homme... Aujourd'hui, j'ai du sang sur les mains et le pire dans toute cette histoire, c'est de devoir porter désormais ce lourd secret jusqu'à la fin de ma vie. Je n'irai donc pas en prison. Jamais ! Juste un « aller simple » pour l'Enfer puisque ce meurtre restera impuni jusqu'à l'Éternité, que je le veuille ou non !

Vais-je m'en plaindre ? Si je dois être impartial, ce pauvre type s'est bel et bien tué lui-même en se laissant aller comme une vieille asperge avant que son crâne ne se fracasse sur le sol. Moi, je l'ai assassiné par intention, rien d'autre ! L'ai-je seulement touché ? Non. Un crime virtuel, en somme. Un crime parfait. Aucun témoin, aucune trace. En douceur… Un sans-abri esseulé et anonyme, travesti de surcroît, complètement givré, en surdose de cocaïne, qui se tue en glissant sur le sol mouillé, il y en a des milliers tous les jours aux quatre coins de la Grande-Bretagne. Quoi de plus banal !

Et si je me réfère aux tristes et lamentables propos du premier ministre britannique à la TV, il y a très précisément un mois d'ici, toutes ces disparitions « naturelles » ne pourraient qu'améliorer voire résoudre les graves problèmes démographiques actuels. Autrement dit, un clochard mort est un clochard en moins… N'avait-il pas ajouté à ces allégations boueuses que l'euthanasie pourrait en outre constituer la seule solution aux problèmes des couches « faibles » de la société, n'ayant plus les moyens de se payer les soins médicaux !?

Deux jours plus tard, toujours pas de Sinatra. Depuis mon retour de Londres, plus de nouvelles de l'affreux jojo. Parti, envolé !

Je ne questionne pas le Bouddha au sujet de ce qui s'est passé dans cette ruelle sombre où la mort qui rôdait auprès de nous s'était travestie en un brouillard de circonstance. Je connais à l'avance sa réponse. *La violence engendre la violence… Ce n'est pas très bon pour ton karma…*

Sa ressemblance frappante avec Linda. Sa nonchalance, sa douceur, ses yeux tristes, son parfum de femme et surtout, son baiser si mystérieux, si prometteur… Je n'aurais pu le supporter une seconde de plus ! Quand je pense à tous ces mois passés dans la tourmente pour tenter de cicatriser cette relation complexe que j'ai eue avec Linda. Voici que ce pervers me replonge des semaines en arrière pour déterrer un cauchemar oublié à jamais ! Et cette manière inconvenante d'avoir profité de ma sieste pour exhiber mon sexe à l'air libre et le caresser allègrement fut pour moi totalement inacceptable. Je ne pouvais que le massacrer !

Je passe mes journées au bord de Meuse à regarder passer les péniches. Hier, je fus interpellé par la publicité d'une agence de voyages située non loin du quai Van Beneden. À la vitrine, la promo du mois qui me statufie sur place... **UNE SEMAINE DE TREKKING AU GRAND CANYON !** ***Visite guidée à cheval ou à pied avec un véritable Indien de la réserve Navajos, repas compris et boissons à volonté, un billet d'avion aller-retour Liège/Arizona, le tout pour 5 000 dollars !***

Une idée, une seule, me vient à l'esprit au moment même. Cette enveloppe boursoufflée, remplie de coupures de cent dollars, que la baronne parisienne me remit l'autre jour d'entrée de jeu lorsqu'on entra tous les deux dans sa petite voiture de circonstance... Quel rapport avec ce fameux trekking dans le Grand Canyon ? Aucun. Je me félicite simplement, en tant que gigolo « amateur », d'avoir surenchéri d'instinct de mille dollars !

Et si cette entrevue avec Mike ne donnait rien ? Je me retrouverais donc sans boulot, sans rien, ou si peu. Imaginons une seule seconde que Mike ne me recontacte jamais. Aucune suite, rien ! Un rendez-vous bidon... Bref, un voyage pourri qui n'aurait servi à rien, si ce n'est de perdre mon temps, mon argent et compromettre ma vertu judiciaire d'avoir provoqué la mort d'un pauvre bougre qui jamais n'aurait dû croiser mon chemin... Dès lors, envisagerais-tu la prostitution masculine comme un tremplin possible ?

Un Noël sans Fleur ne sera jamais plus un Noël comme les autres. Dans quelques jours, c'est le réveillon. Déjà ! Je ne veux même pas y penser. La seule solution est, je crois, de me renfermer chez moi à double tour, dormir beaucoup, surtout ne penser à rien, et n'en sortir que le 26 décembre au matin, quand l'odeur de cette fête sacrée aura disparu.

Un jour soir, je rentre par le petit bois qui contourne l'arrière de notre immeuble et découvre le cadavre de Sinatra, le crâne à moitié explosé, identiquement comme ce sans-abri du mois passé que j'avais tenté d'identifier au centre hospitalier universitaire. Les ogives ont été élimées artisanalement et ont rendu de ce fait les balles explosives, comme pour les meurtres précédents. J'en suis sûr, maintenant !

Sinatra, pas toi ! Dis-moi que je rêve, dis-moi que tu n'es pas mort, je t'en supplie ! Non… Pas toi, Sinatra ! Toi qui, depuis peu, avais pris l'habitude de rester des heures entières sur mes épaules. Nous arrivions enfin à nous comprendre, à accepter nos différences. Notre complicité grandissait de jour en jour et maintenant, tu vas me faire croire que c'est fini, que tout est foutu, que ton petit cœur a cessé de battre au nom de je ne sais quelle injustice ? Non, je ne peux pas l'accepter, non !

Ma peine est plus forte que la colère, la haine et la rage. L'espace d'un moment seulement, je n'ai aucun ressentiment envers cet enfant de putain de sniper. Je dis bien pour l'instant… Pour l'heure, j'ai juste envie de sangloter comme un gosse, de pleurer toutes les larmes de mon corps en prenant mon petit chat dans mes bras car il me faut l'enterrer à présent, afin de ne pas éveiller les soupçons ou indisposer le voisinage.

Il ne faut à aucun prix que Grisouille le voie dans cet état ! Jamais elle ne devra savoir. Jamais ! Après avoir recouvert le tas de terre d'un feuillage de fortune, je me recueille quelques minutes devant la tombe anonyme de mon meilleur ami. Le témoin privilégié de tous mes secrets intimes ! Des larmes de désespoir n'arrêtent pas de couler le long de mes joues congestionnées par le froid et la douleur insurmontable de ne plus jamais revoir sa belle petite frimousse de chat de gouttière. Exténué par toute cette violence inutile, ma gorge reste nouée de tristesse et de chagrin car je ne sais pas très bien ce que je vais pouvoir répondre quand on me demandera si j'ai vu Sinatra ou pourquoi il n'est jamais rentré à la maison…

Assis devant le grand Bouddha, je lui demande pourquoi le sort s'acharne ainsi sur moi. Il me répond qu'il ne fallait pas quitter Kalyna, qu'elle était un don des dieux et qu'ils vont me persécuter encore pendant très longtemps car ils ne décoléreront jamais de les avoir humiliés en brisant ce cadeau précieux qu'ils m'avaient si gentiment octroyé. Je n'avais qu'une chose à faire. La protéger et l'aimer de toutes mes forces jusqu'à la fin de mes jours ! Je n'en ai pas été capable. Je n'ai pas été à la hauteur de la mission qui me fut confiée.

Et toi, sniper ! Que fais-tu en ce moment ? Tuer des hommes et des femmes ne te suffit donc pas ? Il a fallu que tu t'en prennes à ce petit animal sans défense, qui ne t'avait rien fait ! Je peux tenter de comprendre que les hommes t'aient fait souffrir ou subir je ne sais quelle humiliation pour que tu en arrives à tuer tes semblables mais de là à trucider un simple chat de gouttière, je reste sans voix. Pourquoi ? Pour nous montrer que tu es toujours là ? Que tu as décidé de décentrer ton champ d'action en nous prouvant ainsi ton omniscience ?

*

* *

Au même moment, quelque part dans un immeuble isolé, un homme solitaire est assis sur son lit depuis plusieurs heures sans bouger. Autour de lui, quatre murs livides et rien d'autre. Des boîtes de munitions gisent en désordre sur le sol poussiéreux. Son arme, elle, se repose tranquillement en dessous d'un oreiller jauni par la crasse, la sueur et le sperme. Le regard vide, l'homme ne sort de sa torpeur que lorsque la mort le démange…

*

* *

Mon téléphone vibre. Je ne suis là pour personne. Je ne répondrai pas car je fais le plein de vide, cette vacuité informe où il me suffit « d'inexister ». Je ne peux cependant m'empêcher de savoir qui m'appelle à cette heure indue de la nuit et, dans un élan d'énergie, je saisis le boîtier de mon portable.

— Salut, Baron, c'est Mike… Comment tu vas ?

— Très bien, et vous ?

— Je te réveille ?

— Pas du tout, je me préparais pour un jogging de cinq kilomètres.

— À cette heure-ci ?

— Oui, j'aime aller courir en pleine nuit, pas vous ?

— Je n'ai jamais essayé, fiston mais *why not* ? À propos, je te téléphone pour t'annoncer une bonne nouvelle… Si tu regardes les journaux demain matin, tu verras que ton nom apparaît partout dans la presse. Ton improvisation de l'autre jour a déjà fait le tour du monde ! On n'entend plus que toi sur les ondes radio, qu'est-ce que tu en dis, mon jeune ami ?

— J'ai l'impression de rêver en vous écoutant…

— Non, Baron, tu ne rêves pas ! « Papa Mike » s'occupe de tout, tu sais… J'ai mis en route la machine et surtout… j'ai misé plusieurs millions de dollars sur toi avec mes potes de Washington… Quand je leur ai dit que j'avais déniché l'oiseau rare, ils n'ont même pas voulu attendre vingt-quatre heures, le temps que je te mette au courant, non… ils ont voulu écouter tout de suite… c'est comme ça aux U.S.A. ! Ils vivent pressés, ils mangent pressés, ils chient pressés et un jour, ils meurent pressés ! Bon, je rigole, Baron… Maintenant, venons-en au fait : quand je leur ai fait écouter ton improvisation, ils étaient sur le cul ! **SUR LE CUL**, je te dis, *old chap* ! Je n'ai même pas eu le temps d'aller bouffer avec eux, ils ont voulu signer tout de suite un contrat avec ma maison de disques, tu te rends compte ?

— À vrai dire, non… Je veux dire que je n'arrive pas encore à réaliser ce qui arrive… Tout ça est tellement rapide…

— Oui, rapide, c'est le mot juste ! Tu vois, dans le show-business, il faut battre le fer quand il est chaud, c'est bien comme ça qu'on dit en français, non ?

— Oui, c'est bien ça !

— Alors, « papa Mike », il n'a pas réfléchi une seconde. Et maintenant, j'ai une proposition en béton armé à te faire... On laisse passer les fêtes de fin d'année car je rejoins ma famille dans le nord ce week-end, mais si tu es d'accord, je te propose de venir dans mes studios à Londres pour signer quelques contrats, disons... le lundi 15 janvier à 15 heures, tu sais où je crèche maintenant... Et puis, j'adore le chiffre 15, c'est un chiffre porte-bonheur tu verras... Qu'est-ce que tu réponds à ça, fiston ?

— J'accepte, Mike !

— Voilà qui est bien parlé ! Je te laisse, Baron, j'ai un appel sur une autre ligne... Au 15 janvier, d'accord ? Et surtout... *Merry Christmas and a happy new year !*

Une nouvelle vie commence. Hier, je n'avais plus de boulot. Aujourd'hui, un producteur comme Mike me propose de m'envoler avec lui au sommet de l'Olympe. Je rêve !

Je suis là à regarder le néant... Fleur n'est pas ici pour partager ce moment de bonheur avec moi. Sinatra non plus. Une occasion en or se présente à ma porte, comme un virage qu'on doit négocier à plus de cent à l'heure ! Je n'ai donc pas le droit de laisser passer cette chance et pourtant j'arrive difficilement à rebondir. Je ne crois plus en moi. Je ne crois plus en rien. J'ai juste envie de crever ! Soudain, j'entends du bruit dans la pièce à côté. Quelqu'un se serait-il introduit dans mon studio ? Je reste assis sur le bord de mon lit comme un triple idiot, bien incapable de réagir. Une femme aux longs cheveux noirs, vêtue d'un très joli sari argenté, entre dans la chambre et se met à me faire la conversation. Son visage est flou, je ne la reconnais pas tout de suite...

— Bonsoir, Baron... Cela fait longtemps qu'on ne s'est pas vu. Tu ne me reconnais pas, n'est-ce pas ? me demande Kalyna avec une douceur inouïe.

Je reste figé sur place. Pas moyen de prononcer une syllabe. Elle est là, devant moi et j'ai l'impression que mes membres se paralysent au fur et à mesure qu'elle me parle. Je voudrais tant la prendre dans mes bras, me précipiter vers elle pour lui dire combien elle m'a manqué depuis toutes ces années. Lui dire à quel point j'ai été stupide de la laisser tomber. À quel point je m'en suis voulu de ne pas avoir su l'aimer. Mais je ne sais quelle force mystérieuse m'empêche de bouger.

— Je ne peux rester que quelques minutes, Baron… Quelques minutes seulement ! me dit-elle en restant debout à deux mètres de distance.

— Mais…

— Je suis venue te dire quelque chose d'important ! Tu ne dois donc plus m'interrompre, maintenant… Tu dois reprendre ta vie en main, mon amour. Je sais que tu vis des moments difficiles mais sache que je compatis pleinement à ton chagrin. Sache aussi que je t'ai pardonné depuis très longtemps… Je suis venue te donner les moyens de repartir à zéro mais à une condition. Lorsque je partirai dans un instant, tu devras brûler toutes nos photos et m'oublier pour toujours. Tu ne devras plus jamais évoquer mon nom, même plus m'imaginer en pensée, ne serait-ce qu'une toute petite pensée. Ce sera le prix à payer ! La seule façon de reconstruire un jour ta vie, d'avoir une femme et des enfants, de bâtir enfin une vraie famille avec laquelle tu seras heureux ! Encore une chose… Il faut aussi que tu apprennes à jeter tous ces préceptes bouddhistes et autres qui te paralysent l'esprit et t'empêchent de vivre pleinement. Le karma n'existe pas ! Ce n'est qu'un concept abstrait qui ne veut rien dire. Là d'où je viens, je peux te le confirmer, rien n'existe. Ni dieu, ni bouddha ! Tout ça n'est que l'invention des hommes pour mieux asservir leurs semblables. La seule chose qui existe sera ce que tu fais de ta vie et rien d'autre ! La seule chose qui vaille la peine d'être vécue est « **TA VIE SUR CETTE TERRE** », Baron. Ici et maintenant ! Le reste n'est que sornettes et perte de temps. Casse aussi cette statue du Bouddha qui ne peut que te freiner dans tes actions. Et surtout, « **CASSE LE BOUDDHA QUI EST EN TOI** », il ne te sert à rien !

— Mais toi, Kalyna… Où est ta demeure, à présent ?

— La notion de domicile n'existe pas dans l'au-delà. Je fais désormais partie de la Lumière, tout simplement.

— Et… Je peux te toucher ?

— Non.

— Dis-moi une chose avant de me quitter !

— Dépêche-toi, Baron, je n'ai plus que quelques secondes.

— Es-tu heureuse là où tu es ?

— Oui. Très heureuse.

— Ne me laisse pas, je t'en supplie… J'ai encore des tas de choses à te dire, à te demander…

— Je sais, mon amour… Mais il m'est impossible de rester plus longtemps… Aie confiance en toi. Toutes les vérités se trouvent au fond de ton cœur, ne l'oublie jamais ! Et si vraiment tu ne sais que faire pour expier les vilenies de ton passé, donne ton rein sans hésiter à la petite fille de ton immeuble ! Elle en aura bien besoin et toi, tu pourras vivre presque normalement avec un seul rein, tout en sachant que tu auras sauvé la vie d'un enfant.

— Je t'aime Kalyna… Laisse-moi t'embrasser une toute dernière fois, je t'en prie… Ne nous quittons pas comme ça…

— Il le faut, mon amour… Je dois te laisser maintenant. Adieu !

Je ne saurai jamais si cette vision était réelle ou non. La seule chose dont je suis sûr, c'est qu'elle était là, il y a encore quelques secondes à peine… Sans réfléchir à rien, je fais ce qu'elle m'a demandé, les yeux remplis de larmes. Je sors le vieil album cendreux pour en extraire les quelques photos où nous sommes ensemble. C'est Chopin qui les avait prises, enfin, je crois. La gorge serrée, je les brûle sans me poser de question. Je casse ensuite la statue du Bouddha avec un marteau qui traîne par hasard dans un tiroir vide.

Le lendemain de Noël, je me rends sans hésiter dans cette agence de voyages où j'achète mon billet d'avion pour les États-Unis. Je viens de souscrire à cette promotion de trekking à cinq mille dollars pendant une semaine dans les gorges escarpées du Grand Canyon.

DOUZIÈME RÉCIT

L'hiver fut plus court que d'habitude, cette année. Nous arrivons bientôt à la mi-mars et le printemps pointe déjà son nez depuis une semaine. Les forsythias sont en fleurs et les araignées tissent leurs toiles entre les arbustes pétillants de verdure. Encore un degré ou deux de plus au thermomètre et les fourmis recouvriront bientôt les sols de nos jardins.

Mon manager ne m'annonce que de bonnes nouvelles. Je viens de recevoir le premier prix d'improvisation de l'année ainsi qu'un disque d'or, ce qui n'était vraiment pas prévu au programme. Mike explose de joie au bout du fil en me le racontant. Mon nom est dans tous les journaux ! Mon « impro » de décembre dernier, il en a fait un véritable « tube » qui passe au moins cinq fois par jour sur toutes les ondes radio du monde !

Le pognon coule à flots, pour reprendre une de ses expressions favorites, et j'ai pourtant l'impression d'en faire encore moins qu'avant. Je vois Mike environ une fois par mois, parfois deux, pour arranger quelques enregistrements en studio ou paramétrer certains contrats qui s'ajoutent au fur et à mesure dans l'agenda. À part ça, ma vie continue comme avant !

J'habite toujours mon petit deux-pièces sur les Coteaux et, si ce n'est quelques allers-retours à Londres, je n'ai rien changé à mes habitudes. Mike m'a cependant mis au parfum. Il faudra un jour ou l'autre me trouver un autre domicile, voire changer carrément de pays, car les gens vont finir par savoir où j'habite et ce n'est pas l'idéal pour ma tranquillité. Je sais qu'il a raison mais on verra plus tard. Pour l'instant, rien ne presse. J'avoue que certains jours, j'ai encore du mal à réaliser ce qui m'arrive. Parfois, Mike me sonne quatre fois par jour mais ce n'est pas gênant. Avec le fric qu'il m'a fait gagner en moins de trois mois, il me sonnerait même toutes les heures, ce ne serait pas problématique. Ça vibre, mon portable danse la java sur la table du salon ! C'est sûrement lui…

— Salut, fiston… Ne m'en veux pas de te déranger encore une fois. J'ai une sacrée bonne info pour toi !

— Je vous écoute, Mike.

— Avant toute chose, plus de « vous » entre nous, on se tutoie, d'accord ?

— Ça marche !

— En anglais, c'est plus simple, c'est « **YOU** » tout le temps ! Bon… Trêve de plaisanterie, Baron… Bobby Knight en personne m'a sonné hier soir ! Il veut que tu l'accompagnes au piano pour son prochain concert de fin d'année. Il ne veut que toi et m'a confié dans l'oreille qu'il est prêt à annuler tous ses concerts en cours si tu n'acceptais pas. Et je connais Bobby, il est assez fou pour le faire. Bref, il ne veut que toi. *« Je veux BARON, un point c'est tout ! »,* voilà ce qu'il n'arrêtait pas de crier dans mon téléphone ! Tu dis quoi de ça, *old chap* ?

— Bobby Knight, waouh ! Le fameux chanteur-improvisateur canadien ?

— En personne, je te dis ! Je te propose qu'on se voit le mois prochain pour régler certains points avec lui, mais je te préviens, il veut que tu l'accompagnes à l'aveugle ! En deux mots, la moitié du spectacle sera préparée mais l'autre, ce sera de l'improvisation pure ! Tu devras le suivre dans ses délires, et Bobby Knight est réputé pour aller dans tous les sens quand il se défonce ! Surtout s'il s'est « sniffé » avant le concert ! Mais ça, c'est juste pour le côté « rigolo »… Maintenant, laisse-moi te dire une chose, Baron ! Étant improvisateur lui-même, il est fort possible qu'il te lance plusieurs défis ou alors, pourquoi ne pas imaginer un duel d'improvisation dont lui seul connaîtra les règles. Il faut s'attendre à tout avec Bobby Knight ! Es-tu prêt à relever ce défi avec moi, fiston ?

— Sans hésiter, Mike ! Un jeu d'enfant pour moi… Si Bobby me provoque en duel, je n'en ferai qu'une bouchée, tu peux lui dire !

— Voilà un langage qui percute ! J'aime ces phrases « vraies » dans mon oreille… Tu es formidable, *man* ! Dès que je raccroche, je lui sonne pour lui dire que tu acceptes de bosser avec lui. Il s'en fera une joie et je suis sûr que vous allez vous entendre, tous les deux ! Autre chose, fiston… Cette année est déjà bien remplie, tu t'en aperçois, je suppose… Ton prix d'improvisation. Ensuite, ton disque d'or que les gens écoutent à longueur de journée. Et maintenant, un concert géant dans neuf mois avec Bobby Knight, le pied ! Mais, dans le show-business, fiston, il faut toujours avoir une longueur d'avance ! Le succès, c'est très bien mais il faut savoir anticiper… Je veux dire par là que si toi et moi, nous dormons sur nos lauriers parce que nous gagnons pour l'instant un maximum de fric, nous sommes foutus, mon vieux ! Dans un an, on ne parle plus de toi, tu comprends ?

— Et c'est quoi la solution pour éviter ça, Mike ?

— La solution, c'est très simple ! On va déjà mettre sur pied les deux années à venir, comme si cette année-ci n'existait pas ! Tu peux faire confiance à « papa Mike », Baron… Je sais ce que je raconte, tu sais. Alors, tu marches avec moi ou pas ?

— Évidemment, Mike… Dis ce que tu attends de moi et je le ferai !

— J'adore quand tu parles ainsi, fiston ! Je suis certain qu'on va faire de l'excellent business tous les deux… Bon, pour l'instant, on laisse aller les choses. *Tout baigne dans l'huile*, comme on dit en France… Je te suggère qu'après notre entrevue avec Bobby, tu restes aux studios une semaine pour fignoler sur papier les deux années qui viennent ! Qu'en dis-tu ?

— C'est parfait, Mike. Ton idée d'avoir toujours une longueur d'avance pour ne pas se faire plumer, je la trouve géniale !

— Encore une chose, Baron… Tu ne m'as jamais dit que tu es un ancien légionnaire, petit cachottier !

— Tu ne me l'as jamais demandé. C'est dérangeant pour le show-business ?

— Au contraire, mon jeune ami. Pour ton image de marque, c'est géant ! Tu n'imagines pas ! Je vois déjà l'article d'ici… *Un ancien légionnaire devient du jour au lendemain disque d'or et entame une carrière fulgurante auprès des plus grandes stars du show-business*… Quand ils vont le savoir, tous ces requins de journalistes vont vouloir t'interviewer, Baron ! Je t'ai dit l'autre jour que tu devrais changer d'habitation plus vite que prévu. Tu as le pognon pour t'acheter ce qu'il te faut, maintenant. Mais, je ne veux pas te presser… On en reparlera quand tu viendras le mois prochain dans mes studios. Et… Ah oui, j'allais oublier le principal… Quand tu viendras, je dois absolument te présenter quelqu'un de formidable. Elle s'appelle Cindy, c'est ma secrétaire et ma garde du corps ! Elle était malade le jour où tu es venu à Londres, voilà pourquoi je n'ai pas pu te la présenter. Le soir, on ira manger dans le restaurant russe le plus chic de Londres, tu verras, on va se marrer comme des baleines !

— Avec plaisir, Mike et… je suppose qu'elle est jolie comme tout, n'est-ce pas ?

— Je reconnais bien là le légionnaire séducteur que tu es !

— Alors, elle est blonde ou brune ?

— Blonde ! Comme tu les aimes, je parie ?

— Je ne déteste pas, effectivement… Allons, Mike, tu me fais languir, là ! Elle est trop mignonne, c'est bien ça ?

— C'est là le piège, Baron, tu as tout faux ! Elle est petite, elle pue en dessous des bras et elle a une haleine de pet, tu n'imagines même pas, *old chap*… Et ce n'est pas tout ! En dessous du nez, elle t'a un de ces duvets de moustache comme un homme et elle pèse cent dix kilos ! Mais je n'ai jamais vu quelqu'un d'aussi marrant. Un vrai sumotori au féminin, je te dis. Et ne t'avise pas de la violer quand j'aurai le dos tourné, Baron ! De toute façon, tu n'auras pas le temps de défaire ton pantalon qu'elle t'aura déjà mis cent fois au tapis… Allez, je te laisse, le devoir m'appelle. À très bientôt !

Mike est vraiment un type remarquable ! Mais comment s'est-il démerdé pour savoir que je suis un ancien légionnaire ? Un détail…

Mais il a raison de me harceler avec mon changement d'adresse. Tôt ou tard, je devrai y songer. Pour l'instant, personne ne connaît mon visage et Mike a eu l'intelligence de me trouver un pseudo qui me garantit l'anonymat encore pour un certain temps. Quand je lui ai demandé « *combien de temps, tu crois* ? » Il m'a répondu « *pas plus de six mois, fiston...* ». Norba n'est que l'anagramme de Baron, mais je trouve que ça ne sonne pas mal du tout !

Excepté Joachim et Geneviève, que j'ai mis dans la confidence, personne ne soupçonne ce que je fabrique. Même Manu tombera à la renverse le jour où il l'apprendra, mais ce n'est plus mon problème. Quant à Chopin, n'en parlons pas, il convole en ce moment en jolies noces au sud de la France et a certainement d'autres chats à fouetter que de se soucier de son vieil ami Baron. Mes voisins, eux, ne se doutent de rien, et ça m'arrange. Pour l'instant, du moins...

J'ai oublié mon banquier liégeois ! Lui, au contraire, est au courant de mon envol fulgurant. Enfin, j'ai dû lui expliquer tout de A à Z et lui mettre les points sur les « i » afin qu'il ne me sonne pas quarante fois par semaine pour me dire qu'il y a un gros problème de « zéros » avec mes comptes de dépôts. Toujours aussi con ce John Tourneur mais je confirme, c'est un gars honnête, discret et à vrai dire, c'est tout ce que je lui demande !

En attendant, je fais semblant de couler des jours heureux. Je reste parfois des journées entières chez moi à répondre au téléphone en lisant des magazines. Parfois, je me balade pendant des heures au bord de Meuse ou alors, je prends le premier train au hasard pour passer le temps. Un jour sur deux, je fais mon jogging très tôt le matin pour me maintenir en forme.

Ce trekking d'une semaine dans le Grand Canyon m'a refait une santé. J'ai marché des heures en me nourrissant frugalement et rien d'autre ! Je n'ai rien vu de ces paysages dantesques qui défilaient sous mes yeux, je n'étais pas là pour ça. Mon regard était voilé par la colère et le chagrin d'avoir perdu ceux que j'aimais, d'être désormais seul au monde…

Quant à la petite Grisouille, son état semble se stabiliser. Les médecins comptent sur cette rémission possible pour éviter la dialyse à vie. Madame Dorsay me confirme qu'ils ne prendront aucune décision définitive avant le mois de juin ou juillet et en attendant, elle prie tous les jours la Sainte Vierge pour le rétablissement de la gamine, enfin, c'est ce qu'elle m'a confié quand j'ai offert un jeune érable à son époux Maurice, qui s'est fait une joie d'aller le planter sur-le-champ à quelques mètres du petit étang que j'avais aménagé pour eux l'an dernier.

Je suis conscient qu'il me faudra quitter bientôt tout ce petit monde. On en a parlé longuement avec Mike, j'ai beau remuer le problème dans tous les sens, je n'y échapperai pas. Il faudra me résoudre à couper le cordon ombilical et à m'envoler pour d'autres horizons dans une autre ville ou dans un autre pays, en tout cas, très loin d'ici.

Je profite donc de ces quelques mois-ci pour régler calmement un minimum de choses sur le plan pratique, flâner un maximum en toute liberté tant que je peux encore le faire car qui sait ce que l'ami Mike me réserve, et surtout pour prendre un rendez-vous avec un spécialiste en néphrologie car j'ai décidé de léguer un de mes reins à Grisouille le cas échéant et je ne reviendrai pas sur ma décision. Il n'est pas question que la petite subisse les inconvénients et les souffrances de la dialyse !

Un jour, en me promenant sur les quais de Meuse, j'aperçois un clochard sur l'autre rive en train de faire la manche. C'est Angelo. Il ne m'a pas vu…

Cela fait plusieurs semaines qu'on ne le voit plus. Madame Dorsay m'avait touché un mot le mois passé sur ses difficultés à payer le loyer et sur son problème d'alcoolisme. Mais aussi sur son différend avec notre propriétaire qui l'avait menacé à plusieurs reprises de l'expulser *manu militari* si la situation devait perdurer. Voilà qui est fait !

Il n'y a plus à proprement parler de classe moyenne. La plupart des gens vivent au jour le jour dans une espèce de précarité préétablie, réussissant tout au plus à surnager, le temps de basculer sur l'autre rivage. À chacun son destin…

Geneviève m'invite une fois par semaine à prendre le petit déjeuner après notre jogging matinal. Nous ne sommes plus amants. Le bon sens nous a guidés, tout simplement. De mon côté, je n'ai pas encore fait mon deuil de Fleur et puis, il faut me rendre à l'évidence, même si le courant passe entre nous, Geneviève ne sera jamais qu'une aventure parmi d'autres, pas davantage. Je commence franchement à me lasser de tous ces feux de paille qui n'ont à long terme d'autre objectif que de faire le vide autour de moi.

De son côté, je pense que ça l'arrange bien que nous soyons devenus de bons copains car j'ai pu déduire facilement, depuis tous ces mois écoulés, qu'elle déteste finalement les contraintes d'une relation trop romantique qui l'empêcherait de virevolter allègrement d'une aventure à l'autre.

Hier matin, Joachim s'est amené à l'improviste. Nous avons échangé quelques propos au sujet de Manu mais nous avons surtout parlé de son ami Mike…

— Manu est fou de rage contre toi, patron… Mais ça lui passera, comme le reste, m'a-t-il balancé sans humour comme s'il voulait m'apprendre quelque chose que je savais déjà.

— Que veux-tu dire par là, amigo ?

— J'ai l'impression qu'il se défoule sur Laure, voilà ce que je voulais te dire… Mais je n'ai aucune preuve de ce que j'avance ! C'est juste mon instinct d'homme noir qui me fait dire ça. Chez nous, au Cameroun, on respecte la femme, patron ! Si une femme se fait régulièrement tabasser par son mari, ça peut parfois arriver mais c'est très rare, elle ne le dénoncera jamais – c'est la coutume chez nous – mais en échange, elle ne sera jamais plus la même parce que son beau visage finira par s'éteindre comme une lampe de poche et son corps fanera comme une rose séchée au bout de quelques mois seulement. Laure me fait penser à cette rose séchée, patron…

— Je suis content de ne plus travailler pour ce sale type. Un jour ou l'autre, j'aurais fini par lui casser la gueule, c'est certain !

— Moi aussi parfois, j'ai la même envie que toi mais je m'abstiens uniquement par respect pour Tony ! En revanche, j'ai décidé de faire un break. On a décidé avec ma femme de retourner au Cameroun pour ouvrir un restaurant, chouette idée, non ?

— Et Manu est au courant ?

— Bien sûr que non. Je le lui dirai la veille de notre départ, ça le fera chier encore plus fort ! Et à part ça, il paraît que tu casses la baraque, patron ?

— Oui, et c'est un peu grâce à toi, non ?

— Moi, je n'ai fait que de donner un tout petit coup de téléphone, c'est tout…

— D'accord, Joachim… Mais avoue que si tu ne m'avais pas un peu poussé, je n'en serais pas là. C'est la raison pour laquelle j'ai une proposition à te faire… Si ton resto au Cameroun ne fonctionnait pas comme tu veux, tu pourrais toujours venir bosser avec moi. Je suis certain qu'avec Mike, on trouvera toujours bien quelque chose d'intéressant pour toi.

— C'est gentil, patron, mais je n'ai pas l'intention de rater mon coup. Si je retourne au Cameroun, ce n'est pas pour revenir ici en Europe. Mais tu as raison, on ne sait jamais…

— Mike t'a mis au courant des dernières nouveautés ?

— Ton disque d'or, c'est ça ?

— Oui. De plus, il m'a proposé de me produire en duo avec Bobby Knight au mois de décembre. Tu vises un peu ?

— Trop cool, mec ! Bobby Knight, c'est mon artiste préféré… Je te vois bien jouer avec lui. Ce mec a des couilles de Noir quand il chante, comme toi, patron ! J'imagine déjà les articles des journalistes afro-américains quand ils vont vous voir à l'œuvre : *« Deux hommes blancs qui parlent le "blues" se sont fait greffer chacun une paire de couilles africaines… ».*

— Tu finiras un jour par me faire mourir de rire, Joachim !

— Au contraire, le rire est un antiseptique très puissant qui nous protège de toutes les maladies et même de la mort, patron ! Mais, avec tout ça, on ne voit pas le temps passer. Je vais te laisser, maintenant…

— Explique-moi une dernière chose, amigo.

— Tout ce que tu veux, patron.

— Comment as-tu connu Mike ?

— Ah… C'est une vieille histoire. Je ne vais pas tout te raconter, cela prendrait des heures. En deux mots, j'ai pas mal roulé ma bosse quand j'étais plus jeune. À cette époque-là, je ne connaissais pas encore Chantal…

— Chantal ?

— Oui, c'est mon épouse, la femme de ma vie, patron… Je travaillais à Londres. Des petits boulots, pas toujours réguliers, enfin tu vois ce que je veux dire… Un jour, j'ai été impliqué dans une histoire de meurtre mais j'étais innocent. On m'a confondu avec un autre. Tu sais, patron, y a rien qui ressemble plus à un Noir qu'un autre Noir ! On a failli me condamner puis on m'a libéré du jour au lendemain sans la moindre justification. J'étais libre !

— Qu'est-ce qui s'est passé ?

— Un type que je ne connaissais pas a payé la caution pour moi. Cinq cent mille dollars ! Alors, je suis allé le trouver et je lui ai dit : pourquoi t'as fait ça pour moi ? Je ne suis rien pour toi. Juste un sale Nègre ! Je te remercie mais pourquoi ? Il m'a répondu qu'il avait suivi mon procès avec intérêt et qu'il avait toujours cru en mon innocence. Je lui ai dit : comment peux-tu savoir si je suis innocent ? Il m'a répondu : *Je le sais, c'est tout. Mon instinct ne me trompe jamais, c'est un don chez moi ! En plus, les erreurs judiciaires, je ne peux pas les supporter !* qu'il a ajouté en me tapant sur l'épaule… Un mois plus tard, on a arrêté le vrai coupable. Un Nègre, comme moi. Copie conforme, patron ! Et le gars est passé aux aveux sans se faire prier. Il a été condamné à trente ans mais la semaine après, il se suicidait dans sa cellule !

— Et l'homme qui avait payé la caution, tu l'as revu depuis ?

— Tu parles ! On est devenus copains comme cochons. J'ai même bossé pour lui comme garde du corps pendant cinq ans. Son nom, c'est Mike Johnson ! Il était jeune producteur à l'époque, pas très connu mais déjà plein aux as. Maintenant, tu le sais mieux que moi, Mike est devenu une célébrité dans son domaine. Ça t'épate, hein ?

— Et pourquoi n'es-tu pas resté avec lui ?

— Oh… j'étais jeune, j'avais la bougeotte, patron. J'ai voulu voir du pays, visiter des villes et c'est ici que j'ai rencontré Chantal !

— Tu n'arrêtes pas de dire que tu étais jeune. Tu n'es pas si vieux que ça, bon sang, quel âge as-tu donc aujourd'hui ?

— Devine, patron !

— Tu en parais à peine trente-neuf, quarante… je me trompe ?

— Soixante piges, patron ! Ça t'en jette, non ?

— Je suis scié ! Comment tu fais pour paraître si jeune, amigo ?

— Je bois un verre de pisse par jour depuis l'âge de trente ans, que tu me croies ou non. Une vieille recette de ma grand-mère qui a vécu cent dix ans. De la bonne pisse de Noir, patron ! Et surtout, je rigole tout le temps même quand il faut pleurer, c'est ça le secret… Chez nous, au Cameroun, quand on enterre quelqu'un, on organise un concours de rire à la fois pour distraire le mort dans l'au-delà mais surtout pour éliminer notre chagrin, source de toutes les maladies ! Mais on s'écarte… Je disais donc que lorsque j'ai épousé Chantal, je n'avais que des petits boulots. Un jour, j'ai fait la connaissance de Tony, le père de Manu. Il broyait du noir dans un bar minable, alors je l'ai accosté en lui demandant si je pouvais l'aider car j'étais triste de le voir dans un état pareil. On a bu pas mal de bières ensemble et on a très vite sympathisé. À l'époque, Tony avait beaucoup de problèmes avec des racketteurs noirs du quartier. Comme il connaissait un peu mon passé de baroudeur, il m'a demandé « un petit coup de pouce ». Ce que j'ai fait. Avec des potes à moi, on a fini par se débarrasser de cette poignée de Nègres en même pas deux mois.

— Comment avez-vous fait ?

— Tu es trop curieux, patron. Je dirais… secret de fabrication, top secret ! Et puis, l'important dans toute cette histoire, c'est que grâce à mes potes et à moi, Tony n'a jamais plus eu d'ennuis. Nous sommes devenus de vrais amis au fil du temps. J'ai travaillé pour lui un moment, puis je suis encore parti visiter d'autres pays, avec Chantal cette fois ! Un jour, j'ai appris sa mort. J'en fus très attristé. Il m'a fallu plusieurs semaines pour m'en remettre et quand j'ai proposé à Manu de venir bosser avec lui, le gamin a accepté tout de suite ! Tony lui avait raconté notre histoire quand il était petit et par respect pour son père, il n'a fait ni une ni deux et m'a engagé immédiatement. Tu vois, il n'y a pas que du mauvais chez lui… Mais sa façon de traiter sa femme comme une chienne, je ne le supporte plus ! Alors, j'ai décidé de rentrer au pays avec Chantal, je t'ai expliqué pourquoi il y a quelques minutes… Maintenant, je dois vraiment y aller. J'espère que tu ne m'en veux pas, patron ?

*

*   *

Au même moment, dans un studio délabré, un homme blanc reste planté sur le bord de son lit pendant des heures sans bouger. Il se lève de temps en temps pour aller uriner et revient s'asseoir à la même place jusqu'à ce que son portable vibre au fond de sa poche revolver. Il sort l'appareil de son pantalon, le jette sur l'oreiller avec rage et le laisse vibrer sans jamais répondre. Puis, comme s'il avait été interrompu dans quelque chose d'essentiel, il se remet à penser…

*

*   *

Je lis une revue de sport dans la salle d'attente du docteur Dengis, un grand spécialiste en néphrologie. Il m'a contacté la veille en me disant qu'il voulait à tout prix s'entretenir avec moi au sujet de ma démarche pour Grisouille. Je suppose qu'il aura les résultats de ma prise de sang de la semaine passée. Il n'a rien voulu me dire par téléphone. La secrétaire rentre dans la pièce et me signale que le médecin va me recevoir dans un instant. Cinq minutes plus tard, je rentre dans son cabinet situé à l'étage. Un homme d'une cinquantaine d'années, la boule à zéro, les traits tirés, se lève de son siège pour me serrer la main.

— Enchanté de faire votre connaissance, Monsieur Touffin. Je suis le docteur Dengis. Asseyez-vous, je vous prie !

— Merci, Docteur.

— Je voudrais d'abord vous rassurer au sujet de votre prise de sang, elle est parfaite, rien à signaler, cher Monsieur ! Deuxièmement, je tiens aussi à vous féliciter pour votre noble démarche. Nous manquons de donneurs et les compatibilités sanguines sont de moins en moins évidentes, de nos jours… Mais venons-en aux faits. Si je vous ai convoqué, c'est surtout pour vous avertir que ce genre d'opération n'est pas sans risque. Toute intervention constitue sa part de danger, quelle qu'elle soit, il faut le savoir. Ensuite, vivre avec un seul rein n'est pas toujours sans complication pour certaines personnes. Il faudra un suivi annuel, c'est un minimum. Vous vous en doutez, je suppose ?

— Assurément, Docteur.

— Bien… Maintenant, restons positifs. Dans la plupart des cas, le donneur peut avoir une vie normale et son espérance de vie reste précisément la même qu'avant l'intervention. Si ce n'est, le cas échéant, un régime alimentaire adapté, mais nous verrons cela plus tard. Avez-vous d'autres questions ?

— Pas pour l'instant.

Ce qui est appréciable chez les toubibs, c'est qu'ils vont droit au but ! Pas de discours inutile, aucune digression stupide, pas de perte de temps. Il a senti ma détermination et je pense que c'était le plus important pour lui. À présent, espérons pour la gamine que les prières quotidiennes à la Sainte Vierge de la brave Madame Dorsay puissent servir à quelque chose… Dans mon studio délabré de religiosité, les pièces du Bouddha en plâtre restent étalées sur le sol en mille morceaux et je me demande quand j'aurai le courage de les ramasser pour les jeter enfin dans les ordures de l'oubli.

Mike tente de me sonner depuis quelque temps. Je vois son nom apparaître sur mon portable au moins dix fois. J'ai parfois envie de respirer, Mike, tu piges ?

Je longe les quais de Meuse en direction de la gare. Je vais prendre le premier train pour Paris. Envie de me casser un jour ou deux. Un problème ? Le téléphone vibre comme un gros malade au fond de mon sac à dos. J'en ai marre et décroche car je sens que je vais te l'expédier vite fait bien fait !

— Hello, Baron ! Tu es plus difficile à joindre que le premier ministre en personne, *old chap !*

— Un problème avec ma batterie, Mike. Je suis franchement désolé !

— *Don't worry, man*... Je te téléphone pour une broutille, mais je dois absolument prévoir une date à l'agenda avec toi, tu peux noter ?

— Aucun souci, Mike, je t'écoute.

— Bobby ne sait pas venir le mois prochain. Je lui ai proposé le 15 mai à 15 heures dans mes studios de Londres, et ça l'arrange formidablement bien. Tu connais maintenant mes accointances pour le chiffre 15, Baron ! Qu'est-ce que tu penses de cette date ?

— Formidable, Mike... C'est parfait pour moi.

— OK, *man* ! Je la bloque tout de suite. Ce qui est fait n'est plus à faire ! Et tout bien réfléchi, ce n'est pas plus mal. J'ai beaucoup de soucis administratifs pour l'instant et ça nous laisse le temps de respirer, toi et moi. En attendant, les dollars tombent de partout avec ton disque d'or ! « Papa Mike », il ne sait plus où donner de la tête avec toi ! Ciao, fiston...

Le train pour Paris est prévu dans vingt-cinq minutes sur le quai 28. Je monte l'escalator pour m'installer sur un banc, juste devant les rails. Il n'y a pas une âme. Logique. La plupart des navetteurs n'attendent jamais aussi longtemps sur un quai désert. Ils préfèrent rester dans le hall chauffé de la gare ou dans un snack des environs pour prendre une consommation.

À une dizaine de mètres sur un autre banc, une jeune dame a eu la même idée que moi. Elle lit une revue pour passer le temps en fumant une cigarette. Je suis d'abord attiré par son air distingué et détendu. Pour le reste, elle n'est ni laide ni belle. Ni grosse, ni mince. Un visage insignifiant, pâle, limite renfrogné.

Je me lève sans trop bien comprendre pourquoi je suis attiré vers elle comme un aimant et me dirige instinctivement dans sa direction. Arrivé à sa hauteur, je ne sais forcément que lui dire si ce n'est quelques inepties du genre *« Vous allez bien ? » ou « Je ne vous dérange pas ? »*. Pire. *« Je peux m'asseoir à côté de vous ?... La place est-elle libre ? »*.

Non, pas question de m'abaisser à ce genre de débilités ! Je décide donc de changer radicalement de stratégie en lui demandant sans détour si elle accepterait que je l'invite à déjeuner au lieu d'attendre bêtement un train qui arrivera forcément en retard. Chiche ! Et si ce train était vraiment important pour elle, qu'est-ce qu'elle en aurait à foutre de ton déjeuner, petit con ? Tant pis, je le risque...

— Excusez-moi... Puis-je vous inviter à déjeuner ? Le train sera de toute manière en retard, comme d'habitude... En vérité, je suis littéralement subjugué par votre insignifiance... Vous n'êtes pas vraiment le prototype du mannequin modèle mais justement, c'est cela qui m'attire chez vous !

— Vous êtes du style *« ça passe ou ça casse »*, vous alors ! me rétorque-t-elle avec un humour débordant.

— Il y a un peu de ça, je vous l'accorde. Alors, vous acceptez de déjeuner avec moi ?

— Et mon train, je me le fous dans le derrière ?

— Je ne vous le conseille pas !

Nous nous sommes esclaffés en même temps, comme deux gosses qui viennent de se raconter une blague bien grasse dans une cour de récréation. Nous rions aux larmes sans pouvoir nous arrêter. En quelques secondes à peine, une cinquantaine de navetteurs venant de toute part commencent à affluer sur le quai numéro 28 en direction de Paris. Ils pendent tous une de ces têtes d'enterrement et nous, paradoxalement, nous n'arrêtons pas de rire de plus belle.

Il ne faut pas prendre ses rêves pour des réalités. Aborder une jolie dame sur un banc, lui faire un brin de causette puis l'inviter au restaurant en pensant qu'elle va vous suivre sans réagir, le plus naturellement du monde.

L'important, c'est d'avoir essayé et de consigner ensuite ce « fait divers » pour le moins insolite dans les annales de mes fantasmes. Je vais finalement prendre le train pour Paris et continuer ma course solitaire comme s'il ne s'était rien passé. La gêne ! Les voyageurs autour de nous font semblant de n'avoir rien remarqué par souci de discrétion, mais les gens sont tout sauf cons, je pense qu'ils ont vite pigé mon manège de dragueur malhabile qui vient de se prendre une fameuse gamelle en pleine poire !

Eh bien, non ! Tout ce petit monde est monté dans le train, sauf nous ! Je me retrouve seul avec elle sur le quai vide, sans trop comprendre ce qu'il m'arrive. Elle me tend une cigarette que j'accepte machinalement même si j'ai arrêté de fumer depuis longtemps.

— Vous avez du feu ? me demande-t-elle avec douceur.

— Désolé, je ne fume pas.

— Ce n'est rien, je pense avoir un briquet au fond de mon sac. Je perds tout le temps mes briquets, c'est une manie chez moi… Ah, le voilà ! Vous la fumez quand même avec moi ? Je déteste fumer seule !

— Bien sûr, ce n'est pas pour une cigarette.

— Non, vous avez raison. Mais c'est la plus dangereuse. Il suffit d'en refumer une seule pour reprendre un paquet le lendemain matin. Et c'est reparti ! Je le sais, je n'arrête pas d'essayer… À chaque fois, c'est la même rengaine, je reste plusieurs mois sans toucher une seule cigarette et puis un jour, comme ça sans réfléchir, j'en fume une sans raison et c'est foutu, je peux racheter un paquet ! Vous êtes vraiment sûr que vous allez la fumer ?

— Oui, mais juste une fois, d'accord ?

— C'est vous qui savez…

— Alors, vous acceptez mon invitation à dîner ?

— C'est la troisième fois que vous me le demandez, vous savez. Je vous intimide autant que ça ?

— Oui.

— Alors, on y va ?

— On y va

Nous arrivons dans un petit resto à deux pas de la gare. On y mange très bien et pour pas cher. Je n'ai pas l'intention de jouer au grand dépensier qui ne compte pas. Je veux rester discret et anticipe déjà dans ma tête les réponses aux questions qu'une femme est en droit de poser lorsqu'elle dîne en tête à tête avec un illustre inconnu qui vient à peine de la draguer.

— Vous faites souvent la cour à une femme sur un quai de gare ?

— Jamais. C'est la première fois.

— Je meurs de faim. J'espère qu'ils ont du poulet rôti, j'adore le poulet rôti !

— Il suffit de demander… Garçon, s'il vous plaît, vous avez du poulet rôti ?

— Certainement, Monsieur, répond le jeune serveur en nous tendant la carte des vins.

— Vous aimez le vin rouge ?

— Je préfère le rosé.

— Garçon, une bouteille de rosé et deux poulets rôtis avec salade !

— Bien, Monsieur.

— Ainsi, vous êtes subjugué par mon insignifiance, c'est bien cela ? me demande-t-elle sans transition.

— Les mots ont dépassé ma pensée, je vous prie de m'excuser. Ce n'est pas tout à fait ce que je voulais dire.

— Je pense au contraire que c'est exactement ce que vous vouliez dire !

— Vous avez un charme fou, totalement indescriptible.

— Vous essayez de vous rattraper ! lance-t-elle avec dérision en me fixant de ses yeux moqueurs… En fait, vous ne me trouvez ni belle ni laide, juste une femme ordinaire comme on en rencontre un peu partout et notamment dans un hall de gare ou sur un quai abandonné.

— En quelque sorte, oui… Mais ce n'est pas si simple. Le charme n'a rien d'ordinaire, justement. Et surtout, il n'a rien à voir avec la beauté, je vous l'accorde. C'est plutôt la beauté que je trouve ordinaire. Le charme, lui, n'est pas monnaie courante. C'est une denrée rare qui manque à la plupart des gens. Un joyau précieux qu'on a au fond de soi ou qu'on n'a pas. Et vous avez ce privilège !

— Je suis flattée, merci.

— Cela vient du cœur.

— J'ai la faiblesse de vous croire.

— Vous êtes gentille… Je manque à la plus élémentaire des politesses, je ne me suis pas présenté. Je m'appelle Baron et vous ?

— Évelyne.

— Très joli prénom.

— Merci.

— Je suis ravi que vous ayez accepté mon invitation, vraiment !

— Moi aussi.

Le serveur apporte les plats et sert le rosé avant de le déposer dans un seau glacé qu'il pose à nos côtés sur une petite table à roulettes. Nous nous concentrons sur nos assiettes sans plus dire un mot en nous regardant parfois à la dérobée, comme si chacun de nous espérions que l'autre entame de nouveau la conversation. En attendant, le poulet est vraiment délicieux…

— Encore un peu de vin ?

— Volontiers.

— Je commande une autre bouteille ?

— Si vous voulez.

— La même chose, je vous prie ! dis-je au serveur en extirpant la bouteille de rosé du seau glacé.

— Bien, Monsieur…

— Et vous faites quoi, dans la vie, Baron ? me lance-t-elle en cognant volontairement son verre de rosé sur le mien.

— Je suis pianiste et vous ?

— J'étais directrice du personnel dans une entreprise en informatique.

— Vous étiez ?

— Oui. La société a déposé son bilan il y a quatre ans et je me suis retrouvée au chômage du jour au lendemain.

— Et maintenant ?

— Je n'ai jamais plus retrouvé d'emploi. À trente-cinq ans, vous le savez aussi bien que moi, nous sommes considérés comme « ancêtres » sur le marché de l'emploi. Je n'ai plus droit à aucune indemnité depuis un an et je vis dans une chambre d'hôtel en comptant uniquement sur mes réserves financières. Enfin, le peu qu'il me reste. Tout au plus puis-je encore tenir un an ou deux sans trop de soucis, du moins je l'espère. Après, on verra…

— Vous avez des projets ?

— Aucun… Enfin, pas exactement. J'ai parfois envie de lancer ma propre société de marketing, mais cela nécessite un certain investissement financier. Les banques rechignent à prêter de l'argent de nos jours, je ne vous apprends rien. Mais, j'ai un plan ! Je bosse dessus jour et nuit en ce moment. Et si je parviens à constituer un cahier de charges suffisamment séduisant et rassurant pour mon banquier, peut-être m'accordera-t-il un crédit intéressant pour pouvoir lancer mon entreprise… Enfin, c'est ce que je souhaiterais ! Mais parlons plutôt de vous. Être artiste, c'est formidable ! Vous êtes pianiste indépendant ?

— On peut dire ça. Je me produis à gauche et à droite, mais comme vous dites très bien, je ne suis qu'un artiste. La vie de bohème, quoi !

— Puis-je me permettre une question franche ?

— Je vous en prie.

— Baron, cela pourrait être l'anagramme de Norba, non ?

Le jeune serveur vient d'apporter la deuxième bouteille de rosé. Nous le dégustons en silence. Évelyne vient de marquer un point, je dois l'avouer. Pour la première fois depuis très longtemps, je me sens tout d'un coup *a quia*, désarçonné par cette fille aux yeux malicieux qui vient de lire mon existence comme dans un livre ouvert. Je ne sais que répondre à cette intervention pour le moins intelligente mais mon silence n'est jamais qu'un aveu suffisant largement à sa curiosité.

— C'est vous Norba, n'est-ce pas ?
— On ne peut rien vous cacher.
— Je vous sens mal à l'aise… Je n'aurais pas dû, je m'excuse.
— Ce n'est rien, je vous assure… Je suis tout simplement épaté de votre facilité de déduction. Vous avez été rapide sur la balle, chère Madame !
— Mademoiselle, je préfère…
— Et si nous allions prendre le dernier verre autre part, qu'en dites-vous, Mademoiselle ?
— L'hôtel où je réside est à cent mètres d'ici. Je vous invite chez moi, si vous voulez !
— Est-ce bien raisonnable ?

Nous débarquons chez elle quelques minutes plus tard. Une chambre aménagée avec balcon vue sur Meuse. Nous parlons de la pluie et du beau temps en sirotant une mandarine Napoléon mais je sais qu'on n'en restera pas là. J'ai la nette impression de ne pas me tromper en pensant qu'il s'agit d'un véritable coup de foudre entre elle et moi.

Au bout d'un moment, nous nous rapprochons l'un de l'autre pour nous étreindre comme deux tourtereaux de quinze ans ! Je la déshabille avec douceur et la porte délicatement sur le lit sans m'arrêter de l'embrasser tendrement. Je ne me lasse pas de caresser son corps magnifique et de boire jusqu'à la lie l'intimité de cette frondaison humide au parfum musqué d'érotisme. Une odeur forte de sexe en sueur dont je me délecte jusqu'au vertige, comme une seconde chance au bonheur ! Dans un élan d'ivresse, nous laissons s'exprimer librement nos corps assoiffés de passions indécentes en faisant l'amour sans tabous jusqu'à la tombée du jour. Épuisés par cette succession de spasme en tout genre, nous finissons par nous endormir dans les bras l'un de l'autre.

Je me réveille le premier en contemplant son joli visage apaisé comme celui d'un bambin endormi. J'ai soudain envie de la protéger, de l'aimer comme jamais je n'ai aimé, de la chérir comme une reine jusqu'à la fin de mes jours et pourquoi pas, de l'épouser demain à l'aube si elle me le demandait. Cette fille n'est qu'une étrangère pour moi. Nous nous connaissons à peine et pourtant, j'ai ce sentiment étrange qu'elle ne sera pas une aventure sans lendemain. Je vois en elle la mère de mes enfants…

Je ne crois pas si bien dire. Deux mois plus tard, Évelyne m'annonce qu'elle est enceinte. C'est le plus beau jour de ma vie ! Elle le savait depuis une semaine mais elle a préféré me faire la surprise lorsque je suis rentré de Londres, hier dans la soirée. J'adore cette féminité dans la voix lorsqu'elle a poussé la porte de la salle de bains pour me faire part de cette excellente nouvelle. Je la fais répéter plusieurs fois la phrase magique jusqu'à ce que nous nous enlacions de bonheur en dansant comme des fous autour de la manne à linge…

— Baron, je suis enceinte !

— Pardon ?

— J'ai dit : « Baron, je suis enceinte ! ».

— Tu es… ?

— Ouiiiiiiiiiiiiii !!!!

— Ma chérie, c'est FORMIDABLE !!! C'est SUPER !!! C'est **LE PLUS BEAU CADEAU DE MA VIE !!!** Mais je t'en supplie, redis-le encore une fois, j'adore le timbre de ta voix quand tu prononces cette phrase. Encore !

— Baron, je suis enceinte et tu vas être papa !

— Je te trouve plus féminine que jamais, ma chérie. Ta grossesse t'ira comme un gant, tu verras. Laisse-moi t'embrasser, ma belle !

— Je t'aime, mon amour. Plus que tout au monde !

— Moi aussi, je t'aime, qu'est-ce que tu crois ? Et si on allait ce soir au restaurant pour fêter l'événement, qu'en dis-tu ?

— C'est une très bonne idée mais je n'ai pas envie de dépenser des sous pour le moment. Je préfère les garder pour le bébé !

— Tu as raison mais ne te tracasse pas trop pour l'argent, ma chérie. En ce moment, il coule à flots et quand il s'agit de business, « Papa Mike » veille au grain… Moi aussi par la même occasion. Je n'ai nullement besoin d'un comptable pour gérer mes comptes, tu sais. En affaire, il ne faut jamais faire confiance à personne ! Et puis, c'est toi la championne en marketing, tu dois mieux le savoir que moi, non ?

— C'est vrai… Et moi, tu me fais confiance ?

— Je dois vraiment te répondre ?

— Oui et tu ne pourras pas te dérober sinon je te chatouille !

— D'accord… Arrête, tu chatouilles, tu me fais mal à me pincer comme ça, ma chérie, ce n'est plus marrant…

— Alors, réponds… Est-ce que tu me fais confiance ?

— OUI ! Voilà, tu es contente, là ?

— Jusqu'à quel point ?

— Chérie, qu'est-ce que tu as aujourd'hui ? Tu as décidé de m'ennuyer, c'est ça ?

— Oui, tu as tout compris… Viens ici, toi, que je te fasse un câlin, viens !

— Non, arrête, pas là !

— Si, justement, là…

Au restaurant vietnamien, le soir même… Évelyne et moi formons un couple idéal. En amour, les coups de foudre sont très souvent à l'origine des feux de paille. Nous sommes l'exception qui confirme la règle.

L'origine de son prénom m'a tout de suite interpellé la première fois qu'elle l'a prononcé dans ce petit restaurant près de la gare. Évelyne a comme racine le nom d'Ève, qui selon la Genèse, fut la première femme de l'Humanité, et dont le nom hébreu signifie « source de vie ». Cela ne pouvait qu'être prometteur…

Le plus époustouflant, c'était sa situation sociale avant qu'on ne se connaisse. Si ce n'était cette chambre d'hôtel où elle logeait à l'année, Évelyne n'avait plus rien. Excepté son indemnité de licenciement et quelques ténues réserves placées sur un compte bancaire, ce qui lui aurait permis de survivre encore deux ans, peut-être trois en étant très économe. Autrement dit, elle serait sans aucun doute devenue une « sans-abri » à très brève échéance.

Aujourd'hui, nous vivons ensemble dans mon studio. Nous sommes un peu à l'étroit mais c'est temporaire. Je viens d'acheter un duplex à Paris dans le 4e arrondissement avec vue sur Seine mais je compte lui faire la surprise en le lui apprenant ce soir au restaurant. Mike aura finalement eu gain de cause car il n'est plus possible de vivre à deux et bientôt à trois dans un deux-pièces. De plus, je dois commencer à penser sérieusement à notre sécurité qui laisserait à désirer si je restais ici trop longtemps. Et pour la première fois de mon existence, je vais pouvoir enfin installer un magnifique piano à queue en loupe de noyer dans le salon, histoire de m'entraîner à mes moments perdus ! Je pense emménager pour la fin septembre, grand maximum. Le temps de régler toutes mes affaires et surtout, il est absolument hors de question de laisser tomber la petite Grisouille.

Il faudra impérativement rester sur Liège pour l'intervention chirurgicale car je veux être sur place le jour où la gamine subira la transplantation rénale pour être certain que tout se passe bien. Enfin, si elle a lieu ! Car, jusqu'à preuve du contraire, les médecins n'ont encore rien décidé officiellement tant que son état de santé reste stable et pour l'instant, « notre Grisouille » semble effectivement au mieux de sa forme, surtout quand je la vois par la fenêtre filer à toute vitesse sur son petit vélo bleu.

Tout ça, par contre, je n'en ai pas encore touché un mot à Évelyne ! Et le moment serait peut-être mal choisi de lui en parler ce soir. Chaque chose en son temps car la seconde surprise que je souhaite lui faire au milieu du repas, c'est mon intention de l'épouser.

J'espère que cela lui fera plaisir et que si elle accepte, Chopin sera de la partie, lui aussi. Maintenant que j'y pense, il pourrait fort bien être notre témoin à notre mariage ! Et Geneviève dans la foulée, la marraine de notre enfant ! Enfin, si nous avions des jumeaux, on ne sait jamais, Joachim pourrait très bien être le parrain…

J'émerge subitement de mes pensées en désordre car le petit serveur vietnamien vient de déposer sur les chauffe-plats en fonte une dizaine de mets plus exotiques les uns que les autres au beau milieu de notre table ronde en rotin, fleurie pour la circonstance de frangipaniers blancs et de jasmins bleus. Signe d'énergie dans certaines contrées du Sud-Est asiatique, ces fleurs aux mille parfums servent aussi d'offrandes au Bouddha pour les vœux de bonheur et de longévité aux nouveau-nés. J'avais discrètement mis la patronne du restaurant au courant de l'heureux événement sans mettre Évelyne dans la confidence de ce petit détail décoratif.

— Mon amour, j'ai l'impression que tu n'es pas là ! À quoi penses-tu réellement, tu peux me le dire ?

— Oh… Je suis désolé, ma chérie. Mais j'ai tellement de choses en tête en ce moment.

— Pas besoin de me convaincre. Je te crois sur parole !

— J'ai deux choses à t'annoncer !

— Je suis tout ouïe, mon amour.

— Nous déménageons sur Paris au mois de septembre, ma chérie, que dis-tu de cela ?

— Tu es sérieux ?

— Très sérieux… Tu sais ce que c'est, ça ? lui dis-je en lui glissant la clé de l'appartement dans ses jolies mains.

— Je donne ma langue au chat.

— Il s'agit de la clé de notre nouvelle habitation. Un duplex de 200 mètres carrés en plein centre de Paris avec une très agréable vue sur Seine !

— Et combien allons-nous louer cette merveille ?

— Il n’est pas question de louer. Je l’ai acheté à nos deux noms, tous frais payés, pas un centime de dettes. Rien que pour nous. Rien que pour toi, ma chérie !

— Baron, tu es cinglé !

— Oui, ma chérie. De toi ! Et ce n’est pas tout…

— Tu m’inquiètes !

— Détrompe-toi, ce n’est que du bonheur.

— Alors, je dirai que tu m’intrigues.

— Accepterais-tu de m’épouser ?

— Tu veux vraiment qu’on se marie ?

— Oui !

— Baron, tu es formidable… Vraiment, je ne sais quoi dire…

— Alors, ne dis rien. Tu es heureuse ?

— Plus que cela… Je suis comblée, mon amour !

— Verrais-tu un inconvénient à ce qu’un vieil ami à moi nous serve de témoin ?

— Évidemment que non. À qui penses-tu ?

— À Chopin, un ancien camarade de la Légion. Autrefois, ce type m’a sauvé la vie à deux reprises. Je ne t’en ai jamais parlé mais tu verras, c’est quelqu’un de formidable ! Je suis sûr que tu l’aimeras… De ton côté, tu as une idée ?

— Aucune, mon amour. Si ce n’est toi, je n’ai plus personne au monde…

Le lendemain, nous fixons de commun accord la date de la cérémonie au samedi 15 juillet. Décidément, Mike déteint sur moi de façon remarquable avec cette manie maladive du chiffre 15 ! À ce propos, lorsque je lui ai annoncé la nouvelle en l’invitant à notre mariage, il cherchait littéralement ses mots pour me féliciter tant il était fou de joie pour moi, plus ému encore que l’eût été mon propre père et je sais qu’il était sincère, aucun doute possible ! Quant à Chopin, lui aussi ne savait comment extérioriser sa joie au téléphone et surtout le bonheur immense d’avoir été choisi comme témoin !

« *Si ce n'est toi, je n'ai plus personne au monde...* ». Je n'arrête pas de macérer cette phrase qu'elle avait prononcée lorsque le petit serveur vietnamien apporta le dessert, deux coupes de fruits exotiques, légèrement enrobés d'un coulis de mangue et de crème fraîche. J'ignore pourquoi cette phrase chargée de sens et d'émotion danse parfois en farandole jusque dans mes rêves les plus intimes. Peut-être pour cette sensation nébuleuse d'avoir recueilli un jeune chien sans collier par un temps de pluie sur une route abandonnée, comme dans l'avant-dernière toile de Fleur ? Pensée stérile...

Oui, il existe un fossé énorme entre nous, inutile de le cacher. Et alors ? Malgré nos différences flagrantes, nous avons, Évelyne et moi, un point essentiel en commun. Orpheline dès l'âge de quinze ans, elle a dû, comme moi, affronter rapidement les affres d'une existence solitaire sans parents ni amis.

À l'inverse de mon parcours, la vie ne lui fit jamais de cadeau. N'étant dotée d'aucune fortune de famille, elle dut souvent travailler dur pour subvenir à ses besoins. Jusqu'au jour où elle fut licenciée de cette entreprise en dérive qui la mena tout droit au chômage, autrement dit dans les méandres et les coulisses du néant. Au final, quelles que fussent les distances qui nous séparèrent avant de nous connaître, ne partagions-nous pas depuis toutes ces années, sans le savoir, ce même concept de l'abîme ou de la misère ?

Quelques jours avant la cérémonie, Évelyne m'annonce qu'il s'agit d'une petite fille. Je n'en crois pas mes oreilles ! Moi qui secrètement avais toujours rêvé d'avoir une gamine au lieu d'un garçon, me voici comblé bien au-delà de toutes mes espérances.

Comment allons-nous l'appeler ? On cherche pendant des heures jusqu'à l'aube en procédant par déduction. *Jusqu'à l'aube...* cette lueur qui paraît à l'horizon peu avant le lever du soleil ! Le prénom est là, devant nous, en train de nous narguer, comme une évidence, mais nous sommes aveuglés par les doutes et la fatigue qui nous assaillent. Puis, comme une pièce qui vient de tomber sans prévenir, nous ne nous lassons pas de répéter à voix haute le plus beau prénom du monde : **AURORE !**

La veille de notre mariage, je reçois très tôt en matinée un télégramme m'annonçant le décès inopiné de Chopin. Je n'ai pas les détails. Juste une phrase émouvante – le mot est faible – de sa nouvelle compagne, qui m'accable et me vieillit de vingt ans en une seconde. *« Il pensait souvent à vous et vous aimait comme son fils. Peu avant de s'endormir hier soir, il fut pris d'un malaise en relisant un poème saturnien et s'en est allé en douceur en me prenant dans ses bras. »*

Contrairement aux apparences, cet ours bourru et mal léché adulait, comme on peut aduler une femme, la musicalité « impaire » de Verlaine et pour rien au monde, ne se serait jamais endormi le soir sans avoir lu ou relu pour la énième fois un extrait de *Mon rêve familier*, d'une *Chanson d'automne* ou d'autres *Promenades sentimentales.*

Avec Évelyne, la femme de ma vie, nous nous marierons donc sans témoin, sans Chopin ! Nous allons avoir une petite fille qui portera le nom d'Aurore, la seconde petite femme de ma vie. Je suis le plus heureux des hommes et demain sera le plus beau jour de mon existence ! Dans un même temps, je suis fou de douleur mais il m'est interdit de gâcher un moment pareil en feignant d'ignorer cette troisième chance que vient de m'accorder la providence.

*

*   *

Non loin de là, dans une grosse villa de plain-pied, deux enfants de six et sept ans se cachent de part et d'autre du gros meuble-buffet de l'immense cuisine équipée, atterrés par les disputes incessantes de leurs parents.

L'aîné tente de réconforter son petit frère en le serrant très fort dans ses bras mais il ne réussit pas à l'empêcher de pleurer toutes les larmes de son corps. Papa insulte Maman depuis vingt longues minutes infernales puis, dans une rage incontrôlée, brise une à une toutes les pièces du beau service à café que Grand-mère avait offert l'année passée pour leur dixième anniversaire de mariage…

— Je vais partir avec les enfants. C'est terminé entre nous, je m'en vais ! dit-elle d'un ton déterminé.

— Tu ne prendras pas MES enfants !

— C'est trop tard, Manu… Cette fois, tu as été trop loin… Venez les enfants !

— J'ai dit : tu ne prendras pas MES enfants, JAMAIS ! lui rétorque-t-il en lui barrant le chemin.

— Écarte-toi, laisse-moi passer, ou j'appelle la police ! crie-t-elle en sanglotant.

— Tu n'appelleras personne et contrairement à ce que tu crois, c'est moi qui vais partir d'ici… et avec MES enfants !

— Pour la dernière fois, Manu, laisse-moi passer ou je hurle ! le menace-t-elle en prenant sans réfléchir une poignée de couverts dans sa main droite.

L'homme frappe alors de toutes ses forces son épouse du revers de sa main par un réflexe d'esquive. Il oblige ensuite les pauvres enfants complètement terrorisés à le suivre dans la voiture garée devant la maison. La BMW démarre en trombe pour ne laisser au bout de quelques secondes à peine qu'un amas de poussière volante aux fortes odeurs de plomb et de benzine.

Laure reste sans bouger dans un état de torpeur proche de la folie, seule dans cette grande maison horriblement vide, le visage tuméfié, à moitié inconsciente, dépitée, abandonnée, humiliée, liquéfiée de n'avoir su protéger sa progéniture.

*

*   *

Nous emménageons déjà le mois prochain. Je profite de ce mois d'août pour clôturer quelques dernières bricoles. « Côté Mike », c'est le calme plat puisqu'apparemment, le courant ne passe pas avec Bobby Knight ! Mais Mike ne se tracasse pas pour si peu. Il connaît le cinéma de Bobby par cœur. *Et puis, si même on devait annuler ce fameux concert de Noël, ce n'est pas le boulot qui manque, old chap !* m'a-t-il encore confirmé hier après-midi par téléphone. *On a déjà signé dix contrats pour l'année prochaine et maintenant, je dois refuser les demandes qui affluent de partout ou alors, les reporter à l'année suivante, tu vois un peu le « topo » Baron ?* a-t-il ajouté avec son accent londonien en remettant un gros *« british-smack »* à ma jeune et jolie épouse. Avant de raccrocher, il tente de me rassurer. *T'inquiète pas trop pour Bobby, ce n'est pas la première fois qu'il me fait le coup mais en ce qui te concerne, Baron, c'est plutôt bon signe car la comédie qu'il t'a jouée l'autre jour est la preuve évidente que tu l'as particulièrement impressionné ! « Papa Mike » voit tout de suite ce genre de chose, tu peux me faire confiance, man... Il voit en toi un adversaire redoutable et pense que tu peux un jour lui faire de l'ombre, voilà pourquoi il te déteste et que le courant ne passe pas entre vous. Si ça, ce n'est pas une excellente nouvelle, old chap, je ne connais plus mon métier...*

Madame Dorsay m'informe de la santé de Grisouille. Les médecins sont formels. Soit on trouve un donneur dans les deux mois qui viennent, soit c'est la dialyse à vie ! Quand je lui annonce mon départ le mois prochain, je perçois directement une légère tristesse dans son regard mais elle feint de ne pas le montrer en continuant à vaquer à ses occupations. Moi aussi, je feins de ne pas remarquer ses larmes qui l'obligent en cachette à éponger ses yeux discrètement avant d'essuyer ses grosses lunettes en écaille.

Je fais parfois un aller-retour sur Paris en solo pour vérifier quelques détails au sujet de ce nouvel appartement. Pour des raisons purement pragmatiques, je viens d'ouvrir un compte dans une nouvelle banque située le long de la Seine, ce qui me permet ensuite de me balader plusieurs kilomètres au bord de l'eau en triant mes pensées. Mon banquier liégeois restera cependant mon agent principal, je n'ai confiance qu'en lui et continuerai donc à garder le contact à distance, ce qui n'est guère sorcier de nos jours, sauf s'il faut faire le voyage dans l'autre sens en cas de nécessité.

Je tiens à ce que tout se passe au mieux lorsque nous arriverons d'ici quelques semaines. Je sais qu'Évelyne appréciera la vue imprenable que nous avons de la terrasse arrière ainsi que le confort et l'espace de ce duplex hors norme. J'ai déjà fait aménager la chambre du bébé, de notre enfant, de notre petite Aurore ! Tout y est, le petit lit, la déco adaptée, les jouets, les poupées, les rideaux… J'espère n'avoir rien oublié. Ce sera ma petite surprise. Pour le reste, les meubles, la tapisserie, la cuisine, le salon, le bar, la salle à manger, les chambres…, je préfère qu'elle choisisse à sa guise ou alors ensemble. Oui, c'est ça, nous le choisirons ensemble !

Il est vrai que nous nous séparons rarement, Évelyne et moi. D'aucuns appellent ça l'amour fusionnel. Et pourquoi pas ? Aujourd'hui, mes pensées vagabondent dans tous les sens. Une vie nouvelle commence. Je ne sais plus me passer d'elle une minute et l'idée d'avoir une petite fille pour la Noël m'obsède de jour en jour. Dans le bon sens, évidemment ! Le prénom que nous avons choisi ensemble m'apparaît au moins cent fois par jour. Que dis-je, mille ! Évelyne et Aurore rythment donc mes gestes et mes idées. Je suis enfin heureux. Le bonheur prend forme…

Retour sur Liège… Je vois arriver au loin Grisouille et sa maman. Elles ont dû m'apercevoir aussi mais elles sont rentrées directement dans leur appartement. En temps normal, Grisouille se serait précipitée vers moi sans se soucier le moins du monde des remontrances de Barbara en me lançant des *« Salut, Baron, ça va comme tu veux ? Fait beau, ce matin, quand est-ce qu'on rejoue au médecin tous les deux ? »*… Mais ces jours-ci, je vois bien que le moral n'y est plus.

La petite a de nouveau le teint jaune, le petit vélo bleu est resté enfermé à double tour dans le garage depuis déjà un bon moment et le plus alarmant est qu'elle suit sa mère comme un petit chien sans rouspéter, le dos légèrement courbé. Selon Madame Dorsay, elle aurait entamé les premières séances de dialyse la semaine dernière. Les plus éprouvantes, paraît-il. Mais le plus dur reste à venir car il faudra tenir une vie entière et surtout s'adapter à cette nouvelle existence qui l'obligera à rester cloîtrée sans bouger des heures entières dans une chambre d'hôpital, trois ou quatre fois par semaine. Quand on a bientôt sept ans comme Grisouille, peut-on encore appeler cela une vie ?

Évelyne et moi ne nous quittons plus ! Depuis mon retour de Paris, elle me harcèle de questions sur le duplex et son environnement. Sur la Seine, la Tour Eiffel, les Champs Élysées… Normal. Je tire parfois en longueur pour susciter davantage sa curiosité mais tout cela n'est qu'un jeu entre nous.

Moi aussi, je me réjouis de partir loin d'ici, de tirer définitivement un trait sur ces dernières années, sur tout ce qui s'est passé précédemment. Enfin, sur tout, quoi !

Ce pied à terre parisien constituera forcément un nouveau départ. Une manière comme une autre de remettre l'ardoise à zéro. Je pense même avancer notre départ d'une bonne semaine environ. Qu'est-ce qui nous retient encore ici, si ce n'est quelques broutilles à régler ? Rien. Ah, oui, il y a cette greffe de rein, j'allais l'oublier…

Comment l'annoncer à Évelyne sans la heurter, sans l'indisposer. Je ne supporterai pas de la chagriner ou de la tracasser inutilement. Ce ne serait pas l'idéal pour le bébé, de toute façon. Non, je ne peux prendre ce risque ! Alors, comment faire ? Et si je ne lui disais rien ? Impossible… Nous nous aimons, nous nous adorons, nous faisons tout ensemble, nous n'avons aucun secret l'un pour l'autre. Lui mentir pour une chose aussi grave n'est même pas envisageable une seconde !

Te rends-tu compte, Baron, de l'ineptie de la situation ? me dis-je un jour à moi-même en me regardant, peu fier, dans le miroir de la salle de bains. Tu n'étais qu'un spectre parmi les vivants, sans la moindre perspective de bonheur il y a quelques mois d'ici à peine. Tu viens d'épouser la femme la plus merveilleuse du monde. Elle t'annonce dans la foulée que tu vas être le père d'une petite Aurore pour la fin de cette année, et qui sait, peut-être bien le jour de Noël ! Et toi, en gros égoïste notoire que tu es, tu vas d'ici peu – ce n'est plus qu'une question de jours à présent – lui annoncer qu'on va t'opérer d'urgence puisqu'il faut impérativement donner un de tes reins à ta petite voisine ! Qui ? La fille de Barbara, tu sais bien ma chérie, je te l'ai présentée l'autre jour, cette jeune dame à la tignasse blonde en désordre, pas très commode, pas très féminine, qui élève seule sa fille et qui, rassure-toi avant d'avoir de mauvaises pensées, est souvent accompagnée d'une autre jeune dame, enfin, pas toujours la même… Je suppose que tu vois ce que je veux dire… Non, toujours pas ?

Tout bien pesé, que représente vraiment Grisouille pour moi ? Voilà une question fondamentale qui exigerait une réponse franche, une bonne fois pour toutes… Tu es ignoble, Baron ! Peu importe, réponds ! Grisouille, tu dis ? Une étrangère qui vit avec sa mère qu'on ne voit jamais, si ce n'est parfois un signe de loin ou, lorsqu'il est inévitable de faire un brin de causette pour assurer ce qu'on appelle communément le bon voisinage, un petit « bonjour » relativement superficiel qui permet tout juste de parler de la pluie, du beau temps et de rien d'autre !

Et tu mettrais ta vie en danger pour si peu, petit con ? Une anesthésie, ce n'est jamais du cent pour cent ! Aurore ne mérite-t-elle pas d'avoir un père en bonne santé ou le droit au bonheur, tout simplement ? Risquer de foutre tout en l'air pour une étrangère, cela en vaut-il vraiment la peine ?

La réponse tombe sous le sens… Qui connaît dans cet immeuble ma compatibilité sanguine avec la petite ? Personne. Ai-je un jour donné l'impression à qui que ce soit de m'investir dans cette affaire, si ce n'est à moi-même ? Non. Ai-je promis ou signé quelque chose d'irréversible ? Jamais. Alors, n'y pensons plus…

Lorsque j'ai demandé hier à Geneviève si elle voulait être la marraine d'Aurore, elle s'est mise à pleurer comme une Madeleine. Jamais je n'ai vu autant d'engouement chez cette femme un peu légère certes, mais, comme je l'avais pressenti depuis longtemps, dotée d'une extrême sensibilité.

— Tu l'aimes, ton Évelyne, n'est-ce pas ? me lance-t-elle subitement.

— Pourquoi cette question ?

— Depuis le temps que nous nous connaissons, jamais je ne t'ai vu aussi prévenant, aussi attentif, aussi amoureux. Je suis si heureuse pour toi, Baron. Et cet enfant qui n'est pas encore né et qui te fait déjà tourner la tête, je trouve cela très attendrissant.

— Merci d'avoir accepté d'être la marraine d'Aurore. Je me demande vraiment qui j'aurais pu prendre d'autre que toi. Vraiment, je te remercie, Gene, et surtout…

— Ne dis plus rien ! J'ai envie de te serrer une dernière fois dans mes bras, viens…

— Je te trouve très en beauté, et ce parfum, c'est nouveau ?

— Oui, toujours aussi observateur en matière de parfum, à ce que je vois ?

— J'avoue que chez une femme, c'est la première chose que je remarque. Mais je te rassure, le parfum n'est pas le seul critère de sélection…

— Effectivement, c'est très rassurant… Et la dernière fois que nous avons fait l'amour, tu te souviens encore de mon parfum ?

— Parfaitement.

— Je ne te crois pas.

— Une eau de toilette aux effluves de lavande sur ton visage et sur ton cou mais sur ton corps, tu t'étais aspergée de violette, je me trompe ?

— Extraordinaire ! Je suis épatée par la précision de ta mémoire.

— Normal, je ne suis pas encore sénile !

— Évidemment... Mais, dis-moi... Si je comprends bien, il y avait donc un peu trop de parfum ?

— Non, je n'ai jamais dit ça !

— Je t'en prie, dis-moi la vérité. Il y a prescription entre nous, maintenant, tu peux me le dire. Et puis, je pense aux aventures ultérieures avec d'autres messieurs que toi. S'il m'est possible de doser davantage encore mon eau de toilette, je le ferai, crois-moi ! Mais, j'ai besoin d'infos... Alors, sois sympa, dis-moi vraiment ce que tu penses ! J'ai réellement besoin de tes conseils, Baron...

— D'accord, je vais être franc puisque tu me le demandes.

— Je n'attends que ça, mon bel ami, mais avant toute chose, dis-moi ce que tu penses de ce nouveau parfum, cela simplifiera peut-être le problème.

— Je le trouve encore plus sensuel que les autres. J'y décèle une molécule de rose, non ?

— Un vrai connaisseur, ce Baron, jamais vu ça ! Et pour le parfum à la violette, c'est quoi finalement ton verdict ?

— Tu veux vraiment le savoir ?

— Absolument, tu n'y échapperas pas.

— Pour être vraiment sincère, je te dirais que...

— Je suis tout ouïe.

— Je te dirais que c'était parfaitement dosé, Geneviève ! Et de toutes les femmes que j'ai connues, tu es la seule à t'être parfumé le sexe à la violette, je confirme ! J'ajoute pour ton info, puisque tu en es friande, que ce fut le meilleur souvenir de « plongée sous-marine » de toute mon existence, et c'est sincère !

— Je suis flattée, merci.

— Avec plaisir mais à ce propos justement...

— Je t'écoute.

— Me permets-tu une dernière petite grivoiserie entre nous ?

— Cela va sans dire, tu me connais, non ?

— Bien... À l'instant où je te parle, aurais-tu conservé cette eau de violette au même endroit ou l'as-tu déjà remplacée par celle aux effluences de roses ?

— Excellente question ! J'ai conservé celui à la violette pour les parties les plus intimes de mon corps, si tu veux tout savoir. Mais je souhaiterais, tu t'en doutes, que tout ceci reste entre nous.

— Je serai muet comme une tombe, c'est promis ! Quant à ton flacon à la violette que tu réserves uniquement à… Je l'aurais parié !

— Ah, bon et pourquoi ?

— Purement instinctif, je ne peux pas être plus précis ! Si ce n'est peut-être…

— Vas-y, dis-moi… Maintenant, tu en as dit trop ou pas assez !

— Non… À vrai dire, je pensais au dosage, c'est tout.

— Et tu voudrais vérifier, c'est ça ? dit-elle sur un ton mitigé entre l'humour et la sévérité d'une pulsion bien réelle.

— Ce n'est effectivement pas l'envie qui manque, crois-moi… Mais je ne suis pas sûr que ce soit une bonne idée !

— Et pourquoi pas ? me dit-elle en se montrant plus insistante que jamais.

— Tu plaisantes ?

— Jamais avec ce genre de chose, tu le sais bien.

— Et si…

— Et si quoi, Baron ? ajoute-t-elle cette fois en me fixant droit dans les yeux.

— Je ne sais pas… Je voulais seulement te demander… Ici, là, maintenant ?

— Oui, viens !

— Et si Évelyne l'apprenait ?

— Elle ne le saura jamais.

— Comment peux-tu en être certaine ?

— Ce sera notre petit secret à nous, ce n'est pas bien compliqué.

— Tu es vraiment sérieuse ?

— Ce sera la dernière fois de toute façon. Viens ! insiste-t-elle en frottant son corps contre le mien.

— Je ne pense pas que ce soit une bonne idée, Geneviève.

— Cette phrase, tu me l'as sortie il y a moins de trente secondes. Tu te répètes, mon chéri.

— Je sais, mais je ne peux pas !

— Elle n'en saura rien, je t'assure.

— Ce n'est pas la question.

— C'est maintenant ou jamais ! Tu le sais très bien… Alors, tu te décides ou quoi ?

— C'est tout décidé ! Il m'est impossible de la tromper, n'insiste pas, ce n'est plus la peine !

— Juste une toute dernière fois, Baron…

— Non ! Arrêtons ces conneries sur-le-champ, tu veux ? lancé-je sur un ton péremptoire en m'écartant d'elle.

— Tu veux un verre ?

— Non.

— Tant pis, je t'en sers un quand même ! À moi aussi par la même occasion… Deux glaçons, comme d'habitude ?

— Oui, mais c'est quoi ?

— Whisky… Jack Daniels… À ta santé, Baron !

— À la tienne ! Mais dis-moi, à quoi rime tout ce cinéma ?

— Que tu me croies ou non, je voulais seulement voir jusqu'à quel point tu pouvais résister à la tentation ! J'espère que tu ne m'en veux pas trop ?

— Tu déconnes ou quoi… Alors, tout ce manège de ta part, c'était du bidon ?

— Eh, oui. Du bidon ! Tu m'en veux vraiment ?

— Bien sûr que non, laisse tomber. Et donc, tu…

— Non, Baron ! Même si tu me l'avais demandé à genoux, je n'aurais jamais accepté de faire l'amour avec toi. Même pour la dernière fois !

— Alors, pourquoi tout ce cirque ?

— Maintenant, je sais que tu es vraiment amoureux d'elle et je suis très fière de toi ! Très heureuse aussi de devenir bientôt la marraine de ta petite Aurore chérie car je sais à présent que tout cela en vaut vraiment la peine.

— Tu es formidable.

— Je sais.

— Allez, on s'embrasse…

Septième jour de dialyse pour Grisouille. La petite est épuisée mais courageuse. Toujours selon Madame Dorsay. Je la regarde parfois par la fenêtre jouer avec ses poupées imaginaires et rouler dans la cour avec son petit vélo bleu. Son moral, son énergie… Ce n'est plus tout à fait comme avant. Dans son cas, rien ne sera jamais plus comme avant.

TREIZIÈME RÉCIT

Je n'ose toujours pas évoquer Kalyna, même dans mes pensées les plus secrètes, les plus intimes. Peut-être par peur d'être sanctionné trop vite dans cette quête inéluctable du retour à l'amour. Un peu comme Orphée sur les sentiers des Enfers en rentrant à la maison, qui ne pouvait en aucun cas se retourner sous peine de perdre sa belle Eurydice pour la seconde fois...

J'en retiens cependant l'essentiel. Je veux dire, l'essentiel de cette discussion autant inattendue que surréaliste qu'il me fut permis de vivre, si l'on peut dire, avec le tout premier amour de ma vie.

Casser le Bouddha qui est en toi... Briser la bêtise, la rage, l'anxiété, la colère, les saletés, la méchanceté, les aigreurs, la misère, les remords... Mais aussi tout le reste. Tout ce qui t'aveugle comme ce soleil qu'il ne faut jamais regarder dans les yeux... Casser toutes ces dépendances aux dictons, aux phrases alambiquées ou à ces citations à l'emporte-pièce qui ne servent jamais que la vanité de ceux ou de celles qui les ont inventées... Casser ta dépendance aux croyances de toutes sortes, à cette fatalité de l'existence pour laquelle tu t'angoisses inutilement jour et nuit, à toutes ces superstitions qui te brisent à coups de lame de rasoir dans le cœur... Casser, briser, canaliser enfin toute cette violence qui est en toi...

Geneviève a eu raison de me mettre à l'épreuve. Je ne lui en veux pas. Au contraire, cela m'a permis de mesurer tout l'amour, pour ne pas dire cette passion irrépressible que je voue à Évelyne au jour le jour. J'admets qu'elle m'a bien eu mais quelle preuve d'intelligence et d'amitié ! Même si j'ai bien failli tomber dans ce piège irrésistible de la chair et de la trahison.

*

* *

— Salut, Joachim, je te dérange ?

— Tu ne me déranges jamais quand je suis en train de faire l'amour à ma petite femme chérie !

— Mille excuses, je raccroche…

— Attends, attends ! C'est une blague, je te fais marcher… Comment vas-tu, ma poule ?

— Tu m'as vraiment foutu les jetons, espèce de sale Africain ! Je me disais aussi, à quatre heures de l'après-midi, il est drôlement en forme l'animal…

— Tu sais, il n'y a pas d'heure pour faire l'amour, ma chérie… Qu'est-ce que je peux faire pour toi, ma petite Geneviève ?

— Rien. Je sonnais simplement pour te faire un petit coucou. Alors, c'est décidé, tu pars demain ?

— Oui, ma poule… Chantal est folle de joie, tu ne peux pas savoir !

— Et avec Manu, comment ça s'est passé ?

— Très bien… Il a pesté, comme d'habitude, tu connais Manu… Mais, bon, il a fini par admettre la chose et tu sais quoi ?

— Non.

— Il m'a même souhaité bonne chance et on a pris un dernier verre ensemble, tu vises un peu le délire ?

— C'est assez hallucinant de sa part, en effet. Quand tu y penses, si je compte Baron dans l'histoire, le mec vient de perdre ses deux meilleurs éléments en moins d'un an !

— Merci pour le compliment, ma biche… Mais quand tu y réfléchis, c'est un peu de sa faute, non ? De toute manière, la vie suit son chemin comme elle l'entend. Sans se soucier des « Manus » ou des autres…

— Philosophe, en plus !

— À mes heures creuses… Et à part ça, comment il va, Baron, à propos ?

— Pas trop mal. C'est un peu la raison pour laquelle je te sonne. Je voulais aussi te donner de ses nouvelles avant que tu ne partes.

— Je suis passé chez lui l'autre jour, il avait l'air d'avoir la pêche. Je me trompe ou c'est un genre qu'il se donnait à ton avis ?

— Pourquoi ? Tu penses qu'il ne se serait pas encore remis de la mort de Fleur ?

— C'est possible. Baron a l'air dur, comme ça. Mais ce n'est, bien souvent, qu'une apparence.

— Tu as raison. Début d'année, j'ai vraiment eu peur qu'il ne commette une bêtise et ce n'est pas cette histoire de disque d'or qui lui aurait fait oublier le suicide de son amie. Enfin, je ne pense pas. Par contre, depuis qu'il fréquente Évelyne, il me donne l'impression d'être gai comme un pinson et de n'avoir jamais été aussi heureux de sa vie. Voilà, je ne vais pas te déranger plus longtemps. Je voulais que tu aies l'info avant de partir et que tu saches que tu vas beaucoup, BEAUCOUP me manquer, espèce de sale enfoiré !

— Merci, ma poule. Toi aussi, tu vas me manquer, Geneviève… Est-ce que tu me permets une petite question indiscrète ?

— Ne t'en prive pas, vas-y !

— Tu étais la maîtresse de Baron, n'est-ce pas ?

— Oui, mais aujourd'hui, nous sommes les meilleurs amis du monde. Si tu veux tout savoir, il n'y a plus rien entre nous. De plus, il m'a demandé de devenir la marraine de son enfant, génial, non ?

— Évidemment que c'est génial… Si je te dis ça, c'est simplement pour savoir si, en temps que Nègre « twès-twès » noir, j'aurais eu ma chance comme les autres. *(FOU RIRE À LA JOACHIM...)*

— Je sais que tu ne me l'aurais jamais demandé parce que Chantal, c'est vraiment la femme de ta vie, non ?

— Tu as raison, ma biche.

— Et tu sais, Joachim, une femme, même une petite pute comme moi, est capable de sentir ce genre de chose ! Pour rigoler un coup, je te réponds bien volontiers… Je ne t'aurais certainement pas dit non mais je te préviens, pour une autre fois, dans un autre monde que le nôtre, il me faut au moins une de trente centimètres de long et quatre centimètres de large ! En dessous de ces critères-là, je ne suce pas !

— *(FOU RIRE CONTINU À LA JOACHIM...)* Bien entendu, le Baron, il ne s'est pas trop mal emmerdé avec toi ! De plus, je ne savais pas si bien dire quand je lui ai répété à plusieurs reprises que pour un musicien blanc, il jouait et comprenait le Blues avec de véritables couilles de Nègre ! *(GROS FOU RIRE CONTINU À LA JOACHIM...)* Je t'adore, ma poule et ce qui va me manquer le plus chez toi, c'est ton côté déluré et totalement décoincé de tous tabous, de toutes convenances et surtout ton putain d'humour absolument inimitable !

— Merci, Joachim… Et toi, alors ? De toute ma vie, jamais je n'ai entendu un rire aussi communicatif que le tien ! Adieu, l'Africain…

(TRÈS TRÈS GROS FOU RIRE CONTINU À LA JOACHIM...)

*

* *

Sur la route qui remonte sur les Coteaux, un mobile home « petit modèle » s'arrête à mon niveau. C'est Angelo…

— Hello, Baron, je te dépose ?

— Angelo, quelle bonne surprise… Que deviens-tu donc depuis le temps ?

— Oh… C'est une longue histoire. Monte, je te raconte !

— Il me reste à peine cinq cents mètres à pied, cela n'en vaut pas la peine, lui dis-je par politesse en sachant fort bien qu'il a probablement envie de parler avec quelqu'un et de déballer au premier venu les misères de ces derniers temps.

— Je suppose que tu es au courant ? me demande-t-il en fronçant les sourcils.

— Que tu n'habites plus dans l'immeuble, je le savais. Pour le reste, j'ignore parfaitement ce qui t'est arrivé, lui dis-je hypocritement en évitant, comme je peux, de lui déballer les renseignements que les Dorsay m'avaient communiqués. Encore moins de lui dire que je l'avais vu l'autre jour faire la manche comme un clochard sur l'autre rive de la Meuse.

— J'ai fini par perdre mon job, Baron. Alors, tu vois, le reste n'est qu'une escalade.

— Arrêtons-nous un peu avant l'immeuble, Angelo… On peut aller boire un verre chez Marcel, si tu veux. C'est moi qui régale aujourd'hui ! La dernière fois, c'était chez toi et je me rappelle avoir allègrement bu sur ton compte, devancé-je en exagérant le fait d'avoir été son invité afin qu'il ne se vexe pas en prenant mon invitation pour un élan de pitié.

— C'est sympa de ta part, Baron. Mais tu vois, j'ai encore quelques « clients » à aller voir avant le coucher du soleil. Je glane parfois un petit boulot par-ci par-là en allant « pleurer » chez de vieilles connaissances. C'est la raison pour laquelle je me suis acheté cette petite autocaravane d'occasion. Je sais, ce n'est jamais que de la tôle pourrie mais il me restait quelques économies, alors je me suis dit que ça en valait peut-être le coup. On ne sait jamais… À mon âge, tu vois, quarante-cinq balais le mois prochain, on est foutu, mon gars ! Excepté quelques petits jobs de merde, je suis conscient de ne jamais rien retrouver de stable jusqu'à la fin de mes jours mais que veux-tu, c'est la vie ! Enfin, je ne vais pas m'étendre sur le sujet et t'ennuyer avec mes problèmes…

— Tu ne m'ennuies pas, mon vieux… Tu ne veux vraiment pas venir boire un pot avec moi ?

— Tu es gentil d'insister, Baron, mais je dois vraiment me sauver à présent… et puis, ne m'en veux pas mais je n'ai plus vraiment goût à rien en ce moment, ni le moral pour aller boire un verre comme avant. Pour te dire toute la vérité, si j'ai acheté cette maudite bagnole, c'est surtout parce que j'en avais marre de dormir à la belle étoile !

Que dire à cela ? Pas grand-chose. On a discuté encore quelques minutes puis il m'a déposé à une cinquantaine de mètres de notre immeuble, par un souci évident de discrétion. Je ne le reverrai sans doute jamais. Comme il dit très bien, c'est la vie !

Mike vient de me sonner pour qu'on se voie mardi prochain. Un léger détail à régler dans un contrat qui démarre début d'année prochaine, sans plus. *« Cela devrait prendre l'après-midi, pas davantage... Je te conseille de dormir sur place, on ira manger un bout le soir chez JINGLE, le patron est un excellent pote à moi. Je te présenterai, ce n'est jamais mauvais pour ta publicité d'aller bouffer dans ce genre d'endroit. En plus, Cindy sera de la partie, vous êtes copains maintenant tous les deux, n'est-ce pas ?... Pour le surplus et les frais d'hôtel, tu ne dois pas trop te tracasser, « papa Mike » prend tout en charge, old chap ! »* a-t-il simplement ajouté avant de raccrocher.

Je pense profiter de ce périple d'un jour ou deux à Londres pour prendre ensuite l'avion et m'envoler pour le Sri Lanka. Un aller-retour vite fait bien fait jusqu'à Sigiriya, une contrée sauvage à un peu moins de deux cents kilomètres de Colombo, la capitale. Cela fait déjà un moment que j'y pense.

Mon intention n'est pas de mentir à Évelyne. Au contraire, je veux lui faire la surprise quand je reviendrai. Pourquoi sans elle ? L'idée est simple. Je dois déposer un message dont le contenu sera gardé secret par moi seul. Le jeu consiste à insérer un billet intime dans une fente rocheuse d'une grotte sacrée afin d'assurer dans la durabilité notre bonheur d'être ensemble sur cette terre et d'augurer santé et prospérité pour notre futur enfant. Ce qui m'autorisera ensuite à m'emparer d'une fleur de lotus bleue, prévue à cet effet, que je pourrai offrir à mon retour à l'élue de mon cœur.

Ce qui explique, cela va sans dire, les multiples raisons de cette petite expédition secrète et solitaire.

Superstition ? Possible, mais comme je n'ai pas la preuve du contraire… La seule chose dont je suis certain, c'est d'avoir vécu sur place du temps où je fréquentais Kalyna et de ne pas l'avoir fait. Le comble ! Résultat : la bérézina ! Un effet « domino » de misères et de désastres sur le plan individuel et sentimental.

Le propriétaire de notre immeuble est toujours aussi aigri. Je me suis entretenu hier avec lui afin de régler quelques détails avant mon départ imminent sur Paris. On ne le voit jamais et ce n'est pas une grande perte. Un type sans relief, pingre, antipathique. Je ne m'éterniserai donc pas sur le sujet. Il lui fut toutefois difficile de refuser la proposition que j'avais à lui faire…

Nous partons dans deux semaines, c'est décidé ! Je pense qu'il est préférable de ne pas faire de prolongations inutiles. Évelyne commence à se sentir à l'étroit dans mon petit studio minable mais ne s'en plaint pas. L'idée vient de moi. Et de Mike en partie ! Mais trêve de plaisanterie, j'ai beau remuer le problème dans tous les sens, c'est la meilleure solution. Mon tube de fin d'année commence peu à peu à déchaîner les passions. Les contrats se succèdent à une allure vertigineuse et les journalistes commencent à en avoir marre de ce nouveau venu de pianiste qui refuse toujours de montrer sa tête et qui n'accorde aucune interview télévisée. Tôt ou tard, les choses finissent toujours par se savoir, nul n'est à l'abri d'une fuite. Peut-on encore garder le silence, serait-ce même un secret d'état, de nos jours ?

Mike n'aimait pas trop l'idée au départ, puis, peu à peu, il s'est laissé convaincre par l'originalité de la démarche. *« Au fond, ce n'est pas innocent ton truc, Baron ! Mais je te propose un deal, old chap : aucune interview, aucune photo de toi, on garde ta bouille en secret pour l'instant, c'est formidable ! Ça ne fait pas leurs affaires, il faut le reconnaître et je pense qu'ils vont tous finir par te détester mais ton idée est ingénieuse parce qu'en agissant de la sorte, tu suscites à la fois la curiosité et la haine à un point inimaginable ! Rien de mieux pour ta publicité, Baron ! Mais crois-en mon expérience, les blagues les plus courtes sont les meilleures ! Je te suggère donc de pousser la comédie jusqu'à la fin d'année, pas au-delà, mon jeune ami... ».*

Ce soir, j'invite Évelyne au restaurant, histoire de nous changer les idées. Je sais qu'elle s'impatiente mais qu'est-ce que deux petites semaines ? Je serais le plus heureux des hommes si je pouvais l'emmener avec moi à Londres. De là, nous nous serions envolés au Sri Lanka tous les deux, en amoureux. Mais c'est impossible ! Je dois absolument réaliser seul ce voyage aller-retour, qui se doit d'être sans excursion festive ni autre plaisir, pour déposer mes vœux à l'endroit indiqué avant de demander la fleur sacrée du lotus et partir. Tel est le prix à payer !

Chez Lee, un restaurant chic un peu décentré, sur les hauteurs de Liège...

Nous nous y rendrons à pied, non ? Pas la peine d'appeler un taxi pour un kilomètre... J'ai pourtant insisté pour ne pas qu'elle se fatigue, à cause du bébé, mais Évelyne tient au contraire à faire cette balade qui lui permettra d'apprécier les maisons et les petits sentiers dont elle ignorait jusque-là l'existence, bien que situés à quelques pas de chez nous.

Pour le retour, j'insisterai à nouveau mais je suis certain qu'elle évoquera l'utilité de la balade dans le processus de la digestion. J'ai beau lui indiquer avec toute la diplomatie voulue que l'argent n'est pas forcément un problème majeur en ce qui nous concerne, elle continue cependant à faire la sourde oreille. Je trouve cela mignon et je serais bien bête de lui en vouloir pour si peu.

Ce qui parfois m'inquiète est cette obsession absconse d'un passé révolu qui cannibalise son esprit chaque jour davantage. Des centaines de souvenirs liés probablement aux cinq dernières années de précarité qu'elle vient de supporter, notamment dans cet hôtel sordide, antichambre inéluctable de solitude et de misère. Contrairement à ce qu'on pourrait imaginer, il lui faudra encore un certain temps pour s'adapter à sa nouvelle vie, à ces facilités d'intendance, à cette aisance que je lui apporte sur un plateau d'argent. Mais je l'y aiderai…

En partant, nous croisons la petite Grisouille et sa mère, qui reviennent sûrement de l'hôpital bras dessus bras dessous. Barbara me fait signe discrètement, comme à son habitude. La petite me sourit mais n'a manifestement pas la force d'articuler ne serait-ce que quelques mots. Son teint est livide. À la dérobée, je décèle des cernes énormes sous ses yeux « canailles », fait inhabituel chez une petite fille de sept ans. Je fais mine de rien et ne pose aucune question puisque nous avons l'air pressés et donnons donc l'impression de nous rendre quelque part, ce qui est le cas. Et ça tombe bien ! En me retournant un peu plus loin, j'aperçois dans le flou de l'éloignement, la petite main de Grisouille qui me fait signe et qui vient, elle aussi, de se retourner au même moment que moi.

Je trouve Évelyne très en beauté ce soir avec ses longs cheveux aux couleurs de geai, qui lui caressent avec une sensualité sans pareil ses hanches si fines. *Cinq mois aujourd'hui, j'ai l'air de tout sauf d'être enceinte !* m'a-t-elle lancé en s'apprêtant tout à l'heure dans la salle de bains.

— Tu es magnifique, ma chérie ! lui dis-je à voix basse avant que le serveur chinois n'apporte le menu et vienne troubler ces maigres instants d'intimité.

— Merci, mon amour. Toi aussi, je te trouve très beau, mais ce n'est pas vraiment un scoop ! Tu ignores la chance que tu as, mon chéri. Pas besoin de rester des heures entières devant un miroir pour briller, tu n'as qu'à paraître, c'est tout. Nous, les femmes, nous devons faire des efforts inouïs pour nous faire belles et surtout, pour vous séduire.

— Tu es dure avec toi-même, mon lapin. Si tu restes des heures dans la salle de bains, c'est que tu le veux bien. Toi aussi, tu n'as qu'à paraître pour séduire. La preuve? Souviens-toi du jour où nous nous sommes rencontrés. Sur un quai de gare! Tu fumais ta clope et tu avais mis un simple jean et un anorak. Rien de plus banal. Tu n'étais pas maquillée, je m'en souviens et...

— Et je puais le fromage de chèvre, c'est ça? demande-t-elle avec dérision avant de rentrer dans un fou rire qu'elle me communique par la même occasion.

Le serveur nous présente la carte des menus et nous propose un apéritif maison à base de fruits exotiques. *Typiquement à la mode de Shanghai*, ajoute-t-il sans dérider une seconde.

Nous optons donc pour cet apéritif de Shanghai en essayant de rester sérieux, face à ce petit bonhomme de quarante-huit kilos tout mouillé, sec comme un morceau de bois et pas marrant pour un sou. Au moment où Évelyne choisit son menu, elle remet une couche de fou rire incontrôlable en enfonçant son visage dans la carte des menus, de peur d'affronter le regard du petit samouraï chinois.

Un peu plus tard, une serveuse asiatique arrive pour nous demander si nous avons enfin choisi. Le petit serveur chinois ne reviendra sans doute jamais à notre table.

— Puis-je me permettre de vous suggérer le menu des amoureux? fait-elle d'un ton spectaculairement enjoué, à l'extrême inverse de son prédécesseur.

— Qui vous dit que nous sommes amoureux? lui rétorqué-je avec une dérision déguisée.

— Rien. Cela se voit au premier regard. Aucun doute possible! répond-elle avec assurance en nous adressant son plus beau sourire.

— Alors, va pour le menu des amoureux! lance Évelyne dans une émulation de bonne humeur.

— Oui, ce sera parfait! dis-je à la serveuse qui fait mine d'attendre mon approbation avant d'aller servir d'autres tables.

— Sympa, celle-là ! dit Évelyne en cognant son cocktail sur le mien.

— On n'a pas perdu au change, tu parles !

— J'ai adoré sa réflexion, mon chéri. *« Cela se voit au premier regard... »* Je suppose qu'elle voulait dire « au premier coup d'œil », mais peu importe... Je pense qu'elle était vraiment sincère, non ? En tout cas, fameux compliment !

— Tu en doutais ? dis-je ironiquement.

— Jamais, mon amour. Je t'aime...

— Moi aussi ! Je te l'ai déjà dit tout à l'heure mais j'ai envie de le redire une seconde fois. Tu es tout simplement ravissante, ma chérie !

— Merci, mon amour... Tu sais, Baron, jamais un homme ne m'avait parlé comme toi !

— Tu rigoles ?

— Non, je t'assure, chéri...

— J'adore quand tu m'appelles chéri ! lui dis-je en lui baisant la main avec tendresse... Et le bébé, tu le sens ?

— Un peu...

— Un peu ?

— Beaucoup !

— Il faut appeler un médecin ? Garçon !

— Arrête... J'ai mal au ventre, tu me fais trop rire !

— Tu es sûre ?

— Évidemment... Ah, les hommes, vous êtes terribles !

— Et... la clope, ça ne te manque pas trop ? demandé-je sans habileté pour m'assurer qu'elle avait bel et bien arrêté de fumer.

— Si.

— Tu fumes en cachette, c'est ça ?

— Oui.

— Ah, bon ? Et... si on essayait les patchs sur la peau, tu veux que je me renseigne ?

— Je plaisantais.

— Quoi, tu as réellement arrêté ?

— Bien sûr que oui... Pour un bébé, qu'est-ce qu'une femme ne ferait pas !

— Tu es adorable.
— Je sais.
— À propos, tu sais quoi ?
— Dis toujours…
— J'ai très TRÈS envie de faire l'amour…
— Chut… tu es fou de parler si haut !
— Fou de toi, ma chérie… Que penses-tu de ma proposition ?
— Ici, devant tous ces gens ? demande-t-elle avec une candeur exagérée.
— Si je m'écoutais… Bon, d'accord, n'en parlons plus, dis-je en feignant avec humour le jeu de l'indifférence.
— Je sens qu'il fera très chaud cette nuit, mon chéri, je peux te le garantir sur facture ! lance-t-elle en jouant mon jeu pendant que la petite serveuse commence à éparpiller les plats sur la plaque chauffante préinstallée au milieu de la table.
— Tu disais donc que jamais aucun homme ne t'avait parlé comme moi ? fais-je en ramenant la discussion d'il y a trente secondes, comme si je venais de refouler cette allusion coquine d'une nuit torride qui nous attend ce soir.
— C'est la stricte vérité ! Sans compter tes petites attentions au quotidien à mon égard, mon amour. T'en rends-tu compte ou le fais-tu machinalement ?
— Lesquelles, par exemple ?
— Difficile à dire comme ça, j'en ai des masses !
— Essaye quand même.
— Je ne sais pas… Par exemple, quand tu me laisses systématiquement passer devant toi, quand tu m'ouvres une porte. Ta douceur lorsque tu me dis bonjour le matin, ta façon inimitable de me demander constamment si je vais bien, si je n'ai besoin de rien, enfin… tout ça, quoi !
— J'ai TRÈS envie de toi.
— Moi aussi.
— Un deal, d'accord ?
— Lequel ?

— Pour une fois, passons-nous de dessert, de café et je demande la note tout de suite.
— C'est un excellent plan, mon tendre amour…

Le lendemain matin, je profite de son sommeil pour sortir en ville régler quelques histoires avant mon voyage à Londres de mardi prochain et acheter incognito ce fameux billet d'avion aller-retour pour le Sri Lanka.

La nuit fut torride, comme nous l'avions parfaitement imaginé. Évelyne fait l'amour comme personne ! Je sais, les gens disent ça à chaque nouvelle relation parce que tout simplement, ils occultent les précédentes. Un grand classique ! Ici, franchement, ce n'est pas le cas. Évelyne a certes des « compétences » similaires aux autres, mais avec ce petit quelque chose en plus qu'il me serait désagréable d'exprimer autrement qu'en dessous d'une couverture. Et je n'exagère pas ! Je pense qu'il n'y a pas d'autres mots, d'autres explications, d'autres manières d'être plus précis…

*
*   *

— Salut, Mike, pas de dérangement ?
— El Señor Joachim ne me dérange jamais, tu ne le savais pas ?
— Tu es trop cool, mec, j'adore !
— Qu'est-ce que je peux pour toi, amigo ?
— Rien de spécial, Mike… Tu te souviens que je t'avais parlé de mon intention de me retirer un de ces quatre au Cameroun avec Chantal ?
— Je m'en souviens parfaitement !
— C'est décidé, nous partons la semaine prochaine. J'ai mis pas mal de pognon de côté depuis toutes ces années et aujourd'hui, je peux enfin réaliser le rêve de Chantal. Je voulais juste t'informer que je quitte l'Europe pour toujours, enfin j'espère… Et je m'en serais voulu toute ma vie de ne pas t'en avoir touché un mot !

— Je n'ai que deux choses à te dire, amigo… S'il te manque quelques dollars ou quoi que ce soit pour ce sacré voyage, dis-le-moi, il n'y a aucune gêne entre nous. Après tout ce qu'on a vécu ensemble…

— Non, « papa Mike », tu es gentil comme tout mais cette fois-ci, je veux m'en tirer en solo, comme un grand ! J'ai bossé dur ces dernières années, comme un vrai nègre !! (FOU RIRE A LA JOACHIM QUI LE COMMUNIQUE À PAPA MIKE…) et ce que j'ai réussi à planquer me suffira largement pour entreprendre tous mes projets. Encore une fois, je te remercie de l'intention. Cela me touche énormément, Mike !

— De rien, fiston, ça vient du cœur… La deuxième chose que je voulais te dire, c'est que… Mmm… Je sais, je ne devrais pas te le dire mais… Si ton truc ne marchait pas comme tu le veux, amigo, tu pourras toujours me sonner, et à n'importe quelle heure ! Sache que je serai toujours là pour toi. Jamais je ne te laisserai tomber, amigo !

— Toi, tu seras toujours mon « papa Mike », pour toujours !

— Et toi, mon Camerounais préféré !

— Quoi, tu en connais d'autres que moi ? C'est impossible, Mike !

— Effectivement, ce n'est pas possible, tu es unique, amigo, et ton rire ! Un jour, je me demande si on ne ferait pas un disque avec ton « fou rire » à la con ! Je suis certain qu'on pourrait se faire quelques millions de dollars, toi et moi… Pourquoi diable n'y ai-je pas pensé plus tôt ? Eh, attends !… Rien à voir avec tes projets du moment, amigo. Maintenant, tu sais, on peut facilement travailler à distance et même si tu devais venir me voir à Londres de temps en temps, je t'offrirais les billets d'avion et la chambre d'hôtel pour Chantal et toi autant de temps que tu le souhaites, « *no problem for me, old chap* » !

— Tu es génial, Mike ! Tu sais que je t'aime, toi ?

— Moi aussi, *old chap*… Écoute, j'ai une idée qui vient subitement de me traverser le cerveau ! J'ai rendez-vous avec Baron mardi prochain. J'ai l'intention de lui demander qu'il imagine dans sa petite tête de génie une improvisation avec son piano, uniquement basée sur le thème de ton sacré putain de fou rire ! De la folie, tu vas me dire, non ? Eh bien, je vais mettre Baron sur le coup mardi et je suis certain qu'il me suivra dans mes raisonnements, tu verras ! Ce type a de l'imagination à revendre et son cerveau est souvent plus rapide que l'éclair. S'il capte mon idée de dingue, je suis sûr qu'on pourrait faire un tabac énorme, tous les trois ! Qu'est-ce que tu en dis, mon pote ?

— Je me répète, Mike, tu es génial ! (FOU RIRE À LA JOACHIM GÉNÉRALISÉ !...)

— Arrête de me faire rire comme ça ! Je vais finir par attraper une péritonite au téléphone si ça continue...

— Il faut savoir ce que tu veux, Mike ! Tu veux vraiment faire ce disque un jour, oui ou non ? (RIRE INCONTRÔLÉ À LA JOACHIM...)

— *Of course*, je veux le faire ! Mais ce jour-là, *old chap*, j'achèterai au moins une dizaine de seaux en plastique que je mettrai dans toutes les pièces du studio pour éviter ainsi de pisser dans mon froc !

— Tu exagères un peu, Mike...

— Non, je t'assure !

— À propos de ton petit protégé, le courant passe comme tu veux ?

— Tu veux parler de Baron ?

— Évidemment.

— Avec moi, aucun problème... Je le considère comme mon propre fils. Ce type est tout bonnement exceptionnel, tu sais ! Pour moi, c'est la révélation du siècle d'un point de vue musical. Il fait tout ce qu'il veut avec son piano, TOUT, je te dis ! Mais je ne suis pas certain qu'il réalise le dixième de ce que je te raconte en ce moment même. De ma vie, je n'ai jamais vu un gars aussi détaché que ce mec-là, jamais ! C'est pour moi un véritable Mozart de l'improvisation et lui, on dirait qu'il s'en fout complètement, c'est dingue, non ?

— Tu ne m'étonnes pas, Mike… Baron a toujours été comme ça depuis que je le connais. Au piano-bar, c'était pareil. Un véritable électron libre ! Et avec Bobby Knight, pas trop difficile ?

— Bof… Je préfère ne pas trop en parler, Joachim… Bobby n'est pas facile, c'est vrai, mais il ne m'avait jamais fait ce coup-là…

— Le courant ne passe pas, c'est ça ?

— Je pense que Bobby s'est rapidement rendu compte de la valeur de Baron et, comment te dire…

— Jalousie que ça s'appelle, non ?

— Oui, tu as raison, mais pas seulement ! À mon avis, Bobby a réellement peur de Baron. Une peur irraisonnée, certes, mais il croit peut-être que Baron pourrait très bien lui faire de l'ombre ou pire, lui damer le pion un jour ou l'autre sur les scènes internationales. Lui enlever la vedette, quoi ! comme on dit dans notre jargon professionnel…

— Je vois… Et ce fameux concert de fin d'année, Baron m'en a touché un mot l'autre jour, c'est tombé à l'eau ?

— Je ne pense pas. Bobby tient énormément à ce concert… De plus, l'idée vient de lui au départ ! C'est Bobby qui m'a supplié pour travailler avec Baron, pas l'inverse… Puis, lorsqu'il s'est réellement aperçu des capacités énormes de Baron, de son talent, de son génie, il s'est renfermé comme une huître ! Peut-être par dépit ou jalousie, comme tu le dis très bien, c'est possible. Et tu le devines, les relations entre les deux hommes ne sont pas terribles. Baron est loin d'être un imbécile et je crois qu'il a vite compris le manège de Bobby, alors lui aussi s'est renfermé comme une huître. Et on tourne en rond… Mais, sans être naïf, je pense que les choses vont s'arranger avec le temps… Par contre, pour changer de sujet, *old chap*, tu t'étais bien gardé de me dire que ton ami Baron avait une sacrée santé !

— Je ne te suis pas, Mike.

— Tu rigoles, ou quoi ? Il saute sur tout ce qui bouge ! Depuis qu'il vient me voir à Londres, il en a déjà emballé quelques-unes, tu sais. Il ne sait pas regarder une femme sans essayer de lui faire la cour. Et il ne se contente pas de la draguer, tu peux me faire confiance ! Même Cindy, ma propre garde du corps, celle que je surnomme gentiment « mon hippopotame », et je te garantis que ce surnom n'est pas exagéré, il se la « tape » à chaque fois qu'il vient, nom de dieu ! Mais bon… Je lui passe ce petit défaut. Je ne vais pas me priver d'un génie comme lui pour si peu. Et puis, le plus important, c'est que je lui ai juré sur la tête de ma femme et de mes enfants que tout ceci restera entre nous. C'est une histoire entre hommes uniquement ! Et j'espère que tu me donnes ta parole d'honneur de fermer ta grande gueule de Nègre et que tu ne vas pas aller raconter toute cette histoire à Chantal ? Là, tu me décevrais beaucoup, old chap !

— Tu as ma parole d'honneur, tu ne dois pas t'inquiéter pour Chantal ! Je l'adore, c'est mon épouse, la femme de ma vie et tout ce que tu veux. Mais les affaires sont les affaires et jamais je ne mélange amour et confidences professionnelles sur l'oreiller, c'est un principe chez moi ! Juste une chose si tu me le permets, Mike, tu es sûr qu'on parle bien du même Baron ?

QUATORZIÈME RÉCIT

Aéroport d'Arabie Saoudite, quelque part dans un couloir free-taxes…

Notre Boeing 705 est en train d'effectuer le plein de benzine. Nous sommes priés de sortir de l'appareil pour des mesures de sécurité.

Comme la plupart des voyageurs, je flâne le long des couloirs de souvenirs, histoire de passer le temps. Nous avons une heure devant nous avant de redémarrer tout droit vers Colombo, la capitale du Sri Lanka, située à plus ou moins cent soixante kilomètres de Sigiriya, ma destination principale. En attendant, je me rends dans un bar juste sur ma gauche. J'ai le choix, il y en a tous les trois mètres de chaque côté.

Je déteste l'avion pour des raisons de claustrophobie. Alors, j'ai mes petits secrets d'ancien légionnaire : profiter d'une escale-éclair pour ingurgiter un triple whisky bien tassé sans glaçons et le tour est joué. L'avion peut s'écraser, je m'en fous complètement !

À côté de moi, une très jolie jeune femme déguste un cocktail fantaisie en tournant inlassablement son « cure-dents parasol » multicolore dans sa coupe en cristal. Ce qui me frappe le plus, ce sont ses magnifiques jambes bronzées qui n'en finissent pas de s'effiler jusqu'au sol, sous le buffet métallique du bar saoudien. Sans doute un mannequin qui vient se faire bronzer dans un pays tropical pour soigner son image de marque, anticiper une séance-photos pour la rentrée d'automne ou alors une call-girl professionnelle qui se la joue un peu trop cool à mon sens…

Nous rentrons progressivement dans l'avion par petits groupes de dix. Nous décollons dans moins d'un quart d'heure mais il est déjà conseillé de reprendre nos places respectives. Encore quelques longues heures de vol avant d'arriver à destination !

Des films et des magazines sont à notre disposition dans chaque rangée. J'enfile un casque et me plonge sans réfléchir dans un film de science-fiction que j'ai pris au hasard. La qualité du son laisse à désirer mais elle est largement compensée par la perfection des images à très haute définition. Je coche dans la rubrique « audio » la version originale afin de me retremper dans la langue de Shakespeare, mais je valide néanmoins le français en sous-titrage par mesure de précaution.

Mon périple à Londres s'est parfaitement déroulé. Quelques bricoles à peaufiner dans un contrat visant un ensemble de concerts répartis sur trois ans. Mike a l'air détendu et cool à première vue, mais c'est un véritable bourreau de travail, doublé d'un homme d'affaires redoutable. Il pense à tout. Il prévoit tout. Des années à l'avance !

S'il le pouvait, il planifierait pour dix ans mais dans le métier qu'on a choisi lui et moi, prévoir à deux ans de distance relève déjà du miracle. Mike, lui, prévoit systématiquement trois ans à l'avance, un fait insolite dans le milieu esseulé du show-business, donc rien à craindre côté finances tant que « papa Mike » veille au blé. Sur le plan humain, ce qui ne gâche rien, ce type est une véritable crème.

« Prévoir, prévoir... Toujours avoir une longueur d'avance sur le marché... Je ne connais pas une meilleure façon de fonctionner dans la durée, old chap ! » s'amuse-t-il à me souffler dans l'oreille à chaque fois qu'il en a l'occasion.

Quant à Bobby, c'est le genre d'individu parfaitement infect, imbu de lui-même, arrogant à souhait. D'entrée de jeu, il a décidé de ne pas m'encadrer, moi non plus. Donnant-donnant ! Quelle raison a-t-il d'être jaloux de moi ? Je n'en sais rien et m'en fiche complètement. Mike a parfois tendance à surestimer mes compétences pianistiques et musicales, à vanter constamment mon génie de l'improvisation, ce qui a probablement eu l'art d'agacer Bobby, lui qui s'était renfermé jusque-là dans un nombrilisme sans nom.

Si je devais trouver un défaut chez Mike, ce ne serait pas aisé. J'en remets une couche volontairement, ce type est bon comme le pain et plus encore ! Le seul petit défaut qu'on pourrait lui reprocher serait plutôt sa tendance à l'exagération. Concernant le boulot, Mike n'est jamais avare de compliments à mon égard et je mentirais si j'y étais indifférent. Personne n'est insensible aux compliments, personne…

Sur le plan privé par contre, Mike y a mis le paquet ! Je n'arrive toujours pas à comprendre les raisons qui l'animent à me taquiner sans cesse, mais j'ai ma petite idée sur le sujet. En réalité, Mike me prend pour une véritable bête de sexe ! Il pense sincèrement que je saute sur tout ce qui bouge et le meilleur, c'est qu'il croit dur comme fer que je me tape son « hippopotame adoré » dès que j'en ai l'occasion ! Je veux parler de Cindy, sa garde du corps. À ce propos, la pauvre fille n'est pas aussi enveloppée, telle qu'il me l'avait présentée par téléphone, c'est au contraire une très jolie personne, un peu « costaud » pour une fille de vingt-cinq ans, je dois bien le reconnaître, à mon avis vachement dopée aux anabolisants comme toutes ces bonnes femmes accros de bodybuilding. Nous avons sympathisé, c'est vrai. Prétendre que je couche avec, c'est mal me connaître.

De plus, la surnommer « son petit hippopotame adoré » ! Encore une exagération supplémentaire… J'avoue que tout ça est un peu de ma faute. Depuis le début de notre relation, j'ai de suite pris le parti de blaguer sur les filles ou sur la « chose », histoire de décompresser.

Il y a des gens avec qui ça marche, avec d'autres pas. Difficile à expliquer. À la Légion, c'était pareil. Il y a des gars avec qui je parlais volontiers de Beethoven ou de poésie d'entrée de jeu, sans me poser de questions. D'autres avec qui je parlais mécanique, technique des armes ou football. Et d'autres encore qui ne m'écoutaient que si je leur parlais de pognon ou d'histoires de cul. Question de feeling, d'intuition. Le comble, c'est que ça fonctionne à tous les coups !

Avec Mike, je me suis aperçu dès nos premiers entretiens qu'il réagissait au millième de seconde lorsqu'il était question de grivoiserie « bien arrosée ». Alors, j'en ai remis une couche, une deuxième puis une troisième et de là, l'inévitable escalade exponentielle vers la dérision la plus incontrôlable qui soit. Maintenant, pris dans mon propre piège, Mike pense sans en douter un instant, que je suis un maniaque du « sexe à gogo », un don Juan des temps modernes et surtout un gros salopard qui trompe sa jeune et jolie épouse dès qu'elle a le dos tourné !

Je sais qu'un ancien légionnaire a toujours mauvaise réputation. Il ment comme un arracheur de dents et lorsqu'on l'accuse d'un méfait qu'il a réellement commis, il n'est pas question d'avouer. Jamais ! C'est un principe commun à tous les légionnaires du monde entier. On retrouve des schémas similaires chez les paracommandos. Même pris sur le fait, interdiction formelle d'avouer quoi que ce soit !

Le seul bémol, Évelyne est réellement la femme de ma vie. Après tout, que Mike pense ce qu'il veut, je m'en fous ! J'aime Évelyne plus que tout au monde et n'en déplaise à Mike, l'idée même de la tromper ne serait-ce qu'en pensées me révulserait au point d'en avoir la nausée. Elle va me donner une petite Aurore, ce bonheur incomparable de devenir père d'une petite princesse qu'il faudra aimer, câliner et protéger à chaque seconde qui s'écoule. Pourquoi donc la tromper ? Aucun sens. Le but même de ce voyage n'est-il pas de consolider notre mariage, notre bonheur de vivre enfin à deux – que dis-je, à trois… – une relation belle et durable ?

Quant au projet de composer une improvisation sur le rire incontrôlé de Joachim, Mike m'en a touché un mot, j'étais plié en quatre ! Encore une folie supplémentaire qui n'est pas pour me déplaire. Il est évident que je n'ai pas mis cinq secondes avant d'accepter la proposition tant elle me semblait dotée d'une sacrée dose de dérision comme je l'aime. J'ignore la raison pour laquelle j'ai spontanément pensé au vol du bourdon de Rimski-Korsakov comme base de départ, un vieux tube démodé du siècle passé. Un fil conducteur qui me permettra, je pense, d'élaborer quelque chose de personnel et d'original par la suite. Un fameux défi à relever de toute manière car même si l'idée de départ est drôle, la difficulté résidera autant dans la technique que dans l'imaginaire.

Plus j'y pense, plus je trouve l'idée de Mike incroyable ! Associer le rire tonitruant de Joachim à la musique de jazz et en faire un spectacle à part entière, j'avoue que je n'y aurais jamais pensé. *Est-ce bien raisonnable ?* lui ai-je demandé entre deux blagues polissonnes. C'était sans compter sur la réplique rapide comme l'éclair de Mike qui me cita de mémoire Oscar Wilde dans le portrait de Dorian Gray en déclamant avec l'intonation théâtrale de l'époque victorienne, « *qu'il était capable de croire en toutes choses, pourvu qu'elles fussent franchement incroyables...* ».

Soudain l'avion tremble ! Les écrans affichent « SEAT BELT » ! La panique s'installe à bord. On perd de l'altitude, les passagers crient, pleurent et, ce qui n'est pas vraiment pour rassurer, toutes les hôtesses de l'air s'assoient dans un même temps sur un siège de sécurité en attachant consciencieusement leur ceinture !

Elles gardent un sang-froid extraordinaire mais ne dérident pas d'une semelle en s'accrochant à leur siège dans un silence stoïque. Mauvais signe... Le commandant de bord nous demande de rester calmes en tâchant de nous renseigner sur cette zone d'orage qui sera bientôt derrière nous. Enfin, c'est ce qu'il raconte... Mes premières pensées sont pour Évelyne. Veuve si vite ? Pas possible ! Elle ignore tout de ce voyage et me croit en ce moment en train de négocier l'un ou l'autre contrat avec Mike. Comment pourrait-elle s'imaginer une seconde que je suis dans un avion à dix mille mètres d'altitude, à négocier en première classe mon destin entre la vie et la mort ?

Et ma chère et tendre Aurore ? Pas encore née et déjà orpheline ! Bon dieu, pourquoi être monté dans ce maudit avion ? Pourquoi ce voyage qui n'est finalement que le fruit d'une superstition encore plus idiote et stupide que toutes les autres ?

Kalyna avait raison de me mettre en garde contre toutes ces crédulités ! Juste au moment où j'allais enfin accéder au bonheur... L'avion perd encore de l'altitude. Brusquement, un choc métallique fait pencher l'appareil en provoquant une seconde rasade de hurlements et de pleurs incontrôlés !

Nous avons l'impression de tomber de dix étages. Non ! Vraiment pas de chance ! Le commandant réclame à nouveau notre attention en nous priant de ne pas bouger et de n'enlever notre ceinture de sécurité sous aucun prétexte. La mine des hôtesses en dit long en les observant s'accrocher de plus belle à leur siège de fortune. C'est fini, l'avion s'écrase...

QUINZIÈME RÉCIT

Les Demoiselles de Sigiriya

Colombo, sept heures du matin…

Nous nous dirigeons tous vers la sortie de l'aéroport où nous attendent des dizaines de taxis qui nous dirigeront vers nos hôtels respectifs. En ce qui me concerne, je n'ai réservé aucun hôtel puisque mon séjour dans cette « île de beauté » se résumera en une seule excursion au pied du rocher au Lion de Sigiriya, une contrée située à l'intérieur des terres.

Il me faut trouver rapidement un taxi qui aura la bonté de me conduire d'une traite jusque-là, de m'attendre gentiment le temps d'y déposer mon petit message porte-bonheur dans le creux d'une roche sacrée et de me procurer une fleur de lotus bleue, et enfin de me reconduire à la case départ, c'est-à-dire à ce même aéroport de Colombo où mon avion s'envole à 19 heures précises !

Pas évident, je sais… Il faudra négocier car aucun taximan sri-lankais n'acceptera de s'éloigner de plus de cinquante kilomètres de sa station ; ils ont des consignes de sécurité qu'ils doivent respecter à la lettre ! Moyennant un « léger » supplément, je pense qu'on pourra s'arranger…

— Bonjour… Je dois aller à Sigiriya ! Je sais, c'est loin mais je vous offre **50 000 dollars en liquide pour un aller-retour !** Mon avion redémarre à 19 heures précises ici, à Colombo. Nous devons donc être de retour pour 18 heures afin d'être à l'aise. Ça marche, chef ?

— À votre entière disposition, Sir !

— Merci, chef… Allons, ne perdons pas une minute… En avant !

Exposer les choses clairement, et les mots pour le dire viennent aisément… C'est ce que j'appelle une proposition difficile à refuser. D'accord, c'est de la folie néo-bourgeoise, un rien « mégalo-démago-nouveau-riche », je vous l'accorde ! Avec 15 000 dollars, il aurait accepté tout aussi facilement, avec l'éventualité d'un marchandage superflu, ce qui m'aurait agacé inutilement. Avec 50 000 dollars : « NÉGOCIATION IMPOSSIBLE » ! Puis, désolé, je n'ai pas de temps à perdre.

Le type a correctement évalué la situation. Pour lui, c'était un quitte ou double. À prendre ou à laisser ! Et il a pris. Tout simplement parce qu'il n'avait pas le choix. Une simple hésitation de sa part et le client se serait aussitôt envolé vers un autre taximan qui lui, n'aurait pas réfléchi un seul instant avant d'accepter cette affaire en or massif !

En fait, n'importe quel taximan sri-lankais ne pouvait se permettre de refuser une offre aussi généreuse. Surtout qu'en ces temps de crise, ce genre de proposition surréaliste ne court pas les rues ! Au contraire, le client d'aujourd'hui se montre plutôt radin et c'est souvent lui qui négocie le prix… vers le bas… et pas l'inverse.

Les paysages défilent au rythme de mon passé de légionnaire – sans parler du reste – mais je ne tombe pas dans ce piège infernal de la nostalgie. Des souvenirs, j'en ai plein ma tête si je veux, mais je ne suis pas là pour ça ! Je suis ici pour une raison bien précise et rien d'autre… Concernant ce satané Boeing 705, j'avoue avoir eu chaud ! Ce n'était finalement qu'un simple « trou d'air », phénomène assez fréquent si l'on se réfère aux lois de l'aéronautique.

Quoique les trous d'air n'existent pas, rassurent les spécialistes ! Il n'y a en fait pas plus de trous d'air dans l'air que dans l'eau, mais les molécules d'air peuvent être agitées. Les turbulences sont des remous d'oxygène, des courants d'air désordonnés qui changent rapidement de direction et d'intensité. On est « ballotté » mais on ne tombe pas, on descend et on remonte, les variations peuvent même aller jusqu'à quarante mètres, mais l'avion ne casse jamais !

Ça, c'est la théorie. En pratique, j'ai bien cru que ma dernière heure était arrivée. Et je n'étais pas le seul à le croire ! Puis, tout doucement, notre avion a repris de l'altitude. Les trous d'air se sont espacés progressivement si ce n'est cet épisode sordide. L'hôtesse de notre rangée qui venait de reprendre ses fonctions, se dirigea vers moi avec son plateau rempli de jus d'orange et de jus de tomates au moment précis où une toute petite dernière secousse fit à nouveau descendre notre appareil d'une bonne dizaine de mètres avant de reprendre calmement sa vitesse de croisière jusqu'à Colombo. Au final, un tee-shirt ainsi qu'un pantalon foutu, le corps trempé et gluant jusqu'à l'atterrissage ! Bref, je m'en tire à bon compte…

Nous arrivons bientôt à Sigiriya. Je n'ai pris que le strict nécessaire dans mon sac à dos, à savoir quelques dépliants, un couteau suisse, une boussole, une paire de lunettes de soleil, une casquette dépliable, des bonbons secs et surtout, mes cartes de crédit avec pas mal de liquide au cas où.

Je n'avais effectivement pas prévu de me changer pour cette visite éclair d'un jour et n'ai donc aucun habit de remplacement dans ma besace ! Avec la chaleur du jour, quarante-cinq degrés à l'ombre, j'ai décidé de faire la visite du rocher avec mes vêtements dégueulasses.

Excepté cette sensation désagréable de coller de partout ainsi que cet accoutrement vestimentaire aux couleurs associées de tomates et d'oranges qui font manifestement « très touriste branché », les membres de mon corps se sont séchés en moins d'une minute dès mon arrivée à Colombo. Pas besoin d'un séchoir électrique dans ce genre de pays où il est coutume de cuire littéralement sur place !

À l'horizon, le fameux monolithe d'un peu moins de quatre cents mètres de hauteur ! Je connais l'endroit par cœur pour l'avoir visité au moins à cinq reprises durant toutes ces années passées à la Légion. Nous avions installé notre quartier général non loin du « rocher au Lion » – qui est la traduction sanskrite de cette magnifique contrée surnommée SIGIRIYA –, à la lisière de cette jungle rutilante qui entoure le site à l'infini sur plusieurs hectares d'épaisses verdures.

Je profite des quelques minutes qu'il me reste dans ce vieux taxi pour rédiger en quelques mots ce billet porte-bonheur que je vais déposer dans un instant au pied du rocher afin d'augurer ma nouvelle vie sous les meilleurs auspices. Pour faire court, il faudra tout d'abord gravir un escalier aux marches saillantes, taillées de manière irrégulière afin d'accéder à la base du rocher, située approximativement à une vingtaine de mètres du niveau du sol.

De là, il faudra prévoir une ascension jusqu'à la moitié du sommet en empruntant un escalier en colimaçon.

C'est à cet endroit précis que se trouvent les fameuses « Demoiselles de Sigiriya », ces figures féminines surnommées aussi les « Jocondes » du Sri Lanka, peintes au cinquième siècle de notre ère sur les parois d'une cavité du rocher qui ressemble plus à un renfoncement naturel qu'à une grotte.

Représentées à mi-corps, la poitrine dénudée et généreuse qui exprimait jadis les canons de beauté de l'époque, elles donnent à leurs bustes l'impression de flotter continuellement dans les airs. D'où cette appellation locale portant le nom d'APSARAS, littéralement « Celles qui glissent sur l'eau » ou encore « les Dames des nuages », ou tout simplement des « Nymphes célestes » d'une grande beauté, nées selon la fantaisie de Brahma, le dieu créateur à quatre têtes.

Certaines mauvaises langues prétendent au contraire qu'il s'agissait des courtisanes peu vertueuses du roi Kassyapa, le célèbre monarque mégalomane du cinquième siècle, à l'orgueil libidineusement démesuré, celui qui fit ériger son palais au sommet de ce mégalithe d'exception. N'étant pas ici pour refaire l'Histoire, je me contenterai donc de la version précédente, nettement plus poétique et proche de la raison pour laquelle je me trouve ici !

À l'origine, l'on pouvait dénombrer près de cinq cents portraits faisant ainsi l'éloge de la féminité, de la beauté et de l'amour. Aujourd'hui, l'on ne peut en déplorer que vingt-et-un, relativement bien conservés. Et c'est sur cette vingt-et-unième gravure que s'est dessinée insidieusement, sur plusieurs décennies, une très légère fente rocheuse située exactement à l'endroit du pubis supposé de cette ultime et divine « apsara ».

Il y a cinquante ans encore, cette « entaille » naturelle dans la pierre aux multiples symboles sexuels, cet éloge supplémentaire, inattendu à la féminité, n'existait pas ! Apparue au fil du temps il y a moins de quinze ans à peine, les responsables locaux de ce patrimoine classé parmi les plus beaux sites archéologiques au monde n'avaient pas mesuré dans l'immédiat l'ampleur touristique d'une telle imprévisibilité…

— Nous sommes arrivés, Sir.

— Merci, chef… Voici 20 000 dollars, le reste comme promis après la visite, d'accord ?

— Prenez tout votre temps, je vous attendrai ici. Moi, pas bouger jusqu'à votre retour, Sir !

J'entame dès lors cette randonnée en tâchant de refouler, comme je peux, tout ce lot de souvenirs tristes et gais à la fois, comme une façon très personnelle de conjurer le mauvais sort qui me tenaille sans relâche.

J'avais presque occulté qu'il fallait obligatoirement se faufiler dans ce goulot d'étranglement afin d'accéder aux marches saillantes qui mènent aux deux pattes géantes du Lion sculptées dans le minéral. À partir d'ici, l'on entame la grimpée en empruntant un escalier recouvert par sécurité d'une cage métallique. D'abord un sentiment de claustrophobie qui donne la sensation de tourbillonner à l'infini dans ce vide écrasant de frayeur et d'angoisse. Ensuite, une double impression de vertige. La première, parce que le vertige, on l'a ou on ne l'a pas, et ça ne se discute pas. La seconde, parce que le refoulement volontaire de tous ces souvenirs lourds de conséquences n'est pas aussi simple que je me l'étais imaginé.

Arrivés dans la grotte des Demoiselles, nous devons faire preuve de patience car les badauds viennent tous les jours par milliers rendre hommage aux sylphides sacrées. Aujourd'hui, j'évalue le nombre de visiteurs qui marchent devant moi en file indienne à une cinquantaine d'individus. Je ne vais pas m'en plaindre ! Il est dix heures trente du matin et toujours selon mes estimations, j'espère retrouver le plancher des vaches vers quatorze heures, ce qui me permettra de rejoindre Colombo vers dix-sept heures.

C'est enfin mon tour ! La fente rocheuse de la vingt-et-unième Demoiselle n'est que purement symbolique. Mesurant seulement deux à trois centimètres, « l'écueil féminin » dessiné à même la roche n'a pour ainsi dire aucune profondeur. Pour la forme, les autorités y ont introduit quelques ténus messages en soie aux couleurs de safran, dotés chacun d'un pétale parfumé aux effluves de lotus, le tout cloué à titre définitif sur la paroi pierreuse.

Nous sommes priés de déposer notre billet individuel à l'intérieur d'une espèce d'urne géante fixée sur le sol, précisément dans l'axe vertical du sexe imaginaire de cette sensuelle et charmante Dame de la brume. J'y glisse donc mon petit message porte-bonheur en fermant les yeux. À quelques mètres de là, un moine bouddhiste tend à chaque visiteur une fleur de lotus bleue en nous invitant, de son sourire radieux, à déposer une obole dans la corbeille en osier posée humblement à ses pieds.

À partir de cet instant, les touristes se voient proposer deux solutions. Soit ils peuvent redescendre par la gauche gentiment, tout heureux d'avoir vu de près, sans la toucher, la vulve virtuelle de la vingt-et-unième Joconde du Sri Lanka.

Soit ils continuent l'ascension en empruntant un autre escalier sur la droite, qui les mènera au sommet du rocher où se trouvent encore les vestiges de l'ancien palais royal ainsi que les célèbres jardins d'eau savamment organisés de part et d'autre d'une allée centrale boisée d'arbres aux senteurs d'amandes, où fourmillent des centaines de babouins sauvages mais inoffensifs, berçant avec nostalgie nos tympans de leurs cris incessants, ce qui n'est pas sans rappeler cette atmosphère glauque et raffinée de la brousse profonde.

J'hésite à revoir pour la toute dernière fois ce panorama splendide qui n'aura jamais plus la même saveur que lorsque j'y suis venu avec Kalyna. Et pourtant, c'est la raison pour laquelle je dois absolument m'y rendre, il le faut ! Je ne dois plus refouler ces maudits souvenirs. Il faut au contraire les accepter dans leur globalité, les conserver comme un patrimoine précieux de la mémoire, ni plus ni moins. Pour le reste, je dois désormais regarder toutes choses avec le regard et la clairvoyance du nouveau-né, sans nostalgie ni anxiété.

Il a fallu grimper 1232 marches en tout, mais j'y suis arrivé ! Et j'étais à deux doigts de rater ça… Une vue plongeante sur des hectares de jungle, laissant apparaître une perspective ahurissante à 360 degrés. Un spectacle de toute beauté, des paysages lunaires, spectaculairement grandioses, inimaginables depuis le niveau du sol ! Un horizon tacheté de brousses verdoyantes, d'animaux sauvages, de lacs ou de lagunes émeraudes infestés d'iguanes et de crocodiles, de jardins fleuris et de villages en terre battue. Au loin, les contreforts montagneux d'un massif nommé « le pic d'Adam »… Je n'avais jamais fait le rapprochement avec Évelyne. Coïncidence ? Adam et Ève… Évelyne m'était-elle prédestinée dans mes rêves les plus fous ? Tout cela était-il écrit à l'avance ? Je n'en sais rien. Décidément, le symbole est roi en ces lieux raffinés autant que mystérieux. Mais à quoi bon essayer à chaque fois d'analyser, de tout comprendre ?

Soudain, un bruit sordide derrière le feuillage à mes côtés. Un singe, un serpent ? Je reste sur mes gardes en rejoignant le petit groupe des sept Américains montés avec moi. Le plus âgé fait mine de rassembler ses ouailles afin de redescendre calmement rejoindre l'autocar.

Je profite de ce moment d'isolement pour regarder à mon aise une toute dernière fois ce panorama kafkaïen avant de redescendre à mon tour quand tout à coup, un chat de gouttière émerge des fougères, à l'endroit même où je venais d'appréhender ce bruit suspect.

Instinctivement, l'animal vient à ma rencontre en toute confiance, sans doute pour mendier une caresse ou deux, bien plus chères à ses yeux que dix millions de roupies en billets de banque dont il ne saurait que faire, si ce n'est se soulager dessus le plus naturellement du monde. Ce qui m'émeut le plus, c'est cette ressemblance frappante avec Sinatra ! Outre les similitudes physiques, c'est le même regard, la même insolence dans sa façon de se dandiner pour obtenir une caresse supplémentaire avant de filer en toute ingratitude dans les bosquets escarpés de la falaise, vers son destin de chasseur solitaire.

Comme prévu, je rejoins la terre ferme vers quatorze heures. Les autocars se disputent les places de parking. D'autres touristes affluent en nombre dans tous les sens pour se préparer à l'ascension du rocher au Lion. Le processus ne s'arrête donc jamais, et ce, depuis plusieurs générations, un peu comme le cycle des renaissances propre à la philosophie bouddhiste.

Un guide local sorti de nulle part m'accoste en me remettant gratuitement un dépliant avec des explications sur le site archéologique. *Anglais, allemand, Sir ? Non, français !* Je fourre le prospectus dans mon sac de voyage et me dirige enfin vers le taxi qui n'a pas bougé d'une semelle depuis ce matin. Mon taximan, toujours aussi débonnaire, lit son journal tranquillement en fumant une cigarette.

Lorsqu'il m'aperçoit, il fait tourner le moteur pour gagner du temps et sort précipitamment du véhicule pour m'ouvrir la portière, comme s'il était le chauffeur attitré d'une grande personnalité. Je me prête au jeu sans faire attention à ses simagrées et rentre dans l'habitacle, soulagé qu'il n'ait pas déguerpi avec mes 20 000 dollars ! À part ça, je dois puer comme un bouc, je suis en âge et mes vêtements sont totalement imbibés de sueur, je suis crevé…

— Alors, Sir, c'était beau ?
— Magnifique, chef ! À quelle heure penses-tu arriver à Colombo ?
— Nous serons là pour dix-sept heures, Sir, j'en fais mon affaire !
— Tu n'as pas bu d'alcool, j'espère ? fais-je en constatant les cadavres de deux petites bouteilles laissées négligemment sur le siège avant.
— Jamais d'alcool, Sir ! Parfois, un peu d'arrack pour passer mon temps en t'attendant. Arrack, très bon pour le moral, Sir ! Tu en veux un peu ?
— Non, merci. Mais dis-moi, c'est quand même plus de quarante degrés ce truc. Ne me dis pas que tu es bourré, chef ?
— Non, Sir… Moi, jamais bourré ! Et puis, l'arrack est la boisson des dieux, tu ne le savais pas, Sir ?
— Dans ce cas… En avant !
— C'est parti, Sir…

Moi qui croyais piquer un petit somme, me voici contraint de lui faire la conversation pour ne pas qu'il s'endorme. Le type est complètement ivre même s'il n'en donne pas l'impression. Il me vouvoyait à l'aller et au retour, il me tutoie comme si nous étions les plus grands copains du monde. Un signe qui ne trompe pas !

Quant à la boisson des « dieux », il est mal tombé avec moi. En tant qu'ancien légionnaire, je connais pertinemment les « vertus » énergétiques de l'arrack en question. Un alcool qui vous donne des ailes pendant un certain temps, puis sans prévenir, vous vous arrêtez net et vous dormez sur place en faisant le tour de l'horloge ! À la vitesse à laquelle il roule, il est fort probable qu'on arrive à Colombo avant dix-sept heures. Ou jamais !
— Putain, le camion ! Tiens ta droite, bon sang !
— Au Sri Lanka, on roule à gauche, Sir !
— Bordel, tu m'as fait peur… Un point pour toi !
— Toi, pas avoir peur, Sir. Je suis un ancien pilote de formule 1 et je connais ce pays comme ma poche.

— N'importe quoi !

— Je t'assure… J'ai même gagné plusieurs prix… Mais tu as raison de ne pas me croire, Sir. J'ai réellement été un grand pilote de formule 1, mais dans une vie antérieure, ajoute-t-il en rigolant comme une grosse baleine sans pouvoir s'arrêter.

— Je te préviens, chef, si tu fais un accident, les 30 000 dollars qui te reviennent, tu peux te les foutre dans le derrière, d'accord ?

— D'accord, Sir, pari tenu !

— J'espère bien… Et sans vouloir être indiscret, que vas-tu faire avec une somme pareille, chef? lui demandé-je en espérant soutenir son attention jusqu'au bout de la course.

— Monter ma propre firme de taxi, Sir ! me répond-il fièrement.

— Je te félicite, mon vieux !

— Merci… Et tout ça, grâce à toi, Sir !

Je suis un peu tranquillisé car je sais à présent qu'il tient vraiment à tout ce pognon qui vient de lui tomber du ciel. Il roule sec mais prudemment. Je m'étais peut-être tracassé inutilement mais j'ai cependant du mal à fermer les yeux comme je l'aurais souhaité.

J'essaie alors de me détendre en feuilletant sans conviction ce dépliant touristique que le guide local m'a remis quand je suis arrivé tout à l'heure en bas du rocher, et que j'ai certainement dû lire une centaine de fois, moi aussi, dans une vie antérieure !

Je tombe sur un article concernant les fameux graffitis qui escortent les Demoiselles de Sigiriya à quelques mètres à peine de la galerie.

Il s'agit de graffitis couvrant un mur brillant en contrebas, recouvert d'un enduit à base d'œufs et de chaux, d'où son appellation consacrée en anglais dans le texte de « Mirror Wall » !

Les Demoiselles ont effectivement déchaîné les passions qui ont laissé depuis des siècles de nombreuses traces de barbouillages aux textes souvent éloquents, voire élogieux envers la gent féminine en général.

Il est amusant de constater, précise encore l'article, que tous ces gribouillis, empreints aussi bien de poésies que de grivoiseries à l'eau de rose, ont eux-mêmes acquis au fil du temps le statut d'œuvre d'art et sont considérés depuis lors comme faisant partie intégrante de ce patrimoine mondial, classé par l'Unesco depuis 1982.

Tout ce bla-bla ne m'intéresse guère à vrai dire, si ce n'est deux citations que certains archéologues auraient tenté de déchiffrer récemment. L'une, traduite du sanscrit, exprimant les sentiments d'un quidam amoureux, comme un aveu de plaisir : *« ... comment ne pas être heureux quand on voit ces paumes roses, ces épaules rondes, ces colliers d'or, ces lèvres cuivrées et ces yeux si grands, si grands... »*. L'autre, d'origine française, nettement plus laconique, m'interpellant néanmoins à plus d'un titre : *« ... Ô Sigiriya, lieu du souvenir qui réunit les amants séparés... »*.

Nous arrivons à Colombo à l'heure prévue. Je paie ma course comme convenu et me dirige vers l'entrée de l'aéroport, où je repère une brasserie afin de m'y détendre jusqu'au moment du décollage. Le taximan m'a remercié à deux reprises en me souhaitant « *une vie remplie de joie et d'amour* ». J'ai la faiblesse de croire à la sincérité de ses propos. On dit bien « ***In vino veritas*** », alors pourquoi pas « ***In "arracko" veritas*** » ?

Dans un même temps, j'imagine en me bidonnant mentalement le même discours de la part d'un taximan liégeois ou parisien ! Tout simplement impossible...

Au dernier moment, je décide de me balader une heure dans les alentours et de me retremper dans la chaleur humide de la ville. L'avion ne décolle que dans une paire d'heures, j'ai largement le temps de me dérouiller les jambes en mémorisant pour la postérité quelques derniers clichés de cet endroit merveilleux, qui fut malgré tout mon pays d'adoption durant de longues années.

Le plus frappant est cette diminution constante de la mendicité. Je l'avais déjà constatée les deux dernières années passées à la Légion. Il y a vingt ans par exemple, les rues de Colombo étaient encombrées de mendiants en tout genre. La plupart avaient élu domicile sur les trottoirs si bien que les badauds étaient contraints d'emprunter la chaussée pour se rendre chez le coiffeur, dans les grands magasins, à leur travail ou chez eux.

Aujourd'hui, l'on croise de temps à autre un sans-abri au bout d'une rue isolée, pas davantage. Les gens ont pratiquement tous un boulot, même insignifiant, mais ils s'y accrochent !

À en croire les journaux, l'économie se serait redressée en quelques années à peine, lentement mais sûrement. Au point que l'Inde et le Sri Lanka seraient actuellement la troisième puissance mondiale après la Chine et le Japon. Sans parler du domaine spatial ou informatique où ils bénéficieraient largement d'une renommée internationale incontestable.

Reste bien entendu à résoudre le contentieux de leurs guerres intestines qui firent beaucoup de ravages surtout au Nord et à l'intérieur des terres ainsi que leurs difficultés récurrentes à gérer les intempéries, qui les font reculer de cinq pas à chaque fois qu'ils doivent faire face à une catastrophe naturelle, qui embrase systématiquement le pays tout entier et les oblige à repartir de zéro. C'est notamment ce que m'a confirmé mon taximan tout à l'heure.

En Europe, la donne est paradoxalement inversée. Nous étions jadis avec les États-Unis la première puissance mondiale. Nous sommes aujourd'hui relégués à la dixième position. L'économie s'enclave vers le bas chaque semaine. Nous atteignons un taux d'inflation qu'il est désormais impossible de contrôler, d'admettre et de comprendre. La mendicité, elle, devient un statut à part entière, « monnaie courante » dirons-nous, puisqu'elle a insidieusement, au fil des ans, supplanté officiellement ce qu'on appelait il y a très-très longtemps la classe moyenne. Avant, nous cotisions pour les pays du « quart monde ». Maintenant, nous sommes devenus ce « quart monde ». Principe même des vases communicants !

Pensées subliminales « obligent », me voici au coin d'une rue à croiser le regard d'un homme maigre, l'air malade, sale, vêtu d'une légère cape de lin, pareille à celle que portait Jean-Baptiste lorsqu'il se nourrissait de sauterelles ou de termites dans le désert.

À ses pieds, un bâton de bambou qu'il laisse traîner sur le sol. Probablement son seul bien, son unique fortune. Il ne faut pas être grand observateur pour déduire qu'il s'agit d'un mendiant esseulé, affamé, désespéré, forcément sans abri.

La chose qui m'interpelle le plus chez cet homme malingre est son regard perçant comme une lame de couteau. Si ce n'est son accoutrement de clochard, ce pauvre bougre me fait tout d'un coup penser à mon père quelques mois avant sa mort ! La même physionomie, la même façon de vous dévisager, le même visage émacié, tout quoi. Le nez aquilin, la bouche serrée aux commissures des lèvres et ces yeux ! Des yeux sévères qui vous pénètrent à l'intérieur même de votre intimité...

Sans réfléchir, je sors de ma poche revolver quelques billets de mille dollars. Une fortune qui lui permettra de manger à sa faim pendant deux ans, peut-être même de refaire sa vie, s'il le veut.

Et là, c'est l'incompréhension la plus totale. Mon bonhomme se met brusquement à rire, à chanter et à danser autour de moi en prenant bien soin de ne jamais toucher à un seul de mes dollars. Une manière bien à lui, je suppose, de me faire comprendre qu'il n'en a rien à foutre de mon sale pognon !

J'insiste une seconde fois en lui fourguant de force les billets de banque à l'intérieur de sa cape en lin et je fais mine de repartir sans demander mon reste. Mais il me rattrape aussitôt en me rendant tous les billets un par un ! ***L'argent, pas bon, Sir... L'argent, source d'agitation...*** me serine-t-il dans un anglais approximatif en continuant à rire et à danser avant de reprendre sa position de statue ambulante à l'endroit même où je venais de le rencontrer quelques instants plus tôt.

Cet incident m'a épuisé ! Je suis cette fois déshydraté et cherche en vain une taverne avant de rejoindre l'aéroport. J'ai beau faire le tour du pâté de maisons, pas un seul bistrot, pas la moindre épicerie ni même un seul appareil automatique à l'horizon où je pourrais me désaltérer.

Je reviens donc sur mes pas en direction de l'aéroport et repasse inévitablement devant mon mendiant qui n'a pas bougé d'un poil.

Arrivé à sa hauteur, il me sourit avec compassion en voyant ma mine dépitée et me tend la moitié d'une noix de coco bien fraîche qu'il vient de trancher à l'instant sous mes yeux.

— ***Toi, avoir très soif... Jus de noix de coco très bonne pour ta santé!*** me dit-il avec l'air de me narguer amicalement en me prouvant que même avec tout le pognon du monde, je ne pourrais jamais me sustenter correctement si tous les magasins étaient fermés ou s'ils n'existaient pas.

Je le remercie infiniment et lui serre la main avant de rejoindre le hall d'entrée de l'aéroport de Colombo. L'avion décolle dans moins d'une heure et j'ai tout le loisir de passer par les free-taxes acheter un package de parfums de luxe pour Évelyne.

L'histoire de ce mendiant – que dis-je de ce grand sage –, me rappelle soudain une citation d'Alejandro Jodorowski, auteur chilien né au siècle dernier, lorsqu'il prétendait qu'« *un oiseau né dans une cage pense que voler est une maladie* ». Un adage qu'il démontra en racontant l'histoire vraie d'un jeune garçon qui voulut un jour rendre la liberté à un petit oiseau enfermé depuis sa naissance. Il ouvrit la cage mais l'oiseau n'en sortit qu'au bout de trente secondes, comme s'il pressentait un piège. Il s'est enfin envolé dans la nature, histoire de voir comment cela fonctionnait puis, le plus naturellement du monde, est rentré dans sa petite demeure comme s'il n'en était jamais sorti.

Le jeune homme fit alors semblant de s'éloigner d'une centaine de mètres tout en lorgnant en hypocrite ce que le moineau allait faire par la suite, vu que la grille ne s'était toujours pas refermée. C'est alors qu'il constata deux heures plus tard que l'oiseau s'esquintait toujours à reclaper en vain la porte avec son bec! À croire que les petits oiseaux se méfient aussi de l'homme qui ne tend pas un piège... Au final, aucune différence entre l'être humain et l'animal domestique. Ils sont nés tous deux dans un cocon de miel et lorsque la liberté est à leur portée, ils en sont terrifiés et s'en éloignent intuitivement de peur de se rompre les ailes.

Je saisis à présent la raison pour laquelle ce sosie incroyable de mon défunt père venait de refuser une telle somme d'argent. J'aurais dû m'en douter plus tôt. Aussi bien en Inde qu'au Sri Lanka, le mendiant a toujours été considéré depuis la très haute Antiquité comme un être sacré. Mendier, c'est tout bonnement la voie qu'il a choisie. Et c'est sûrement ce qu'il voulait me faire comprendre par cette attitude désintéressée voire désinvolte lorsqu'il se mit à rire, chanter et danser comme un enfant candide, ignorant l'existence du passé et du futur. Ce mépris total pour l'argent ou le confort matériel, n'était au fond qu'une volonté inconditionnelle de rester à jamais un homme libre. C'est le prix à payer ! Et nous devons tous un jour ou l'autre payer la note de quelque chose…

Notre Boeing 705 va décoller dans un instant. Nous sommes priés de quitter la zone free-taxe et de rejoindre progressivement le couloir qui nous mènera à la soute aux bagages. De là, une nouvelle équipe de jolies hôtesses nous attend pour emprunter la porte-échelle qui nous permettra enfin de nous installer confortablement à nos places respectives.

En me retournant machinalement afin d'ajuster mon sac à dos, j'aperçois de l'autre côté de la vitre qui nous sépare des visiteurs, un visage qui me semble familier. J'avais effectivement la nette impression que quelqu'un observait depuis un bon moment tous mes faits et gestes. Je ne l'ai pas reconnu tout de suite. Maintenant, il n'y a plus de doute possible, c'est Soma !

Que fait-il donc là ? Hasard, coïncidence ? *Rien n'est dû au hasard,* m'avait-il expliqué plus de cent fois… Tiraillé entre l'envie de rentrer dans l'avion ou accourir vers lui pour le saluer et l'embrasser chaleureusement, mon cœur balance. L'avion ne m'attendra pas si je vais à sa rencontre. Bon sang, c'est trop bête ! Que faire ? Le prochain vol est prévu pour demain matin. Impossible, Évelyne risque de s'inquiéter ! Je dois impérativement embarquer, je n'ai pas le choix.

De loin, je lui fais donc un signe de dépit en indiquant mon malaise mais il me faut partir à tout prix. J'attends réciproquement un geste de compréhension de sa part, un signe d'adieu, une main qui ferait l'essuie-glace comme un enfant qui dit au revoir, un sourire… Rien ! Lui qui d'habitude était si affable, il reste planté là sans bouger, les bras le long du corps, droit comme un « i » en me fixant d'un regard fâché, accusateur !

Que sont devenus ses yeux où rayonnaient tant de douceur et de bonté lorsqu'il m'accordait parfois son temps précieux lors de nos innombrables palabres nocturnes ? Décidément, je n'y comprends rien. Ce n'est pas le Soma que j'ai connu et c'est pourtant bien à lui que je fais signe une toute dernière fois, la mort dans l'âme, avant d'entrer dans cet avion qui me ramène sur Bruxelles. Les hôtesses referment la porte centrale et nous aident à prendre place avec toute la gentillesse qui les caractérise si bien.

Douze heures de vol avant de rejoindre Évelyne, l'élue de mon cœur. La fleur de lotus que je lui offrirai avec le package d'eau de toilette dont elle raffolera, j'en suis sûr, reposent au fond de mon sac, comme une relique d'amour que je conserve en cachette bien précieusement.

J'avoue avoir du mal à mettre de l'ordre dans mes pensées. Un mendiant qui ressemble à mon père comme deux gouttes d'eau, un chat de gouttière aussi roux que Sinatra qui effectue, comme lui, des « huit » autour de moi pour se faire caresser. Pour peu, je finirai par croire aux lois de la réincarnation, telle que leur religion bouddhiste l'envisage.

Quant à Soma, j'ai beau retourner la situation dans tous les sens, je n'y comprends rien. À moins qu'il ne sache lire dans mes pensées, qu'aurait-il donc à me reprocher si ce n'est ma relation ambiguë avec Kalyna lorsque je l'ai quittée pour rentrer en Europe ?

Non ! Ça ne colle pas puisque nous avions eu l'occasion d'en parler franchement ensemble bien avant mon départ et ses propos de l'époque, aussi loin que je m'en souvienne, ne furent que bienveillants, compréhensifs et même emplis d'une certaine compassion à mon égard. Alors pourquoi ce regard accusateur comme s'il savait des choses qu'il ne peut de toute façon pas connaître ? Je n'ignore rien de ses dons de visionnaire. Lui-même m'avait inculqué certaines techniques lorsqu'il m'initiait jadis à cette étrange science du yoga. Rien à voir avec le yoga pratiqué en Occident qui se résume la plupart du temps à quelques postures de gymnastique, à deux ou trois méthodes de respiration, ainsi qu'aux exercices dispensés aux femmes enceintes dans leur approche de la périnatalité.

Non, je veux parler du véritable yoga, celui qui émane des anciens textes védiques, intraduisibles de nos jours pour un Occidental, fût-ce même par le plus éminent des experts en cryptologie linguistique, avec tout ce que cela sous-entend de mystérieux et de surnaturel ; celui pratiqué par Soma, qu'il tenta de m'enseigner entre deux permissions militaires. De là à prétendre être ou devenir extralucide, il y a une marge !

Je me souviens néanmoins de son extrême sensibilité, de ses capacités inouïes de concentration ainsi que de sa façon troublante, absolument hors du commun, d'annoncer certaines choses ou certains événements, qui bien souvent se réalisaient tôt ou tard, je n'en disconviens pas ! Je n'en dévoilerai pas le secret pour l'instant. Ou si peu, en faisant allusion à cette technique étrange consistant à faire totale abnégation de soi-même en projetant son « mental » dans le cosmos de « l'autre », pour reprendre en substance ses propres paroles.

Mais alors, pourquoi ce revirement d'attitude à mon égard de la part de celui qui m'avait tout appris, qui avait misé en moi cette confiance de garder secrète toute la magie de cette richesse ancestrale ? Serait-ce mon détachement odieux envers Grisouille, maintenant que la vie me sourit égoïstement ? Ou alors, ma lâcheté inadmissible envers cette gamine de sept ans qui ne ferait désormais plus partie de mes priorités ? Y serait-elle pour quelque chose et si oui, comment diable Soma est-il au courant ?

Ou qui sait, serait-ce peut-être cet homme que j'ai laissé pour mort dans une ruelle sombre de Londres l'an dernier, un peu avant la période de Noël ? Ou plutôt, ce sentiment d'impunité que je semble afficher sans le moindre remords et qui fait désordre dans la comptabilité virtuelle de mon karma ?

Après tout, en quoi tout cela le regarde-t-il et surtout, comment aurait-il pu le savoir ? Il faudra pourtant arrêter de se raconter des histoires, mon pauvre Baron ! Les choses sont bien plus simples qu'elles n'y paraissent et tu le sais très bien… Soma me déchiffre à livre ouvert, par un transfert mental de son « cosmos » au mien, et je ne peux m'y opposer. À moins qu'il ne l'ait deviné par simple intuition, avec tout le reste…

Toutes ces « Roses » que je n'ai pu garder, mais qui ont drôlement compté dans ma vie. **Kalyna**, ma première aventure, raffinée, exotique. Un amour abandonné, réduit en miettes comme un enfant capricieux qui vient de casser son plus beau jouet. Une idylle « martyre » lacérée par la vanité, le mensonge ou la peur d'être heureux… **Fleur**, ma meilleure amie, la sœur, la maîtresse loyale à l'imagination fertile. Une amitié infidèle, bafouée, fragile… **Linda**, une fleurette étrange aux parfums de lassitude et de frustration. Le jeu subtil d'une liaison dangereuse. Un amour interdit… **Geneviève**, ma confidente à l'intimité parfumée aux nuances de lavande et de violette. Une relation courte mais intense. Un amour tendre, espiègle, bariolé d'humour et de dérision… **Évelyne**, mon Orchidée sacrée, la synthèse ingénieusement alambiquée de toutes celles que j'ai aimées auparavant. La femme de ma vie. La mère de mon enfant ! Un sentiment d'allégresse auquel je ne croyais plus depuis longtemps jusqu'au jour où mes yeux ahuris se sont posés sur elle sur un simple quai de gare. Une passion d'outre-tombe, improbable, surgie un jour du désespoir dans lequel je m'étais enferré vivant, un peu comme cette Fantaisie-Impromptu en do dièse mineur, opus 66 posthume de Frédéric Chopin. Comme une seconde chance au bonheur…

Si j'y ajoute les **autres**, tous ces feux de paille, tous ces météores qui se désintégrèrent au fur et à mesure dans l'atmosphère de l'oubli, tous ces marivaudages, toutes ces conquêtes d'un jour, tous ces adultères obscènes, parfois dégradants, sans tabous, sans morale, sans barrière, sans amour, toutes ces passades de pacotille, décevantes, vulgaires, perverses voire pornographiques mais tendres à la fois, n'en constituent pas moins une vaste rosace étoilée, et, comme se complaisait à répéter ma tendre et regrettée Fleur dans ses derniers élans de lucidité, la vie n'est finalement qu'un sacré bouquet embaumé de roses multicolores, épines comprises !

Et Grisouille dans tout ça ? Fini, terminé, poubelle ? Je rentre à Liège comme si de rien n'était. Je boucle nos valises. J'emménage sur Paris avec Évelyne quelques jours plus tard en partant comme un voleur sans prendre congé de personne, peinard, la conscience bien tranquille ! C'est ça ton plan, petit con ? Et quand tu te raseras le matin devant le miroir de ta salle de bains toute neuve et luxueuse, comment pourras-tu encore te regarder en face sans avoir l'envie de dégueuler ?

Comment ai-je pu imaginer une seule seconde l'éventualité de laisser tomber cette gamine adorable, si craquante, si débordante de vitalité lorsqu'on la voyait défiler dans la cour de l'immeuble en faisant des cercles à l'infini sur son petit vélo bleu ?

Son état de santé ne peut plus attendre. Je dois prendre une décision ! Quand bien même Barbara aurait-elle inscrit sa fille sur une liste d'attente d'un rein, le rhésus du donneur potentiel devra être compatible avec celui de la gamine afin d'éviter toute complication liée au rejet d'organes étrangers.

Or, la seule catégorie sanguine acceptable dans le cas de Grisouille devra impérativement provenir du groupe O négatif, rhésus peu courant, faut-il bien l'admettre. Vu ces temps de crise que nous traversons, de plus en plus rares seront ceux ou celles qui accepteront de se faire mutiler, sans oublier les dangers de l'anesthésie, les conséquences d'ordre médical ainsi que le coût exorbitant de ce type d'opération pour la maman.

On a beau tourner en rond, je suis donc le seul à pouvoir rapidement la sortir de ce mauvais pas. Mon rhésus est compatible, mes analyses sanguines sont excellentes et concernant le budget, je prendrai tout en charge, cela va sans dire. Alors, c'est quoi ton problème, Baron ? Une décision que l'on ne prend pas à la légère, je te l'accorde ! Une décision de taille… Quoi, tu as la trouille ? Non, bien sûr que non… Mais tu vas être père, bon sang ! Réfléchis plus tôt deux fois qu'une. Après, il sera trop tard ! Et si tu restais dans l'opération, tu y as pensé ? Statistiquement parlant… Oui, c'est ça, et si l'avion s'écrasait tant que tu y es, tu y as songé aussi ? Tout peut arriver d'une minute à l'autre dans la vie, tu sais ! Bon, soyons sérieux, tu pisses dans ton froc à l'idée de te faire charcuter, n'est-ce pas ?

Il s'agit de sauver Grisouille, merde ! Une petite fille de sept ans qui ne demande qu'à vivre et à jouer avec ses copines d'école ! Son avenir est entièrement entre tes mains, tu t'en rends compte à présent ? Alors, tu te décides, espèce de lâche ?

Je sais, il y a Évelyne, et alors… Peu importe sa réaction ! Elle comprendra, j'en suis sûr. Peut-être pas tout de suite, c'est vrai. Il lui faudra du temps. Mais avec le temps… Comment lui expliquer que son mari, qui va bientôt être père d'une petite Aurore, a décidé du jour au lendemain de donner son rein à sa petite voisine ?

Pas simple, évidemment ! Surtout que jamais je ne lui en ai parlé, par souci de discrétion. Et puis, je n'avais pas envie de la tracasser inutilement pendant sa grossesse. Aujourd'hui, tu dois prendre tes responsabilités ! La petite a réellement besoin de cette greffe, bordel ! Plus possible de retarder l'échéance, Baron. Une fois rentré à la maison, tu feras le nécessaire, un point c'est tout. Et tu n'auras fait que ton devoir ! Merci, Soma…

L'écran affiche à nouveau **SEAT BELT** ! L'appareil penche anormalement du côté droit et sombre tout d'un coup dans le vide d'une vingtaine de mètres au minimum avant de reprendre péniblement de l'altitude. Les hôtesses interrompent leur tâche sur-le-champ, s'assoient sur leur siège et attachent leur ceinture sans se poser de question… Panique à bord ! Une symphonie de cris et de pleurs assourdit l'habitacle de l'avion. Le tout n'a duré que quelques secondes, pas davantage. Un siècle !

Les gens finissent par sortir de leur torpeur lorsque l'écran annonce qu'il est désormais permis de détacher sa ceinture de sécurité. Le commandant de bord s'excuse très sincèrement de ce « léger » désagrément et les hôtesses reprennent leur service comme si rien ne s'était passé.

La technique du verre d'eau

Je sais à présent qu'un trou d'air n'existe pas. Juste quelques molécules d'oxygène s'agitant de façon désordonnée. On est ballotté, on descend et on remonte, mais on ne tombe jamais !

Et maintenant, si j'essayais de me détendre ? Remords, doutes, reproches, sentiments de culpabilité, souvenirs empaillés, regrets, tristesse, lourdeurs de la mémoire, spleen du passé et j'en passe… au panier !

Cela aussi, cela fait partie des techniques que Soma m'a enseignées. En particulier, cette théorie du « VERRE D'EAU », une technique contre le stress qu'il m'avait inculquée lorsque mon cerveau était sur le point d'éclater !

Il m'expliqua un jour qu'il était fort simple de remplir un verre d'eau puis de tendre son bras pendant trente secondes en gardant le verre bien serré dans sa main. Jusque-là, je ne voyais pas très bien où il voulait en venir.

Il ajouta qu'au bout d'une heure, le verre d'eau devenait aussi lourd qu'un marteau. Si on essayait de le maintenir une journée entière dans la même position, le bras s'engourdirait définitivement. Pourtant, me précisa-t-il en me regardant de ses yeux malicieux, le poids du verre ne varie pas, mais plus longtemps on le tient, plus il s'alourdit !

Les angoisses, les inquiétudes liées à l'existence ou tout simplement les pensées, quelles qu'elles soient, ne sont-elles pas comparables à ce verre d'eau ? me demanda-t-il en observant mon air dubitatif.

Puis, il ajouta en me souriant avec douceur : *« Laisse flotter tes idées un moment et rien d'anormal ne se passera, Baron ! Prolonge ces pensées plus longtemps, elles commenceront à te pourrir la vie. Penses-y toute la journée et tu te sentiras anéanti, paralysé, parfaitement incapable de réaliser quoi que ce soit ! »*. La solution ? lui ai-je demandé. *« Déposer le verre d'eau le plus régulièrement possible... »*.

Le retour

Avant de quitter l'aéroport de Bruxelles, j'achète instinctivement un petit cadeau pour Grisouille, une poupée aux longs cheveux noirs habillée d'un sari violacé qui attire mon attention à l'étalage d'un free-taxe. Dire qu'il a fallu attendre de rentrer en Belgique pour découvrir ce jouet « made in India » aux senteurs étranges de vanille...

Liège, onze heures du matin.

Vivement une bonne douche et surtout, changer ces vêtements crasseux que je porte sur moi depuis un peu moins de quarante-huit heures d'affilée !

J'espère ne croiser personne avant de rentrer au studio et m'asperge néanmoins d'un déodorant bon marché trouvé au fond de mon sac au cas où. La cour semble vide. Zut ! J'aurais bien fait de me taire. Barbara et Grisouille sortent de l'immeuble à l'instant. Je ne peux les éviter...

— Maman, c'est Baron, chouette ! crie la petite à tue-tête en se jetant sur moi.

— Salut, Grisouille, comment vas-tu ce matin ?

— Bien ! Je vais me promener avec maman, tu peux venir avec nous si tu veux !

— J'aimerais bien, mais je rentre de voyage et je suis exténué, ma puce. Ce sera pour une autre fois.

— Dommage ! s'exclame-t-elle en examinant mon sac de voyage comme si elle pressentait qu'il y avait quelque chose pour elle à l'intérieur.

— Tu ne vas pas à l'école, aujourd'hui ?

— Non, c'est le jour de l'hôpital, tu comprends ?

— Ah, d'accord… Dis-moi, Grisouille, je vois que tu regardes mon sac avec insistance, peux-tu deviner ce qu'il y a dedans ?

— Quoi, un cadeau pour moi ?

— Tu brûles ! lui dis-je en extirpant sans attendre la poupée exotique de mon sac de voyage.

— Maman, Maman… Tu as vu la jolie poupée !

— Elle te plaît ? lui demandé-je innocemment en la faisant languir l'espace d'une demi-seconde.

— Oh, oui, Baron… Merci, elle est magnifique ! C'est vraiment pour moi ?

— Pour qui veux-tu que ce soit, Grisouille ?

— En plus, qu'est-ce qu'elle sent bon ! Maman, sens ! On dirait de la vanille…

La petite s'éloigne quelques minutes au milieu de la cour en prenant la poupée dans ses bras et en lui parlant comme à une petite camarade. Je me retrouve donc en tête à tête avec Barbara. Nous échangeons quelques mots pendant que Grisouille, complètement dans sa bulle d'enfant, s'amuse toute seule dans son coin avec son nouveau jouet.

— Comment se passent les séances à l'hôpital, Barbara ? fais-je en ne sachant comment entamer la conversation.

— Avec des hauts et des bas, tu t'en doutes.

— Et la petite ?

— Grisouille est très courageuse… me répond-elle fièrement, les yeux empreints d'émotion.

— Et l'environnement médical, ça va ?

— Les infirmières sont excessivement gentilles avec elle. Elles adorent la gamine. Parmi tous ces adultes qui sont en dialyse, c'est un peu leur rayon de soleil quand Grisouille débarque dans les couloirs pour une séance de quatre heures. Tout le monde est aux petits soins pour elle ! Quant au Docteur Sandron, il ne sait jamais que faire pour nous être agréable. Il est vraiment entouré d'une équipe formidable et lorsqu'il y a le moindre petit problème, il se fait toujours un point d'honneur pour venir en personne tenter de trouver la solution. Sur ce plan-là, franchement, rien à dire !

— C'est déjà un bon début et ce que tu me dis là me fait très plaisir pour vous deux.

— Merci, Baron.

— De rien… Concernant la poupée, je sais, ce n'est pas grand-chose, mais… J'espère que ça lui fera passer le temps ?

— Tu le vois bien, elle l'adore, sa poupée. Regarde comme elle est heureuse ! Ce cadeau est spontané de ta part et je te remercie, elle ne s'y attendait pas du tout… Elle t'aime bien, tu sais ! Grisouille me parle souvent de toi pendant ses séances de dialyse. *« Où est Baron ? Qu'est-ce qu'il fait en ce moment ? Quand pourrais-je encore jouer au médecin avec lui ? »…*

— C'est vraiment une petite fille merveilleuse ! Moi aussi je pense souvent à vous deux et à ce propos, je voulais te dire…

— Oui ?

— Euh… Je ne sais plus ce que je voulais dire. Ça doit être l'émotion, excuse-moi, cela me reviendra plus tard…

— Aucun souci, Baron… Madame Dorsay m'a dit que tu allais déménager bientôt ?

— Oui… Enfin, pas tout à fait… Je pars demain sur Paris avec Évelyne pour mon nouveau job, mais je garde la location du studio encore pour un sacré bon moment. Je devrai faire quelques allers-retours pour mes affaires. Vous ne serez donc pas débarrassés de moi de sitôt.

— Tant mieux, c'est Grisouille qui sera contente ! Je n'oserais jamais lui dire que tu pars définitivement.

— Ce n'est pas le cas, tu verras.

— Tu avais perdu ton boulot ici, c'est ça ? lance-t-elle sans détour.

— Oui, mais je n'ai pas perdu au change. Le seul problème, c'est de s'expatrier en France et surtout de s'adapter à la situation, que veux-tu ?

— On n'a pas toujours le choix ! conclut-elle sans m'embarrasser davantage.

— C'est vrai.

Comme d'habitude, les quelques phrases que j'échange avec Barbara peuvent paraître froides et laconiques. Il n'en est rien. Je pense au contraire qu'il y a beaucoup à lire entre les lignes mais je n'approfondirai pas le sujet pour l'instant. L'essentiel est que nous nous comprenons sur bien des points.

Je suis à deux doigts de lui faire part de mon envie d'aider la gamine mais quelque chose de l'intérieur m'en empêche. Peut-être par souci de discrétion, peut-être parce que ce serait une manière détournée de lui révéler mon hésitation, ma lâcheté d'avoir attendu si longtemps pour me décider.

Une décision qui ne vient donc pas du cœur, car si c'eût été le cas, je n'aurais pas eu l'indécence d'y réfléchir si longtemps !

Mais tout ceci ne changera en rien mes projets d'aider Grisouille. C'est irrévocable ! Je dois au préalable en parler à Évelyne, certes. Il faut bien faire les choses dans l'ordre, comme on dit. D'abord emménager à Paris calmement, puis lui en toucher un mot en douceur, enfin plus qu'un mot, j'imagine, mais bon !

Ensuite, je reprendrai le train pour rentrer sur Liège et de là, direction l'hôpital pour des examens approfondis et définitifs. Ce docteur Sandron me paraît être quelqu'un de bien, j'irai le trouver en premier ! Pour l'heure, je rentre au studio rejoindre Évelyne qui doit trépigner depuis un quart d'heure à me voir par la fenêtre discuter ainsi avec la voisine et lambiner dans mes pensées…

— Mon amour, enfin ! Si tu savais à quel point tu m'as manqué... me fait-elle en m'étreignant sans me laisser le temps d'aller me changer.

— Moi aussi, ma chérie, tu m'as manqué... Mais avant toute chose, j'ai une requête à formuler. Accorde-moi cinq minutes dans la salle de bains, j'ai l'impression de puer le bouc, je t'expliquerai plus tard...

— Pas question, je me fous de cette odeur de porc, c'est toi que je veux ! insiste-t-elle en m'embrassant avec la même fougue que la toute première fois où nous avions fait l'amour il y a quelques mois à peine dans sa fameuse chambre d'hôtel à deux pas de la gare.

— Ma chérie, j'adore quand tu m'embrasses comme ça, mais là, je sens vraiment le poisson, laisse-moi prendre une douche en vitesse et je suis à toi, ma beauté !

— D'accord, je plaisantais, Monsieur « Le Bouc-Porc-Poisson »... Mais pas plus de cinq minutes, alors !

— Tu peux compter sur moi, ma chérie.

Jamais je n'ai été aussi rapide pour prendre ma douche. Une douche onctueuse et chaude aux huiles de jasmin pour décrasser ce corps dont je ne pouvais plus supporter le fumet une minute de plus. J'avoue qu'Évelyne m'a mis en « condition » avec ce baiser de braise. Il me tarde de la rejoindre...

— Voici mon Baron tout doux et tout propre ! s'exclame-t-elle en me voyant sortir pimpant neuf de la salle de bains.

— Merci, ma chérie. Je me sens vraiment mieux. Je pense que nous avons des millions de choses à nous raconter, pas vrai ?

— C'est certain mais dis-moi, mon amour, qu'est-ce que tu fabriquais en bas avec cette poule pendant un quart d'heure alors que moi, je poireautais comme une idiote en te regardant par la fenêtre ?

— Tu veux parler de la voisine avec sa petite fille ?

— Évidemment, qui veux-tu que ce soit d'autre ? Encore heureux qu'elle est lesbienne comme une otarie ! De loin, je t'assure qu'on aurait dit que vous maniganciez un plan cul de derrière les fagots… Heureusement que je ne suis pas trop jalouse ! Tu réponds quoi à ça, Baron ?

— Qu'est-ce qui te fait dire qu'elle est lesbienne ?

— Si tu savais le nombre de « copines » qui ont défilé ces trois ou quatre derniers jours, tu serais bien surpris !

— Et qui te dit qu'elle n'est pas « bi » et qu'on manigançait réellement, elle et moi, un plan cul de la mort, hein ?

— Toi, tu me cherches, Baron !

— Oui, c'est le mot qui convient.

— Alors, tu vas me trouver… Viens ici, toi, que je t'embrasse pour de vrai, cette fois !

— Mmm… C'est encore meilleur quand tu ne portes pas de petite culotte sous ta jupe, ma chérie… C'est un oubli ou tu l'as fait exprès ?

— Devine !

Rien n'était prévu dans ma tête et pourtant, le scénario que j'avais imaginé au retour en pensant très fort à elle défile comme une évidence. On ne fait pas l'amour à une femme enceinte comme à une autre femme.

Il faut redoubler de délicatesse car son corps est comme un service à café en porcelaine, fragile, précieux, éphémère. J'ai presque peur de la toucher mais elle réclame mes caresses aimantes partout sur sa magnifique peau ambrée de douceur, aux senteurs d'érable, aux parfums chatoyants de l'automne qui nous arrive à grands pas.

Ma bouche se promène tendrement sur ses seins merveilleux qui se sont légèrement imposés au fil de sa grossesse, mais cela lui donne un charme incontestable, comme une sublimation céleste à sa féminité, comme une beauté supérieure que je ne cesse d'admirer pendant que mes lèvres et ma langue explorent au gré de leur imaginaire d'autres lieux interdits avant de glisser immanquablement dans la lisière tiède, humide et profonde de son intimité sacrée, jusqu'au moment fatidique de la jouissance suprême.

J'empêche ses mains de bouger d'un millimètre en les serrant très fort dans les miennes pendant soixante longues secondes.

Le temps de l'entendre gémir, crier, hurler, éructer toute cette ivresse licencieuse qui vient de si loin, au plus profond de ses entrailles.

Elle désire que je libère ses poignets de mon étreinte mais il s'agit d'un jeu entre nous qui signifie tout à fait le contraire. Une sorte de convention coquine dont nous connaissons les règles à l'avance. Je résiste donc un court instant encore, et me laisse griser par son beau visage minaudant d'extase et par son corps entièrement nu qui se contorsionne sous mes yeux, dans la douleur et le martyre du plaisir jusqu'à l'épuisement total de ses sens.

Je reste allongé près d'elle sans jamais me lasser du charme inénarrable de ce corps rassasié, de ce joyau féminin à la beauté déformée par cet enfant conçu de notre seule passion et qui naîtra bientôt, dans moins d'un trimestre à peine.

Lorsqu'elle reprend peu à peu ses esprits, Évelyne vient se coller à moi en enlaçant ses jambes aux miennes pendant que ses lèvres chaudes requièrent impérativement un baiser passionné, long, émouvant.

Un goût amer de larmes salées pénètre dans ma bouche. Ce sont des perles de bonheur glissant le long de son visage radieux mais je ne la harcèle pas de questions idiotes et fais mine de ne m'être aperçu de rien.

Nous continuons à nous étreindre dans une transe réciproque comme si nous allions faire l'amour pour la toute première fois. « *À toi de jouir, maintenant...* » me souffle-t-elle dans l'oreille en m'embrassant de nouveau avec fougue et impatience. J'ai beau lui faire comprendre que mon seul plaisir est d'avoir comblé le sien et que je m'en contente sincèrement, rien n'y fait !

« *Je ne serai comblée que lorsque tu connaîtras l'extase comme moi, et que je t'aurai saoulé de vertiges, mon tendre amour ! Je te veux pour moi toute seule. J'ai une envie folle de t'embrasser partout et de boire ta semence jusqu'à la lie, tu entends ? Sans cela, je me sentirais incomplète et maintenant, ne bouge plus et surtout, laisse-moi faire !* » me serine-t-elle avec douceur pendant que ses mains amoureuses couvrent mon corps exalté de caresses incessantes. Sa bouche descend alors avec lenteur le long de mes cuisses avant de se poser à l'endroit indiqué par la « flèche » tendue de Cupidon…

Le duplex parisien

Quelques jours plus tard, nous nous promenons sur les quais de la Seine, à quelques pas de notre nouvelle demeure. Le soleil va bientôt se coucher et nous profitons encore un peu de ces dernières lueurs du jour pour nous purifier le corps et l'esprit.

J'ai hésité à lui relater mon voyage aller-retour dans cette grotte rupestre de Sigiriya, de crainte qu'elle ne trouve débile ma démarche pour le moins « fleur bleue », empreinte de religiosité exotique et de superstition. De plus, a-t-il fallu lui expliquer au préalable la véritable raison mystique de ce voyage secret et solitaire afin d'éviter tout malentendu inutile.

À ma grande surprise, elle comprit de suite l'enjeu de cette entreprise en me remerciant presque au bord des larmes d'avoir uniquement réalisé ce voyage éclair pour la prospérité de notre couple, pour que la naissance de notre petite Aurore s'opère sous les meilleurs auspices.

Lorsque je lui remis la boîte de parfum sur laquelle je m'étais débrouillé pour coller la fleur de lotus, elle me mitrailla de questions au sujet des Demoiselles de Sigiriya dont les bustes dénudés, je ne m'en étais pas rendu compte jusque-là, ne sont pas sans rappeler la poitrine généreuse d'Évelyne, et dont les repentirs sur l'une ou l'autre Apsara, technique ancienne ayant consisté à masquer ou à faire apparaître d'autres organes, telle une « troisième » main par exemple, ne sont pas sans rappeler non plus les petits pieds survoltés d'Aurore qui bien souvent viennent cogner la paroi ventrale d'Évelyne, juste pour nous narguer de son mystère, comme un repentir insolent qu'on ne peut détecter qu'aux rayons X ou par réflectographie à infrarouge.

Nous avons rejoint notre nouvel appartement vers dix-neuf heures. Je presse quelques oranges fraîches et lui propose de les consommer sur notre magnifique terrasse vue sur Seine, en contemplant ce magnifique coucher de soleil qui s'éteint à l'horizon.

Ce duplex à deux niveaux de cent mètres carrés chacun fut largement aménagé de moitié avant notre arrivée, je m'étais organisé en conséquence. Évelyne est épatée et ravie de cette initiative mais je lui laisse le soin de décorer le reste à sa guise. Le piano à queue dans le salon fait tout son effet, elle ne s'y attendait pas. Elle s'émerveille devant la chambre d'Aurore et me félicite pour mes dispositions de décorateur en herbe.

La cuisine moderne « premier cri », parfaitement équipée l'a laissée pantoise. J'ai bien sûr laissé les autres pièces dénudées, sauf notre chambre à coucher où j'ai pris soin d'y installer un lit énorme recouvert d'un édredon couleur fauve et des coussins pour la forme, avec une table de nuit de part et d'autre ! Cette impression de dépouillement volontaire donne à ce duplex un charme inattendu. Le charme du début où chaque pièce revêt une odeur de nouveauté, comme une remise à zéro…

Souvent, nous nous taquinons sur la couleur d'un tissu ou le choix d'un meuble, comme tous les couples je suppose, mais nos chamailles se terminent toujours par de la dérision bienveillante ou par un fou rire qu'il nous est parfois impossible de contrôler. Bref, nous filons des jours heureux en attendant avec impatience l'arrivée de notre petite Aurore.

Toutes nos discussions tournent inévitablement autour du bébé et je reconnais ne pas manquer d'imagination lorsqu'il s'agit de poser toutes sortes de questions, plus démentes les unes que les autres. *Allons-nous mettre le berceau dans notre chambre les premiers moments ou allons-nous nous relayer en faisant des va-et-vient plusieurs fois par nuit ? C'est fiable un baby-phone ? Un bébé, ça s'alimente combien de fois par jour ? Pour la changer, je devrai suivre des cours ? Et la pommade ? Quelle pommade ? Pour adoucir les petites fesses, voyons ! « Talc », ça s'appelle...*

À propos de sa libido, rien de changé sous le soleil. Elle semble même s'amplifier chaque semaine. Nous faisons l'amour tous les jours, ou presque. Parfois plusieurs fois sur la journée ! Sa grossesse lui procure des phantasmes que je n'aurais personnellement jamais imaginés. On ne va pas s'en plaindre. En général, c'est l'inverse. Que veut donc le peuple ?

La nouvelle sonnerie de mon portable se met à fonctionner au moment précis où j'allais l'éteindre pour la nuit. *« L'écran affiche un numéro international »*, me lance Évelyne en s'emparant de l'appareil abandonné sur la desserte en rotin du salon. Il ne peut s'agir que de Mike pour me sonner à une heure pareille...

— Hello, Baron... Alors, tu as enfin déménagé, *old chap* ?

— Depuis le début de cette semaine, comme je te l'avais laissé supposer.

— Et tout se passe bien pour vous deux ?

— Impeccable, Mike, je te remercie. Évelyne adore cet endroit !

— J'en suis ravi pour toi... Je ne te dérange pas, j'espère ?

— Tu penses ! Jamais tu ne me déranges, Mike, tu le sais très bien.

— Merci, vieux... Écoute, je ne vais pas aller par quatre chemins. Bobby a annulé le concert de décembre ! Cela m'étonne à moitié, le courant ne passait pas des mieux entre vous... Bref, cela ne me préoccupe pas outre mesure, tu l'entends bien au son de ma voix... Nous avons, toi et moi, un agenda bien rempli début de l'année prochaine, et je ne suis pas près de me soucier pour ton avenir ! Je voulais juste te tenir au courant le plus rapidement possible, j'espère que tout cela ne te perturbe pas trop, Baron ?

— Pas le moins du monde, Mike ! Cette association avec Bobby, je ne la sentais pas plus que ça. Et puis, ça me laisse jusqu'à la fin de l'année pour me préparer concernant nos enregistrements de janvier, si je comprends bien ?

— Tu as tout compris, *old chap* ! Je te propose dès lors qu'on se revoie après la mi-janvier pour faire le point, tu es d'accord ?

— C'est parfait pour moi, avec plaisir !

— Et d'ici là, tu seras « papa » d'une petite Aurore, d'après ce que tu m'as raconté l'autre jour, c'est bien ça, non ?

— Exactement, quelle mémoire ! Je ne te cache pas qu'on se réjouit d'être plus vieux de quelques semaines. On pourrait peut-être fêter l'événement ensemble si ça se trouve, qu'en penses-tu, Mike ?

— Rien ne me ferait plus plaisir, Baron ! Appelle-moi à n'importe quelle heure du jour ou de la nuit quand la petite sera née et on fixera directement une date à ce moment-là.

— D'accord !

— Une dernière chose si tu as encore quelques secondes à m'accorder… Tu n'oublies pas cet arrangement dont je t'ai parlé avec Joachim ?

— Tu veux vraiment le faire ?

— Et pourquoi je ne le ferais pas, *old chap* ? Ce mec est une mine d'or à lui seul quand il rigole ! Je me demande même comment j'ai fait pour ne pas y penser plus tôt. Avec toi comme improvisateur au piano, ce n'est plus une mine d'or, mais un véritable puits de pétrole ! Alors, j'espère seulement que tu ne me laisses pas tomber sur ce coup, Baron ?

— Je n'ai qu'une parole, Mike ! D'ailleurs, j'ai trouvé un vieux tube qui pourrait constituer la base du spectacle et j'y travaille jour et nuit pour l'instant, mais je préfère t'en réserver la surprise lorsque nous nous reverrons début de l'année.

— Je savais que je pouvais compter sur toi, *old chap* ! À présent, je me sauve et surtout… embrasse Évelyne de ma part, tu veux ?

Mike a raccroché mais je continue à faire semblant de lui parler pour qu'Évelyne comprenne la raison de ce voyage à Londres, d'ici un jour ou deux ! Ce n'est qu'un mensonge, évidemment. Mais je n'ai rien trouvé d'autre que ce coup de fil inespéré de Mike pour prétexter un voyage de plusieurs jours en solitaire sans qu'elle ne me pose trop de questions.

— Oui, Mike, je comprends… Dans ce cas, je préviens Joachim et lui demande de nous rejoindre après-demain au studio… Non ? Tu préfères qu'on se voit tous les deux d'abord ? C'est comme tu veux, Mike, à jeudi alors !

— Non ! Ne me dis pas que tu repars déjà à Londres ?

— Si, ma chérie, je suis désolé.

— Pourtant, j'avais cru comprendre qu'il te foutait la paix jusqu'à la fin de l'année. J'ai rien pigé alors ?

— C'est ce que j'avais compris aussi, figure-toi. Puis Mike vient de m'expliquer à l'instant qu'il lui est impossible d'attendre janvier pour mettre en place ce nouvel enregistrement avec Joachim. Tu sais, ce gars dont je t'avais parlé l'autre fois, un Noir au rire tonitruant.

— Je me souviens, en effet… Mais pourquoi alors Mike ne souhaite-t-il pas qu'il vienne avec vous, si j'ai bien entendu ?

— Parce qu'on doit d'abord régler des tas trucs ensemble, lui et moi uniquement. Il prétend que la présence de Joachim risquerait de nous faire perdre un temps énorme. Je ne suis pas de son avis mais techniquement, je peux le comprendre… J'avoue que c'est un peu compliqué de t'expliquer tout ça à cette heure-ci, ma chérie !

— Tu me prends pour une gourde qui ne peut rien comprendre, c'est ça ?

— Chérie, ne complique pas tout, je t'en prie.

— Je plaisante, Baron… Crois bien que jamais je ne t'empêcherai de faire ton boulot, mon amour. Je sais que ces voyages à Londres sont très importants pour toi, qu'ils nous font vivre et qui nous permettent d'habiter ici, dans cet endroit de rêve. Je sais tout ça ! Mais là… Je ne sais pas si c'est un coup de blues qui débarque, mais j'ai tellement besoin de toi en ce moment, si tu savais ! dit-elle tout à coup en fondant en larmes dans mes bras.

— Ma chérie, je ne voulais pas te faire de la peine, c'est de ma faute.

— Tu n'y es pour rien, chéri, c'est moi qui…

— Écoute ! Voilà ce qu'on va faire. Je sonne à Mike et lui dis que ce n'est pas possible d'y aller jeudi. Je trouverai bien une excuse, n'importe quoi. Que tu n'es pas bien et que je ne peux en aucun cas te laisser seule pour l'instant !

— Non, ne fais pas ça, Baron, je t'en supplie ! Je veux que tu ailles à ce rendez-vous. Il est hors de question que tu perdes ce travail à cause de moi !

— Ce n'est pas un travail comme les autres, ma chérie. Mike n'est pas mon patron, tu dois le savoir ! Il y a un contrat entre nous, certes, mais ça s'arrête là. Il n'y a pas vraiment de hiérarchie entre nous. C'est moi qui lui rapporte du pognon et puis le problème n'est pas là ! Mike peut comprendre, ce n'est pas un imbécile, tu sais. Il sera le premier à me conseiller de rester bien au chaud avec toi, tu verras ! dis-je en faisant mine d'encoder compulsivement le numéro de Mike.

— Non, mon amour ! Pour l'amour du ciel, pose cet appareil, je t'en conjure !

— Tu en es certaine ?

— Oui, je t'assure… Tout va bien, à présent. J'ai réagi comme une idiote, excuse-moi, cela ne se reproduira plus jamais !

— Ma chérie, tu n'as pas à t'excuser. Tu as réagi dans l'émotion comme n'importe quelle femme enceinte, c'est tout.

— N'en parlons plus, veux-tu ?

— D'accord.

— À quelle heure exactement partiras-tu jeudi ?

— Le plus tôt possible. Je prendrai le train de six heures pour être à l'aise et je pense rentrer de Londres tout au début de la semaine prochaine.

— Si tu pars donc jeudi matin, cela nous laisse encore cette nuit et toute la journée de demain pour faire l'amour, ce n'est déjà pas si mal ! conclut-elle avec cet humour coquin auquel je m'étais habitué.

— Je ne te le fais pas dire.

— Aïe !

— Que se passe-t-il, ma chérie ? Allonge-toi, je t'en prie. J'appelle le médecin, ne bouge pas !

— Non… Tout va bien, ne t'inquiète pas, mon amour… Juste un petit coup de pied d'Aurore. Je pense qu'elle en a marre d'être renfermée, alors elle me fait parfois comprendre à sa manière qu'elle aimerait sortir plus rapidement que prévu, tu comprends ?

— Tu la sens toujours, là ?

— Oui, mets ta main ici, n'aie pas peur…

C'est ce qui s'appelle un coup de bluff réussi ! Et si elle m'avait laissé téléphoner à Mike, combien de temps encore aurais-je dû reporter mon minitrip sur Liège afin d'y réaliser cette fameuse greffe de rein ?

Combien de temps aurais-je encore laissé Grisouille dans cette fatigue et cette souffrance inutile ?

J'étais pourtant sur le point hier soir de lui cracher le morceau au sujet de Grisouille mais à vrai dire, je ne savais comment aborder le sujet, comment lui expliquer toutes ces choses compliquées sans risquer de lui faire du mal. Je crains aujourd'hui plus que jamais qu'elle ne comprenne mal les raisons qui me poussent à tant m'investir pour cette gamine et sa mère, de simples étrangères qui ne représentent apparemment rien pour nous ! Et elle n'aurait pas tort de me le reprocher car c'est un peu la vérité. Comment pourrait-elle admettre que j'aime Grisouille autant qu'elle, autant qu'Aurore ?

Sans parler de cette fragilité du moment. Il est donc hors de question de la perturber davantage dans son état actuel. À même pas trois mois de l'accouchement, ce serait un véritable suicide pour elle et l'enfant, et je ne le tolérerai pas !

Tout bien réfléchi, ce n'est pas l'envie qui manque de rester avec elle, maintenant que nous venons d'emménager à Paris. Qu'est-ce qui m'oblige tant à rentrer sur Liège ? Rien du tout. Ma vie est ici, à présent…

L'homme n'est jamais si grand que lorsqu'il s'agenouille pour aider un enfant. *(Pythagore)*

Jeudi 10 heures du matin. Je hèle un taxi qui me conduit au plus vite à la clinique Saint-Pierre. Le docteur Sandron peut me recevoir en urgence d'ici une demi-heure. Une chance de pendu ! Je n'ai pas une minute à perdre…

Comment ai-je pu douter une fois encore ? Certes, il ne fut pas simple de mentir à Évelyne. Encore moins de la laisser seule dans ce grand nid douillet alors que Mike peut très bien se passer de moi jusqu'à la mi-janvier.

Lui laisser croire que je m'en vais à Londres alors qu'il n'en est rien. Alors qu'il nous était possible de rester ensemble bien tranquillement jusqu'à la naissance d'Aurore. Les yeux réprobateurs de Soma n'avaient-ils pas suffi à clore la discussion ?

Et si Aurore était un jour dans le même cas ? Ne serais-je pas heureux de trouver un donneur pour elle, si moi, son propre père, n'étais pas compatible ? Et si…

Je pense que la secrétaire médicale a dû reconnaître ma voix car elle me tend directement un document à signer pour la consultation du docteur Sandron. Elle me prie d'attendre dans le couloir. Le docteur va me recevoir dans un instant.

— Monsieur Touffin, entrez, je vous prie ! m'intime avec assurance une voix jeune, quelques secondes plus tard.

— Enchanté, docteur, fais-je en rentrant dans son cabinet.

— Asseyez-vous, cher Monsieur. Je vous écoute…

Je lui explique la situation sans détour… Il n'est plus question d'attendre un jour de plus. Grisouille a besoin d'aide, souffre le martyre inutilement et l'on pourrait y remédier en vingt-quatre heures si on le voulait vraiment !

En outre, je dois être remis sur pied d'ici une semaine. Je ne tiens pas à inquiéter Évelyne mais ça, je ne lui dis pas. Je prétexte plus volontiers un agenda professionnel qui ne me permettrait pas de reporter cette fameuse opération. Bref, je ne lui donne guère le choix et use d'arguments difficiles à réfuter en de telles circonstances.

Le médecin m'écoute attentivement, acquiesce à tout ce que je lui dis. Sa concentration ne se relâche pas une seule seconde. Il hoche parfois la tête avec bienveillance en prenant quelques notes sur son ordinateur. Bref, le portrait type du brave homme tel que me l'avait décrit Barbara.

Il va sans dire qu'il faudra rester discret, que je prendrai la totalité de l'opération à mes frais, qu'il n'est pas question que la maman paie un centime. Je tiens donc à conserver l'anonymat pour des raisons évidentes. Pour celles qui le seraient moins, comme cette fâcheuse indécision égocentrique qui nous a fait perdre un temps bête, je ne lui en parle pas.

Au bout d'un moment, le docteur Sandron se lève pour consulter un dossier suspendu dans son armoire en chêne à trois quarts entrouverte avant de se rasseoir en me fixant à nouveau de son regard doux et bienveillant.

Lorsque je m'arrête enfin de parler, il pose le dossier calmement sur un coin de son bureau, joint ses deux mains comme s'il allait faire une prière, se racle la gorge à deux reprises et me lance d'une traite :

— Cher Monsieur, je souligne la noblesse et le courage d'une telle décision mais je ne souhaite pas vous faire perdre davantage votre temps. Je dois malheureusement vous informer que la petite Grisouille est inopérable !

— Je ne comprends pas... lui dis-je en le coupant dans son élan.

— Laissez-moi terminer, s'il vous plaît... Je ne vais pas aller par quatre chemins ! Les toutes dernières analyses sérologiques de l'enfant ont décelé une leucémie fulgurante. Grisouille n'a plus que quelques semaines à vivre. Je suis vraiment désolé !

— Mais… Ce n'est pas possible ! Il y a certainement une erreur quelque part et…

— J'en serais le premier heureux, croyez-le bien ! La vérité est tout autre. Nous ne pouvons plus rien pour elle. Si ce n'est de l'accompagner le plus dignement possible.

— Il n'y a donc rien à faire ?

— Rien.

— Et la maman ?

— Elle est déjà au courant depuis une quinzaine de jours et je vous assure que ce ne fut guère une partie de plaisir de le lui annoncer. Je vous avoue avoir admiré son courage sur le moment même. À sa place, je ne serais pas certain de réagir comme elle.

— Et la gamine ?

— Elle ignore tout ! Sa mère a décidé de ne rien lui dire pour le moment mais… Vous vous doutez bien que cette situation ne peut durer indéfiniment. Je pense très sincèrement que la maman devra prendre une grande décision au début de la semaine prochaine !

— Vous voulez dire que…

— Oui… Je pense que vous avez tout compris, cher Monsieur.

— J'arrive donc trop tard !

— Je peux vous affirmer que vous n'y êtes pour rien. Une greffe n'aurait rien changé à la situation, même si elle avait été réalisée il y a deux ou même six mois plus tôt. Rien à voir ! Grisouille portait déjà en elle les germes de cette saleté de maladie depuis un sacré bon moment et… contrairement à ce que les gens croient, la médecine ne peut jamais tout prévoir. En ce qui concerne votre démarche d'aujourd'hui, vous n'avez aucune raison de vous culpabiliser, je vous assure…

Je rentre anéanti au studio. Je me sens vidé de ma substance, c'est l'incompréhension totale. La révolte devant cette destinée qui vous étrangle sans que vous puissiez y changer quoi que ce soit, comme un couperet qui d'un seul coup vous ampute l'existence.

Ainsi Barbara était forcément au courant lorsqu'on s'était croisés l'autre fois dans la cour de l'immeuble avec Grisouille ! Voilà donc la raison de cette insondable tristesse dans son regard perçant. Comment diable fait-elle pour rester aussi calme devant la gamine ?

Le temps me manque pour y répondre car je dois affronter la situation en face, telle qu'elle se présente. J'aurais souhaité un décalage du temps mais il m'est impossible d'éviter Barbara et l'enfant qui sortent de l'immeuble au moment où j'y rentre. Je n'ai pas le choix. Il va falloir continuer à jouer la comédie jusqu'au bout. Je ne suis au courant de rien…

— Maman, Baron est rentré ! crie la petite en se jetant sur moi, comme d'habitude, sa poupée blottie entre ses bras.

— Salut, Grisouille, toujours pas à l'école à cette heure-ci ?

— Non, c'est la grève des professeurs aujourd'hui. Alors, avec Maman, je vais faire les boutiques en ville et réserver deux places pour un spectacle de marionnettes !

— Formidable… Et ta poupée, elle sent toujours la vanille ?

— Oui, mais… L'autre jour, « Sidonie » est tombée par terre et je n'arrive pas à remettre son bras en place.

— Je peux regarder ? demandé-je en m'agenouillant à sa hauteur.

— Tu peux la réparer ?

— Je vais essayer… Laisse-moi voir… Ainsi, cette belle demoiselle s'appelle « Sidonie », c'est joli comme prénom !

— Je voulais l'appeler « Marquise » en pensant très fort à toi, puis, je me suis dit que tu serais peut-être fâché, alors… je l'ai appelée « Sidonie » !

— Voilà ! Ce n'était pas bien grave. Il suffit tout simplement de bien remboîter l'épaule en poussant avec tes petits doigts de ce côté-ci. Tu comprends ?

— Tu es « super », Baron… Maman, regarde, Sidonie est réparée !

— Je suis désolée, Baron, mais nous risquons d'être en retard si nous ne partons pas tout de suite, me fait Barbara en regardant sa montre avec insistance.

— Pas de problème ! Je viendrai vous dire au revoir demain en fin de journée, d'accord ?

— Tu repars déjà demain, Baron ? me demande la gamine en faisant légèrement la moue.

— Oui, à cause de mon nouveau boulot… Mais, ne te fais pas de bile pour si peu, je reviendrai régulièrement te voir, tu sais. Tu ne vas pas te débarrasser de moi comme ça, Grisouille !

— Chouette, alors ! Et quand tu reviendras la prochaine fois, on pourra encore jouer au médecin, toi et moi ?

— Si ta maman est d'accord, bien sûr que oui !

— On va vraiment être en retard, Grisouille… Embrasse Baron sur la joue et viens, maintenant…

— Salut, Baron, à demain !

— À demain, ma princesse !

Je suis décontenancé de la voir si « vivante », si remplie d'énergie. Et pourtant… Lorsque j'ai assuré au médecin l'avoir vue dans ce même état de vivacité il y a une semaine à peine, il m'a répondu qu'il n'y avait rien d'étonnant, que la maladie n'était pas toujours visible, surtout chez un enfant de son âge, qui plus est, entièrement ignorant de la gravité de son état.

Que la maladie pouvait se déclencher seulement les quelques derniers jours et qu'entre les deux, l'enfant pouvait par moments ressentir d'énormes pics de fatigue, suivis eux-mêmes de nouveaux élans d'énergie. Mais qu'il ne fallait cependant pas croire au père Noël car dans n'importe quel cas de figure, il n'y a jamais de fin heureuse…

Je repartirai donc demain soir et pas avant, puisque je l'ai promis à Grisouille ! Que faire d'ici là ? M'allonger sur le lit, regarder le plafond ou les murs de mon studio vide, ne plus penser à rien et dormir dix-huit heures d'affilée, jusqu'aux premières lueurs de l'aube.

Le lendemain matin, je décide d'aller courir puis marcher plusieurs heures le long des quais de Meuse sans m'arrêter. Une grande envie d'être seul. Une envie de partir loin d'ici, de rentrer sur Paris, de rejoindre Évelyne et vivre enfin ma vie, ma propre vie !

Début d'après-midi, je vois de la fenêtre de mon studio Barbara et la petite rentrer plus tôt que prévu. Cela m'arrange car il me tarde de reprendre ce train pour Paris qui m'obligera, je l'espère, à ne plus jamais me retourner…

Lorsque je frappe à leur porte, une jeune femme m'ouvre comme si de rien n'était. La même physionomie que Barbara, la même coiffure, enfin, à peu de chose près. Le plus frappant est cette gamine de sept ans qui vient tout de suite se glisser entre les jambes de sa mère. Le vrai sosie de Grisouille !

— Barababara n'est pas là ? demandé-je l'air quelque peu surpris.

— Non ! répond la jeune femme sèchement.

— Veuillez m'excuser, je suis le voisin de palier… J'ai promis à Grisouille de venir les saluer, elle et sa maman, avant mon départ. Vous ne savez pas me dire l'heure à laquelle elles sont susceptibles de rentrer ?

— À mon avis, pas avant 17 heures ! Le spectacle de marionnettes commence vers 14 heures… Le temps d'aller se balader, de revenir… Vous êtes Baron ?

— Oui, c'est ça. Et vous ?

— Brigitte, sa meilleure amie… Barbara m'a souvent parlé de vous, il paraît que Grisouille vous adore, pas vrai ? demande-t-elle d'un ton beaucoup plus affable qu'au début.

— C'est à Grisouille qu'il faudrait poser la question, pas à moi ! dis-je en plaisantant comme je peux.

— Je dois laisser un message? conclut-elle en me faisant comprendre que l'entretien est terminé.

— Non, je repasserai fin de journée, merci.

Il me reste donc une grosse paire d'heures devant moi pour faire deux ou trois emplettes et régler quelques dernières opérations avec ce John Tourneur, mon banquier liégeois, qui ne comprendra décidément rien à ma façon de vivre et de procéder. L'important est qu'il reste honnête jusqu'à sa pension, c'est tout ce que je lui demande !

Lorsque je reviens un peu avant dix-sept heures, Madame Dorsay ne me laisse pas le temps de rentrer. Elle accourt vers moi tout affolée en m'apprenant que le fameux sniper vient d'abattre de sang-froid cinq personnes en plein centre-ville, dans le milieu de l'après-midi !

Une édition spéciale a révélé à la télévision, il y a moins d'une demi-heure à peine, le nom des victimes, toutes identifiées. La petite Grisouille et sa maman sont mortes sur le coup !

Monsieur Dorsay, qui ne sort jamais de son appartement, vient nous rejoindre dans la cour en pantoufles, les larmes au bord des yeux, se brise littéralement dans mes bras puis étreint son épouse qui ne peut s'arrêter de sangloter ! La pauvre femme est au bord de la crise de nerfs.

Du coup, l'amie de Barbara et sa fille ayant certainement assisté au manège en regardant par la fenêtre, descendent dans la précipitation nous demander ce qui se passe.

Elles ne sont visiblement au courant de rien. Nouvelle crise de nerfs collective ! La gamine s'effondre en larmes dans les bras de sa mère qui ne sait comment faire pour la calmer.

Nous sommes tous anéantis par cette tragédie sans nom et nos larmes ne s'arrêtent pas de couler comme une rivière de sang ! En quelques secondes, nous ressemblons à une cellule géante dont les sous-cellules se morfondent en se collant et se serrant inlassablement les unes aux autres…

*

* *

Le studio est vide. Seul un vieux sac crasseux traîne dans un coin de la pièce. L'homme vient de commettre son méfait et reste prostré sur le bord de son lit, l'air abruti, le cerveau vide. La gâchette de l'arme suspendue à son index se balance de gauche à droite, comme le tic-tac régulier d'une vieille horloge.

*

* *

Je passe sous silence le cinéma pitoyable des autorités lorsqu'ils sont venus nous interroger dans leur camionnette banalisée, parquée en oblique au beau milieu de la cour de l'immeuble.

De véritables agents communaux qui rédigent leur paperasserie en se prenant très au sérieux. De la procédure administrative à l'état pur, rien d'autre ! Le tout s'est résumé en moins d'une heure avant qu'ils ne repartent définitivement vers d'autres lieux, vers d'autres « investigations ».

L'envie de retourner auprès d'Évelyne est désormais ma préoccupation première. Je pourrais quitter Liège dans cinq minutes, prendre le premier train pour Paris, tenter d'oublier ce qui vient de se passer en tournant la page pour aborder le chapitre suivant, mais ce n'est pas aussi simple !

Je ne peux partir comme un voleur sans laisser d'adresse. Ces événements nous ont bien sûr tous rapprochés et je me dois de soutenir les Dorsay ainsi que la meilleure amie de Barbara et sa petite fille dans notre douleur réciproque puis de me rendre avec eux aux obsèques prévues lundi matin.

C'est le moins que je puisse faire. Après cela, je prendrai une correspondance pour Paris en fin de journée. Comment vais-je aborder le sujet avec Évelyne sans risquer de l'affliger ? Je l'ignore. Ne serait-il pas plus judicieux d'éluder le sujet puisqu'au fond, je suis censé revenir d'Angleterre ?

En attendant, je me renferme à double tour dans mon studio dépouillé de tout superflu où je ne laisse que le nécessaire pour un prochain retour. Je prépare mon sac de voyage pour lundi soir, boucle les fermetures de sécurité et le pose négligemment dans un coin de la pièce.

Je m'allonge sur le lit en cherchant en vain ce sommeil qui ne viendra pas. Je ne peux rester indéfiniment à contempler le plafond mais une force indescriptible m'empêche de bouger, comme si je devais rester dans cette chambre esseulée tant que mon devoir ne serait pas accompli.

Je m'assieds dès lors en « seiza », entamant ainsi la plus longue méditation de mon existence. Les yeux grands ouverts, je me concentre quelques minutes sur ma respiration afin de vider mon esprit de toutes ces pensées inutiles, qui m'assaillent en cascade depuis tout à l'heure.

Lorsque je ferme enfin les yeux, j'essaie de deviner ses gestes, de humer son odeur de bête malpropre, de m'imprégner de son haleine fétide n'étant que le pâle reflet de sa lâcheté, de ses angoisses, de son anxiété bilieuse et permanente. Il est là, devant moi, dans cette pièce pourrie qui lui sert de terrier à campagnol…

Oui, c'est de toi qu'il s'agit, sniper ! Je t'avais promis qu'un jour ou l'autre, j'aurai ta peau et je tiens toujours mes promesses. J'ignore la raison profonde pour laquelle tu fais cela, mais je sais qu'il te sera à présent impossible de vivre une journée de plus ! Tu vas mourir car ce que tu viens de commettre aujourd'hui est inadmissible. Et surtout, parce que je le veux, tu m'entends ?

Tu es là, à te noyer dans cette torpeur qui te torture jour et nuit, les yeux hagards, ton flingue par terre, les fesses accrochées au rebord de ce lit nidoreux affublé de cafards.

Qu'attends-tu donc de la vie, dis-moi ? Sinon la mort qui viendrait te délivrer de ce fardeau si tu le voulais vraiment. Alors, ramasse-le maintenant, c'est ça… Vas-y, arme-le ! Enfonce le canon au plus profond de ta gorge et surtout ne réfléchis pas, ne pense à rien ! Il te suffit de glisser ton index sur la détente, très lentement, et je te garantis qu'il est désormais impossible de rater ta cible…

Après les obsèques, je suis incapable d'abandonner les Dorsay et les accompagne donc dans la douleur en restant auprès d'eux quelques jours de plus. J'ai averti Évelyne que je ne rentrerai pas avant jeudi soir.

Vers les vingt heures, Madame Dorsay prépare une cafetière de thé au jasmin avec des gaufres au beurre qu'elle a spécialement cuisinées à mon intention et nous parlons de la pluie et du beau temps, comme si rien ne s'était passé.

Jeudi matin, aux informations de neuf heures, la presse annonce au grand public que le sniper de Liège a été retrouvé pendu dans son studio minable.

Les médias confirment en quelque sorte mes visions de l'autre jour. Un type armé jusqu'aux dents s'est suicidé dans un meublé de trente mètres carrés sans avoir laissé la moindre explication mais, bien que les autorités n'aient encore établi de preuves formelles, il semblerait que cet homme d'une trentaine d'années soit le profil type du sniper liégeois tant recherché.

Comment osent-ils répandre de telles allégations ? Il suffirait d'une cible supplémentaire pour enrayer d'un seul trait toutes ces conjectures pourries !

Tout ça pour rassurer une population au bord de la crise d'angoisse, un préfet de police qui panique de se voir retirer sa chaire si on ne trouve pas de solutions rapidement ou un « politique » qui risquerait de sauter aux prochaines élections.

La véritable question est bien plus large : combien de temps encore va-t-il s'écouler avant qu'un autre sniper ne remette le couvert ou ne tue encore des dizaines d'innocents ? Je ne pourrais répondre à cette question que si j'étais moi-même un sniper…

À moins que le sniper, le vrai, ne sache plus lui-même qui il est réellement ! À moins qu'il puisse continuer à vivre naturellement après « l'acte », comme si de rien n'était, par cette faculté inouïe d'oublier immédiatement, volontairement ce qui l'ennuie ou le dérange, par ce pouvoir étrange d'effacer a tempo « l'ardoise » une fois le mal opéré et de faire sa petite journée de travail avec la tête souriante d'un monsieur « tout-le-monde », qu'on rencontre à tous les coins de rue.

Jusqu'à ce que le mécanisme opère à nouveau car c'est plus fort que tout. Il lui sera tôt ou tard impossible de contrôler cette pulsion répugnante de ne trouver son bien-être que dans la mort des autres.

Un ange va naître

Mon train arrive enfin sur Paris vers vingt-et-une heures. Avant de rentrer au duplex, je prends la précaution de sonner à Mike afin de m'assurer qu'il n'a pas téléphoné à Évelyne pour m'atteindre pendant mon absence.

Je lui raconte n'importe quoi en lui demandant s'il avait tenté de me joindre en urgence ces derniers jours. Je prétexte un problème récurrent avec mon portable, lui balance par la même occasion le titre du « Vol du bourdon » comme point de départ du spectacle « rigolo » avec Joachim pour voir sa réaction et surtout, pour noyer le poisson ! Bref, je le harcèle de détails sans trop de cohérences, dans le but détourné de ne pas m'emmêler les pinceaux avec Évelyne si jamais elle avait été au courant de mon voyage bidon en Angleterre.

Mike me confirme bel et bien qu'il n'a pas essayé de m'appeler. Ouf ! Mais quel con je suis, car à peine ai-je raccroché que je me suis d'un coup souvenu qu'il lui aurait été impossible d'avertir Évelyne en mon absence, tout simplement parce que jamais je ne lui ai donné son numéro, un numéro privé de surcroît, et que nous n'avons pas encore pris le temps nécessaire d'installer un téléphone fixe dans notre nouvelle demeure. Mais comme on dit dans ces cas-là, deux précautions valent mieux qu'une !

Évelyne n'a jamais été aussi rayonnante. La grossesse lui va à ravir et Aurore manifeste toujours autant d'impatience à voir le jour ! Je fais les questions et les réponses en parlant de mon « séjour » à Londres sans évoquer le moins du monde la tragédie que je viens de vivre. On a raison de prétendre que les femmes enceintes vivent sur leur petit nuage. Rien n'existe pour elle en dehors de nous « trois », les actualités l'indiffèrent et... ça m'arrange bien.

— Tu m'as manqué, mon amour, m'affirme-t-elle en m'embrassant avec une conviction qui ne prête aucunement au doute.

— Moi aussi, ma chérie... Cette fois-ci, je peux t'assurer que nous resterons ensemble un sacré bout de temps ! Mike n'a plus besoin de mes services avant la mi-janvier. Plus de séparation donc pendant presque trois mois d'affilée !

— C'est vrai ce beau mensonge ?

— T'ai-je déjà menti une seule fois, ma chérie ?

— Jamais !

— Et... si mes calculs sont bons, Aurore sera une petite « capricorne » puisqu'elle naîtra au tout début janvier, n'est-ce pas ? Ce qui nous laissera encore quinze jours à profiter ensemble du bébé. De toute manière, mes allers-retours chez Mike seront souvent de courte durée puisque les trois quarts du temps, je m'entraînerai au piano, ici, à la maison !

— Tu es formidable, mon amour... Je t'aime !

*

* *

Quelques jours avant le réveillon de Noël, en plein milieu d'un après-midi sec mais ensoleillé, un sniper venu de nulle part tue au hasard un quidam qui marchait tranquillement sur la chaussée, non loin d'un quai de la Seine, débouchant à quelques mètres seulement du Pont-Neuf.

Le 1er janvier 2043, à quatre heures précises du matin, une petite rose éclôt parmi toutes ces échardes, comme une réincarnation possible de la petite Grisouille. Il s'agit de notre fille adorée, notre petite princesse. Son nom revêt un parfum d'Orient. Nous avons décidé de l'appeler Aurore…

50 ANS PLUS TARD

« Tout s'en va, tout passe, l'eau coule, et le cœur oublie. »

Gustave Flaubert

1er janvier 2093. Les années ont passé. Je suis vieux aujourd'hui, très vieux. Ce soir, Laure et moi, nous fêtons le cinquantième anniversaire d'Aurore, ma fille adorée. Je l'attends avec impatience car cela fait une semaine que nous ne nous sommes vus. Une semaine, ce n'est pas grand-chose. Pour moi, bien. Nous sommes très fusionnels, ma fille et moi.

Nous serons sept à table. Laure et moi, cela va sans dire. Aurore et son mari Roland ainsi que mes trois adorables petites-filles. Sophie, l'aînée, douze ans. Anne, six ans et Marie, quatre ans.

Les enfants de Laure n'ont pas pu se libérer cette année. Jim, kinésiste indépendant, est forcément très demandé en cette période de fête et Marc, ingénieur civil, s'est établi au Canada voici deux ans avec sa femme afin d'étudier la réhabilitation progressive des anciennes éoliennes.

Ce n'est jamais sans émotion de fêter les cinquante ans de sa propre fille. Tout s'agite dans ma tête. Ce n'est pas sans émotion non plus lorsque, ce matin dès l'aube, après ma première tasse de café, je retombe par hasard sur ce vieil ordinateur enfoui derrière les jouets et les premières poupées d'Aurore, que j'avais rangés précautionneusement dans un coin du sous-sol.

Une fois mon portable allumé, mes doigts n'ont rien perdu de leur agilité et glissent sur le clavier poussiéreux. En deux coups de souris, je retrouve intuitivement le manuscrit que j'avais écrit au jour le jour trois années durant, une sorte de journal intime inachevé qui avait démarré au mois d'août 2040 et s'était terminé le 1er janvier 2043, précisément le jour de la naissance de ma tendre Aurore.

Ma « religion » m'interdit aujourd'hui de remuer cette boue du passé pour des raisons que je vais expliquer dans un instant. Une forme de sagesse que je me suis imposée au fil du temps. Conjuguer à l'imparfait sa propre vie n'est que source de remords, de tristesse ou de déprime. La décliner au futur n'apporte pas davantage, puisque l'inconnu n'attire qu'indécision et anxiété. Reste le présent, source de bien-être permanent, résumant à lui seul mon unique mode d'existence.

Ferais-je toutefois une incartade à ce principe en tentant de jeter sur l'écran ce qui s'est passé depuis ces cinquante dernières années ? Oui, à la condition de n'y prendre que deux heures, pas une de plus. Histoire de clore pour l'éternité ce maudit manuscrit à midi précis. Il me restera donc l'après-midi pour aller dévaliser les boutiques en centre-ville, aider Laure à dresser la table du soir et emballer soigneusement les cadeaux.

À mon âge, l'ordre des événements n'a plus guère d'importance. Je tâcherai cependant d'y accorder un minimum d'attention afin de ne point m'enliser dans ce fouillis de la confusion, propre à la mémoire défaillante du vieillard de quatre-vingt-cinq ans que je suis devenu…

Je commencerai donc par vous raconter les raisons qui poussèrent Évelyne à disparaître dans la nature alors que la petite n'avait encore que trois ans. Elle nous abandonna un jour de pluie, Aurore et moi, sur un coup de tête, sans prévenir, sans laisser d'adresse. Nous ne l'avons jamais revue !

Dans un coin de mon cerveau, quelques phrases essentielles d'une lettre à rallonge qu'elle avait laissée sur la table du salon de ce fameux duplex parisien, me hantent encore certaines nuits de pleine lune. Elle prétendait être tombée amoureuse d'un homme d'origine indienne, vingt ans plus âgé qu'elle. Un coup de foudre auquel elle succomba sans réfléchir et pour lequel elle me priait instamment de lui pardonner.

Ce type l'avait littéralement envoûtée, m'expliquait-elle sans détour, par sa façon dépouillée de concevoir la vie. Une vie exempte de toute attache, argent, enfant, famille, bonheur y compris. Impossible, me direz-vous, et pourtant… Comment comprendre l'incompréhensible, si ce n'est d'avoir tenté de traduire entre les lignes tout ce qu'elle n'avait pas osé m'écrire ?

Cette appréhension de retomber dans le néant, elle qui avait côtoyé de près la misère… *Lorsqu'on touche le fond*, essayait-elle péniblement de m'expliquer, *aucun risque de retomber plus bas* ! Grâce à moi, ne s'était-elle pas relevée ? Mais justement, c'est là que le bât blesse…

Cela fait réfléchir de prendre de la hauteur ! s'acharnait-elle à m'écrire en tâchant de me convaincre dans une prose de plus en plus illisible. *Puis Aurore ne m'a jamais manifesté le moindre sentiment depuis le jour de sa naissance… À chaque occasion, elle se réfugie dans tes bras comme si je la répugnais !* avait-elle souligné à deux reprises, sans doute à court d'arguments intelligibles. Enfin, c'est ce qu'elle affirmait en conclusion dans ce torchon infâme, dans cette missive pitoyable de six longues pages.

Comment expliquer alors à un enfant de trois ans, qu'elle ne reverra jamais plus sa maman ? Je serais bien incapable de vous dire comment j'ai fait, mais je l'ai fait ! Pour le reste, je me sentis trahi, abandonné, humilié jusqu'au plus profond de mes tripes. Je n'étais plus que l'ombre de moi-même, décomposé, détruit, anéanti…

Économiquement, c'était la débâcle à tous points de vue. La crise que nous vivions à ce moment-là depuis de nombreuses années n'était en réalité que des zakouskis à côté de ce que nous allions vivre prochainement. L'Europe tout entière était sur le point de s'embraser politiquement. Cela puait le bruit de bottes mais personne n'osait vraiment y croire.

J'avais réussi à planquer pas mal de fric pendant toutes ces années grâce à mon succès surprenant dans le show-business et surtout à l'ingéniosité de Mike à nourrir les contrats de façon ininterrompue.

La récession aidant, le marché du disque fut martelé dans l'étau de la dépression et mes relations avec Mike finirent par s'estomper peu à peu. Un jour, le pauvre diable est subitement tombé malade puis, en quelques semaines, a succombé à un cancer foudroyant. C'est à ce moment-là que j'ai racheté le piano-bar qu'on surnommait à l'époque le « Humphrey Bogart » !

En rassemblant tout l'argent qu'il me restait, je réussis à faire une proposition de rachat inespérée à Manu, mon ancien boss de l'époque. Nous nous étions perdus de vue depuis un sacré moment.

Il avait toujours été jaloux de moi. Il me détestait comme la peste et mon succès international dans le show-business n'avait pas arrangé les choses ! Rancunier comme une mule, la hargne qu'il avait contre moi lui était toujours restée au travers de la gorge.

Mais voilà, les affaires n'étant plus ce qu'elles avaient été, le gaillard était royalement à la dèche et je pense être arrivé un jour au bon moment. Le type était méconnaissable, amaigri, dépressif, au bord du divorce avec son épouse, criblé de dettes. Bien que persona non grata, il m'invita à prendre un verre, me fit part de ses déboires et nous parlâmes « pognon » pendant toute la soirée.

C'est à ce moment précis que je saisis l'opportunité de lui faire une offre qu'il ne put me refuser. Je venais de lui proposer sans réfléchir le double du prix demandé normalement pour ce genre d'établissement. Le tout en liquide et payé cash. À prendre ou à laisser !

L'argent et les rancœurs n'ayant pas d'odeur dans ces cas-là, j'étais du coup rentré dans ses bonnes grâces et nous signâmes un contrat le soir même. Je devins donc en quelques heures le patron du « Humphrey Bogart » où j'avais été engagé quelques années plus tôt comme pianiste attitré. Le lendemain, je changeai l'ancien nom en le remplaçant par un autre qui m'était venu pendant mon sommeil. Mon piano-bar porta désormais l'appellation un peu kitch de « **LES FLEURS DE SIGIRIYA** ». Je suis persuadé aujourd'hui encore, qu'elles m'ont porté chance.

Cette fois, j'avais réellement tout investi. Après cette folie, je n'avais plus un sou, enfin presque ! Je reprenais une boîte sur le déclin, j'en étais conscient, mais je la voulais pour moi seul. Avais-je vraiment le choix ? Il fallait bien continuer à gagner sa vie, faire quelque chose, élever Aurore. Et l'élever seul ! Bref, un véritable quitte ou double…

Quatre ans plus tard, la quatrième guerre mondiale éclata. Une vraie guerre, celle-là ! Pas une guerre virtuelle comme celle de 2020, qui n'était qu'un conflit de pacotille, visant à ruiner financièrement les États à coups de cyberpiratages. Non, je vous parle d'une véritable guerre où les soldats s'affrontèrent corps à corps pendant trois longues années !

Puis Aurore eut dix ans ! Les affaires reprirent lentement, mais sûrement. J'ai fini par revendre le fameux duplex parisien pour une bouchée de pain, histoire de me renflouer vaille que vaille, d'arrêter ces allers-retours inutiles et d'enterrer une fois pour toutes ces années de pseudo-bonheur avec Évelyne et la petite. Jamais je n'avais envisagé de revenir sur Liège avec tout ce qui s'était passé, mais la guerre et les circonstances ne m'ont pas laissé le choix. Il fallait bien se fixer. Il fallait bien casser sa croûte et peut-être regagner ma fierté aux yeux d'Aurore par un travail acharné !

Liège était en ruines. Un vrai désastre. La moitié des immeubles avaient été bombardés. « **LES FLEURS DE SIGIRIYA** » étaient restées intactes ! Je repartis à zéro en remplissant à la fois le rôle de patron, de serveur, de pianiste, et le soir venu, de comptable.

Je ne revis jamais les gens que j'avais connus. Geneviève, Solange, Matt, Bruno, Ben et d'autres dont le nom m'échappe aujourd'hui. Tous disparus dans la nature, ou morts pendant ces trois années de guerre.

Une guerre qui n'épargna personne et qui offrit un peu plus de travail ou d'espoir, à la fin, lorsqu'il fut question de reconstruire. Reconstruire cette Europe déjà affaiblie par un demi-siècle de crise ! Et qui se conclut, c'était couru d'avance, par la disparition définitive de la classe moyenne, au profit d'une très ancienne « parité » qui fit les beaux jours de trois mille ans d'histoire et plus encore. J'entends par là une société qui venait de régresser de deux siècles au moins, où se retrouvèrent à nouveau ces vieux schémas d'antan, les riches d'un côté, les pauvres de l'autre.

L'immeuble sur les Coteaux, lui aussi, avait été réduit en poussières et je ne sus jamais ce qu'il était advenu de ses occupants. Jamais je ne revis personne de cette époque, excepté quelques personnages esseulés qui avaient probablement habité aux alentours de ce vieil immeuble situé sur les hauteurs de Liège. Des voisins insignifiants, a priori invisibles à mes yeux lorsque je les croisais jadis le matin en allant acheter mon pain.

Des personnes comme tout le monde ayant vécu, elles aussi, dans un immeuble similaire au nôtre ou dans une belle maison, une grosse villa, un bungalow, que sais-je… Des gens « biens » que mon esprit avait mémorisés en globalité, sans doute de manière inconsciente, et que je retrouvais parfois au coin d'une rue, le visage meurtri et les cheveux grisonnés par le temps, une écuelle à la main, en train de mendier une petite pièce ou un bout de pain !

Comme soudain la vie me parut froide et triste lorsqu'après ces trois longues années d'hostilités, je retrouvai ce quartier défiguré où j'avais vécu si longtemps, sans jamais reconnaître personne avec qui pouvoir parler, avec qui pouvoir évoquer les événements du passé, toutes ces années de paix et de bonheur qui nous échappèrent si vite et dont nous ne mesurâmes l'importance et la préciosité qu'une fois la guerre déclarée !

Personne, excepté Laure, que je revis un jour par hasard en faisant quelques emplettes en centre-ville. Les relations entre elle et Manu s'étaient largement dégradées. Ils ne vivaient plus ensemble depuis longtemps et leur divorce allait être prononcé dans les semaines à venir.

Certes, elle avait vieilli, comme moi. Mais ses quarante-cinq ans lui allaient à ravir ! Laure était toujours une très belle femme, parfaite sur le plan physique, un charme discret, élégante et surtout, adorable avec les cernes en moins depuis qu'elle avait quitté Manu et récupéré, à coups d'avocats et de dollars, ses deux enfants à temps plein ! Manu avait jeté l'éponge pour refaire sa vie à l'autre bout du monde avec une photographe à la réputation légère, de vingt ans plus jeune que lui.

Nous avions le même âge, Laure et moi. Nous n'étions tous les deux qu'un lambeau de vie, anéantis par les aléas de l'existence et surtout par cette guerre atroce qui n'en finissait pas. Nous étions désespérés, bien souvent au bord du gouffre, mais déterminés à la fois par la rage de vaincre, par cet instinct salvateur d'élever et de protéger quoi qu'il arrive, notre seule et unique progéniture, fût-ce même dans la misère et la plus profonde solitude ! Bien des points communs, à vrai dire, qui ne mirent pas une semaine à nous rapprocher. Ensuite, ce fut un jeu d'enfant, toutes ces histoires aboutirent inéluctablement à notre union quelques mois plus tard. Nous nous mariâmes le 1er janvier 2054, le jour symbolique du onzième anniversaire d'Aurore !

Laure fut la véritable femme de ma vie, une épouse formidable, la dernière… et cela fait quarante ans que ça dure ! Elle éleva Aurore et ses deux fils, Jim et Marc, sans la moindre différence. Avec le même amour sincère, la même passion, bien qu'Aurore manifestât une attirance aimantée à mon égard, chaque fois que mes yeux se posaient sur elle !

Nous étions et sommes toujours très fusionnels aujourd'hui encore, ma fille et moi. Pour des raisons louables, légitimes, évidentes… Laure l'avait compris directement et eut l'intelligence de ne jamais s'y opposer. Je pense a contrario qu'elle eut la finesse nécessaire ainsi que cette fibre maternelle, tant innée chez elle, pour s'adapter d'entrée de jeu à la nouvelle situation, et devenir en quelques semaines à peine, une seconde véritable maman pour Aurore !

Je ne remercierai jamais assez le destin d'avoir forcé cette rencontre impossible avec Laure et de l'avoir introduite pour l'éternité dans ma nouvelle demeure, comme une bénédiction divine à un moment de ma vie où je ne nourrissais plus la moindre espérance, au moment où je m'y attendais le moins. Au moment où je ne croyais plus à grand-chose…

Oui, je l'avais toujours regardée à la dérobée, entre deux morceaux de jazz ou de blues ! Oui, Laure ne m'avait jamais laissé indifférent car son regard triste et ses yeux cernés ou bleutés de l'époque ne me rendaient pas heureux. Était-ce déjà les prémices de cet amour venu sur le tard ?

Oui, j'avoue aujourd'hui en avoir pincé pour elle à plus d'une reprise, surtout lorsqu'elle venait autrefois m'apporter un verre d'eau fraîche en me souriant avec cette douceur inouïe qui n'appartenait qu'à elle, à l'époque où je pianotais toujours pour Manu.

Je pouvais presque lire à cœur ouvert dans ce regard assombri, y décoder aussi tous les sous-entendus, mais jamais il ne m'était venu à l'idée de briser leur ménage, aussi désastreux fût-il sans doute.

Je me contentai donc en silence de ces petits riens lorsque nous échangions subrepticement quelques mots de sympathie, sans que personne ne s'aperçût jamais de ce que je qualifierais aujourd'hui de tendresse, tout simplement. À ce moment-là, un amour impossible, inavoué…

Bien sûr, je me sentis plus fort lorsqu'elle me seconda avec passion dans ce piano-bar où j'avais désormais pris racine… Comme elle le fit certainement lorsqu'elle vivait avec Manu mais, soyons bon joueur, et ne refaisons pas l'Histoire. Avec les quelques économies qu'il me restait, j'entrevis l'éventualité d'engager progressivement du personnel car la clientèle n'arrêtait pas d'affluer à mon grand étonnement et, faisant fi de mille détails qui n'ont plus guère d'importance à quatre-vingt-cinq balais, au bout de quelques années seulement, je refis fortune grâce aux « Fleurs de Sigiriya » ainsi qu'au soutien inconditionnel de ma nouvelle épouse.

Je n'évoquerai pas ses qualités de maîtresse amoureuse qui aujourd'hui encore feraient pâlir toutes celles que j'ai connues auparavant. Je laisserai donc, vu mon grand âge, la pudeur s'exprimer ici dans la blancheur silencieuse de ces quelques lignes fantômes…

…

…

…

Faut-il à présent, par souci de précision, évoquer toute cette boue qui n'appartient désormais qu'aux ombres « bienveillantes » du passé ? Oui, je peux essayer de tracasser furtivement ma pauvre mémoire au risque de paraître intellectuellement malhonnête si je ne le faisais pas.

Certes, je me souviens de ce travesti que j'avais empoigné dans la rage du moment par l'encolure de son veston et qui s'était affalé, de peur sûrement, sur le sol graisseux de cette venelle sombre en se heurtant lui-même la tête sur le caniveau. Mais je crains que la seule évocation de ce souvenir distendu ne change quoi que ce soit à cet accident tragique et le fasse jamais revenir du royaume des morts.

Certes, je me souviens aussi de ce sniper qui nous hanta pendant si longtemps avant de mourir à son tour, pendu dans son studio miséreux. Certes, je me souviens de tous ces innocents qui ont payé le prix fort d'avoir croisé son chemin au mauvais moment, au mauvais endroit. Mais à nouveau, le souvenir de tous ces événements pourrait-il les ressusciter ?

Tout au plus puis-je tenter de répondre à certaines questions en sachant à l'avance la vanité ou la dérision d'une telle démarche. Comme cette idée obsédante, par exemple, de comprendre les raisons qui poussèrent le sniper à commettre de tels actes ?

À mon humble niveau, je n'en vois qu'une. Celle d'un homme brimé par la société, qui n'exprima sa révolte que dans l'acceptation systématique de ses pulsions animales. Un homme dont la seule hantise fut peut-être de regretter un jour les bêtises qu'il n'aurait pas commises.

Quant à l'impact de cette méditation transcendantale sur le suicide du sniper présumé, qu'en était-il exactement ? Si je le savais… Bien sûr, je souhaitais le supprimer, le stopper à titre définitif dans sa quête morbide ! Je voulais assurément qu'il se fasse sauter la cervelle lorsque j'entrepris cette concentration ésotérique en solitaire dans mon ancien studio, après ce tir groupé qui tua cinq personnes, dont la petite Grisouille et sa maman.

Mais vous comprenez bien, tout cela ne fut bien entendu qu'une vulgaire coïncidence. Mes visions n'étaient qu'un simple exutoire de ma part afin d'éructer toute cette rage qui était en moi, toute cette colère et toute cette haine irréversible envers ce tueur en série. Il ne faut pas chercher plus loin !

De plus, le type qui s'était pendu quelques jours plus tard n'était pas forcément le véritable sniper, contrairement aux allégations des journaux de l'époque. Aujourd'hui encore, la question reste entière et je n'y crois toujours pas ! Qu'est-ce qui me fait dire ça ? Rien d'autre qu'une intuition personnelle, rien d'autre !

Aucune certitude, évidemment. Je ne pourrais être formel à cent pour cent que si j'avais été moi-même le tireur. Restons sérieux… Il est vrai qu'à chaque fois, je fus physiquement proche de l'événement, très proche, faut-il pourtant le reconnaître…

La jeune dame qui s'est fait descendre lorsque je sortis de la gare centrale un jour ensoleillé du mois d'août ; le père de Linda la veille de Noël alors que je sortais à l'instant du même parking ; mon propre chat Sinatra à la lisière du petit bosquet situé derrière notre immeuble, à l'endroit même où je le cherchais ; le fameux tir groupé de novembre qui emporta la petite Grisouille en plein centre-ville, alors que je m'y trouvais aussi à quelques centaines de mètres à vol d'oiseau ; enfin, quelques jours avant le réveillon, le quidam qui marchait tranquillement le long de la Seine, à peine fus-je arrivé à Paris. Ce ne sont pas des preuves, tout ça ? Restons sérieux…

On peut, dans la foulée, aller encore bien plus loin. La méditation à laquelle j'eus recours, n'était-elle pas un moyen de tuer le sniper qui était en moi ?

Autrement formulé, ne sommes-nous pas tous finalement le sniper de quelqu'un ou de quelque chose ? Lorsqu'on fait du tort à son voisin en lui empoisonnant l'existence avec la stéréo qui fonctionne tous les soirs à plein tube ! Quand on ment à son mari ou à son épouse pour un oui ou un non !

Quand on se moque d'un type qui vient de glisser par terre ! Quand on promet sans tenir parole ! Quand on raccroche grossièrement au nez d'un démarcheur qui tente simplement de gagner sa vie ! Quand on marche sur le gazon en exterminant d'un pas franc un nid de fourmis ou une maman araignée qui planquait justement ses œufs à ce moment-là !

Toutes ces paroles ou ces gestes anodins, assassins… Et j'en passe car tout ceci me fait penser à une citation d'un auteur dont j'ignore le nom, à laquelle je me réfère souvent pour me simplifier la vie, lorsque je deviens fatigué ou que ma mémoire défaille. Une phrase affirmant que « *ce que l'Homme ne veut pas apprendre par la sagesse, il l'apprendra par la souffrance…* ».

Plus sérieusement, ne serait-il pas judicieux de se pencher enfin sur l'aspect symbolique de toute cette affaire ? Peu importe le sniper de Liège ou celui de Paris ! Après leur mort, il y eut forcément un troisième, puis un quatrième et ainsi de suite.

Un cycle effréné de violence que personne ne peut maîtriser puisque le risque zéro n'est qu'un leurre. D'où ce concept pragmatique ou cynique de la banalisation, pour davantage se protéger.

Pour conclure le sujet, n'y a-t-il pas suffisamment d'exemples dans nos vies respectives pour nous rendre compte de toutes ces épées de Damoclès, aussi féroces et impitoyables que dix snipers réunis, nous tenaillant sans relâche tout au long de l'existence ?

Mon cerveau commence à s'embrouiller... Pourquoi s'enliser dans autant de considérations ? Dans un instant, je vais éteindre ce vieil ordinateur et le ranger à jamais dans ce coin sombre du sous-sol, avec les vieux jouets d'Aurore et les toiles d'araignée.

Il me reste royalement dix minutes pour terminer ce mini-récit, avant de passer à table avec Laure. À notre âge, je sais que cela peut paraître risible, mais nous tenons, elle et moi, à la plus grande régularité en matière de repas. Nous mangerons donc plus léger que d'habitude en prévision du festin de ce soir. Une biscotte beurrée avec un peu de fromage écrémé ainsi qu'un jus de pomme nature devraient, ma foi, suffire à notre satiété de cette avant-midi.

Je ne sais plus si c'est Rudyard Kipling ou Oscar Wilde qui aurait dit un jour que nul n'est assez riche pour racheter son passé. Je pense que c'est Oscar Wilde... Par extension, ne devrait-on pas à tout prix éliminer son passé ou toute forme de souvenir pour vivre le bonheur absolu ? Pour vivre enfin pleinement ? C'est la question que je me suis posée un jour, il y maintenant bien longtemps.

La réponse est venue d'elle-même. Je me suis résolu depuis ce temps-là à appliquer à la lettre toutes ces grandes vérités. À brûler tous ces démons qui me pourrissaient la vie. Dans le désordre, le message laconique de Linda, la lettre-fleuve d'Évelyne, le suicide insensé de Fleur, la disparition inopinée de Chopin, cette scène atroce où il me sauva la vie in extremis dans les marais de Sigiriya, le réfugié tamoul décapité sur un comptoir de bar sous nos yeux, notre camarade abandonné à l'ennemi en pleine brousse car c'était lui ou nous, ma peine lorsque Chopin m'annonça le décès de Kalyna, le premier amour de ma vie, les méfaits sanglants du sniper, notre peur au ventre qu'il recommence à tout moment, le crâne explosé de Sinatra, la mort atroce de Grisouille et de sa mère… Bref, l'idée fut d'enlever coûte que coûte cette lourdeur du souvenir systématique, plus tout le reste. Ce fut le prix à payer pour trouver enfin un semblant de sérénité…

Le plus douloureux fut ce départ d'Aurore lorsqu'elle rencontra Roland en dernière année d'université. Tous deux férus de mathématiques, diplômés au même moment, décidèrent de vivre leur indépendance en s'assumant financièrement du jour au lendemain, sans rien nous demander. Ils obtinrent chacun une place comme professeur dans le même collège et firent construire fin de l'année en cours. Aurore avait vingt-trois ans !

Vingt-sept ans plus tard, ils vivent toujours ensemble et ont trois enfants magnifiques dont j'ai cité les noms tout à l'heure. Trois filles ! Mes trois soleils adorés ! Tout cela n'est maintenant que joie et ravissement à chaque fois qu'on se voit… Mais bon sang, **c'est fou ce qu'une vie passe vite !**

Au début, quand ma fille eut quitté la maison, je revoyais constamment toutes ces belles années défiler dans ma tête comme un album-photos ou une bande dessinée… Un jour, Aurore eut seize ans, mon premier choc ! Seize ans, est-ce possible ? Déjà ? Puis elle en eut dix-huit. Puis vingt… Lorsque je compris enfin qu'il ne fallait plus regarder en arrière pour être pleinement heureux, qu'il ne fallait plus accorder autant d'importance à cette horloge du temps, je fis un véritable bond en avant. Laure, bien sûr, a comme d'habitude su trouver les mots qu'il fallait…

Un jour d'hiver en regardant par la fenêtre ce blanc immaculé d'incertitudes, j'ai réalisé à quel point la réponse se trouvait dans la question posée jadis au sujet du fameux sniper.

Comment faisait-il donc pour continuer à vivre ? Comment faisait-il donc pour se regarder encore dans un miroir ? Un seul moyen. Oublier tout au fur et à mesure, comme ces flocons qui finirent par m'étourdir en recouvrant inlassablement de nouvelles traces de pas dans la neige. Son secret ? Se convaincre simplement que rien de tout cela n'avait jamais existé…

Difficile de prendre tout à la lettre, n'est-ce pas ? J'ai dû exagérer un brin en exposant ma théorie. C'est possible. Mais cela ne coûtait rien d'essayer ! Et jusqu'à présent, ça n'a pas trop mal marché à vrai dire.

Restait à régler cette relation fusionnelle avec Aurore, dont je ne cesse de parler depuis le début. Si je vous disais qu'à passé quarante ans, elle m'envoyait toujours des petits mots doux chaque semaine, pour ne pas que je m'ennuie trop. Et pour le jour de mes quatre-vingts ans, je reçus par la poste un courrier écrit de sa main où elle m'indiquait textuellement ceci : *« Papa chéri, si un jour tu devais mourir, je mourrais de chagrin dans la journée car j'ignore comment je pourrais vivre sans toi ! J'ai besoin de te voir chaque semaine, d'entendre ta voix tous les jours au téléphone ; j'ai besoin que tu me prennes dans tes bras robustes lorsque nous nous retrouvons et je ne peux me lasser de te voir jouer sans jamais t'arrêter avec les enfants, tous les dimanches que Dieu fait. Je voulais que tu le saches ! Bon anniversaire, papa… »*.

Je me résolus dès lors à lui enseigner les conseils que Soma m'avait prodigués lorsque j'étais à la Légion. Les vertus d'une méditation permettant de s'exiler dans l'univers de l'autre, par la simple force de la concentration mentale. Ainsi, plus aucune mort qui tienne !

Le jour où tout finira, parce qu'il faudra bien que cela finisse un jour, Aurore n'aura qu'à consulter son cœur, pour être à nouveau en fusion avec son vieux père et, que cela paraisse invraisemblable ou non, nous nous retrouverons ainsi sur commande, à chaque fois qu'elle en éprouvera l'envie ou le besoin. Je lui transmis ainsi le plus beau de tous les joyaux du monde en espérant qu'elle en fasse de même un jour avec Sophie, Anne et Marie quand elles seront plus grandes. Ceci n'a rien à voir avec la foi ou une quelconque croyance. Juste une technique ancestrale qui interdit aux Hommes de mourir…

Aujourd'hui, vous l'avez deviné, je ne vénère que le moment présent, puisqu'il esquive les échardes du passé et les angoisses du lendemain. Et encore, le présent ne fait-il pas déjà partie du passé puisque les choses s'étiolent à chaque seconde comme le cycle incessant de la vie et de la mort.

Comme cette réflexion que je m'étais faite jadis dans ce vieux musée en méditant sur « *Le berceau* » de Berthe Morisot, où une jeune maman en admiration devant son bébé nous donne le sentiment qu'elle peut arrêter l'image sur cet instant de bonheur. Nous permettre d'entrevoir ce que l'œil ne peut observer. Une technique impressionniste consistant à figer le temps et peindre l'invisible.

Nous coulons donc, Laure et moi, des jours heureux dans ce vieux château rustique de Steal Hood, un petit patelin situé au sud-est de cette merveilleuse île de Jersey. Nous étions tombés amoureux de la région il y a maintenant dix ans, lors d'un périple touristique avec Aurore, Roland et les enfants.

Sur un coup de tête, nous l'avons acheté le jour même comme seconde résidence, puis, au fur et à mesure de l'emménagement, nous avons décidé de nous y établir à titre définitif.

Et « LES FLEURS DE SIGIRIYA », dans tout ça ? Jamais je n'ai pu m'en séparer. J'aurais pu remettre le commerce cent fois ou revendre l'immeuble, mais c'eût été une marque d'ingratitude de ma part. Ce voyage d'une journée au Sri Lanka m'a toujours porté bonheur et me séparer de ce piano-bar eût conjuré le sort plus qu'autre chose.

Je reste donc encore et toujours le grand patron de cette boîte de jazz à la mode, très prisée par la jeune génération bon chic, bon genre. Bien sûr, j'y ai engagé un gérant de confiance ainsi qu'un pianiste de talent, cela va sans dire. Mes seules apparitions de fin d'année ne sont qu'une occasion comme une autre d'aller y percevoir mes bénéfices. Oh ! Point par avarice, mais par superstition, tout simplement... Je ne dévoilerai aucun secret en affirmant que mon épouse Laure, ma fille Aurore et mes trois petites-filles, Sophie, Anne et Marie sont aujourd'hui les uniques **FLEURS** qui comptent à mes yeux !

Pas compliqué quand on a de l'argent, pas vrai ? Plein aux as de naissance, Baron enjambe inlassablement cette misère qui l'entoure avec la légèreté d'un loup qui étudie sa proie, en attendant des jours meilleurs...

Voilà comment ceux qui me détestent pourraient s'amuser à décrire le nanti que je suis devenu au fil des années. Déduction restrictive si l'on considère cependant le nombre d'occasions où il me fallut repartir de zéro, que ce soit dans ma vie sentimentale ou professionnelle ! Tout cela, probablement grâce à cette dualité gênante qui réside en moi depuis toujours. Une capacité d'adaptation hors norme, qui me permit égoïstement de m'adapter à n'importe quelle situation. Certes, la chance fut souvent à mes côtés, mais comme tout le monde, fallut-il encore savoir la saisir au bon moment.

Nous vivons aujourd'hui au rythme insulaire des saisons, dans ces campagnes fugaces défilant sous nos yeux aux premières lueurs de l'aube. Une richesse d'existence où la simplicité suffit à notre bonheur.

Dois-je vraiment citer quelques exemples pour me faire comprendre ? D'accord, mais la liste est loin d'être exhaustive ! Disons... Un petit restaurant sympa avec Laure le vendredi soir en amoureux ou mieux, un pique-nique improvisé dans une clairière au milieu d'une forêt enchantée... Écouter la symphonie pastorale de Beethoven devant la cheminée au feu de bois en dégustant ensemble une pizza froide de la veille avec un modeste bordeaux bien chambré... Lire un poème de Rimbaud en nous délectant d'un excellent thé blanc aux effluves d'agrumes, en particulier celui défiant les règles mêmes du sonnet par ses enjambements fantasques et qu'il intitula « Au cabaret-vert », une poésie innovante rejetant toute convention, dans laquelle le poète fut envahi par un profond sentiment de bien-être en commandant à « *la serveuse aux tétons énormes des tartines de beurre et du jambon tiède parfumé d'une gousse d'ail* ». Enfin, les repas en famille, le « Sacre » du dimanche sans exception possible, avec son lot de promenades champêtres, tous réunis main dans la main. Sans parler des anniversaires et des non-anniversaires de mes petits-enfants adorés.

Ne s'embarrasser que des instants où l'on vit pleinement sa vie, jusqu'au bout de la course… Ne serait-ce pas là une piste sérieuse pour que le temps ne s'envole jamais ? Une manière « autre » d'envisager le triomphe de l'Amour et de la Poésie sur tout le reste et, comme Stendhal l'avait recommandé au tout début de ce récit, l'essentiel n'est-il pas de ne collectionner désormais que les moments de bonheur…

*

* *

Les invités arrivent à dix-huit heures précises. Baron et Laure les attendent sur le parvis de la grande véranda où règne très vite une atmosphère de joie, de détente et de bonheur… On dépose la grosse valise et les sacs dans un coin du salon près de la cheminée car tout ce petit monde loge à la maison jusqu'au lendemain, petit déjeuner compris. Histoire de prolonger la fête comme on peut. Un coup à la Baron ? Possible, mais quoi qu'il advienne, il est hors de question de repartir en voiture en pleine nuit. C'est la fête ce soir !

Quand Aurore embrasse son père, il faudrait être aveugle pour ignorer cette intensité particulière dans l'émotion de l'instant, cette rare complicité dans le regard, amplifiée aujourd'hui par ce demi-siècle qui les rapproche davantage.

— Bon anniversaire, ma Chérie ! lance Baron en la prenant une seconde fois dans ses bras.

— Merci, je t'aime papa !

Comme pour empêcher cet émoi d'aller trop loin, Marie, la benjamine de quatre ans, surgit soudain de la salle à manger en fonçant sur Baron, sa poupée blottie entre ses bras, en pleurant toutes les larmes de son corps.

— Papy, Papy ! « Mademoiselle Fanfreluche » est tombée et je n'arrive pas à remettre son bras en place. J'espère qu'elle n'est pas cassée. Je t'en supplie, Papy, tu peux m'aider à la réparer, s'il te plaît ?

— Bien sûr, ma petite princesse, rétorque Baron en s'agenouillant à sa hauteur… Laisse-moi voir… Oh, ce n'est pas si grave, ma puce ! Regarde, il suffit simplement de bien remboîter l'épaule en poussant avec tes petits doigts de ce côté-ci, tu comprends ?

— Merci, Papy… Maman ! Maman ! Viens voir, Papy m'a réparé ma poupée !

Roland vient de servir l'apéritif et le signale à toute la troupe dans un haut-parleur de fortune qu'il vient de confectionner à l'aide d'un vieux journal !

Mamy Laure a préparé des entrées chaudes et toutes sortes de gâteries pour les enfants. Tout le monde se précipite sans se faire prier dans le salon afin de savourer ces délicieuses verrines de fruits de mer, une grande spécialité de Laure. On va dans un instant lever un toast en l'honneur des cinquante ans d'Aurore et les enfants attendent avec impatience le « speech » inimitable et incontournable de Monsieur Papy !

Baron, lui, reste agenouillé dans la véranda l'espace de quelques secondes sans en connaître la raison, le regard figé dans le néant, comme s'il venait de revivre la même scène pour la seconde fois.

FIN

REMERCIEMENT POUR LA PALETTE DE PREMIÈRE DE COUVERTURE

Je tiens à remercier mon ami Philippe WAXWEILER, peintre et scénographe liégeois, pour la création de cette toile intitulée « Les fleurs de Sigiriya », œuvre originale conçue uniquement pour ce roman.

Merci Philippe pour ton talent et ton amitié. Encore bravo, l'artiste !

Jean-Charles

Imprimé en France
978-2-8231-1601-4
Dépôt légal : 2e trimestre 2016